I0764801

ANTILIADOS
EN BUSCA DE ADAM
SLOW DEATH 1

Título: En busca de Adam

Edición conmemorativa del 10.º aniversario.

Diseño de cubierta: Luce G. Monzant
Maquetación: RachelRP
Corrección: Nia Rincón

ISBN: 978-84-09-82412-0

Depósito Legal: C 200-2026

1 Gin-Tonic

ALICE

¿Por qué me dejaré llevar por Mey?

«Porque eres una sin personalidad».

Sí, debe de ser eso. Porque nunca, estando en mi sano juicio, vendría a una discoteca donde se junta gente tan... diferente a mí.

La música suena a todo volumen, los láseres me ciegan y, a cada pisotón que me dan, suelto una maldición.

Chocando a cada paso que doy, me acerco a mi amiga.

«La culpable de todos nuestros males».

Esa misma. Normalmente mi conciencia y yo estamos de acuerdo. Sí, supongo que soy de esas personas que hablan consigo mismas y después dicen que no están locas.

—¡Mey! —grito con todas mis fuerzas.

Entre las cabezas y manos alzadas logro al fin ver el cabello rubio de Mey. Ella sigue saltando y bailando, moviendo todo su cuerpo al son de la música.

«La cual en tu vida has escuchado».

—¡Mey! ¡Mey!

Llego hasta ella sin un par de meñiques en mis pies. Arrimándome a su oído, intento decirle que esto no va conmigo.

—¡Venga, Alice! No seas muermo...

Ya estamos otra vez con lo mismo. Así es como me convenció, en primer lugar, para salir de fiesta.

—Te digo que ya no siento mis pies. ¿Y se puede saber por qué hay tanta gente?

—Por el concierto —me dice como si fuera algo obvio.

—Me quiero marchar, aunque sea a otro sitio menos... concurrido.

Mey pone cara de perrito abandonado. Me sujeta del brazo y me arrastra con maestría, dando codazos para hacer un pasillo hasta llegar a la barra. La gente se gira y me imagino su cara de asombro al ver a una rubia arrastrar a una chica más bajita por el brazo y que no para de pedir disculpas.

Nada más llegar, Mey se inclina sobre la misma, levantando su brazo para que el barman la atienda. Este no tarda mucho en fijarse en su escote y en preguntarle al oído qué quiere.

«¡Hombres!».

«Amén, hermana».

Mey se gira para encararme.

—¿Cuándo fue la última vez que te emborrachaste?

—¿Qué?

—Deja que te responda.

«La primera fiesta de la facultad».

—¡Desde la facultad! ¡¡Y eso fue hace siglos!!

—No necesito beber para pasarlo bien...

Su mirada se clava en la mía y me pone ojos de cansada.

—¿Lo estás pasando bien?

«No».

—Sí..., claro que sí...

—No te creo. ¡Joder! Desmelénate una vez en tu vida, antes de que te lleguen las tetas al ombligo. ¿Cuándo fue la última vez que echaste un polvo?

—¡Mey! —Miro a mi alrededor, comprobando que nadie la esté escuchando. Pero las risitas que suelta más de uno, tapándose la boca, me indica que no voy a tener esa suerte.

—¿Dos años?

«Dos años, tres meses y cinco días».

—Eso qué más da. No llevo la cuenta...

El camarero llega con varias bebidas, dejándolas en la barra. Mey paga y sonríe picarona al chico.

—¡Ten! ¡Bebe y disfruta de la vida, que son dos días!

Me pasa una copa con un líquido transparente...

Lo huelo, no parece que sea muy fuerte. Me preparo para el primer trago cuando mi amiga decide ponerme una pajita.

Me sonríe y mueve su mano para que siga con lo que iba a hacer...

Varias bebidas después...

—¿Cómo dices que se llama esto?

Grito con la copa en la mano y moviendo mis caderas al ritmo de la música.

La risa de Mey logra que yo también me ría con ella.

—¡*Gin tonic*! Y vas a tener que parar, llevas cuatro.

«Cinco...».

—Pero si estoy bien...

Pongo morritos y me sujeto a los hombros de Mey para no caer.

—He creado un monstruo... —dice, negando con su cabeza—. No mires, pero hay un macizo mirándote el culo en este instante.

«¿Dónde?».

—Me da igual...

—Pues que sepas que se está acercando a nosotras.

—Mey, no me interesa.

«Habla por ti. Yo quiero marcha, marcha... Yo quiero marcha..., marcha...».

Creo que le daré la razón a Mey y dejaré de beber.

Posando sus labios cerca de mi oído empieza a decirme, o más bien gritarme debido al volumen de la música:

—Prométeme que hoy te dejarás llevar, que vivirás el momento si surge.

¿A qué se refiere?

—Mey..., yo… no creo...

—Prométélo y limpiaré el baño de casa lo que queda del mes.

«¡Prométélo!».

—No pienso forzar nada...

Estaré borracha, pero aún sé lo que hago.

—No quiero que lo hagas, solo vive el momento, y si surge...

—Hola, chicas, ¿os invito a una copa?

Me doy la vuelta para ver al tío macizo al que hace referencia Mey. Y sí que es mono.

—No, gracias, creo que ya he bebido demasiado —digo, arrastrando las palabras.

—Está bien, pues nada de bebidas. Mi nombre es Dave.

Me da un beso en la mejilla, muy cerca de la comisura de la boca, y le respondo.

—Alice. Y esta es mi amiga Mey.

Sin embargo, en cuanto me doy cuenta, Mey ya no está a mi lado. La muy cabrona me ha dejado sola con... ¿Cómo dijo que se llamaba?

«Dave».

Eso. Dave.

—Creo que nos ha dejado solos, ¿quieres bailar?

No sé por qué motivo este chico no me convence. Quizá es porque en ningún momento me mira a los ojos.

«A ti no te convence nadie, te recuerdo la sequía que llevamos. ¡Dos años, tres meses y...!».

«¡Ya! Por favor, qué presión».

—No, gracias, creo que voy a pedir un taxi y marcharme a casa.

—Como quieras. Te acompaño a la salida, no son horas para que salgas sola por las calles.

—Gracias, pero puedo ir sola, no es necesario que te molestes.

—No es ninguna molestia, deja que te abra paso.

Con demasiadas confianzas, me agarra de la mano y va directo hacia la salida.

—¿No has traído abrigo? —me dice al llegar a la altura del guardarropa.

—Sí, está en el coche de Mey, la desaparecida.

—Si quieres, te dejo mi chaqueta...

Sus ojos recorren mi cuerpo, desde mis zapatos de tacón sube hasta mis piernas desnudas, rodillas y finaliza en el escote en forma de uve que tiene mi vestido beige.

—... no vienes muy tapada.

«Ya me cae mal. Lárgate y déjalo tirado aquí».

«No ha hecho nada malo, solo es un poco... extraño».

—Dentro hace calor.

«¡¿Y por qué te justificas?!».

—Claro, por supuesto.

Al salir a la calle, el frío golpea mi piel, menos mal que hay una parada cerca de aquí.

Dave intenta darme conversación durante los cinco minutos que tardamos en llegar.

—No hay taxis.

«¡¿Es que se piensa que somos ciegas?! Es cansino».

—Ya lo veo.

Contesto a ambos a la vez, mi conciencia tiene razón y lo otro es obvio.

—Es lógico, con el concierto de hoy, la ciudad está paralizada. Hay otra parada cerca, te llevaré, no suele ir mucha gente.

Lo sigo, pasamos cerca del estadio Wembley y nos metemos por unas calles estrechas por las que nunca he pasado.

«¿Y quién conoce todas las calles de Londres...?».

Yo no.

Al llegar a un callejón oscuro, empiezo a ponerme nerviosa.

—Creo que esperaré a que llegue un taxi en la otra parada.

Giro sobre mis pies y empiezo la marcha hacia la calle iluminada que está a poca distancia cuando, de repente, soy frenada. Dave me sujeta del brazo con fuerza...

«Esto no me gusta, ¡corre!».

—¡Suéltame, Dave, me haces daño!

—Venga, los dos sabemos que es lo que iba a pasar… Estás pidiéndolo a gritos vestida así.

Su cuerpo choca con el mío, intento apartar sus manos de mi cintura y él estrecha su agarre, lo sujeto de las manos e intento sacármelo de encima.

—¡He dicho que me sueltes!

—Ya has oído a la chica, suéltala. ¡Ya!

La voz del chico que está a mi espalda hace que se me erice el vello. Buff, qué alivio, alguien que no mira a otro lado.

—¡Métete en tus asuntos!

Mi salvador sujeta uno de mis brazos, intentando girarme, pero Dave no deja que eso suceda.

—¡Suéltala o no respondo de mis actos!

—¿Quién? ¿Tú? —escupe por su boca al decirlo con rabia.

Sin saber muy bien cómo, un puñetazo cae directo en la cara de Dave; su agarre se ha aflojado. Lleva una mano a su nariz, que chorrea sangre, pero la mirada de odio que veo en él me indica que esto no quedará así.

—Hijo de puta, me has roto la nariz.

El puño de Dave va directo al chico que me ha salvado; sin pensármelo mucho, me pongo en medio para que no lo dañe.

Sus nudillos se encuentran con mi sien y me aturde de tal manera que caigo al suelo de lleno, dándome el mayor golpe de mi vida contra el asfalto.

Ruido de fondo, palabrotas y golpes es lo que reconozco desde la lejanía.

Unos brazos fuertes me alzan, mi cuerpo está laxo; intento abrir los ojos, pero no responden a mi mandato.

Con un esfuerzo sobrehumano, logro que los párpados se abran lo justo para descubrir que ya no estoy en el callejón.

¿Dónde estoy? Y, lo más importante, ¿con quién?

2 Magister

ADAM

Siempre que acabo un concierto estoy agotado, el sudor cae por los rostros de todos nosotros.

—¡*Woow*! ¿Visteis la de *groupies* que teníamos en primera fila? Hoy follo seguro.

Alex es el vocalista de la banda. Al ser la cara de Slow Death, siempre tiene chicas en hilera esperando por él.

—Deja a tu polla descansar un poco, mañana tenemos que salir temprano para seguir la gira en Estados Unidos.

Menos mal que tenemos a John para poner algo de sentido común en nuestras locas cabezas; aparte de ser un bajista cojonudo, es un ancla para nosotros.

—¿Y a qué hora sale el avión? Yo también quería divertirme un poco antes de salir del país.

Max ya tardaba en soltar algo así con respecto a las chicas.

—Siete —le contesto de forma escueta.

—¡A las siete de la mañana! Dormiré durante todo el viaje.

—¡Oh, no! Seguro que ocasionarás turbulencias con tus ronquidos, Max.

Las risas que nos saca Henry a todos, menos a Max, por supuesto, son escuchadas por toda la gente del *backstage*, que empieza a recoger el equipo de sonido.

Aún no me puedo creer que hayan pasado solo cinco años desde la creación de Slow Death, aunque llevo toda mi vida con estos locos.

Alex, John, Max y Henry son mi familia. Mierda, ya me pongo melancólico al recordar a mis padres.

—Adam, ¿has compuesto algún *riff* nuevo últimamente?

Ya estamos con las jodidas presiones. Llevo sin componer algo desde hace meses. Un asistente se acerca a mí para que le dé mi guitarra, pero niego con la cabeza; nunca, nunca dejaré que nadie la toque.

—Serás el primero en enterarte si así es, Alex.

Me adentro por las entrañas del estadio dirección a mi camerino para poder darme una ducha y después reunirme con todos en el set que tenemos para festejar el final de la gira europea.

Al entrar, lo primero que hago es retirarme el pañuelo que uso en la cabeza para que el sudor no me moleste en el escenario, aunque de poco sirve después de casi tres horas de concierto. Acto seguido, guardo la guitarra en su funda.

Ahora sí podré relajarme.

El agua caliente corre sobre mis hombros, enjabono todo mi cuerpo y salgo como nuevo. Me pongo unos pantalones vaqueros, botas negras estilo militar y una camiseta con la palabra *rock* con unas alas a cada lado.

Antes de llegar al set, la música a todo volumen de nuestro último disco se escucha en el pasillo; eso me anima a la fiesta.

El tipo de seguridad de la entrada me deja pasar. Unas quince personas están metidas aquí entre alcohol y sexo.

Alex está sentado en un sofá con dos chicas a cada lado mientras él se deja querer; le ponen las tetas en la cara.

«Falsas, son de silicona».

Desvío mi vista, Max está en el séptimo cielo, una rubia a la que no veo la cara por razones obvias le chupa la polla sin ninguna vergüenza.

Max me ve y levanta su cerveza en mi dirección mientras sonríe; será capullo...

Me sirvo una para mí y le doy un trago largo. John y Henry hablan de manera animada con otras chicas sobre el concierto, cerca la mesa de los aperitivos.

Unos brazos flacos me agarran del cuello.

—Oh *my God*, eres... eres... Magister Fuller. ¡Aaah! ¡Aaah!

Normalmente, cuando escucho mi nombre de guerra de boca de los fans me gusta, pero que una niñata me esté dejando sin tímpanos sin conocerla siquiera...

—Sí, ese soy, ¿te ha gustado el concierto?

Pongo la mejor de mis sonrisas. Aunque la tía no está de mal ver, no me interesa. Aun así, debo cuidar de los que compran nuestra música, la prensa se ensaña con cualquier cosa.

—Sí, os he visto en cada concierto, y al fin pude conseguir un pase vip… —Mueve la tarjeta entre sus dedos y la mira como si fuera el mayor tesoro del mundo—… y así poder estar cerca de ti, Magister.

La puerta se abre de golpe. Jeremy, nuestro mánager, entra con su móvil pegado a la oreja.

—Gran concierto, chicos, ahora dejad las chicas y la bebida, en seis horas el avión os espera.

—¿No ves que estoy algo ocupado ahora mismo, Jeremy? —dice Max.

Me río por lo bajo, parece que le queda poco para correrse.

—Yo me retiro, nos vemos en unas horas —informo en alto, levantando la mano mientras cruzo la puerta.

El hotel Hilton está pegado al estadio. La *groupie* de antes me sigue como un perrito abandonado en busca de dueño.

Salgo, dando esquinazo a los *paparazzi*; esas alimañas son lo peor, siempre al acecho. ¡¿Qué hay de noticia en que me compre un café o que visite a mis padres?! Su última gran noticia fue cuando decidí cortarme la melena.

A nada de llegar al hotel, me freno y me dispongo a ofrecerle una disculpa a la pelirroja.

—Lo siento mucho… —Mierda, ni siquiera sé cómo se llama, bah... da igual—, pero en pocas horas tengo que ponerme en marcha para la nueva gira.

Una mano suya acaricia mi entrepierna mientras frota su cuerpo contra el mío, para que cambie de opinión, claro.

—Oooh…, Magister, puedo ser muy rápida cuando quiero.

Lleva sus dedos al escote del corsé de cuero que luce y saca un condón.

—¿Ves? Vengo preparada…

Se lanza a mi boca y le sigo el juego, no soy de piedra. Noto cómo introduce el preservativo en el bolsillo del vaquero cuando unos gritos de fondo interrumpen.

—¿Qué pasa?

Dice con la voz agitada por la pasión del momento.

—No lo sé, quédate aquí, voy a mirar.

—Pe… pero… el preservativo…

Ignoro lo que me dice y me concentro en el sonido que acabo de oír.

En un callejón oscuro veo dos sombras que forcejean. En cuanto me doy cuenta de que es una chica la que intenta soltarse del tío, la rabia invade mi cuerpo.

—Venga, los dos sabemos que es lo que iba a pasar… Estás pidiéndolo a gritos vestida así —dice el cabronazo mientras le intenta meter mano.

—¡He dicho que me sueltes!

Tiene una voz melodiosa llena de angustia, no debería sonar así.

—Ya has oído a la chica, suéltala. ¡Ya!

Parece que no está muy contento con la interrupción.

—¡Métete en tus asuntos!

Sujeto, con cuidado de no hacer daño, el brazo de la chica, intentando que se venga conmigo, pero el agarre del cabrón no disminuye.

—¡Suéltala o no respondo de mis actos!

Mi puño se cierra con ansias de partirle la boca.

—¿Quién? ¿Tú?

Sin dudarlo, lanzo con todas mis ganas un puñetazo directo a su cara.

—Hijo de puta, me has roto la nariz.

Veo cómo la sangre cae sin cesar por encima de su boca. Esperando el siguiente movimiento por su parte, me preparo para esquivar el ataque que sé que va a haber.

Pero sin esperarlo, la chica se pone en medio y se lleva el golpe.

No puedo controlarme, descargo sobre él todo. ¿Cómo se atreve a tratar así a una mujer?

En cuanto el cobarde sale corriendo, voy derecho a ver a la herida, que está tumbada en el suelo. Me agacho, posando mis rodillas en la acera. Retiro el pelo castaño oscuro que cubre su rostro.

Pestañas largas, cara menuda y unos labios de los más carnosos…

—Es preciosa…

¿Eso sale de mi boca? Decido levantarla en brazos y llevarla a mi habitación para curarle la brecha que tiene en la ceja.

No puedo consentir que se entere la prensa de la pelea.

Al entrar en la recepción del hotel, intento que no se vea la sangre; nadie pregunta ni me dice nada. Más les vale con la millonada que cuesta una habitación aquí.

Entro en mi *suite*. Acomodo la cama, dejándola en el centro. Empieza a moverse poco a poco. Me relajo al ver que no parece nada grave…

Un bosque otoñal me observa, el marrón más bello que he visto en mi vida, ¿o es verde? Definitivamente, es una mezcla de ambos, un color avellana intenso.

«Reacciona, Adam, solo son unos ojos. No te pongas romántico».

¿Qué? No, no, para nada.

—¿Estás bien? ¿Te duele la cabeza?

La chica se lleva la mano a la misma y frunce el ceño.

—Estoy bien.

—Te traeré algo para limpiar la herida de tu ceja.

—Gracias.

En menos de un minuto, me siento a su lado y empiezo a pasar una gasa con antiséptico en la ceja para limpiarle la zona y que no se le infecte.

Tiene unos ojos preciosos.

«¡Y unos pechos que parecen reales! Tú quédate con sus ojos, yo me quedaré con esos pechos de infarto».

Joder, creo que esta chica me pone a mil y no logro entender el motivo. Es guapa, sí, pero estoy acostumbrado a ver a diario en nuestros conciertos a cientos de mujeres.

La observo mientras la atiendo; juega con un mechón de pelo entre sus dedos. Debe estar incómoda por la situación. Aunque cada vez que hace eso me dan ganas de cogerle la mano.

En cuanto dejo la tarea, ella me roza la mano y mi polla se mueve en respuesta.

—Gracias de nuevo.

Sus mejillas se encienden con un rosado que ilumina su piel. Creo que a ella también le gusta lo que ve.

Soy Magister Fuller. ¿A qué espero?

Con un movimiento lento me acerco a sus labios…

3

Una noche loca

ALICE

Unos brazos fuertes me alzan, mi cuerpo está laxo, intento abrir los ojos, pero no responden a mi mandato.

Con un esfuerzo sobrehumano logro que los párpados se abran lo justo para descubrir que ya no estoy en el callejón.

¿Dónde estoy? Y, lo más importante, ¿con quién?

Dicen que cuando conoces a tu alma gemela, el mundo deja de moverse por un instante. ¿Es eso lo que me está ocurriendo ahora mismo?

«Lo que pasa es que sigues borracha».

—¿Estás bien? ¿Te duele la cabeza?

Me llevo la mano a la sien, debo estar soñando.

—Estoy bien.

—Te traeré algo para limpiar la herida de tu ceja.

—Gracias.

Miro a mi alrededor, parece la habitación de un hotel carísimo. Siempre que estoy nerviosa me da por jugar con un mechón de mi pelo, dándole vueltas y más vueltas; eso mismo es lo que ocurre en el instante que vuelve.

Me limpia la herida con mucho cuidado mientras me mira a los ojos con intensidad.

Tiene un cuerpo de infarto. Mierda, creo que he bebido mucho.

«¡Nooo! ¿Eso crees?».

En cuanto acaba de atenderme, me envalentono y sujeto su mano.

—Gracias de nuevo.

Tiene unas manos firmes y ásperas. Una sensación de calor invade mi cuerpo, provocado por el toque de nuestros dedos.

«¡¡Son las hormonas!!».

Sí, tengo que dar la razón a mi conciencia. Llevo tiempo sin sentir este deseo por alguien.

«¡A por él, tigresa! ¡Date un festín!».

Con un movimiento lento se acerca a mis labios…

Pero ¿qué estoy a punto de hacer? Yo no soy así. Por instinto, me echo hacia atrás.

«¡Vive el momento!». Escucho las palabras de mi amiga Mey. Me freno ante mi huida.

Sus labios tocan los míos, nos besamos con torpeza al principio. Lo único que oigo es a la puñetera de mi conciencia, la cual debe estar haciendo el baile de la victoria.

*«*S*íííí*, ya era hora, ¡por Dios!*»*.

Manos y frenesí aderezado con alcohol; lo más seguro es que me arrepienta de esto mañana. Y sí, va a ser mañana porque lo que es hoy quiero sentirme una mujer deseada. Nunca me he ido a la cama con un chico sin conocerlo, sin tener mínimo tres citas, pero, sobre todo, no sin saber cómo se llama.

En un movimiento ágil, me desprende tanto del vestido como del sujetador. La ropa dura poco en nuestros cuerpos.

*«*Joder, está más bueno desnudo*»*.

Tiene el cuerpo lleno de tatuajes, los cuales me hacen pasar mis manos por sus brazos y tórax. No hablamos, solo nos dejamos llevar por el momento del calentón.

Menos mal que saca un condón del bolsillo de su pantalón, el cual ya estaba en el suelo de la habitación, porque, lo que soy yo, ahora mismo ni me acordaba de eso.

No hay amor, no hay sentimientos. Ambos sabemos lo que es. Sexo. Simple y llanamente eso.

Bocarriba, tumbada en la cama con ambas piernas abiertas, me siento vulnerable y expuesta. Por suerte, no tarda en ponerse el preservativo, se coloca en posición y empieza a adentrarse poco a poco.

—Eres muy estrecha…

¡Ni que fuera una novela erótica! No hace falta que diga esas cosas… Dios, qué vergüenza, ¿se dará cuenta de que llevo tanto tiempo sin…?

Nuestros cuerpos se terminan por unir.

«¡Aleluya!».

Se mueve lento y constante, elevo mis piernas a su espalda y sube el ritmo.

—¡Ay! —Mi cabeza choca con el cabezal de la cama.

—Mierda, ¿estás bien?

Asiento, y sin salir de mí, me arrastra hasta el centro de la cama.

Rápido, sin control, jadeos y sudor. Joder, pero ¿qué hago? Ni siquiera lo conozco ni sé su nombre, solo que me ayudó en la calle con ese… ese…

El movimiento de cadera que realiza me desconcentra y no logro ni recordar cómo se llama el tío de la discoteca.

«¿Quieres dejar de pensar? ¡Estoy a punto de llegar!».

Ay, Dios, ay, Dios, ay, madre...

—¡¡Aaah!!

No veo estrellas ni fuegos artificiales. Es rápido, fugaz, pero intenso.

Él sigue en mi interior, moviéndose al ritmo que marca. Al rato escucho un… gruñido y se deja caer sobre mí.

«No respiro…».

Yo tampoco, no te quejes. Mierda, ¿y ahora qué? Nunca me he visto en una situación así. Me remuevo un poco, supongo que se dará cuenta de que sigo debajo de todo su cuerpo.

—Disculpa, nena. Ha sido magnífico.

Está de coña, me ha llamado «nena» y me dice además eso. ¿Pero quién se cree? ¡Será creído!

Al fin se levanta y se va directo al baño sin decirme nada. Imagino que para tirar el preservativo.

Estoy convencida de que para él es algo normal una situación así. Me tapo con la sábana de la cama, estoy desnuda y busco con la mirada dónde está mi ropa.

—Bueno, dime, ¿cómo te llamas? —dice desde la seguridad del baño a voces.

A buenas horas me pregunta por mi nombre.

—Alice.

—¿Solo Alice? —Mierda, aquí vamos.

—Cooper, Alice Cooper.

Saca la cabeza por la puerta del baño y me mira con cara de «estás loca».

—¡No me jodas!

«Eso ya lo habéis hecho…»

Vaya recochineo tiene la puñetera de mi conciencia en estos momentos.

—Estás de coña, ¿no? —dice al segundo.

No tengo ganas de explicar a un desconocido por qué las monjas del orfanato me pusieron Alice y Cooper porque era el apellido que tocaba en la lista del día.

—No, no estoy de coña.

La borrachera se me está yendo a pasos forzados y el cabreo por la mención de mi nombre ayuda a ello.

—Por suerte, no te pareces a él.

Dice, riendo entre dientes. De inmediato se da cuenta de que no sigo su gracia y se sienta, ya vestido con un pantalón vaquero, en el borde de la cama.

—¿Y cómo quieres que te llame yo? —le digo con retintín, pues el troglodita del año ni se ha presentado. Parece que algo le pasa por la cabeza cuando le digo esto y me mira a los ojos directamente.

—Llámame Adam.

«Bien, es un comienzo».

¿Qué? No, no, yo no quiero comenzar nada. Solo es por ser… educada. Sí, eso, educada.

«¿Educada? Pero si acabas de foll…».

La, la, la, la, la, la, la, la, la. Intentar callar a mi conciencia es más difícil de lo que creía.

—¿Estás en la tierra?

Eeeh…

—Oh, disculpa, a veces me quedo algo pensativa.

—No pasa nada, a mí me pasa a menudo cuando llega la musa.

¿A qué se referirá con «la musa»? No me lo imagino escribiendo un libro o pintando un cuadro…

—¿Y a qué te dedicas, Alice Cooper?

Dice mi nombre como si aún no se creyese que lo es. Aprieto mis dientes y me muerdo la lengua.

—Soy fotógrafa —le digo por lo bajo, pues la situación me está pareciendo algo absurda. ¿Qué más le da a qué me dedico? Además de que hacer fotos a paisajes y objetos para revistas no es de lo más emocionante. Pero ¡qué digo! Si nunca más lo volveré a ver.

—¡Eres una de ellos! Joder, ¡genial! —Se levanta de la cama y se pone la camiseta del suelo. Está furioso. Pero ¿qué bicho le ha picado?

Soy consciente de que sigo en su cama metida, con la sábana de único escudo. Adam abre la puerta que da al pasillo del hotel y, antes de salir, se frena para mirarme.

—Espero que tengas tu gran noticia. No quiero volver a ver tu cara en mi vida. Disfruta de la habitación, está pagada hasta las doce.

Y así, sin más, se larga dando un portazo.

«¿Qué coño ha pasado?».

No tengo ni idea. ¿Y ahora qué hago yo?

«¿Disfrutar de la cama tamaño *King* para ti?».

Me dejo caer hacia atrás en la cama y me quedo mirando el techo durante un rato.

Me tapo la cara con los brazos.

—¿Esto es un sueño?

«Ya te gustaría…».

No puedo dormir ni relajarme. Me levanto de la cama y me voy derecha a la ducha, no me paro mucho en la labor, solo quiero salir cuanto antes de aquí.

Me seco y me visto con rapidez de nuevo con mi ropa. Miro el reloj que hay en el dormitorio y mis ojos se agrandan.

Son las siete de la mañana.

Salgo al pasillo y me siento algo nerviosa. No tengo chaqueta ni móvil, Mey se lo llevó en su coche.

Llego al vestíbulo del hotel y me acerco al mostrador, donde una chica muy risueña me pregunta si puede ayudarme en algo.

—¿Me podría dejar hacer una llamada?

—Por supuesto. —Me pasa el teléfono y marco el número de Mey.

Un tono, dos tonos, tres tonos… y me manda al buzón de voz.

—¡Mierda!

La chica es de lo más atenta, me dice que me puede llamar a un taxi si lo preciso.

Por suerte, el taxista no tarda en llevarme a la dirección que le he dado. Al llegar al portal, le digo que espere un minuto para pagarle. Corro hasta la puerta del edificio y llamo como loca al apartamento que comparto con mi queridísima amiga Mey.

«¡La tránsfuga!».

—Sí —dice con voz adormilada a través del portero electrónico.

—Baja tu culo ahora mismo y paga el taxi que he tenido que pedir.

—Buf, qué humos, ahora voy.

Tranquilizo al taxista. Mey aparece al rato, paga y empiezo el camino a mi preciada cama. Subo las escaleras hasta el segundo piso mientras escucho cómo la vecina del primero mueve la mirilla de su puerta para ver quién es la que sube las escaleras.

Mey sube detrás de mí en bata y zapatillas. Al pasar por delante de la puerta de la señora Coleman, levanta su mano y la agita en el aire como si la saludara; el ruido de alguien tropezando se escucha al segundo.

Nada más entrar en nuestro apartamento, Mey cierra la puerta y acelero mi paso lo máximo que puedo para intentar evitar el interrogatorio.

—No tan rápido. Ya puedes ir contándome cómo ha sido tu noche… ¿Has dejado la sequía?

Me quedo callada por un momento. ¿Qué puedo decirle?

—Solo te diré que te toca limpiar el baño lo que queda de mes.

Sigo como si no fuera gran cosa lo que he dicho, dirección a mi dormitorio. Escucho a mi espalda los pasos arrastrados de Mey.

—¿Y ya está? ¿No piensas decirme nada más?

Abro la puerta, doy un paso dentro y me quedo mirándola.

—Estoy cansada…

—¿Fue con el macizo de la discoteca?

Buf, mejor ni recordar a ese energúmeno.

—No. —Intento cerrar la puerta, lo intento, pero la mano de mi compañera de piso no me deja hacerlo.

—Entonces, ¿quién?

—No lo conoces. Déjame cerrar y ponerme a dormir algo.

—Te dejaré dormir si me dices al menos cómo se llama.

«Bien, esa te la sabes».

Doy un sonoro suspiro, cansada por toda la aventura que he pasado.

—Adam. ¿Estás contenta?

—No, pero te dejaré descansar. En unas cinco horas te interrogaré como Dios manda. Descansa —me dice con una sonrisa de oreja a oreja.

Me dejo caer sobre el colchón. Adam… ¿Volveré a verlo alguna vez?

No, ha sido solo un rollo de una noche, lo más seguro es que me olvide pronto de él, o eso espero.

4 Novato

ADAM

Me dejo caer encima de su pequeño cuerpo, no sé qué cojones me ha pasado, me he sentido torpe y nervioso, como si fuera un jodido virgen que no sabe qué hacer.

Aún desconcertado por la situación, noto cómo la chica se remueve debajo de mí.

—Disculpa, nena. Ha sido magnífico.

Soy distante y algo chulesco, lo sé, pero lo más seguro es que solo se acueste conmigo por ser famoso, y eso me jode en el fondo.

Me levanto de la cama y me voy directo al baño sin decirle nada. Tiro el condón en la papelera del baño, me aseo y veo que tengo unos vaqueros limpios cerca, me los pongo sin nada más debajo.

Me quedo un segundo contemplando mi reflejo ante el espejo del baño.

—Bueno, dime, ¿cómo te llamas? —Arrugo mi frente, ¿por qué se lo pregunto? Normalmente me traen sin cuidado las *groupies*.

«Aunque no tiene pinta de serlo, y tenía razón, las tetas son reales».

—Alice.

—¿Solo Alice?

Tengo curiosidad por esta chica, no sé el motivo.

—Cooper, Alice Cooper.

Saco automáticamente la cabeza y la observo, tiene que estar vacilándome.

—¡No me jodas!

Tiene que estar mintiendo sobre su nombre, ¿qué padre, en su sano juicio, le pondría el nombre de Alice Cooper a su hija?

—Estás de coña, ¿no?

—No, no estoy de coña.

Su voz toma un tinte de rabia. Mierda, creo que la he cabreado. Tengo que arreglarlo.

—Por suerte, no te pareces a él.

Digo, riendo entre dientes. Parece que no le hace gracia mi comentario. «Joder, no sirvo para esto, el gracioso del grupo es Henry». Doy unos pasos y me siento en el borde de la cama. Necesito su cercanía.

¿Qué? ¡Pero ¿qué pienso?!

—¿Y cómo quieres que te llame yo?

Es la primera vez que una chica me lo pregunta. Mi boca se abre, voy a decirle Magister.

—Llámame Adam —digo sin pensármelo mucho.

¿Dije Adam? ¿Por qué? Nadie me llama Adam, aparte de mis padres y los de la banda.

Magister Fuller, ese es quien soy para los que no me conocen, pero algo en su mirada me impide decirlo en alto. Esos ojos penetran en mí y me diseccionan capa a capa.

«¿Quizá quieras conocerla?».

¿Qué? No, para nada. Mi música es lo único que me interesa.

Hemos estado unos minutos en silencio y me fijo en que tiene la mirada perdida.

—¿Estás en la tierra…?

—Oh, disculpa, a veces me quedo algo pensativa.

—No pasa nada, a mí me pasa a menudo cuando llega la musa. «La cual lleva de vacaciones los últimos meses».

—¿Y a qué te dedicas Alice Cooper?

Quiero seguir preguntando. La noto incómoda, se tapa con la sábana de la cama.

¿Por qué cojones se tapa? Si ya he visto todo lo que hay debajo, es algo que nunca entenderé de las mujeres.

—Soy fotógrafa —me dice en voz baja.

Mi cuerpo se tensa al momento. Miro a un lado y al otro en busca de cámaras, no es la primera vez que intentan grabar o hacer fotografías al grupo en situaciones comprometidas.

No puedo evitar el levantarme de un salto de la cama. Caí, caí como un estúpido novato en una encerrona. Busco mi camiseta, la encuentro tirada en el suelo y me la pongo rápido.

—¡Eres una de ellos! Joder, ¡genial!

Tengo que salir de aquí, debo largarme cuanto antes.

Abro la puerta que da al pasillo del hotel y antes de salir me freno; si no lo suelto voy a reventar. Giro mi cabeza y la miro directamente.

—Espero que tengas tu gran noticia. No quiero volver a ver tu cara en mi vida. Disfruta de la habitación, está pagada hasta las doce.

No le digo nada más. Salgo al pasillo y doy un portazo al salir.

Camino un par de pasos por el pasillo y doy un puñetazo a la pared. «Mierda, joder, estúpido, estúpido, estúpido».

Empiezo a caminar de nuevo. Genial, estoy descalzo. Dejé las botas en la habitación, pero ni aunque el mismísimo Lucifer me amenace volveré allí.

Odio con todo mi ser a los *paparazzi*. Lo peor es que ellos lo saben y por eso me presionan, intentando que estalle.

Toco a la puerta de la *suite* de Max, él tiene la misma talla que yo de pie, no le importará dejarme algo hasta que embarquemos.

—¡Hey! Adam, ¿vienes a unirte? —Abre la puerta de par en par totalmente desnudo, una chica está en mitad de la cama a cuatro patas, atada y amordazada, mirando hacia un póster de la gira.

—Vengo solo a que me dejes calzado, sabes que paso de tus juegos de *Cincuenta sombras*. ¿Y a qué viene el póster?

No puedo evitar preguntarle. La desnudez de mi amigo no me incomoda, tampoco lo hace que esté totalmente empalmado. Siendo más jóvenes, me dejé llevar y experimentamos en algún que otro trío.

—Esta preciosidad quiere que todo el grupo pueda ver cómo lo hacemos —dice, refiriéndose a la chica, la cual intenta girar su cabeza para poder vernos—, y por lo que más quieras, no me compares con el Grey ese. A mi lado es un simple aficionado.

Max abre un armario y me lanza unas botas. Las agarro al vuelo y me siento en una silla cercana al escritorio que tiene la habitación mientras el culo de la chica mira en mi dirección.

Asiento con la cabeza a la vez que aprieto bien los cordones. Sé que le jode que lo comparen con el Cincuenta, pero es que es tan fácil de molestar que no se puede evitar. De esa forma evito pensar en… ella.

—¿Has huido de tu habitación?

No quiero hablar de Alice o de como quiera que se llame. Si mañana mi culo aparece en todos los tabloides y programas del corazón, ya daré explicaciones; mientras tanto, no pienso hablar de ello.

—Simplemente no quiero volver allí.

—¿Te quedas a mirar? —dice Max algo emocionado.

La chica amordazada mueve su cabeza histérica arriba y abajo.

—No. Y tú no deberías tardar tampoco. —Miro el reloj que cuelga en una de paredes—. Jeremy nos vendrá a recoger al vestíbulo del hotel en quince minutos y no quieres una charla suya.

Como no quiero tener que aguantarla yo tampoco.

Dejo a mi amigo con sus jueguecitos y me voy directo a la entrada del hotel.

Me acomodo en uno de los sillones y pienso en Alice. El caos empieza en mi cabeza: decepción, ira, incertidumbre, pero, sobre todo, soledad. Sin darme casi cuenta, una melodía aparece de la nada. Empiezo a intentar tararearla, necesito… Mierda, necesito… escribirla ahora. No puedo perder este *riff*.

Voy a paso acelerado, para qué mentir, corro como alma que lleva al diablo y pido a la chica de recepción papel y lápiz.

Escribo los compases uno detrás de otro. Fluye, no lo fuerzo, estribillo tras estribillo, corcheas, fusas y semifusas.

Dejo el lápiz en el mostrador y en cuanto me doy la vuelta con el papel en la mano, veo a todos mirándome con una sonrisa en sus caras. ¿Cuánto tiempo llevo escribiendo la composición?
Levanto una ceja.

—¿Es un nuevo *riff*? —pregunta Alex.

Asiento, mirando cada una de las notas de la hoja.

—Tío, no sé qué has hecho esta noche, pero vas a tener que repetirlo —me dice Henry, mirando por encima de mi hombro mi nueva composición—. Tenemos que tocarlo nada más llegar, solo con verlo ya tengo ganas de coger las baquetas.

No pienso repetir lo de esta noche, jamás. No creo que Alice tenga que ver en mi renovada inspiración, ¿no?

«Eso, tú autoconvéncete».

—¡Chicos, el bus nos espera desde hace diez minutos! —Jeremy nos hace señas desde la entrada.

Sentado en primera clase del avión que nos llevará hasta Nueva York, pienso en el motivo real de que me sienta tan… traicionado.

Siete horas y media dura el viaje y no soy capaz de pegar ojo.

«Échale la culpa a los ronquidos de Max».

Podría hacerlo, pero la culpa tiene un nombre y apellido.

Alice Cooper.

—Adam, llevas todo el viaje muy callado y pensativo, ¿en qué anda tu cabeza, *bro*?

«En nuestra musa».

Joder, que no. John, que es muy observador, se queda esperando mi respuesta.

—Solo estoy cansado del viaje.

—No te creo, cuando quieras hablar con alguien, ya sabes que me tienes, hermano.

Me da una palmada en la espalda y se va a recoger el equipaje que ha traído.

En cuanto doy el primer paso fuera del aeropuerto, no puedo evitar preguntarme si volveré a saber algo de ella y al mismo tiempo me maldigo por pensarlo.

Es imposible, nuestros caminos nunca se volverán a cruzar.

5

¡Sorpresa!

ALICE

Llevo aguantando los interrogatorios incesantes de Mey un mes y medio. Ya no lo aguanto más, ya no sé qué más decirle para que deje el tema.

«Es que es un bombazo».

Cállate. Por favor, últimamente ni me soporto a mí misma.

—Venga, Alice, ¿vas a contarme algo del chico misterioso algún día? No es justo, yo te lo cuento todo.

Hago oídos sordos. Me siento en el sofá y empiezo a cambiar de manera compulsiva de canal. Estoy cansada de la sesión fotográfica que he hecho hoy.

El dueño del local no estaba conforme con nada: «quiero que salga con vida»; «¿no puede hacer el enfoque con más precisión?»; «yo le pondría más luz».

Insoportable. Si llama a un profesional, ¿por qué no me deja hacer mi trabajo?

El ruido que hace Mey desde el aseo evita que siga pensando en el odioso cliente.

—¿Qué estás buscando para hacer tanto ruido?

—Los tampones. No compraste.

—No, ¿cuándo se acabaron?

—¿Estás de coña? Los acabé el mes pasado, y como siempre te viene a ti dos semanas después, me despreocupé de ir al supermercado.

El corazón empieza a latirme con fuerza. Empiezo a calcular en mi mente mi última menstruación.

Me levanto del sofá con las piernas hechas gelatina. Mi mejor amiga sale con cara preocupada del baño y se me queda mirando el vientre.

Automáticamente, llevo mis manos al mismo.

No. No puedo estar embarazada. Usamos anticonceptivos, los condones no fallan, ¿no?

«Ni que fueras una experta».

Serán los nervios, el estrés por el trabajo, la polución medioambiental, los cambios hormonales o… la menopausia. ¡Sí! Tiene que ser algo de eso.

—Dime que usaste condón.

—Pues claro que usamos, ¿quién me crees acaso, una adolescente alocada que no sabe lo que hace?

Por Dios, pero ¿qué me pasa? Me llevo las manos a los pechos; hace unos días empezaron a dolerme y lo asocié a que me tendría que venir pronto la regla.

—Ahora mismo bajo a por una prueba de embarazo. Tú no te muevas.

¿Moverme? Pero si no puedo ni pestañear.

Mey sale de casa corriendo, dejándome sola con todos los miedos e inseguridades de golpe.

Doy vueltas y más vueltas alrededor del sofá. Me fijo en que los platos de la cena de ayer están sin fregar.

Y aquí estoy yo. Con un posible bebé en mi interior y lavando los cacharros como una auténtica desquiciada.

La puerta de la entrada se abre.

—¡Ya llegué! Pero ¿qué coño haces? Estoy atacada de los nervios y tú te pones a limpiar la casa.

Echo el estropajo a un lado y la miro con unas ganas tremendas de llorar. Las lágrimas se me agolpan en los bordes de los ojos, con tan solo pestañear sé que caerán.

—Eh, tranquila. Sabes que estoy contigo pase lo que pase. Somos más que amigas, eres una hermana para mí.

Se acerca a mí y me abraza.

No puedo evitar llorar. ¿Qué tengo que ofrecer yo a un niño? Mi trabajo es inestable, los contratos aparecen de vez en cuando. Es gracias a Mey el que tenga algo de estabilidad. Su trabajo de decoradora nos permite vivir de forma holgada para ser Londres.

—Estoy aterrada —digo mientras me paso la mano por la nariz, ya que me empieza a gotear; es asqueroso llorar de esta manera, como si tuviera dos años y no veinticuatro.

—¿Te acuerdas de lo que te dije el día que nos conocimos?

Hago memoria. Recién salida de la última casa de acogida en la que me endosaron, me puse a buscar nada más cumplir la mayoría de edad una habitación en piso compartido. Con tan solo trescientas libras en mi cartera y una mochila en la que guardaba toda mi vida, empecé a mirar desde una cafetería los anuncios que salían en internet gracias al wifi del local.

Localicé un anuncio que me podía servir, solo solicitaba ciento cincuenta libras. La calle en cuestión era bastante conocida y me asombró ver que acababa de ser colgado. Contesté lo más rápido que pude, recibí contestación inmediata y me fui derecha dirección a la calle Victoria, cerca de la Abadía de Westminster. Una casa de tres plantas de época victoriana es lo que vi al llegar. Llamé al segundo piso, una señora regordeta con cara de perro *pitbull* salió por la ventana del primer piso.

«¿Viene a visitar a la señorita Wood?». Yo me quedé mirándola como si no supiera de qué me hablaba, y la verdad era que no sabía qué decirle.

Pero gracias a los cielos, la puerta se abrió y una voz femenina me dijo que subiera.

Una chica rubia, bastante alta en comparación a mí, me abrió la puerta con una sonrisa en la cara. «Debes de ser Alice, ven, pasa, no te quedes en la puerta, mi nombre es Miranda Wood, pero, por favor, llámame Mey».

Dando pequeños pasos indecisos entré y vi un auténtico desastre de muebles por montar y pintura de distintas tonalidades repartida en varias paredes. Mey se quedó mirando mi mochila, frunció el ceño y me dijo como si nada:

«Me gusta la sinceridad, es lo que más valoro en la vida. Ya quité el anuncio porque fuiste la primera en contestar y no quiero que me molesten con *e-mails* cansinos».

Yo solo asentía con la cabeza, agarrada al asa de mi mochila, como si de repente le fuera a salir alas y me dejara sola ante el peligro.

«Bien, aclarado ese punto, quiero que me cuentes de dónde vienes».

Y lo hice, con pelos y señales. Quizá empujada por el miedo que sentía a que me rechazaran de nuevo. Nos llevamos dos años de diferencia, pero congeniamos a la perfección.

«A partir de hoy considérate adoptada con todas las consecuencias, me encantará ser tu hermana, si me lo permites».

Y a partir de ese instante, lo hizo, me apoyó en mis estudios mientras que los combinaba con trabajos de media jornada, me perdonó una y otra vez las mensualidades cuando no llegaba a fin de mes y me daba sermones eternos sobre dejar de intentar ser tan… perfeccionista.

—Alice, ¿lo recuerdas o no?

Asiento con la cabeza e inspiro, llenando mis pulmones del preciado aire que tanto necesito.

—Sí, lo recuerdo.

—Eres parte de mi familia y te apoyaré en todo.

Con una confianza que es puro teatro, escojo uno de los ocho test que ha comprado y me voy directa al baño a mear sobre el dichoso cacharro mientras Mey lee las instrucciones en alto para mí.

—...Cuando lo tengas bien mojado, ponle de nuevo la tapa. Tenemos que esperar de tres a cinco minutos, si salen dos rayas rosas es positivo, si es una es negativo.

«¿Qué coño es eso de tres a cinco minutos? O son tres o son cinco».

Me grita mi conciencia mientras coloco la tapa al palito que determinará mi destino. Salgo del aseo y, sin mirar la pantalla pequeña donde tiene que salir el resultado, lo dejo sobre la mesita de salón bocabajo para no tener la tentación de mirarlo mientras espero el veredicto.

Mey me dice que me siente con ella después de dar la quinta vuelta al sofá. Los minutos no quieren pasar a la velocidad normal que deberían. Miro a la pared donde tenemos un reloj gigante y doy un salto en cuanto pasan los cinco minutos.

Extiendo la mano, temerosa de saber el resultado, la retiro y miro suplicante a mi mejor amiga a los ojos, que sin palabras de por medio me comprende a la perfección, siendo ella quien lo mira.

—¿Quieres que te lo diga o quieres verlo?

«No hay vuelta atrás, Alice».

—Dame —digo, quitándole de las manos la jodida prueba de embarazo.

Y el mundo deja de moverse, deja de girar en este mismo instante, solo soy yo y esas dos rayitas rosas que me fulminan, recriminándome la única locura que he cometido en mi vida.

Noto las manos de Mey envolver mis hombros para que me pueda sentar de nuevo en el sillón. Y no sabe lo que lo agradezco porque estoy a punto de hiperventilar.

—¿Qué vas hacer? Me refiero a… ¿se lo vas a decir al padre? Te conozco perfectamente y sé que nunca se te pasaría por la cabeza…

«Abortar», termino su frase incompleta en mi cabeza. Y no, no soy capaz de eso, así como sé que tampoco lo daré en adopción; sufrí en mis propias carnes lo que es entrar en el Sistema y no se lo deseo a nadie.

Llevo las manos a mi vientre, pero esta vez siendo consciente de que llevo en mi interior una vida o, al menos, intentando asimilarlo.

—No estoy segura.

Digo, aún en estado de *shock*.

—Está bien, ¿dónde vive?

—Eeeh, no lo sé.

—Alice, ¿qué es exactamente lo que sabes de él?

Me encojo por instinto de hombros, intentando que mi cabeza se esconda como la de una tortuga.

—Que se llama Adam… —digo dubitativa.

—¡Dios, creo que necesito beber algo!

Y por primera vez me encantaría poder acompañarla en ese trago.

—Bajemos a la calle a respirar aire fresco, yo me tomo algo fuerte y tú ordenas tus pensamientos, que sé que deben ser un caos ahora mismo.

«Pero qué bien te conoce la *jodía*».

En poco menos de quince minutos entramos en un pequeño café. La camarera se acerca a tomar el pedido y no dejo de observar sus múltiples perforaciones en las orejas y sus tatuajes, logrando que me recuerde a Adam de alguna manera.

El sitio, para suerte nuestra, está casi vacío. Intento relajarme algo, pero es imposible con la música que procede del televisor. Me levanto de la mesa y le indico a Mey que vuelvo en un segundo.

—Perdone —digo en la barra, llamando la atención de la chica, la cual deja de mirar un segundo la tele y me mira con cara de pocos amigos por interrumpir su entretenimiento.

—¿Puede bajar el volumen de eso? —digo, moviendo mi mano al aire en dirección a la pantalla que cuelga de la pared.

—No, es mi grupo favorito —responde, algo molesta por la petición.

Resignada, alzo la vista al susodicho objeto, y mi mundo, no, la maldita galaxia se colapsa. Doy un paso atrás, tropezando con el taburete que hay a mi lado.

Mey debe haberme visto cara de fantasma y se acerca a mí a paso acelerado.

—Alice, ¿estás bien?, ¿qué te pasa?

Con mi mano temblorosa, señalo el vídeo musical que promociona un programa de televisión.

—Lo… lo… lo encontré.

—¿Qué? ¿A qué te refieres? Me estás asustando.

Siento el palpitar de mis sienes a cada latido que da mi corazón.

—Adam…

Ella alza al fin la cabeza en la dirección que le indico, abre y cierra la boca como pez fuera del agua.

—¡Hostia puta! —Suelta al final.

«Yo no podría haberlo expresado mejor».

6

Silencios

ALICE

No soy consciente de cómo me lleva Mey hasta el apartamento; el caso es que, cuando por fin reacciono, estoy otra vez sentada en el sofá, mirando la pared como si en cualquier momento fuera a aparecer un espectro.

—Aquí tienes una tila.

La taza aparece literalmente delante de mis narices. La agarro y tintinea entre mis manos temblorosas.

Un roquero. Y, además, famoso. Tierra, trágame.

Doy un sorbo y me quemo la punta de la lengua.

—Te dije que quemaba.

«No, no lo ha dicho».

O quizá sí. Ni siquiera recuerdo subir las escaleras, así que todo es posible. Mey se sienta a mi lado, acariciándome la espalda arriba y abajo… arriba y abajo… Creo que…

Salgo corriendo hacia el lavabo y vomito.

Las arcadas son fuertes; esto es una mierda. Me levanto del suelo, donde me había dejado caer para que mi cuerpo expulsara lo que quisiera, y me lavo la cara con agua helada. Mi reflejo no muestra todavía ningún cambio, pero sé que será cuestión de tiempo.

—Mey, necesito tu portátil.

Necesito saber a qué me enfrento.

—Lo tienes en la mesa de la cocina. ¿Qué vas a hacer?

Salgo del baño con paso firme mientras por dentro estoy hecha un ovillo de miedo.

—Información.

Mey frunce el ceño por mi falta de explicaciones. Me observa mientras me siento en la mesa de la cocina y enciendo el ordenador. Busco Google, tecleo «Slow Death» y aparecen cientos de entradas en cuestión de segundos.

Abro la Wikipedia y empiezo a leer: «Slow Death, grupo de *hard rock* formado al principio por Henry Strom y Alex en sus años de adolescencia…»

Todo muy bonito y didáctico, pero no es lo que busco. Bajo con la rueda del ratón hasta la sección «Miembros»:

«Alex James – Voz.

Henry Strom – Batería, percusión.

John Wells – Bajo eléctrico, coros.

Magister Fuller – Guitarra solista.

Max Foster – Guitarra rítmica, coros».

Perfecto. Una mierda.

Cierro Wikipedia y escribo «Magister Fuller». Mis ojos se agrandan al instante: fotos, revistas del corazón, rumores, conquistas y… su familia.

—Alice, ¿cómo vas a decirle lo del embarazo?

—No sé…

—Mira, vete a dormir. Lo necesitas. Mañana será otro día.

Me levanto, la abrazo y le deseo buenas noches.

En mi habitación oscura, el tictac del reloj me tortura. No puedo dormir; los nervios me devoran viva.

Han pasado siete días desde que la prueba dio positivo. Siete jodidos días.

Y, por si acaso, me he hecho otros dos. Por si el primero estaba roto, caducado o enviando señales erróneas desde el más allá. Todos han salido igual: dos rayas rosas. Excepto uno, que lo ponía por escrito: «Embarazada».

Una semana entera en la que el mundo ha seguido girando sin detenerse ni un segundo para que yo asimile que tengo un ser humano del tamaño de un garbanzo viviendo dentro de mí.

Un garbanzo.

Yo, que no sé mantener viva ni una planta. Si apenas sabemos cuidarnos entre Mey y yo.

—Alice, ¿te has tomado el zumo? —pregunta desde la cocina con voz de sargento.

Me dejo caer bocarriba en el sofá, con un brazo sobre la cara. Si existiera un premio a la persona que más ha llorado, vomitado y dudado en una semana, me lo darían a mí sin discusión.

—¡Alice!

—¡Sí! —miento.

«Mentirle a la rubia es como intentar esconder un elefante detrás de una cortina de baño», murmura mi conciencia.

Mey aparece con los brazos cruzados y una ceja levantada: la ceja del juicio. La que avisa de que estoy a punto de ser regañada como si tuviera cinco años. Qué ironía viniendo de ella. ¡De ella! La que me empujó a los brazos de un desconocido en una discoteca.

Vale, yo me dejé llevar. Mucho.

—Está donde lo dejé, ¿verdad?

—Eeem…, puede.

—Alice… —Suspira—. Sabes que es importante.

—Sabes que las náuseas me impiden tragar ni el aire —protesto.

Me pasa el vaso. El brebaje parece más viscoso que mi fuerza de voluntad. Lo huelo y me entran náuseas de inmediato.

—No puedo —susurro, dejándolo.

—Claro que puedes. Si puedes llorar viendo vídeos de partos en YouTube, puedes tomarte un zumo multivitamínico.

«¿Por qué lo hiciste, idiota?».

Ni idea. Fue como ver un accidente a cámara lenta: horrible, pero imposible de dejar de mirar.

Me fuerzo a tragar. Abro los ojos. Sigo viva.

Mey ha estado demasiado encima de mí estos días; a veces pienso que la embarazada es ella. Caldos, purés, zumos naturales, galletas sin azúcar, sin gluten y, aparentemente, sin alegría. A veces creo que piensa que voy a explotar si me como un *croissant*.

Me imagino un *croissant* con una anilla de seguridad a punto de soltarse. Fantástico.

—Deberías salir a caminar —dice después del desayuno.

—Lo hice ayer.

—Ayer diste vuelta y media a la manzana porque viste un carrito de bebé y te entró pánico.

Me arde la cara. Sí, salí corriendo. Literalmente.

—¿Y qué quieres? ¡Estoy hormonal!

Una lágrima traicionera asoma y Mey me abraza sin avisar: cálido, fuerte, de esos que te obligan a llorar, aunque no quieras.

—Vamos a estar bien —murmura—. Tú y la cosita que llevas dentro.

La cosita. Mi cosita. Genial, a llorar otra vez.

—Me da miedo —digo.

—A mí también, pero si sobrevivimos a la señora Coleman y a media Londres buscándote trabajo, podemos con esto.

Me río entre lágrimas. Razón no le falta.

Cumplo y salgo a caminar. Mey me observa desde la ventana como una madre vigilando a su hijo en el recreo. Juro que, si pudiera, me pondría una cámara en el abrigo.

El clima londinense está milagrosamente soleado. Odio el sol cuando estoy triste; parece que te obligue a fingir que estás bien. Niños correteando, parejas paseando, una embarazada sosteniéndose la espalda. Llevo la mano a mi vientre sin pensarlo. No siento nada.

«Por ahora», dice mi conciencia.

Regreso con más dudas que certezas. Mey me espera con un zumo verde que huele a césped recién cortado.

—No.

—Sí.

—No.

—Sí.

Al final me lo tomo, y su sonrisa triunfal aparece en cuanto termino.

Debo admitir que, gracias a sus zumos, no me he muerto de inanición; la comida sólida ya es otro tema.

Los días pasan. Las náuseas también. Mi humor está por los suelos y mi energía es pura ficción.

La ansiedad, patrocinada por mil preguntas sin respuesta.

Conseguí un trabajo: un reportaje de productos para una agencia. Tazas, relojes, cajas de galletas. Simple. O eso creí.

Fue un desastre.

El dueño del estudio se acercó.

—Alice, ¿te encuentras bien? Te noto pálida.

Pálida, ojerosa, a punto de desmayarme. Y con un garbanzo dentro.

—Sí, sí —miento con una sonrisa tan falsa como unos dientes de actor de Hollywood.

Disparo diez fotos movidas y corro al baño para vomitar. Llamo a Mey. Lo de siempre.

—Alice, no puedes trabajar así —dice mientras me acompaña.

—No quiero dejar de trabajar.

—Un par de días. Nada más. Descansa. Respira.

Respirar. Sí, debería intentar eso.

Llegamos al apartamento y me meto en la cama con mi camiseta vieja y mis bragas. Intento dormir, pero la mente no me deja. Sueño con Adam. Con su sonrisa torcida. Sus manos. Su voz ronca.

Y despierto sintiéndome idiota.

¿Quién tiene un hijo de alguien a quien apenas conoce?

Yo.

«Bravo, campeona», aplaude mi conciencia.

A la mañana siguiente, Mey llega con una bolsa enorme.

—No me asustes —le digo.

—No te asusto. Te preparo.

Saca cinco libros de embarazo.

—Mey…

—Información básica. Tienes que saber qué pasa.

—No quiero saberlo —miento.

—Sí quieres. Te conozco.

Abro el primero. «Semana 7: tu bebé es del tamaño de un arándano».

—¿Arándano? Creí que era un garbanzo.

—Ahora es un arándano.

—¿Y luego una frambuesa?

—Más grande.

—Qué asco —murmuro, riendo.

El libro sigue: cambios de humor, náuseas, cansancio.

—Soy un cliché ambulante —resoplo.

—Alice… —Mey me toma la mano—, tienes que pensar en lo que quieres hacer.

Ahí está.

La frase.

La conversación que he evitado todo este tiempo.

—Sé que voy a tenerlo —digo rápido.

—Lo sé. Hablo de Adam.

Silencio.

Trago saliva. O náuseas. O ambas.

—No tengo ni idea. Está claro que no voy a conseguir su número por redes sociales.

—Entonces, ¿lo has decidido?

—Sí. Puede que no le importe, que pase de mí, pero tengo que intentarlo. El día de mañana, cuando… cuando mi hija sea mayor, quiero poder decirle que, al menos, lo intenté.

—¿Hija? —Se ríe—. ¿Ya sabes que será una niña?

—Más le vale. Los chicos solo traen problemas… o se convierten en roqueros.

Nos relajamos un poco en el sofá.

—Tienes que ir.

—Eres demasiado impulsiva. No puedo ir a… ¿Dónde están? ¿Estados Unidos? No tengo ni una libra.

—Eso no es problema.

Bufido.

—No quiero que me des dinero.

—No es para ti, es para mi futura sobrina. Necesita un padre. Y tú tienes que encontrar a Adam.

—No sé cómo. No sé qué decir. No sé si le importará. Si me va a mandar a la mierda. Si me creerá.

—Solo hay una forma de saberlo.

—No puedo ir a buscar a un famoso. Es absurdo.

—Absurdas son tus mudanzas. Y, aun así, sobreviviste a quince antes de cumplir diecinueve.

—Eso no incluía bebés.

—Aun así, puedes.

Me quedo callada porque sé que es verdad.

—No hoy. Ni mañana. Pero pronto.

—Cuando estés lista.

Asiento.

¿Lo estaré algún día?

Hay algo más que no le digo. Cada noche, cuando apoyo las manos en el vientre, siento algo. No una voz literal, no estoy tan loca. Es una sensación. Un empujoncito.

Un «haz lo correcto».

Y lo correcto, aunque me duela admitirlo, es encontrar a Adam.

7 Viaje

ALICE

Tres días después, estoy un poco mejor. Las molestias típicas siguen ahí, pero aprendo a convivir con ellas. Tengo mis trucos: galletas saladas, oler limón, pensar en cosas bonitas —que son pocas, pero algo es algo—.

Mey llega con bolsas del supermercado.

—He comprado helado —dice, mostrando dos botes enormes.

—¿De vainilla?

—Y de chocolate.

—Te quiero.

—Lo sé.

Nos tumbamos en el sofá a ver una película. A mitad de ella, mis hormonas deciden que es un buen momento para llorar porque el protagonista se queda sin gasolina.

—Alice…, ¿estás llorando por un coche?

—¡No es por el coche! —digo sollozando.

«Es por todo, idiota», me dice mi conciencia.

Mey me abraza.

Empiezo a llorar más fuerte.

A lo grande. A modo ballena varada. En cuanto soy capaz de volver a respirar sin hipar, mi amiga se levanta hasta la cocina y me trae un té calentito.

—¿Sabes qué deberías hacer? —pregunta Mey mientras me observa dar pequeños sorbos.

—¿Convertirme en una persona estable emocionalmente?

—Buscar más información de Adam.

La taza casi se me cae de las manos.

—No. No sé. Sí. No sé.

—Alice.

—Es que es famoso, Mey. Famoso de verdad.

—¿Y qué? Sigue siendo una persona.

—Una persona con *fans* locas.

—Tú también estás un poco loca.

—¡Hormonal! —corrijo.

Mey se cruza de brazos.

—Solo mira. No tienes que hacer nada. Solo informarte.

—Informarme —repito, como si la palabra pudiera comerme.

—Sí, informarte.

—Informarme… —Suspiro.

Voy a la mesa.

Abro el portátil.

Tecleo en Google: «Magister Fuller».

Aparecen más fotos que estrellas en el cielo. Conciertos. Entrevistas. Portadas de revistas. Rumores de romances. *Paparazzi*. Escándalos. Más fotos. Más tatuajes. Más sonrisas torcidas.

—Dios… —susurro.

—¿Qué? ¿Se ha operado y ha quedado horrible? —pregunta Mey, acercándose.

—No… —Trago saliva—. Todo lo contrario.

Una parte de mí siente nostalgia por esa noche. Otra siente ganas de vomitar. Otra quiere llorar. Estoy rota en pedazos que no sé cómo recomponer.

—¿Sabes qué creo? —dice Mey, poniéndose seria.

—¿Qué?

—Que tienes que hablar con él.

—¿Hablar? ¿Cómo? ¿Mandarle un mensaje a una cuenta pública con millones de seguidores?

—Ir.

Se me para el corazón.

—¿Ir? ¿Ir a dónde?

—A uno de sus conciertos, giras, eventos… Alice, tienen fechas publicadas, lugares. Es localizable.

—Mey…, no puedo.

—¿Por qué no?

—Porque no tengo dinero. Porque no sé qué decir. Porque tengo miedo. Porque no quiero que me grite. Porque no quiero que me ignore. Porque… porque…

Mey me toma las manos.

—Porque te importa.

Y ahí está. La verdad. Cruda y simple.

Sí, me importa.

Me importa demasiado.

Y eso me asusta.

—Déjame pensarlo —digo al fin.

Y lo pienso. Mucho. Por la noche, como de costumbre, me quedo despierta mirando el techo. Me giro a un lado, giro al otro. Mis náuseas van y vienen como una marea malcriada.

Pienso en Adam, en el bebé, en Mey.

Pienso en mí.

En quién era antes de todo esto. Y en quién soy ahora. Expulso todo el aire de mis pulmones y tomo una decisión. Una pequeña, muy pequeña.

Pero una decisión al fin.

Mañana voy a averiguar dónde está Adam. Solo averiguar. Nada más. «Primer paso», me digo. Mi conciencia aplaude con suavidad.

«Ya era hora», murmura.

Cierro los ojos y me duermo al fin con una mano en el vientre. Y con la sensación —extrañamente reconfortante— de que estoy caminando hacia algo. Algo grande, aterrador.

Algo mío, de los dos.

—¡Despierta dormilona!

«No le hagas caso, tengo sueño».

Sale un quejido de mi garganta y me tapo la cara con la colcha.

—¡Levanta, tienes que coger un avión!

Ha dicho avión…

—¡Avión! —digo, levantándome cual resorte de la cama, con el pelo todo revuelto y con un ojo medio cerrado.

Mey tiene una maleta a un lado suyo y un billete de avión que mueve como un abanico.

—Tienes cuatro horas —mira con una sonrisa de lo más maléfica el billete—: destino Michigan.

Vuelvo a tirarme hacia atrás en la cama y me tapo con ambos brazos la cara.

—Pero ¿qué has hecho? —mi voz sale amortiguada por la cercanía de mis brazos a la boca.

Noto como mi exmejor amiga se sienta en mi cama en uno de los bordes. Y sí, digo ex porque me cabrea y mucho que haga estas cosas sin consultármelas.

«Ya están las hormonas haciendo de las suyas».

«Tú a callar, que cuando me enteré de lo del embarazo bien que te escondiste y no aparecías ni a la de tres». Mierda, de aquí voy directa al loquero.

—No te enfades conmigo. Yo tengo trabajo y no puedo ir, pero tú tienes que hacerlo, y lo sabes... Te conozco bien, nunca me pedirías ayuda económica y dejarías pasar las semanas, puede que incluso los meses.

Tiene razón, debo afrontar los hechos. Retiro mi escudo absurdo de mi cara y veo la preocupación de mi amiga y hermana por mí en su rostro.

—Alice, acéptalo.

Asiento con la cabeza y nos fundimos en un abrazo que logra hacerme llorar. Malditas hormonas.

Nota mental para un futuro: «no volver a beber alcohol en la vida».

El vuelo dura más de ocho horas, en las cuales no puedo descansar por culpa de las náuseas. Parece que la caja de Pandora se abrió en el instante en el que me enteré de que estoy embarazada.

Salgo del aeropuerto y miro la hora en mi móvil, tengo un mensaje de Mey, lo abro y lo que veo me hace soltar tal carcajada que todos se me quedan mirando con cara de «esta chica está loca».

Una prenda de bebé totalmente rosa en la que pone «futura diosa del *rock*».

Mey: No pude resistirme,
es tan monooo, más te
vale que sea niña! Ve a
por todas, hermanita!

Muevo mis dedos con agilidad y le respondo.

Alice: Estás loca!
Pero gracias 😉
Voy a por todas!

Cierro la aplicación y me guardo el teléfono en el bolsillo de la chaqueta. Aquí, en Michigan, hace calor y por eso vengo en vestido corto, unas bailarinas y la cazadora negra.

Llamo a un taxi, que me deja a la entrada de un hotel de dos estrellas; no me puedo permitir nada mejor. Dejo la maleta encima de la cama y salgo corriendo dirección al estadio.

En cuanto llego, lo que veo me asusta de tal manera que creo que todo rastro de sangre ha desaparecido de mi cara. Un grupo de periodistas está agolpado en una de las salidas traseras. Al rato empiezan a moverse como abejas en un enjambre, los focos alumbran a un Adam molesto.

Intento hacerme un hueco entre los *paparazzi* y empiezo a gritar su nombre mientras levanto mi mano para que me vea.

«¿Dónde está Mey cuando necesitas que te abra camino?».

—¡Adam!

Grito desesperada, si se marcha, si no aprovecho esta oportunidad no sé cuándo podré volver a verlo.

—¡Adam! —vuelvo a vociferar a todo pulmón.

8 La nueva

ADAM

Detroit, MI Ford Field - Michigan.

El estadio está a reventar, cien mil *fans* se dejan las gargantas al compás que marca Henry en la batería desde su atril al fondo del escenario. Mis dedos pasan por cada traste de la guitarra con rapidez. El sudor me cubre el torso, me arrodillo ante el público en el lateral derecho mientras sigo tocando, los gritos aumentan en este lado del escenario ante mi gesto.

Max se pica y con su guitarra va al otro lateral y me mira a la vez que se acerca a los *fans*, que estallan ante su cercanía. Alex, mientras tanto, sigue cantando a todo pulmón la última estrofa del bis que nos han pedido.

El chute de adrenalina que se siente al estar delante de toda esta gente, que conoce nuestras letras al milímetro, es difícil de describir.

Me incorporo y me voy al centro, cerca de Max, que ya está en posición; es hora de nuestra típica batalla.

John deja de tocar el bajo, Alex se echa atrás, callado, levantando ambos brazos en alto, animando al público, y Henry nos incita con un redoble de batería que aumenta a cada paso más y más.

Empiezo yo con una serie de acordes; en cuanto termino, el estadio arde de euforia. Acto seguido, Max hace lo mismo, añadiendo más dificultad. Es ya un clásico en nuestros conciertos y nos lo pasamos de puta madre. La destreza de Max es asombrosa, la fluidez con la que mueve los dedos hipnotiza.

Al público y a la prensa les gusta pensar que tenemos rivalidad entre nosotros por ser yo el solista y él el rítmico, pero están muy equivocados.

Terminamos los dos al mismo tiempo, uniendo nuestros sonidos mientras los fuegos de artificio hacen lo correspondiente y la pantalla gigante se ilumina con las letras «Slow Death» en rojo sangre.

Nada más entrar al *backstage*, Emilie, la hija del jefe del equipo técnico, nos acerca unos botellines de agua mineral.

—Gracias —digo con una sonrisa en la boca, a la cual ella reacciona ruborizándose toda.

—No hay de qué, Magister.

Emilie se queda mirando cómo bebo mientras pone sus manos a la espalda y se mueve de un pie al otro.

—¿Quieres decirme algo?

Se muerde el labio inferior como la niña de diecisiete años que es; está cohibida.

—Hay una chica que acaba de contratar mi padre para la colocación de las pantallas que dice que… dice que… te conoce de Londres.

«Alice».

—¿Dónde?

—Preguntó por tu camerino…

No dejo que termine la frase. Me dirijo hacia allí a grandes pasos, intentando no chocar con nadie en el camino.

Magister Fuller. Miro las letras en negro y extiendo la mano al pomo de la puerta. ¿Y qué le digo si es ella?

«Hola».

Llevo dos meses machacándome los sesos. No salió ninguna foto o noticia mía de Inglaterra, más que las habituales. Cada vez que una mujer se me arrima, solo soy capaz de pensar en esos ojos…

Muevo la cabeza de un lado al otro, estoy desvariando. No follé con nadie desde Londres por la gira y no dejé de pensar en ella por… Pues porque quiero estar pendiente de si salta una noticia y avisar cuanto antes a los abogados.

«Pero mira que eres bipolar».

La puerta se abre de golpe. Solo veo una mancha roja saltando hacia mi cara con los brazos abiertos; aparto lo máximo que puedo de mi cuerpo la guitarra para que no la dañe.

—¡Oooh! Magister, qué ganas tenía de volver a verte. Te acuerdas de mí, ¿verdad? Soy Ginger, nos conocimos en Londres. Pedí ser tu asistente personal, pero no me dejaron. Sin embargo, he conseguido un puesto entre los de imagen. ¿No estás feliz? Podremos vernos todos los días.

Me libro del asfixiante abrazo, separándola con mi mano libre… ¿Cómo dijo que se llamaba? Gin… ¿Gina? Puede que no me acuerde de su nombre o de su cara incluso, pero esa voz de gallina no se me ha olvidado.

—Me alegro por tu nuevo puesto de trabajo. Ahora, si me dejas entrar, tengo que darme una ducha.

—A mí no me molesta el sudor… —dice, pasándome la uña del dedo índice por el torso arriba y abajo.

—Pero a mí sí. —Con una maniobra bastante cómica, me libro de la *groupie* acosadora y entro a mi camerino expulsando un sonoro suspiro.

No logro sacar a Alice de mi mente y eso me frustra, no logro entenderlo. Ni siquiera fue un polvo magistral, pero esa mirada intensa, ese brillo me ha hecho dudar de cómo actué.

Decido seguir con la rutina que asumí desde que pisé tierra americana. Guardo en la funda la Gibson con sumo cuidado después de limpiar el sudor del mástil. Me ducho y, acto seguido, me visto.

En el pasillo sigue la pelirroja esperando por mí.

«¿Es que no tiene trabajo que hacer?».

—¡Magister!

Saludo con la cabeza, y sin darle pie a que me siga, me marcho dirección al set. Marcus me deja entrar sin problemas, pero frena en la puerta a...

«Ni lo intentes, no te vas acordar de su nombre».

—¡Eh! Déjame pasar.

El guardaespaldas me mira por encima del hombro y niego sistemáticamente.

El ambiente en el set es el habitual: chicas, alcohol, música a todo volumen.

—Adam, ven a celebrar, tío —dice Henry al fondo del cuarto.

No estoy de humor, pero de todas formas me acerco a la mesa de las cervezas, bebo de una y me quedo pensativo. ¿Por qué motivo fue Alice en la primera persona en la que pensé? Esto es demasiado, necesito arrancármela de la cabeza de una jodida vez.

—Me voy al hotel, nos vemos mañana.

John me observa con atención y levanta la ceja ante mi repentina falta de entusiasmo. Antes de salir, me aseguro de que no esté fuera la chica, esperando de nuevo. Marcus sonríe ante mi forma de esconderme de una *groupie* entusiasmada. Al no ver a nadie por el pasillo, comienzo a caminar dirección a la salida trasera del estadio. No logro dar ni tres pasos cuando escucho mi nombre.

—¡Adam!

Joder, ¿y ahora qué?

—¿Qué quieres, Jeremy?

—¿Vas a salir?

—Tranquilo, me voy directo al hotel, que sé que mañana tenemos la agenda repleta.

—No, no es por eso. Si sales ahora, tienes que prometerme que te comportarás correctamente.

Eso solo puede significar una cosa: prensa.

—¿Cuántos?

—Unos veinte o treinta, ya sabes que el tema de tus padres a la prensa…

—Ya. Lo sé —jodidos carroñeros de mierda, solo saben meterse en la vida de los demás—, seré de lo más amistoso posible.

—Saldrás acompañado de Marcus.

No gasto más saliva en intentar que cambie de opinión, es Jeremy y siempre intenta salirse con la suya.

Un paso fuera del estadio y una nube de *flashes* me ciegan mientras me preguntan, entre empujones, sobre la rivalidad y el mal ambiente del grupo.

—¡Adam!

—Magister, ¿y qué sucede con la enfermedad de su madre?

Ante esa pregunta, me giro por completo ante la periodista y la fulmino con la mirada. Mis padres son sagrados, no son conocidos y no les gusta la fama. Siguen viviendo en la casa familiar que tenemos en Kensington.

—¡Adam

La periodista da un paso decidido y me insta con la mirada a que le dé un titular. Aprieto los dientes y clavo la mirada en el suelo.

Continúo escuchando las voces agolpadas unas encima de otras, gritan mi nombre, también mi apodo, otros realizan preguntas indiscriminadas…

—¡Adam!

9

¿Hola?

ALICE

Me dejo los pulmones en el intento de que mire hacia donde me encuentro. Sin embargo, no estamos en uno de mis sueños en el que él se da la vuelta, me reconoce y me lleva de la mano hacia el interior de su coche. Lo que sucede es ni más ni menos lo esperado: Adam se aleja de la multitud sin molestarse en levantar los ojos del suelo.

Pasadas un par de horas, regreso al hotel triste, cansada y muy decepcionada.

Mi teléfono vibra, es un mensaje de Mey preguntándome como ha ido. Le soy sincera, bueno, puede que algo catastrófica también, y de manera automática suena una llamada entrante.

—No te puedes rendir —sentencia.

Si en algún momento de la historia necesito de un detective privado, sé a quién acudir. Mey me ha hecho un recorrido de las próximas veinticuatro horas del grupo por programas de radio, televisión y pódcast antes de dejar la ciudad.

He descansado todo lo que los nervios me han permitido, pero me niego a aceptar que todo acaba en un intento absurdo de hablar con él. Debo mantener la esperanza de que todo saldrá bien.

El primer destino es la radio, pero no soy la única que conoce sus movimientos; entre prensa y fanáticas habrá, al menos, un centenar de personas rodeando la entrada del edificio.

—¿Tú por cuál de ellos vienes? —me espeta de repente una chica, que intenta acercarse al cordón de seguridad dando empujones a la gente que tiene delante. Su acento cerrado me indica que es de otra parte del país que no logro reconocer.

—¿Perdona?

—Yo mojo las bragas por Henry Strom.

Parpadeo varias veces y elevo la voz debido al tumulto que nos rodea.

—Perdona, ¿quién?

—El pelirrojo, ya sabes, el barbudo macizo con sonrisa de conquistador. —Entrecierra los ojos—. Tú tienes pinta de ser una de las sumisas que persiguen a Max Foster.

Niego con la cabeza, bastante nerviosa. ¡¿Dónde demonios me estoy metiendo?!

De repente, como si de una ola que te arrastra se tratara, me veo empujada hacia donde están los medios de comunicación. Intento apartarme de ellos, salir de aquí, pero justo es el momento que elige Adam para salir del edificio.

Trago con fuerza saliva y, dando pequeños saltos mientras alzo uno de mis brazos, vocifero su nombre.

—¡Adam! —Nada, no levanta la mirada.

—¿Cómo se encuentra su madre? —le pregunta un periodista que está situado a mi izquierda.

—¡Adam! —Nada.

—¿Es cierto que han dejado de hablarte por hacer la gira? —cuestiona otro que está bastante más alejado de mí.

—¡Adam! —vuelvo a intentarlo con más fuerza.

—Magister, ¿y qué sucede con la enfermedad de su madre?

Se da la vuelta y sus ojos se agrandan al verme.

«¿Eso es bueno?».

—Entonces, no me equivocaba, ¿eres una de ellos? —La rabia con la que me lo dice me intimida.

Los periodistas se quedan mudos, solo nos observan a él y a mí.

—¿Qué? No. No soy periodista —logro decir al fin.

—¿Y qué haces aquí entonces? ¿Acaso piensas salir en algún programa a mi costa?

No puedo creer que me haya dicho tal cosa. Las preguntas se amontonan unas encima de otras, una de las cámaras la siento enfocarme directo.

—Tengo que hablar contigo.

«Pero en privado. No puedo decir delante de todos esto».

—Dime lo que sea, Alice…

Los empujones de la gente aumentan, veo cómo un guardaespaldas se lleva a Adam lejos de ellos.

«¡Díselo!».

No puedo.

«¡Que se lo digas!».

No…, aquí no.

«¡Dilo!».

—¡Estoy embarazada!

No logro ver su expresión, soy arrastrada por todos; los focos y micrófonos me asfixian. Oh, mierda, pero ¿qué he hecho? Un sudor frío recorre mi espalda, los empujones son mayores.

—¿Es el hijo de Magíster Fuller?

—¿De qué se conocen?

—¿De cuánto tiempo está?

—¿Va a pedir manutención?

—¿Cuál es su nombre?, ¿cómo se llama?

Empiezo a perder la audición de ambos oídos, mi visión se nubla. Intento agarrarme a algo o a alguien, sé que me voy a desmayar… Esto es demasiado para mí, no debí venir…

Oscuridad. Oigo palabras sueltas de fondo, reconozco la voz de Adam.

—¡Marcus, ayúdame!

Siento cómo sus fuertes brazos me alzan y me acaricia la mejilla mientras noto movimiento. Nos movemos.

—… tienen que ayudarla…

—¿Qué le ocurre?

—Dijo que está… embarazada.

Intento escuchar todo lo que dicen, solo que mi cuerpo va por libre.

—Tranquilícese, intentaremos parar la hemorragia.

«Hemorragia, mi bebé».

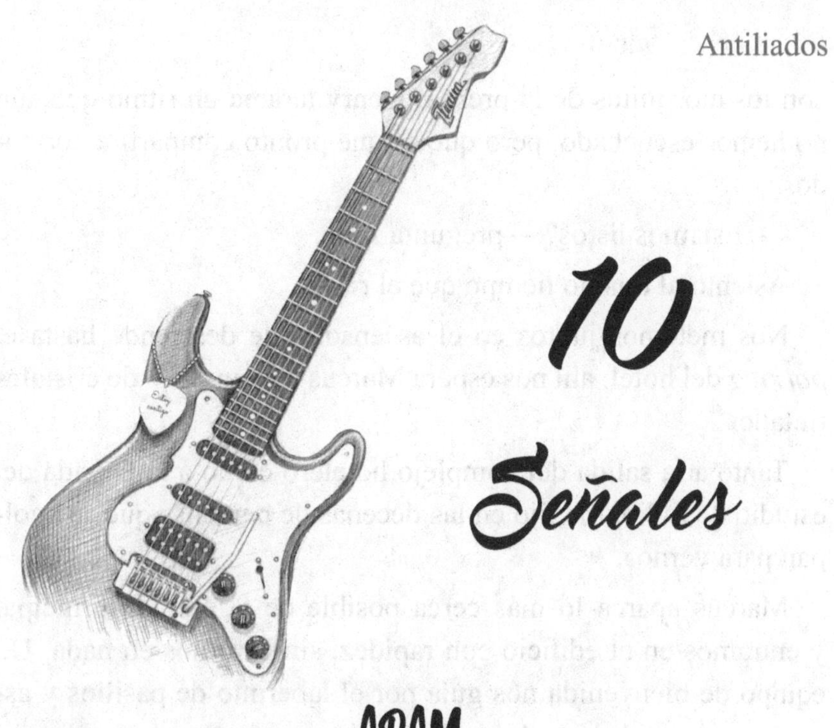

10 Señales

ADAM

Me despierto con el sonido de la alarma del móvil. Hoy empezamos la jornada con una entrevista en el programa de radio más escuchado en la mitad del medio oeste.

Voy tranquilo a este tipo de encuentros porque nuestros contratos siempre van acompañados de cláusulas para que los entrevistadores se centren en temas relacionados con nuestra música o, como mucho, que hagan alguna broma sobre nuestra vida, pero sin tener que responderles. Temas prohibidos: nuestra familia. Pueden preguntar por bulos, *fans*, fiestas, eventos próximos… Tienen material de sobra.

Después de darme una ducha y vestirme, escojo una pieza de fruta del saloncito, una naranja. La mastico con parsimonia, y en cuanto oigo el golpeteo típico de John avisando de la hora, me levanto de la silla y echo a la basura las mondas.

—Ya salgo —respondo, caminando dirección a la puerta.

Abro la puerta y observo a los chicos. Max sale bostezando; Alex se pone las gafas de sol, preparándose por si nos cruzamos con los mosquitos de la prensa; Henry tararea un ritmo que aún no hemos escuchado, pero que sé que pronto compartirá con todos.

—¿Estamos listos? —pregunta John.

Asiento al mismo tiempo que el resto.

Nos metemos juntos en el ascensor, que desciende hasta el *parking* del hotel; ahí nos espera Marcus con un SUV de cristales tintados.

Tanto a la salida del complejo hotelero como a la llegada del estudio de radio, me fijo en las decenas de personas que se agolpan para vernos.

Marcus aparca lo más cerca posible de la entrada principal y entramos en el edificio con rapidez, sin pararnos en nada. Un equipo de bienvenida nos guía por el laberinto de pasillos y ascensores hasta llegar al estudio. Ahí tenemos ya preparadas las sillas con nuestros nombres.

Mi vista se dirige al contenido de la mesa, busco algo en concreto y no soy el único que lo hace; por el rabillo del ojo me doy cuenta de que el resto también lo hace.

La comisura de la boca se eleva en una media sonrisa cuando veo los ositos de goma en varios cuencos repartidos por la mesa, todos de color rojo.

Reconozco que la artimaña no es nuestra, antes que nosotros lo hicieron con M&Ms el grupo Van Halen, solicitando que siempre hubiese esos caramelos. Para asegurarse de que leían con detalle sus exigentes cláusulas técnicas y de seguridad, exigían que no hubiese marrones. De ese modo, si se encontraban con un bol de ellos sin que retirasen los marrones, podían anular el contrato sin penalización alguna. Como es una anécdota bastante conocida por el mundillo del *rock*, cada cierto tiempo le solicitamos a Yeremy que modifique el color de los ositos de goma.

Ahora estamos en la era roja.

La entrevista va sobre la seda, se centran en crear chistes sobre nuestra complicidad, el *tour*, pinchan un par de temas con los que nos hemos dado a conocer de forma internacional y nos despedimos de los oyentes.

Salimos de la cabina, donde siguen con el programa. Varias personas del equipo se han acercado para que les autografiemos vinilos, pósteres…

—Chicos, voy adelantándome, os veo abajo —les indico.

Marcus me acompaña de cerca. Pongo los ojos en blanco en cuanto avisto el gentío que se agrupa pese al cordón de seguridad que se ha dispuesto. Cierro la mano, formando un puño, realizando el camino sin hacer caso a las preguntas impertinentes.

Sin embargo, en esta ocasión está la voz de alguien que me suena…

—¡Adam!

Una mano alzada entre la marabunta me llama la atención.

—¡Adam! —escucho de nuevo.

No puede ser...

—Entonces, no me equivocaba, ¿eres una de ellos? —escupo por la boca.

Todos los presentes se quedan mirando a la chica a la que me dirijo. Yo no dejo de sentir su intensa mirada.

«Esos ojos van a ser tu perdición».

—¿Qué? No. No soy periodista.

Abro en desmesura los ojos. Entonces…

—¿Y qué haces aquí? ¿Acaso piensas salir en algún programa a mi costa?

Las preguntas se superponen una encima de otra. No puede haber otra razón; tal y como la traté en Londres es imposible que piense que la recibiré alegre.

Además, por mucha atracción que sienta, no la conozco.

—Tengo que hablar contigo.

—Qué novedad —murmuro, las mujeres que corean mi nombre detrás de ella también desean «charlar» conmigo.

—Tengo que decirte algo —comenta entre empujones.

—Dime lo que sea, Alice…

Las mejillas se le sonrojan al momento que digo su nombre en alto y mira de reojo a un lado y al otro, comprobando las personas que la rodean. Me está poniendo de los nervios.

Los empujones aumentan, la presión de las preguntas incesantes también. Marcus se interpone entre todos y me arrastra fuera de esa locura.

Echo un último vistazo por encima del hombro, alejándome de ella. Su mirada está triste, sus ojos hundidos…

Abre y cierra su boca, como si quisiera decirme algo.

—¡Estoy embarazada!

¿Qué? No puede ser, usamos preservativo. Siempre uso protección. No puede ser verdad. No puede…

Vuelvo a buscarla con la mirada y es totalmente imposible, esos carroñeros se le echan encima y la acribillan a preguntas.

Me suelto del agarre de Marcus sin dudarlo un segundo y me adentro, dando empujones y apartando a unos y otros. Soy capaz de agarrarla antes de que su cuerpo caiga al suelo. Pánico, eso es lo que siento en este instante.

—¡Marcus, ayúdame! —grito con toda mi rabia. Necesito sacarla de aquí ya.

Paso mis manos por debajo de sus piernas, posando su cara en mi pecho. Los malditos *paparazzi* no dejan de sacar fotografías, ya han conseguido su titular. Empiezo a dar pasos con ella en brazos, tengo que alejarla de este sitio cuanto antes.

—Oh, Dios…

La periodista que me preguntó antes por mis padres se ha quedado con la cara blanca de repente, sigo su mirada… ¿Qué está mirando?

Sangre, un pequeño hilo cae de sus muslos. Eso… eso no es nada bueno.

Voy directo a la zona donde está la ambulancia, siempre hay un dispositivo cercano en cada evento o cita que tenemos porque no es la primera vez que las *fans* se desmayan por culpa de las aglomeraciones. Los paramédicos, al verme llegar con una chica en brazos, abren las puertas traseras, subo con ella y la tumbo en la camilla.

—Tienen que ayudarla…

—¿Qué le ocurre?

—Dijo que está… embarazada.

Joder, aún no me puedo creer que sea cierto. Me siento en el lugar que me indican para dejarlos trabajar. Veo cómo le toman el pulso y le sacan sangre. Es… esto es demasiado. Agacho mi cabeza entre las piernas y me la sujeto con ambas manos.

—Tranquilícese, intentaremos parar la hemorragia.

Tienen que hacerlo, si ese niño es mío… Y aunque no lo sea, no quiero que lo pierda.

—Mi bebé…

Alice balbucea, parece que está volviendo en sí.

Quiero tranquilizarla de alguna manera, pero no quiero estorbar tampoco el trabajo de los enfermeros.

—Tenemos que llevarla al hospital, ¿quiere ir con ella?

—Por supuesto.

En menos de cinco minutos estamos entrando por la puerta de emergencias del hospital. No me dejan entrar a la zona donde le hacen las pruebas y me quedo en los pasillos dando vueltas y más vueltas.

Mi teléfono suena, pero no respondo las llamadas, puede que sea la prensa. Empiezan a llegarme mensajes.

Alex:
Qué coño pasa? Jeremy está como loco.

John:
Necesitas algo?

Max: La que has liado, macho 😮

Henry:
Tío, qué calladito te lo tenías…

Jeremy:
Pero qué cojones te pasa, mueve tu culo hasta aquí, la prensa está hablando de que has dejado embarazada a una chica y que estás en el hospital con ella. Te has olvidado de la agenda que tenemos para hoy!

Con los chicos hablaré más tarde, sin embargo, decido contestar a Jeremy; es capaz de presentarse en el hospital y no quiero que lo haga.

Adam:
No me muevo de su lado, no me iré hasta que sepa que está bien.

Jeremy:
Has pensado que a lo mejor no es tuyo el niño? Lo más seguro es que se esté aprovechando de ti.

Apago el móvil, no quiero pensar en esa posibilidad ahora mismo. Veo cómo sale uno de los doctores que la atendieron al entrar y me acerco a toda prisa a él.

—Doctor, Alice… El bebé…

Joder, me da miedo preguntar.

—La chica está bien, parece que está teniendo una amenaza de aborto, algo común en el primer trimestre de embarazo, lo bueno es que el sangrado que tiene es escaso.

—¿Qué se puede hacer? El dinero no es problema, yo me ocuparé de todos los gastos.

—Los análisis muestran un bajo nivel de progesterona, sumado a un nivel de estrés elevado. Creemos que ese es el motivo.

Me cago en la puta.

—¿Y ahora? —le pregunto, con miedo a su respuesta.

—Le están haciendo una ecografía vaginal, ¿es usted el padre?

—Sí —le respondo sin pensármelo demasiado. Ya pensaré en las consecuencias de esta afirmación en otro momento.

—Entonces, puede ir con ella.

Me acompaña por los pasillos del hospital, subimos en el ascensor hasta la segunda planta y me deja en la entrada de una puerta que pone «zona de ecografías».

—Entre. No se acobarde ahora, hombre.

Lo primero que veo es la oscuridad que envuelve la sala. En una camilla al fondo, Alice está despierta con ambas piernas abiertas y una sábana tapándole la zona pélvica. Una doctora tiene su mano entre las piernas de ella mientras le habla en voz baja, mirando un monitor.

El llanto de Alice me hace presagiar lo peor. ¿Qué le puedo decir? ¿Cómo puedo consolarla?

—Alice… —logro decir al fin. El nudo que siento en la garganta oprime cada palabra que suelto.

Al escuchar su nombre, gira su cara hacia mí con lágrimas en sus mejillas. Doy pasos indecisos, arrastro los pies hasta quedar a su lado. Llevo mi mano a su rostro y le retiro las lágrimas con mi pulgar.

—¿Es el padre?

—Sí —responde ella sin dudarlo ni un segundo.

—Llega justo a tiempo.

Mueve el monitor hacia nosotros, le da a un botón y el sonido de un corazón suena por toda la estancia. Rápido, veloz, fuerte. Y Alice rompe a llorar de nuevo.

Yo no entiendo nada, me quedo mirando ese monitor, vuelvo mi vista a la doctora de nuevo.

—El bebé está bien. Necesitará reposo y mucha calma.

Un gran peso sale de mi pecho, y en cuanto miro los ojos de Alice, me doy cuenta de que sus lágrimas son de alegría y no de pena.

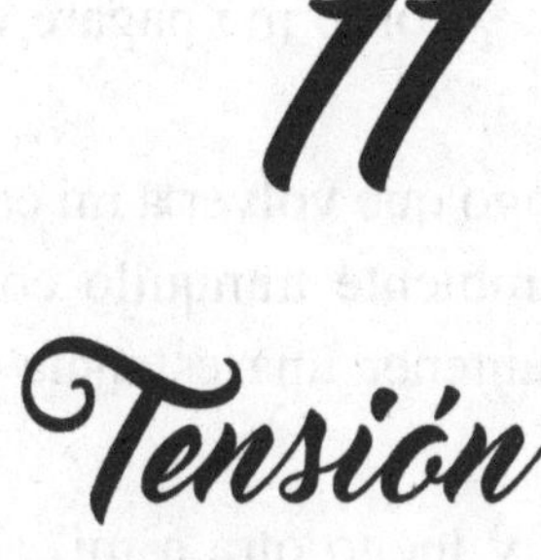

ALICE

En cuanto me dicen que el bebé está bien, no soy capaz de controlar a mi alocado corazón. La mano de Adam me retira las lágrimas de la mejilla y yo le dejo que lo haga. ¿Por qué? Es simple, necesito de alguien que me reconforte, y como Mey no está conmigo…

«A quién quieres engañar, a ti este músico de *rock* te pone».

Como siempre, mi conciencia vuelve cuando menos la necesito.

—Entonces, doctor, ¿puedo volver ya a casa?

Estoy en la planta de Maternidad, esperando que me den el alta médica. Adam no se ha separado de mí en todo el rato desde que entró en la sala de ecografías. Guarda las distancias y no deja de tocarse la nuca, un claro síntoma de nerviosismo. Sé que pronto tendré que hablar con él a solas, pero por ahora agradezco que tanto médicos como enfermeras anden de aquí para allá.

Por primera vez desde que está aquí conmigo, noto por el rabillo del ojo cómo Adam se tensa ante la pregunta que le hago al doctor.

—¿Se refiere a Londres, señorita Cooper? —Asiento con la cabeza, necesito a Mey—. Eso no va a ser posible hasta que esté fuera de riesgo. Le calculo que, por lo menos, necesitará de un mes o a lo mejor dos antes de subir a un avión de nuevo.

¡Dos meses en América! Está loco… ¿Cómo me pagaré una estancia tan larga aquí?

—No puedo quedarme dos meses, tengo que volver a mi casa, tengo trabajo, tengo que estar en un ambiente tranquilo como bien dijo y dudo mucho que pueda mantener una estancia tan larga aquí.

El médico echa una mirada a Adam y luego otra a mí. ¿Por qué mira hacia Adam? Soy yo la que tiene que tomar la decisión.

—Los dejaré a solas para que hablen del asunto como pareja.

—No somos pareja —decimos los dos al mismo tiempo, logrando que nuestras miradas se crucen al instante.

—Como sea, él es el padre, ¿no?

—Sí. —Sin embargo, veo que Adam se da la vuelta y mira por la ventana en ese instante.

—Pues es un tema que tienen que tratar por el bien del futuro bebé. —Recoge los papeles que están al pie de la cama de hospital donde estoy tumbada. Acto seguido, se marcha de la habitación, dejándonos solos. El ambiente se vuelve pesado, incómodo, carraspeo un poco para ver si se da la vuelta y deja de mirar las vistas desde la ventana. Mis esfuerzos son recompensados y se gira. En su frente, una línea se forma al fruncir su ceño.

—Están todas esas alimañas en la entrada, esperando a que salgamos alguno de los dos.

Tendría que disculparme por cómo le di la noticia, delante de todos los medios de comunicación, pero un nudo en la garganta me lo impide. Es la primera vez que estoy con él sin estar bajo los efectos del alcohol, y su presencia impone. Es un hombre bien formado, con un cuerpo que hace babear a cualquier mujer, sin embargo, sus gestos son de cautela.

—Yo… Lamento haber dicho lo del embarazo delante de todos, lo dije sin pensar en las repercusiones.

Bajo la mirada a las puntas del mechón de pelo al que doy vueltas con mis dedos. No soy capaz de mirarlo a los ojos ahora mismo, no puedo dejar de sentirme algo culpable por la situación.

—¿Cuándo?

No sé a qué se refiere, escucho sus pasos, que se acercan hasta los pies de la cama; mi nerviosismo aumenta por estar más cerca de él. Como siga dando más vueltas al pelo me voy a quedar calva, así que decido levantar la mirada.

—¿Cuándo qué? —digo con un hilo de voz, algo cohibida.

—Desde cuándo sabes de… tu… del embarazo.

—Un par de semanas.

Nunca en mi vida he odiado tanto el silencio como ahora mismo. No aparta su mirada de la mía ni un solo segundo, y eso logra que baje los ojos de nuevo, al cabo de un rato de observarnos sin decir nada. Pretenderá que diga algo, pero qué voy a decir más allá de lo que he soltado delante de todo el mundo.

En un instante, vuelvo a notar sus manos sobre las mías, calientes y ásperas, sin haberme enterado de cuándo o cómo ha podido dar esos pasos que nos separaban. Sujeta mis dedos, los cuales empezaron de nuevo con el mechón sin que me percatara siquiera.

Con su dedo índice me levanta el mentón, y ahí están de nuevo esos ojos tan oscuros que en cualquier momento son capaces de eclipsar un agujero negro. Tiene una mandíbula cuadrada y unas facciones rudas. Si no fuera por los tatuajes, diría que es uno de los personajes en los que perfectamente se pudo inspirar Jane Austen.

«Estás delirando…».

Por un momento pienso en si sacará sus facciones, si le gustará la música, si… Puedo notar que el comienzo de una sonrisa aparece en mi cara.

—¿Es mío? —La sonrisa desaparece de golpe.

—¿Qué? —Mi voz, en este momento, no ha podido salir más aguda.

Suelto automáticamente mi mano de la suya. ¿Cómo puede preguntarme eso?

—Por supuesto que lo es.

Me da la espalda y vuelve a dar unos pasos para mirar por la ventana. Ya me está hartando a mí tanta miradita desde el ventanal. Retiro la sábana de la cama de un movimiento brusco, pongo un pie en el suelo y el otro después de ese. Me levanto para ir a coger mi ropa y quitarme este odioso camisón de hospital. Cuando noto que la cabeza empieza darme vueltas, echo la mano a lo primero que veo, que es… Mierda, ya no sé ni lo que es, pero hace un ruido tremendo al tirarlo al suelo.

—¡Joder! ¿Se puede saber qué haces? —me dice, sujetándome por la cintura y dejándome de nuevo sobre la cama con cuidado.

Está claro que la tensión que siento en este momento no es por incomodidad, más bien todo lo contrario…

«Lo que yo diga, este tío te pone».

Me separo de su calor corporal tanto como me puedo permitir.

—Me voy, me largo. Ya te dije lo que vine a decirte, ahora ya lo sabes. Puedes hacer lo que te dé la gana a partir de aquí.

Está bien, Alice, respira, que no se te olvide cómo se hace. Sigo algo cabreada porque me pregunte si él es el padre. Y lo único que soy capaz de pensar ahora mismo es que necesito el abrazo de mi amiga o me pondré a llorar como una Magdalena en cualquier momento.

Pero creo que ya es tarde, las lágrimas se me agolpan todas en los ojos, empiezo a sollozar; me tapo la cara con mis manos y me hago una bola con mis piernas, dándole la espalda.

—No llores, por favor… yo… —Suspira en alto mientras mis sollozos son cada vez más agudos, y es que no logro parar por más que lo intento—. Lo lamento.

Y esa disculpa es capaz de tranquilizar mi agitada respiración. Me acaricia la espalda con demasiada cautela, quizá con miedo a que me retire.

—¿Qué vamos a hacer? —digo con la voz algo ronca por culpa del llanto.

El ritmo de su mano arriba y abajo para calmarme se para de golpe. Al cabo de lo que parecen tan solo unos segundos, vuelve a darme ese afecto que tanto necesito y aprecio en este instante.

—No lo sé, pero, por ahora, y hasta que lo decidamos, te quedarás conmigo.

«¡Oh!».

Me giro para poder verlo bien, necesito que me repita eso.

—¿A qué te refieres cuando dices contigo?

—Pues conmigo, lo que queda de gira. Cuando la termine ya podrás volver a Londres, según el médico.

No es que esté aceptando lo que me dice, pero si no pregunto me da un ictus en este instante.

—¿Cuánto te queda para terminar la gira? —Veo cómo traga saliva, esto no me gusta.

—Dos meses.

Mis ojos se agrandan, dos meses con la banda, con Adam cerca. Y automáticamente empiezo a recordar todas esas fotografías que vi con Mey: *groupies*, fiestas, alcohol, *paparazzi*.

12

Una más

ADAM

En cuanto Alice me preguntó qué íbamos a hacer con esos ojos tan angustiados, juro que me cagué de miedo. Solo de pensar en dejarla sola con lo que acaba de pasar… Si es que soy gilipollas, nunca en mi vida me he sentido tan mal viendo cómo lloraba una persona, mucho menos una mujer.

«Mucho menos Alice».

El convencerla para que se quedara conmigo mientras durase la gira fue más difícil de lo que pensé en ese momento. Se alteró toda, dando algún que otro grito, diciéndome que era imposible que estuviese relajada y tranquila metida de lleno en medio de una banda de *rock* y en plena gira.

Y en ese momento me di cuenta de cuánta razón tenía, pero ni de coña le doy la razón de manera abierta. Le comenté que ella podría estar relajada, que en el bus de la gira hay un dormitorio y que el resto de la banda dormiríamos en las literas. También le conté que cuando llegamos a una gran ciudad, normalmente, para descansar, nos hospedamos en hoteles de lujo.

Pero ni con esas.

Hasta que me llenó los huevos con tanta queja y fui tajante; creo que exactamente lo que le dije fue: «ya has escuchado al doctor, no puedes marcharte a Londres hasta dentro de dos meses por el bien del bebé». En cuanto dije «bebé» en alto, me entraron ganas de saltar de la ventana que tanto contemplaba solo para que su mirada no me afectara.

En cuanto le dieron el alta, llamé por teléfono a Marcus; necesitaba un coche con lunas tintadas en la parte trasera del hospital para salir sin que nos vieran. Él, igual de eficiente que siempre, llegó en menos de veinte minutos.

—¿Cuál dices que es la siguiente ciudad a la que os toca ir? —Rememorando lo sucedido tan solo hace una hora escasa, la voz de Alice me saca de golpe de mis pensamientos.

Dejo de mirar a través del cristal del coche que maneja Marcus, girando mi cuerpo para poder hablar con ella. Sin embargo, Alice también mira con resignación el paisaje de transeúntes por la calle al pasar, con su cara pegada al cristal de su lado.

Al tardar en responder a su pregunta, ladea su cabeza por encima del hombro para mirar hacia mí. Justo en ese instante, veo cómo vuelve a adquirir un sonrojo en sus mejillas, que me confirma que, como mínimo, existe una atracción física…

—¿Me decías algo? No estaba atento.

—La siguiente ciudad —dice, apartando la mirada de mí y volviéndose a centrar en… ahora la carretera.

«Van a ser dos meses muy largos».

—Ohio. Tenemos tiempo de sobra, el viaje dura menos de cuatro horas, el concierto es dentro de dos días. Podrás descansar en el hotel hoy, mañana partiremos por la tarde con todos los técnicos de sonido para hacer el ensayo antes.

Un simple «ajá» es lo que sale de ella, dejándome de nuevo solo con mis pensamientos. Por suerte para mí y mi cordura, llegamos al Hilton Garden antes de que el silencio nos engulla a ambos.

Estoy en la recepción, dando instrucciones para que pueda tener habitación cerca de mi *suite*, cuando Alice empieza a mirar nerviosa de un lado a otro el hotel, no deja de tocar ese mechón de pelo. Sin poder creerme aún lo que veo, se acerca a mí con la cabeza agachada. Ignoro a la rubia de recepción, que no para de intentar ligar sin éxito, para centrarme en ella.

—No puedo quedarme aquí.

¿Dónde están los halagos por traerla al Hilton?

«Es distinta, diferente a lo que estás acostumbrado».

Intento transmitir tranquilidad. Necesita relajación, eso fue lo dijo el médico.

—¿Por qué no puedes?

Se acerca más a mí, casi tocándome el pecho con su cabeza, todavía mirando los baldosines que tiene el suelo. Tengo que agudizar el oído para entender qué dice. Y tengo buen oído.

—No puedo permitirme pagar…

Me echo para atrás tan rápido que hasta ella alza su vista, sorprendida. ¿De verdad me está diciendo…? ¿En serio se piensa que voy a dejar que pague por su estancia? Ahora mismo estoy entre asombrado y… ofendido.

—Eres mi invitada, la habitación ya está preparada. —Veo cómo llega el botones, en su placa pone «James»—. Puedes subir a tu dormitorio, James te acompañará hasta él.

La duda pasa por su cara, la tengo que instar a que suba porque en este momento veo que un Jeremy muy pero que muy cabreado se dirige hacia nosotros con un semblante que da miedo.

Sujeto sus pequeños hombros e intento que no se me note la prisa que le meto para que suba en el ascensor. Expulso el aire de mis pulmones en el momento que se cierra la puerta.

—¡¿Se puede saber qué cojones te pasa?! ¿Cómo se te ocurre decir en el hospital que eres el padre?

—Jeremy, por favor, ahora un sermón no. —Me paso la mano por la mandíbula, estoy exhausto.

—Te vas a comer todo el sermón que te meta, ¿sabes la de medios que me están machacando con el tema?

—¡Pero ¿qué te crees?, ¿que yo quería que sucediese algo así?! —digo, alzando la voz al mismo tono que él.

—No, joder, claro que no. Pero podrías haberme llamado antes de decir por ahí que es tuyo. Quizá solo quiera dinero, y si insiste en que es tuyo, deberías pensar en una prueba de paternidad en cuanto nazca. De todas formas, me imagino que la habrás despachado y enviado a su casa.

Me empieza a doler la cabeza, la sien derecha me palpita, un tic nervioso empieza a moverse en el párpado. Me lo froto con la mano y nada, que el muy jodido no se va.

—Mira, voy a subir a hablar con los chicos y luego me iré a descansar, mañana seguimos si quieres, pero por hoy basta.

—¿De qué vas a hablar con los chicos? —Jeremy abre sus ojos y me agarra el brazo para que me frene antes de subir al ascensor—. Esa de antes, la que subió al ascensor, es ella, ¿verdad? Joder, pero ¿qué has hecho? Los de la prensa se van a poner las botas con el grupo este año. Me esperaba algún escándalo de Max por sus fetiches en la cama con las mujeres, o incluso alguna excentricidad de Alex, como una fiesta temática ultra vip y con tías en pelota picada. —Coge aire un segundo—. Pero esto, de ti, que eres uno de los más centrados en la música. Si lo que quieres es un polvo, búscate a otra.

«¿Si le partimos la boca estará mal visto?».

Posiblemente.

Hago acopio de la poca paciencia que me queda hoy.

—No eres mi padre para decirme cómo debo comportarme ni con quién puedo follar. Solo eres el mánager de la banda, y eso es gracias a los contactos que tienes.

El sonido del ascensor abriendo sus puertas es una maravilla absoluta en este momento. Entro en él, dejando a un descolocado Jeremy en la misma posición, sin moverse.

Pulso el botón de la última planta. ¿Tendrá razón? ¿Y si es una actriz cojonuda y solo quiere sacarme la pasta?

Se abren las puertas y giro a mi izquierda, al fondo del pasillo visualizo a la *groupie* pelirroja del otro día; está justo en la puerta de mi *suite*.

Empiezo a andar en su dirección y a medio camino ella se da la vuelta. Al verme, empieza a correr hacia mí con sus brazos abiertos, una sonrisa en la boca y, oh, sí, esa voz de nuevo…

—¡Magister! Oh, cuánto lamento lo de esa puta loca. Ya me enteré por la televisión de lo que dijo —suelta con su cabeza metida en mi pecho y sus brazos enroscados a mi cintura—. Me imagino que no la creerás.

Levanta su cabeza para mirarme, el color del pelo, el brillo de sus ojos no es el mismo...

«Ya no hablemos de su voz».

Y no comprendo el motivo por el que mi mente la compara.

—Gina…

—Ginger.

—Eso, Ginger. Primero, y, antes de nada, no vuelvas a hablar así de Alice. No la conoces, se merece, por lo menos, que la escuchen antes de juzgarla.

«Como hiciste tú…».

Joder, ni ignorándote te callas. Es distinto.

«Ya, distinto».

Ginger, joder, ya me sé el nombre, se separa de mí extrañada por mis palabras, me parece vislumbrar un matiz de rabia en su mirada; es tan fugaz que hasta dudo haberlo visto. Ahora mismo luce una sonrisa que me parece de lo más forzada.

—Y eso por qué motivo debería hacerlo.

—Alice va a viajar con el grupo lo que dure la gira.

Da otro paso atrás, como si le hubiese golpeado en el estómago.

—Con… contigo. Entonces, le creíste, solo con su palabra te basta, ni pruebas de ADN ni nada de nada.

Esta conversación no va como yo quiero.

—Gina, perdón, digo, Ginger —y aquí la mirada de hielo—, el día que nos conocimos en Londres…

Se arrima de nuevo a mí al mencionar ese día, incluso ha vuelto a sonreír.

—Sí, Magister…

—El preservativo que me metiste en el bolsillo del pantalón no estaría caducado, dañado o incluso… pinchado, ¿no? —Intento decirlo con calma, no quiero que se sienta insultada si mis sospechas son erróneas.

—¡Me ofendes! ¿Cómo puedes pensar eso de mí? —dice, llevándose la mano a sus enormes pechos, los cuales le salen casi por completo del escote tan exagerado que lleva—. Nunca te haría algo semejante, Magister. ¿Fue esa noche, con ese condón?

¡Joder! Ahora sí que no disimula la rabia, aprieta sus manos en puños y da un taconazo al suelo.

—Lo más seguro es que esa puta se acostara con alguien antes y después de estar contigo sin ninguna protección y así quedar preñada para decir que es tuyo.

Lo dice de carrerilla, no me da tiempo a pensar en nada. La puerta de la *suite* al lado de la mía se abre… ¡Mierda!

La cabeza de Alice sale para mirar al pasillo donde estamos Ginger y yo. Lo más seguro es que estos últimos berridos los haya escuchado.

Ginger gira la cabeza en la dirección donde miro. Al verla, abre la boca y me mira de nuevo.

—¡Tú, zorra! Sé que ese bastardo que llevas en el vientre no es su hijo. ¡Y el tiempo me dará la razón! —La señala con el dedo mientras la sujeto de la cintura para que no se le eche encima.

—Ginger, ¡vete!

—Pero…

—Vete. Nos veremos en el ensayo de mañana —le tengo que decir algo semejante ya que Alice está con el rostro totalmente descompuesto.

—Está bien, nos vemos mañana. —Y me da un beso en la boca que me deja descolocado.

Se marcha, lanzándole una sonrisa a una Alice que me mira con… pena, no lo sé. Voy directo a su puerta, necesito pedirle disculpas por el comportamiento que ha visto.

—Yo… lamento que escucharas lo que ha dicho Ginger.

—¿Novia celosa?

—¿Qué? No, no es mi novia, solo… trabaja con los técnicos de iluminación y sonido.

—Lo que tú digas. Necesito ir al hotel donde me hospedaba a por mi ropa.

—Dame la dirección y mandaré a alguien a por ella.

—No. Tengo en la mochila mi cámara y no quiero que nadie la dañe.

¿Cámara?

—¿No me dijiste que no eras uno de ellos?

—Y no lo soy, saco fotos a locales, paisajes, modelos, lo que salga, solo soy fotógrafa. Nada de prensa. Nunca me separo de ella porque amo mi trabajo.

Y con esa explicación ya me quedo mucho más tranquilo. Eso quiere decir que el día de…

«Eres un idiota».

Joder, la juzgué sin darle pie a que se explicara.

—Yo…

—Como vuelvas a pedir disculpas, me vas a ver cabreada.

¿Cabreada ella? Eso sí que no me lo perdería, no me la imagino enfadada con lo tímida que parece. Las risas fuertes de mis compañeros y amigos se escuchan a lo lejos.

—Está bien, no lo haré, ¿estás lista para conocer al resto del grupo?

—¿Qué?

—Mi grupo, Slow Death. Tranquila, si sabes un mínimo de música, te llevarás bien con ellos.

Veo cómo Alice se agarra cada vez más fuerte al marco de la puerta, su rostro pierde todo rastro de color.

—¿Te encuentras bien?

—Oh, sí…, sí…

No me lo creo, pero nada puedo hacer. Los chicos ya están viniendo directos hacia nosotros.

13
El grupo

ALICE

A regañadientes, tengo que subir al dormitorio que Adam ha solicitado para que pueda descansar, tal y como me ordenó el médico.

En cuanto el botones, ¿cómo dijo que se llamaba…?, ah, sí, James, abre la puerta, me deja pasar antes que él. En cuanto doy un paso dentro, no puedo reprimir lo que se me pasa por la cabeza y lo suelto por la boca sin filtros.

—¡Hostia puta! —Justo como diría mi amiga Mey.

Mi niñera particular, James, intenta reprimir una risa que escucho sin ningún problema. Cierra la puerta en el momento que empiezo a entrar y poder ver bien la maravilla de habitación que tengo.

La habitación es igual o más grande que mi dormitorio, el de Mey y, si me pongo también, el salón de mi casa. No le falta detalle alguno, tiene una zona donde hay un sofá en forma de ele, una zona separada con escritorio y eso… Oh, eso es un baño con *jacuzzi*.

«Yo quiero probarlo».

Oh, por supuesto, lo probaría si no fuese porque es una de las tantas cosas que se le prohíben a una embarazada. La cama es casi del doble de tamaño del que necesitaría una persona normal. Estoy segura de que cabrían mínimo cinco personas sin problema alguno. Y eso que acabo de pensar me acaba de recordar a las fiestas que dicen en las revistas que montan los del grupo.

«¡Dios! ¿En qué lío me he metido?». Me dejo caer de espaldas encima del colchón. Tengo que reconocer que es el más cómodo y mullido que he probado en mi vida.

Me descalzo sin moverme de mi sitio, usando solo los pies, primero uno y luego el otro. ¡Oh, qué gusto! Me incorporo un poco para sacarme también la chaqueta y quedar solo con el vestido; en la habitación hace un calor que me hace hasta sudar.

La doctora que me atendió en el hospital me dio la imagen de mi pequeño. La saco de la chaqueta, me vuelvo a acomodar encima de la cama y la contemplo. Como experta en el sector, que lo soy, tengo que decir que es la peor fotografía del mundo, como… madre tengo que reconocer que me he enamorado a primera vista de una cosita pequeña a la que ya amo con toda mi alma.

Acaricio con el dedo su forma, no quiero volver a pensar en el miedo que sentí al creer que lo podía perder.

—Voy a ser una buena mamá, te lo prometo —digo en alto mientras llevo mi otra mano a mi vientre aún plano.

La voz chillona de una mujer hace que me levante. ¿Quién es tan desconsiderado como para dar esos gritos en un sitio donde se tiene uno que relajar?

Dejo sobre el colchón la foto de mi pequeñín. Me acerco al *hall* de mi habitación para oír mejor la conversación. Creo que hablan de mí. Decido abrir la puerta y enterarme de qué es lo que ocurre.

Saco mi cabeza, miro a la derecha, luego a la izquierda… y ahí está Adam con una chica pelirroja. Ella me observa con ira, rabia, pero ¿yo qué le he hecho?

—¡Tú, zorra! Sé que ese bastardo que llevas en el vientre no es su hijo. ¡Y el tiempo me dará la razón! —Respira, no te dejes intimidar, el estrés es malo para el pequeño.

Adam la sujeta por la cintura para evitar que se lance hacia mí. «Está loca».

Le doy toda la razón, está como desquiciada. Las tetas parece que van a salir corriendo solas de su escote.

—Vete. Nos veremos en el ensayo de mañana —le dice Adam. No me digas que está también en la gira. Lo que me faltaba…

—Está bien, nos vemos mañana. —Lo besa. Trago saliva, ¿será su novia? Quizá por eso estaba tan molesta conmigo, yo lo estaría, bueno, para ser sincera, yo le cortaría sus partes a él.

Ella se marcha justo después de marcar territorio, como un perro cuando mea para marcar lo que es suyo. Él se acerca a mí, estamos uno frente al otro.

—Yo… lamento que escucharas lo que dijo Ginger. —Tiene nombre y todo.

—¿Novia celosa? —Pero ¿por qué pregunto?, ¿que más me da si lo es o no?

—¿Qué? No, no es mi novia, solo… trabaja con los técnicos de iluminación y sonido.

«Ya, pues eso ella no lo cree».

¡Que me da igual! Yo no soy nada suyo, él no es nada mío, puede hacer lo que le venga en gana.

«Sí, claro, y por eso has soltado todo el aire de tus pulmones cuando ha dicho que no lo era».

No para de pedir disculpas una y otra vez. Qué fastidio, no estoy de humor. Y me va a cabrear.

Las risas de gente se escuchan acercarse por el pasillo.

—¿Estás lista para conocer al resto del grupo? —Me pierdo la primera parte de su frase, el palpitar de mi corazón empieza a ser cada vez mayor.

—¿Qué?

—Mi grupo, Slow Death. Tranquila, si sabes un mínimo de música, te llevarás bien con ellos.

Música. Necesito agarrarme bien al marco de la puerta, estoy segura de que me voy a caer de nuevo, no tengo ni idea de qué es lo que tocan. Y voy estar con ellos dos meses.

«Rock».

¡Joder, ya! Me refiero a que no tengo ni idea de nada de música, ni de *rock* ni de… ¡mierda! Me quedo en blanco. ¿Qué más música hay?

—¿Te encuentras bien?

«No. Ataque de pánico en tres… dos… uno…».

—Oh, sí…, sí…

«Mentirosa, así no vamos a ninguna parte».

Cuatro, cuatro hombres muy distintos entre sí van disminuyendo el tramo que nos separa.

—¡Vaya! Pero si son los papás del año —grita uno a puro pulmón con una sonrisa que no es tapada ni por su barba.

—Este es Henry.

—¿Qué pasa que no me presentas primero? —se queja uno de ellos—. Yo soy Max, ¿es cierto eso que dicen de que las embarazadas tienen mayor libido?

Acabo de perder mis ojos al abrirlos tanto. Creo que son los que ruedan por el suelo.

—Deja en paz a la pobre chica, Max, está roja como un tomate. Mi nombre es John, no hagas caso a estos tarados —me dice, dándome un beso en la mejilla, logrando que mi temperatura corporal aumente unas décimas más.

—Bueno, y este es Alex. —Adam me señala al que creo que es el cantante del grupo. No me saluda, no dice nada, solo se me queda mirando serio, muy serio.

—Chicos, esta es Alice. Alice, los chicos.

«Di algo…».

—Ho… hola —casi ni me escucho a mí misma al decirlo.

Nerviosa es poco a como me noto en este instante. Alex no deja de observarme, me siento juzgada, como cuando iba a una nueva casa de acogida; tengo la sensación de que en cualquier momento me dirán que no me quieren aquí.

—Chicos, Alice necesita quedarse en América dos meses antes de volver a Londres. Necesita descanso y relajación según los médicos. La he invitado a quedarse con nosotros durante la gira.

—¿En el bus de la gira con nosotros? —Estas son las primeras palabras que dice Alex, y creo que la idea no le agrada demasiado.

—Sí, en el bus.

—Esta semana me toca a mí la habitación.

Adam se frota la nuca con nerviosismo y me mira de reojo, bajando un poco la cabeza.

—Le dije que podría utilizarla ella, nosotros podemos dormir en las literas.

—Pues no debiste hacerlo, no la conocemos ni tú tampoco.

—Yo no veo ningún problema por dejarle el dormitorio, ¿vosotros qué decís? —interviene John.

—Guay, una cara nueva siempre me alegra el día, pero no sé yo si estará contenta con la leonera que tenemos montada en el bus. —Henry no deja de sonreír todo el rato, parece el más desenfadado de todos.

Espera, ¿ha dicho leonera?

—¿Desde cuándo me niego yo a estar cerca de una mujer?

Dios, ¿Max es siempre así?

—Max…, está embarazada —dice el padre de mi hijo, casi advirtiéndole.

—Exacto, embarazada, no impedida. No lo dirás porque la quieras para ti, ¿no? ¿Estáis juntos?

—¿Qué? No. —Pero esta vez soy la única que lo verbaliza en alto. Adam está con los puños cerrados a ambos lados de su cuerpo. Aprieta tanto la mandíbula que creo que se va a romper alguna muela.

¿Por qué estará así? ¿Será por culpa de Alex, que no está de acuerdo con que me quede? Dudo que sea porque Max esté intentando ligar.

Otro silencio para la colección, esto ya es algo que me pone peor por segundos.

—Yo, estoy agotada, mañana hablamos, necesito descansar.

Y con la misma rapidez con la que llegaron, cada uno se marcha a su respectiva *suite*, dejándonos de nuevo a él y a mí solos.

—No te preocupes por Alex, mañana hablaré con él.

Asiento con la cabeza. Cuando estoy con Adam cerca noto que me cuesta verbalizar lo que pienso.

—Y de Max no te…

—Que no me preocupe tampoco —lo digo antes de que termine la frase.

«¿Ves como no es tan difícil hablar con él?».

Una sonrisa aparece en su cara, pero a mí no me engaña. Es la misma que usa en las revistas con cada una de las mujeres con las que iba de… fiesta.

«¿Ahora se llama así?».

Las comisuras de su boca vuelven a bajar, sabe que no ha tenido el efecto esperado, frunce su ceño y me clava la mirada en los ojos. Ahora mismo la siento llegar hasta la misma nuca.

—Buenas noches, Adam. —Me giro para entrar de una vez en el dormitorio cuando noto un escalofrío subir por mi espalda.

—Buenas noches, Alice —me lo susurra al oído.

¿Cómo se andaba? Ah, sí, primero un pie y luego el otro. Cierro la puerta a mi espalda sin girarme de nuevo. Me voy directa al colchón que tanto me ha gustado y me dejo caer en él como hace unos minutos.

Adam…

Tapo mi cara con las manos. Estoy completamente jodida.

14
Límite dura

ADAM

Alice está de espaldas a mí. Aún estoy cabreado por cómo se ha comportado Alex, él y sus jodidas paranoias de que las mujeres solo se le deben acercar uno para follar, que no hay ninguna sincera, honesta, que todas son unas mentirosas natas.

De Max mejor ni mencionarlo siquiera. ¿Cómo se atreve a insinuarse? Joder, solo le ha faltado ir a por sus esposas y encadenarla a la cama.

«Eso son celos».

No quiero despedirme…

Me inclino hasta su oído y le doy las buenas noches. Mi voz sale más ronca de lo que pensé, me afecta más que cualquier otra chica con la que haya estado.

La puerta se cierra. Me quedo mirándola unos segundos más, alargando el momento. Inspiro con fuerza y me voy a mi *suite*, dos pasos. Solo está a dos pasos de su puerta.

El cansancio y las emociones de todo lo vivido son suficientes para que, cuando me meto en la cama, me quede dormido al instante.

Llaman a la puerta. No quiero despertarme tan temprano… ¿Qué hora es? Abro un ojo y veo en la mesilla el reloj, que marca las once.

Vuelven a tocar. Me levanto de mala hostia. No tenemos que partir hasta las cinco por lo menos, ¿se puede saber quién cojones incordia?

—Ya, joder, ya voy.

Abro, es Alice. Tiene la cara roja y mi ceño se frunce, parece enfadada.

—Necesito mi mochila. Me dijiste que me la traerían y aún estoy sin ella.

—¿Me has despertado por ese motivo? —respondo mientras me froto los ojos por culpa del sueño que tengo.

—Llevo toda la mañana esperando y la necesito. Tengo mi móvil en ella y tengo que llamar sin falta.

¿A quién tiene que llamar?

«Quizá tenga una familia que está preocupada».

¿Quizá un chico que la espera?

—¿A quién?

—Mey. Estará de lo más preocupada.

Una chica. El alivio que siento me preocupa más que cualquier otra cosa, ¿qué cojones me pasa?

—¿Es tu amiga?

Vuelve a fruncir el ceño y lleva su mano directa a las puntas de su pelo. No es capaz de mantenerme la mirada, y eso me irrita.

—Es más que eso. Es como una hermana para mí.

Le doy la espalda un segundo para agarrar el teléfono y dejarla llamar desde el mío.

—Llama desde el mío. —Se lo paso, nuestros dedos se rozan y juraría que hay una corriente de electricidad que traspasa mi piel para llegar hasta el último átomo de mi ser.

La retiro con desgana, ¿qué cojones ha sido eso?

Alice marca el número y espera.

—Mey…, tranquila, estoy bien… No, no puedo volver hasta que pasen mínimo dos meses por precaución… Sí se lo dije. —Me mira de reojo al decirlo—. Que sí, pesada…, que tu futura sobrina está bien.

Se lleva la mano a su vientre y lo acaricia de manera inconsciente mientras habla. Decido darle algo de privacidad y entro para ponerme por lo menos una camiseta; suelo dormir solo con la parte de abajo.

—Ya he terminado, gracias.

Saco la cabeza al acabar de vestirme y la pillo desprevenida con sus ojos fijos en mi abdomen, que ahora termino de cubrir. Automáticamente levanta su mirada y se sonroja.

¿Cómo es posible?

—¿Todo bien?

—No del todo. La prensa ya sabe mi nombre y han ido hasta Londres. Me dice que si ponemos no sé qué programa de moda lo puedo ver.

Mierda.

—Veamos si es el que creo.

Enciendo el televisor y busco en los canales internacionales del corazón. No tardamos mucho en ver imágenes de lo que sucedió, acto seguido, sale una de las calles más conocidas de Londres, una casa victoriana al fondo, mientras le preguntan a una señora bastante fea sobre su vecina, Alice Cooper.

«Pues sí que se llama así».

Alice está blanca. Se sujeta en el respaldo del sofá mientras escucha «sabía que esa niña causaría problemas desde que llegó, no tiene padres, es huérfana y, claro, ¿cómo va a salir de alguien a quien nadie ha educado como se debe?». Hace un amago de perder el equilibrio y me apresuro a sujetarla para que se siente. «Sin ir más lejos, el otro día llegó a las tantas después de una noche entera fuera, sin casi ropa encima y sin una libra para pagar el taxi, que le tuvo que pagar su compañera de piso». Esto ya es suficiente. Apago la televisión.

—Pe… pero ese fue el día que…

Y por cómo lo dice creo que sé a qué día se refiere. Vueltas y más vueltas, no deja de tocarse el mechón. Le sujeto la mano y la miro a esos ojos color avellana que tantas preguntas me hacen y ninguna a la vez.

—No lo hagas —le digo, refiriéndome a las vueltas que le da a la cabeza y no tanto a las que ella le da a su pelo.

—Es que nadie va a contratarme después de esto.

—No pienses en eso ahora. Ahora tienes que pensar en… ¿antes dijiste sobrina? ¿No es muy pronto para saber eso?

—Ay, no, tú también no. —Me río por lo bajo por el gesto de niña pequeña que tiene en este instante—. Mey dice que estoy un poco loca por pensar en el bebé y decir que va a ser una niña.

Lo cuenta de una manera tan tierna que se ve a leguas el amor que ya siente por esa criatura que aún no ha nacido.

El teléfono empieza a sonar. Es el tono de… ¡Joder, mis padres!

—Disculpa, tengo que atender esta llamada. —Me separo un poco de ella para responder.

—Hola… —intento poner el mejor de los tonos que puedo en este momento.

—¿Se puede saber cuándo ibas a decirme que voy a ser abuela? —Se le nota que está un poco enfadada—. Me he enterado por la enfermera de todo.

—Mamá, yo… —¿Qué le puedo decir?, ¿que me acabo de enterar?, ¿que aún no sé si es o no hijo mío, pero que, por alguna razón que aún no logro entender bien, espero que sí lo sea? Observo de soslayo a la futura madre, que intenta decirme con señas que se marcha a su dormitorio.

Asiento con un gesto de cabeza para que sepa que no hay problema.

—Quiero conocer a esa chica —dice mi madre rotunda al otro lado de la línea.

Alice cierra la puerta y ya puedo hablar con mi madre sin monosílabos. Me siento para seguir con esta conversación.

—Mamá, no sé si es o no…

—No digas bobadas. He visto las imágenes, se ve que está asustada. Parece buena chica, no creo que mienta. ¿Estáis juntos? ¿Qué sientes por ella?

«Eso, dile…».

Un interrogatorio por parte de mi madre no es el comienzo de un buen día.

—Yo… no lo sé.

—¡¿Cómo no vas a saberlo?!

—No te alteres, Martha, deja al chico que se explique —escucho la voz de mi padre por detrás.

—Tú no te metas, Charles. —No puedo evitar sonreír al escucharlos hablar, llevan treinta y dos años casados y aún se miran y hablan con complicidad. Su historia de amor fue de las épicas; ella una chica de buena familia instruida desde la niñez para que su linaje fuese lo primero, y mi padre, un joven jornalero que iba a los *pubs* para tocar la guitarra con sus amigos y así llegar a fin de mes.

Solo precisaron un par de encuentros para enamorarse y poner su mundo patas arriba. Jamás se han separado desde que se unieron.

—Adam Fuller —me incorporo, estirando la espalda al escuchar a mi madre llamarme así—, más te vale que cuides bien a esa chica y mi futura nieta. No he criado a un chico que no se hace responsable de sus actos, ¿me has oído?

—Sí, mamá, te he oído. —¿Y qué más puedo decir? Es mi madre y está en una cama de hospital por culpa de la quimioterapia, así que no voy a darle más disgustos diciéndole los miedos o las paranoias que tengo ahora mismo.

Diez minutos más pegado al teléfono con ellos; claro, primero fue la charla de mi madre y luego se quiso poner mi padre, el cual sacó esa voz grave que tanto usa para los castigos, como si aún tuviese cinco años y me regañara por comerme todo el pastel de calabaza de mamá.

Después de una ducha y de cambiarme de ropa, decido que es hora de hablar con los chicos por separado.

Salgo de la *suite* y bajo a la zona del comedor, allí me encuentro a todos ya picando unos *snacks* y bebiendo cerveza.

Le hago un gesto a Alex para que se levante y venga a hablar conmigo. Él me observa de lejos, les dice algo a los demás y se levanta para llegar hasta donde me encuentro.

—Vas a joderlo todo por una tía que no conoces y dice que está embarazada de ti. —Pues sí que quiere empezar fuerte la conversación.

—No se va a joder nada, solo te pido que no la alteres, ha estado a punto de perder al niño y necesita relax. —El corazón se me contrae solo de recordarlo.

—¡Joder, estás pillado por ella!

—No todas son como Kim…

—No me saques el tema de esa…, de Kimberly. Sabes mejor que nadie lo mal que lo pasé al enterarme de la verdad.

Sí que lo sé, pero también sé que no puedo estar tan equivocado con ella.

—Solo te pido que no lo pagues con Alice, ella es… diferente. —Alex hace un gesto de fastidio con su cara.

—Está bien, le daré una oportunidad, seré de lo más cordial y amistoso. —Exagera una sonrisa, para hacer énfasis, que logra que me ría con él por lo gilipollas que es a veces.

—Dile a Max que venga —le comento cuando veo que se dirige de nuevo a la mesa.

—¿Hace falta que llame a un médico? Recuerda que mañana tenemos concierto.

—Espero que ninguno de los dos lo necesite —y lo digo bastante serio.

Al llegar a la mesa, Alex le dice a Max algo, él levanta su mirada hacia donde estoy y Henry le hace un gesto con un dedo que pasa por su garganta. Max coge un puñado de los *snacks* y se los lanza a la cara. En el comedor solo hay unas cuantas personas en las otras mesas; por los trajes, diría que son ejecutivos, y nos miran con una cara de desagrado que no intentan disimular.

«Snobs».

—¿Qué quieres? —Me hace un gesto con su mano—. No me respondas, quieres cortarme las alas con la princesita.

«Respira, Adam, es tu amigo, el mismo que conoces desde los cinco años y que venía a escondidas a casa para cenar cuando no quería estar en la suya».

—No estoy de humor, Max.

—Joder, tío, que tampoco es para tanto, nunca te ha importado si me follaba a una ex tuya.

Llevo mi mano a mi cara, cerrando los ojos por no partir la suya.

—¿No te importa que esté embarazada?

—No…

—¿No te importa que pueda ser hijo mío?

—Bueno, diciéndolo de esa forma…

—A ver, te lo diré de una manera que lo entiendas: Alice es un límite duro. No te acerques a ella con intenciones de ninguna índole sexual.

—¿Y un trío? —dice, levantando las cejas, como si fuera su última petición. Solo le queda ponerse de rodillas, y será mejor que no lo haga porque no estoy de humor.

—Max… —Debe notar que me estoy calentando, levanta sus dos manos al frente pidiendo tiempo o dando a entender que va a parar.

—Joder, sí que te ha dado fuerte con la princesa —dice, dándose la vuelta de camino a la mesa de nuevo.

—Max —él se gira—, no la llames princesa.

La carcajada que suelta me da ganas de romperle la boca.

Después de la charla, me interesé en preguntar a Alice si quería bajar a comer con nosotros, pero debe ser que estaba cansada porque declinó la invitación. Ordené que se le llevara un menú a su *suite*. Necesita comer bien, ¿las embarazadas no comen más en esos meses?

Son las cinco de la tarde y tenemos que partir. Llamo desde la recepción para que baje, me dice toda contenta que ya tiene su mochila y que su cámara está en buen estado. Pareciera que es el día de Navidad y que Santa Claus le ha dejado un regalo bajo el árbol. Le digo que la espero con el resto del grupo en la entrada del hotel, donde ya está aparcado el bus de la gira.

Estamos todos esperando a que se reúna con nosotros. Will, nuestro conductor, nos indica que tenemos que irnos en breve si no queremos llegar con retraso al ensayo.

Alice sale del hotel vestida con unos vaqueros que acentúan sus caderas y con un top ceñido. No va maquillada, tampoco es que lo precise. En cuanto elevo la mirada y se cruza con la suya, es como descubrir la música por primera vez.

—Lamento el retraso, ¿nos vamos? —pregunta, ladeando un poco su cabeza mientras sujeta el asa de su mochila con fuerza.

—Las princesas primero —le responde Max, haciendo una reverencia de lo más exagerada para que suba primero al bus.

La mirada asesina que le echo a Max no le borra la sonrisa de la cara. Y cada vez estoy más convencido de que lucirá un ojo morado durante los dos meses que durará la gira.

—¡Ni de coña! —grita desde dentro Alice con una voz que denota cabreo.

Subo detrás de todos para ver qué es lo que le ha puesto de tan mal humor.

15

De camino

ALICE

Dejo que Adam hable por teléfono con sus padres. Ahora que lo pienso…, ellos son, van a ser los abuelos de… Me encierro de nuevo en el dormitorio y me quedo pensativa en esta nueva vida que tendré que compartir de alguna manera con ellos.

Si pretendo que mi hijo tenga una familia, un padre y unos abuelos, tendré que esforzarme en poner facilidades para que eso ocurra. A no ser que no quieran saber nada de él.

Intento relajarme un poco, dejar de pensar en todas esas cosas que sé que no me vienen bien en este momento. Esbozo una sonrisa al recordar la regañina que Mey me soltó por teléfono. Se notaba preocupada y, al mismo tiempo, algo aliviada al poder al fin hablar conmigo.

Solo se le ocurre a ella decirme que aproveche ahora para vivir el momento —eso sí, sin excesos— con Adam; que, total, qué más puede pasar si ya estoy embarazada. Por suerte para mí, en ese momento él se alejó, dejándome privacidad para hablar con ella.

Llaman a la puerta, me incorporo con desgana para saber quién es. Al abrir, veo a una chica guapísima de pelo largo hasta la cintura, lleva mi mochila en una mano.

—Soy Emilie, la hija del jefe de sonido. Viajo con el resto en el otro camión que los acompaña —me dice mientras me pasa mis únicas pertenencias.

—Encantada, yo soy Alice.

—Lo sé —está en la puerta, se la ve inquieta—, ¿puedo hacerte una pregunta?

—Dispara.

—¿Eres la novia de Magister?

—¡De Adam!

—Lo llamas por su nombre —dice mientras agranda sus ojos, atropellándome casi al segundo y antes de poder negar que tenemos una relación.

—Así fue como me dijo que lo llamara.

—Sí que debes de ser importante para él si te deja llamarlo por su nombre. —La cara de fastidio que pone es hasta graciosa. La curiosidad por saber un poco más de él me puede.

—¿Es que nadie lo llama por su nombre?

—Solo los del grupo, y porque son amigos de la infancia, sus padres, obviamente, y Jeremy, el mánager del grupo. Y ahora tú también.

El teléfono empieza a sonar.

—Voy a contestar, puedes pasar si quieres.

—No, gracias, tengo que bajar, que mi padre me está esperando para marchar, nosotros tenemos que dejar todo listo para cuando lleguen al ensayo.

—Está bien. Nos vemos, Emilie.

—Nos vemos.

Cierro la puerta, pongo la mochila sobre la cama y descuelgo el teléfono. En cuanto sale la primera palabra de mi interlocutor, mis piernas empiezan a tambalearse; cómo puede tener una voz tan sensual y estar tan solo preguntándome por la comida.

—No, gracias por preguntar, Adam. —Hago acopio de mi diccionario mental, el cual parece haberse quedado en blanco—. Creo que me quedaré aquí hasta que nos marchemos, comeré algo más tarde.

—Tienes que cuidarte.

«Pero qué mono».

Hago el vacío a mi subconsciente, necesito reunir las fuerzas suficientes para enfrentarme a lo que va a ser, sin duda, una situación difícil de llevar. La convivencia con unos completos desconocidos durante lo que queda de gira.

No han pasado ni quince minutos desde que colgué el teléfono con Adam y ya están de nuevo llamando a la puerta.

Al abrir, no puedo dejar de contar los carritos que arrastran hasta la mitad de la estancia.

—Yo no he pedido nada de esto —le digo contrariada a uno de los camareros.

—El señor Fuller lo pidió, aquí tiene una nota que nos encargó darle. —Me pasa un pequeño sobre, levanto la solapa y saco una pequeña tarjeta doblada a la mitad.

Empiezo a leer.

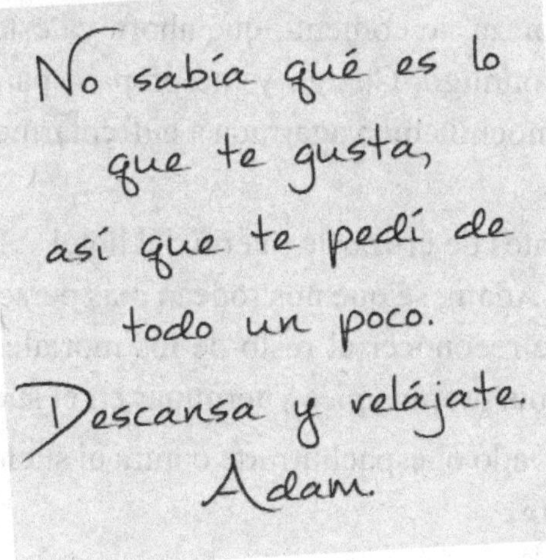
No sabía qué es lo
que te gusta,
así que te pedí de
todo un poco.
Descansa y relájate.
Adam.

Los tres camareros dejan las bandejas encima de la mesa, que ahora está repleta, sin un solo espacio libre. Me acerco a ella y empiezo a levantar las campanas que tapan los platos; el estómago me ruge con urgencia. El olor de estos manjares logra que mis glándulas salivares tengan trabajo extra.

Me da pena no poder comer el resto de la comida, más sabiendo lo que es pasar verdadera hambre, pero con dos platos estoy que reviento.

Me dejo caer encima de la cama recién hecha por la chica del servicio de habitaciones. Noto cómo mis ojos se van cerrando poco a poco hasta quedarme dormida.

De nuevo escucho el teléfono, tengo que hacer un esfuerzo sobrehumano para abrir mis ojos y poder levantarme. Una chica de recepción me avisa de que están esperando por mí para marchar en el bus. Bostezo de forma involuntaria y le pido que les diga que bajo en unos minutos.

Vacío el contenido de mi equipaje encima de la cama, separo unos vaqueros, un top y ropa interior. Me doy una ducha rápida en el baño y vuelve a sonar el teléfono otra vez. ¡Así es imposible!

De nuevo es él, con esa voz tan sensual que bien podría ser el cantante de la banda y lo creería a pies juntillas. Emocionada por la comida y por poder tener ya conmigo mi preciada cámara, que aún está de una pieza, le comento que ahora ya estoy más tranquila al tenerla conmigo. Cuelgo y me preparo para bajar, acto seguido, con mi mochila bien agarrada a enfrentarme a lo que me depara este viaje.

Inhalo justo antes de cruzar la puerta del hotel. Mis ojos no se separan de los de Adam, sé que nos rodean más personas, pero mi cerebro no quiere reconocer al resto de los mortales. Intento no tropezarme con mis propios pies y terminar en el suelo.

«Bien, has salvado el espachurrarte contra el suelo, ahora algo más difícil, habla».

—Lamento el retraso, ¿nos vamos? —Y no puedo evitar seguir como una boba mirando para él.

—Las princesas primero —me dice Max, haciendo una reverencia muy chistosa; la verdad es que lo prefiero así y no a la versión llena de testosterona de ayer.

Subo los escalones para entrar en el bus. Dejo caer la mochila al suelo y me quedo con la boca abierta al ver el desastre ante el cual estoy en este momento.

—¡Ni de coña! —Latas de cerveza; ropa desperdigada por doquier; esos son sostenes en lo que parece un sofá oculto debajo de cajas de *pizzas* vacías.

—¿Qué pasa? —pregunta creo que John.

—¿Estás bien? —Oh, esa voz sí que la reconozco, es Adam.

Giro sobre mis pies para enfrentarme a los guarros que son capaces de vivir así. La Tercera Guerra Mundial va a dar comienzo justo ahora mismo en un bus situado en Ohio. Cuando los libros de historia hagan mención del motivo, dirán que fue causada por culpa de subestimar a una chica con los nervios a flor de piel, llena de hormonas hasta la médula.

«Exagerada».

¡Una mierda exagerada!

—¡¿Que si estoy bien?!, ¡¿que qué me pasa?! Esto es lo que me pasa —digo, señalando algo obvio, pero parece ser que los señores de la basura no ven nada raro o fuera de lugar.

—Ya te dije ayer que te prepararas para la leonera. —Henry no para de reírse mientras se sujeta el estómago.

—A mí no me hace gracia, no pienso viajar con todo esto tal y como lo tenéis.

—Puedes marcharte… —Alex lo dice por lo bajo, pero lo escucho igual. Adam le da un codazo no muy sutil para luego acercarse a mí.

—Lo limpiaremos todo, no te agobies. Vete al dormitorio a descansar hasta que lo tengamos recogido.

Si tienen así la zona común, no quiero saber cómo estará el dormitorio, pero si ellos se ocupan de la cocina, el pequeño espacio con mesa y sofá más las literas…, puedo ordenar lo que me espere en esa habitación.

—Está bien. Pero recogedlo y limpiad, no pienso vivir como los cerdos en una pocilga.

—¡Y tiene garras! Princesa, cada vez me gustas más. Adam, ¿seguro que no…?

—¡Max, rojo! —No sé qué me he perdido entre estos dos, pero Henry no ha parado de reírse en todo el rato mientras que Adam ahora mismo tiene los ojos inyectados de rabia al mirar directamente a su compañero.

Los dejo en esa zona del bus mientras noto cómo el motor es encendido y empezamos a movernos. Paso por…, mejor dicho, voy esquivando las minas antipersona que me encuentro en el camino. Las literas están a ambos lados, tres en cada lateral, cada una tiene una cortina para, me imagino, que no les moleste la luz. Una pequeña puerta cerca de las literas con un símbolo de *W.C.* está justo después.

«Mejor no entrar ahí».

La madre que los parió, pero serán cerdos. Doy varios gritos más, estoy convencida de que me voy a quedar afónica en breve como siga dando tanto berrido.

Después de solicitar unos guantes —no toco esas sábanas con las manos ni borracha— y desinfectante, empiezo con la faena.

Una eternidad después, y unas dos bolsas de basura tamaño industrial para quemarlas en la siguiente parada, soy capaz de descansar y sentarme un rato. Quedándome dormida de nuevo sobre una cama gigante, pero limpia, liberada de restos biológicos.

—Alice… —es la voz de Adam, estoy tan a gusto que no quiero despertarme aún. Sus manos rozan mi mejilla, espero un rato más sin abrir los ojos. Me encanta esta sensación.

—Alice… —esta vez lo dice mucho más bajo, pero también mucho más cerca de mi oído, en consecuencia, tengo la misma reacción de ayer y mi piel se eriza.

Abro los ojos, lo tengo a pocos centímetros de mi rostro, voy con la mirada de sus ojos a sus labios, él no deja de mirar también los míos. Su cuerpo está medio tumbado en el colchón, una mano sujeta todo el peso de su cuerpo, la tiene justo a la altura de mi pecho. El espacio que nos separa es cada vez menor, mi respiración se agita igual que mi ritmo cardíaco, que está por las nubes en este momento.

Unos golpes en la puerta nos sobresaltan, por lo tanto, nuestra pequeña burbuja explota.

—Adam, Alice, salid, tenéis que ver esto. —Ahora mismo mataría con mis propias manos a Henry.

—Ya hemos llegado, vamos a ver qué quieren enseñarnos. —Su respiración es tan agitada como la mía.

Salimos del dormitorio. Yo, como aún sigo en trance por lo que acaba o, mejor dicho, no acaba de suceder, sigo en modo *off*. Los chicos están frente al único ventanal que tiene este bus.

—¿Qué… qué es todo esto? —Mis neuronas aún están dormidas, no saben enlazar una frase correctamente.

—Estamos en The Shoe, la entrada al estadio de Ohio, donde tocaremos mañana, y esa gente que ves ahí son tus *fans* —dice un emocionado Henry.

—¡¿Qué?! —No sueno emocionada precisamente, más bien todo lo contrario.

—Bueno, para ser exactos, parece que las de la derecha te quieren ver muerta o desaparecida pronto, te odian a muerte por estar con uno de nosotros y te llaman la Yoko Ono de Slow Death, tienen miedo de que logres romper el grupo —la explicación de Alex no sé si irá con segundas.

«No es con segundas, es una muy directa».

—Sin embargo, ¿ves las que están a la izquierda? —Asiento para que vean que sigo respirando, aunque estoy segura de que no es así—. Esas con gorras a juego están de tu lado, tienen una pancarta que dice «escuadrón pro-Alice».

Sé que John pretende que me relaje al decirme que no todos están maldiciendo a la chica que gritó a los cuatro vientos, delante de toda una comitiva de periodistas y *paparazzi*, que estaba embarazada de uno de sus ídolos. Sin embargo, todo esto es demasiado. Empiezo a sentirme hasta mareada.

Busco ese sofá como loca para poder sentarme, me da igual que me pueda quedar pegada y que me tengan que desincrustar más tarde. Para mi grata sorpresa, ya no está sucio; me acuesto en él, acaparando todo el largo.

—Alice…

—Estoy bien, solo un poco mareada —tranquilizo a Adam, quien arruga su frente al ver que me llevo las manos al pelo.

—Puedes quedarte aquí si no quieres salir.

Sola, aquí dentro, con los gritos de las *groupies* de ambos lados. Ni de coña.

«Eso, a marcar terreno desde el comienzo».

¡¿Qué?! No, no, solo es porque no quiero estar sola aquí durante lo que vayan a tardar en volver.

—Voy con vosotros. —Me levanto para que Adam, que sigue con su frente arrugada y cara preocupada, vea que me encuentro bien.

—Creo que deberías quedarte aquí y descansar, el ensayo dura casi dos horas.

—Si me quedo aquí y pasa algo… —He jugado mi baza, soy una mala persona por hacerle pensar que algo puede suceder, lo sé, pero es que es imaginarme que puede volver a estar con esa tal Ginger y me hierve la sangre. Y no son celos, que no lo son, tan solo es porque me cae mal.

«Ya, claro».

—Está bien, tú ganas. Chicos, Alice viene con nosotros —les dice antes de que empiecen a bajar del bus, con la consecuente subida de decibelios por parte de la multitud que hay fuera—. No te separes de mí.

Nunca.

¿Qué leches me pasa con este hombre, que dejo de ser yo misma y empiezo a pensar hasta en la mayoría de las absurdeces? Pero claro, todo esto pasa por mi mente mientras sigo ciegamente a un Adam que sujeta mi mano para bajar del bus y, en consecuencia, ya ni recuerdo mi propio nombre ante el contacto de su piel con la mía.

—No te preocupes, estoy contigo —me dice, bajando sus labios hasta mi cuello, desde donde ahora puedo oler un aroma parecido al jazmín. ¿Qué gel de baño usará?

—Estás conmigo. —Es oficial, declaro el embarazo como una droga aturdidora, un arma de destrucción masiva del raciocinio porque lo mío ya no es normal.

—¡Magister! ¡Magister! —La no novia de Adam, Ginger, hace su gran aparición meneando su culo en una ajustadísima minifalda de cuero y enseñando, qué digo enseñar, se le ven hasta los pezones con ese escote que lleva. Llega hasta nosotros y me lanza una mirada de las que pretenden matar a alguien, pero yo no pienso retirar la mía antes; cedo, mirando de nuevo a…—. Corre, te están esperando, no pueden empezar sin ti.

Y así, sin más, la lagarta, porque es una lagarta, agarra la mano libre de Adam y se lo lleva, acelerando el paso, siendo arrastrado por ella.

Los gritos de ambos lados del pasillo formado hasta llegar a la entrada del estadio me han alterado. Si Ginger se ha pensado que llevándoselo así me quedaría en el bus, se llevará una sorpresa conmigo porque lo que no sabe de mí es que nunca me rindo.

No me rendí cuando me rechazaban las familias en el centro de acogida; no me rendí cuando me quedé sola, sin casi dinero para vivir al cumplir la mayoría de edad; no me rendí cuando solo tenía seis horas para dormir mientras trabajaba y estudiaba. Y no pienso rendirme y permanecer impasible mientras alejan al padre de mi hijo de mi lado, digo, de su lado.

16 Un mal día

ADAM

¡Qué cabreo tienen los chicos ahora mismo! No les hace ni puta gracia ponerse a limpiar el bus, y menos que yo haya aceptado tan rápido la petición de Alice. Pero ¿cómo negarme? Quiero que esté cómoda, quiero ver que está relajada y sé que con todo lo que nos rodea eso va a ser complicado.

—No era consciente de que tuviéramos tanta mierda en el bus —comenta John, retirando la última bolsa de basura de la mitad del pasillo.

—Yo volvería a ensuciar todo con tal de ver ese carácter. Joder, hasta se me ha puesto dura.

—Déjalo ya, Max, estás jugando con fuego —intento decírselo de lo más tranquilo, pero mi cuerpo se tensiona solo de imaginarme la mente sucia de mi amigo con respecto a ella.

—En cinco minutos llegaremos y estoy agotado gracias a tu… Alice. —Alex sigue más que molesto por la presencia de una mujer dentro de nuestro pequeño círculo.

—Voy a avisarle de que llegamos. —Me alejo de mis amigos y llamo a la puerta un par de veces.

Nada, no responde. Empiezo a preocuparme por si le ha podido pasar algo; decido entrar sin llamar de nuevo. La veo tumbada en la cama, durmiendo con placidez. Su rostro está relajado, su pelo castaño revuelto encima de la almohada, sus labios entreabiertos se mueven a cada respiración que da.

Sin saber cómo, me he ido acercando cada vez más y más a ella hasta llegar a su lado. Poso una mano, intentando que no se hunda el colchón, y me fijo bien en no tirarle del cabello en cuanto lo hago.

Acaricio su mejilla, tiene una piel tan suave… Me arrepiento tanto de no haber podido apreciar ese detalle cuando estuvimos juntos en Londres. Ahora mismo sé que todo sería distinto si la volviera a tener entre mis brazos… Joder, a mi entrepierna parece también gustarle esa idea.

En este instante me olvido de todo lo que nos rodea, solo soy capaz de contemplarla. No quiero despertarla, se la ve tan bien.

Me agacho para poder oler su aroma, ese aroma inconfundible que tiene a flores silvestres. Cuando, de repente, abre sus ojos, soy de nuevo engullido por ese bosque perfecto de tonalidades verdes y marrones.

Desvío la mirada a sus labios, tan *besables*, las ganas de mordisquearlos son tan abrumadoras que levanto de nuevo la mirada hasta la suya. El pecho me sube y me baja a cada respiración que doy, la suya va al compás de la mía. Nos falta oxígeno, oxígeno que creo que solo encontraré en sus tiernos labios.

Los milímetros que nos separan… es una distancia que quiero que desaparezca. Joder, estoy pillado, lo reconozco, necesito volver a sentirla una vez más.

Alguien llama a la puerta con bastante insistencia. ¿Quién cojones molesta? Me retiro despacio hacia atrás.

—Adam, Alice, salid, tenéis que ver esto. —El ritmo de mi respiración sigue su propio compás, igual que la de ella.

Salimos junto al resto de los chicos, encontrándonos unas vistas que dejan blanca a mi chica. Decenas de *fans* gritando a pleno pulmón vítores, unos contra Alice y otros a favor de ella.

Veo cómo le afecta todo esto, quizá demasiado para alguien que no es del mundillo, y se tumba en el sofá. Verla de esta forma, tan angustiada, cuando segundos antes se la veía relajada, me preocupa. Es imposible no preocuparse por ella. Solo quiero que esté bien.

Le insisto para que se quede en el bus, pero es una cabezota. Se incorpora e intenta forzar una sonrisa que no llega a su mirada, sé que es para aparentar que no le sucede nada. Sin embargo, solo hay que fijarse en lo distintos que son sus gestos para darse cuenta de lo nerviosa que está.

La ayudo a salir del bus, alargo mi mano hacia la suya, y en el instante que nuestros dedos vuelven a tocarse, puedo comprobar que mi cuerpo reacciona a su tacto. Joder, ahora mismo lo que más desearía es volverla a meter dentro del dormitorio y hundirme una y otra vez en ella. Recorrer y admirar su cuerpo desde todos los ángulos posibles, sustituyendo así la única noche que pasamos juntos, en la cual me comporté como un egocéntrico capullo.

«¡¿A qué esperas? Hazlo!».

Toma el control, Adam, respira hondo y toma el control. No es una *groupie,* es Alice… En su vientre puede ser que lleve a mi hijo, debo hacer las cosas bien.

—No te preocupes, estoy contigo —le susurro al oído. Sigue nerviosa. Con tanto alboroto a su alrededor con *fans* enloquecidas, guardaespaldas y todo lo nuevo que le queda por ver en estos meses, es algo comprensible, puede que sea demasiado para digerir.

—Estás conmigo —con solo esas dos palabras mi pulso se acelera. No puedo evitar el querer saber qué expresión tiene su mirada.

—¡Magister! ¡Magister! —¡Joder! Es que hoy no hay forma de poder estar tranquilo. Ginger llega corriendo hasta mí, me sujeta el brazo—. ¡Corre! Te están esperando, no pueden empezar sin ti.

¿Pero esta chica qué es, la hija de Hulk? Me arrastra literalmente hasta la entrada del estadio. Mis pies se frenan de golpe. Alice sigue fuera, no puedo dejarla sola y que se piense que no me importa.

—¡Ginger, deja de tirar de mi brazo, me lo vas a arrancar!

—Me han pedido que fuera a buscarte, Magister, el ensayo ya va con retraso, solo faltas tú para que comiencen. —El sonido de los instrumentos se escucha por los pasillos del *backstage* y vuelvo la mirada hacia atrás para poder ver si Alice nos ha seguido.

—¡¿Quieres mover tu puto culo al escenario?! —Jeremy sale de la nada, dando órdenes, como siempre hace cada vez que vamos con retraso.

Ignoro tanto a Jeremy como a Ginger y empiezo a caminar de vuelta hacia la salida. Una sonrisa que no puedo evitar se me instala en la cara al ver que Alice entra decidida y con paso firme.

—¡Adam, mueve el puto culo! —me grita Jeremy más que cabreado.

Mi chica llega hasta mí, cojo sus manos como si fuera algo de lo más normal para nosotros y empiezo a recorrer su rostro con la mirada para asegurarme de que de verdad está bien.

—Lamento no haber entrado contigo —me disculpo otra vez con Alice. Pareciera que lo único que hago desde su aparición en mi vida es eso, pedir una y otra vez perdón.

—No pasa nada, será mejor que vayas a ensayar, Alex está viniendo hacia nosotros con cara de enfadado.

—Ponte cómoda, puedes ver cómo ensayamos en el lateral del escenario. Si te cansas y quieres volver al bus, solo avisa a Marcus —le digo, girando mi cabeza hacia el grandullón.

Me separo de ella antes de que Alex, Jeremy y el resto del equipo se me eche encima. Sin dejar de vigilarla desde la distancia que nos separa, empezamos a comprobar que el sonido sea lo más nítido posible. Me ha hecho caso y se ha sentado en un taburete alto cerca de la mesa de sonido, donde Emilie y su padre, Mike, controlan que todo funcione a la perfección para el concierto de mañana.

Ginger se pasea de vez en cuando cerca de Alice; si las miradas fueran puñales, ambas estarían enzarzadas en una lucha al más puro estilo *ninja* en este instante.

—Adam, estás perdiendo el ritmo —me comenta Max.

—Comencemos de nuevo, esta vez desde el cuarto compás. —Alex es un perfeccionista, sé que no nos marcharemos hasta que todo sea de su agrado.

Intento centrarme por todos los medios, sujeto entre mis manos el mástil y empiezo a tocar con los ojos cerrados para que la música sea lo único que ocupe mi mente en este momento. Sin embargo, al cerrar mis párpados, lo que visualizo no es la multitud de un estadio a rebosar aclamando a Slow Death como de costumbre, en su lugar, lo que veo son unos bellos ojos color avellana.

Solo al término de la tercera repetición de nuestro *single* es cuando me permito buscarla entre los chicos de sonido. Y lo que veo me tensa y enfurece a partes iguales. Dejo de tocar.

Alice acaba de darle a Jeremy una bofetada con todas sus ganas, logrando que su cara se gire del impulso. Ella se marcha, me imagino que hacia el bus, con Marcus siguiéndola de cerca.

Desengancho la correa de la Gibson, que cae al suelo de golpe; solo tengo en mente el golpear la cara de mi mánager hasta que le pida disculpas por lo que sea que le haya dicho.

Cuatro brazos me sujetan con fuerza ambos brazos, frenando mi avance.

—¡Tío, ¿qué cojones piensas que vas hacer?!

«¡Romperle los putos dientes!».

No tengo ni la más remota idea de cómo Henry ha llegado tan rápido hasta mí, teniendo en cuenta la distancia que hay desde el atril hasta donde me encuentro, pero me tiene sin cuidado. Solo quiero que me diga de qué estaban hablando para una reacción como la que acabo de presenciar.

—¡Soltadme de una jodida vez! —Me remuevo para salir del agarre de ellos.

—No hasta que te calmes. No podemos permitir que te cargues a nuestro mánager, la prensa se nos echaría encima —me dice John con calma, intentando tapar la vista de Alex y Jeremy mientras este último no para de maldecir en alto.

—Está bien, me calmo, pero soltadme de una jodida vez.

Poco a poco, sin que me crean del todo, ceden ante mi insistente petición.

—Si es así como me comportaré cuando me enamore, os doy permiso para darme una hostia —dice Max con sorna a todos en general.

—¡No estoy enamorado!

«¿Seguro?».

—Cierto, tú lo que estás es agilipollado.

Dejo a mis espaldas las risas escandalosas que se echan a mi costa por mi actitud, teniendo aún ganas de estampar contra la pared la cara de engreído que tiene en este instante Jeremy, sin embargo, intento controlarme.

—¿Me puedes decir qué es lo que acaba de ocurrir para que te cruce la cara Alice? —Aprieto mis puños con fuerza, la sangre me hierve.

—Adam, deja que se explique antes de que hagas algo de lo que…

—No te metas en esto, Alex, le estoy preguntando a él.

Frota su mejilla de nuevo, ha debido de ser algo gordo para que se atreviera a darle una bofetada, tal y como ha hecho. Jeremy no es precisamente un culturista, pero tampoco es un peso pluma ni mucho menos. Tiene aspecto de ejecutivo moderno, siempre con su móvil a cuestas y su ropa informal, vaqueros, camisa blanca impecable… ¡Pero si le saca casi una cabeza!

—Solo le pregunté por una información que acaba de salir en la red—me comunica relajado.

—Sabes que no hago caso de lo que comente la prensa.

—Ya lo sé. Ese es mi trabajo. Y el tuyo es centrarte en la gira y dejar de perder el tiempo.

Respiro con dificultad por culpa de tener que aguantar su charla sin sentido, solo quiero que me diga de una vez qué ha pasado para poder ir junto a Alice y comprobar que se encuentra bien.

—¿Me vas a decir qué cojones habéis hablado o tendré que sacártelo a golpes? —Doy un paso al frente para que vea que no voy de farol mientras Alex se interpone con su cuerpo para que no avance.

—Un tal Dave sale en los medios diciendo que puede que sea su hijo y no tuyo.

¿Qué? Dave… ¿Quién es ese Dave? La cabeza me va a estallar, empiezo a notar cómo el maldito tic vuelve a aparecer en mi párpado derecho.

—Le pregunté directamente por ese chico.

—¿Y por eso te pegó? —No me lo creo, tiene que haber algo más que aún no me ha dicho. Retira su mirada un instante, quizá intentando reunir el valor que le falta para decirme el resto.

—No.

Espero que siga contándome los motivos, no obstante, parece que se ha quedado mudo o que ya no quiere decirme nada más.

—¿No vas a contármelo? —digo con los dientes apretados. Esta conversación no me apacigua, sino más bien todo lo contrario.

—Que te lo diga ella. Si estoy en lo cierto, posiblemente no te lo cuente. Y si me equivoco, seré el primero en pedirle disculpas. Sabes que este grupo es tan importante para mí como para todos vosotros. Solo quiero que nadie se aproveche de vuestra nueva fama.

Desde que ha abierto la boca es la primera cosa sensata que le escucho decir, sé que se preocupa y solo quiere lo mejor para todos nosotros.

No vuelvo a cruzar palabra con nadie en el camino a recorrer hasta llegar al bus. Tengo que hablar con ella, que me explique quién es ese tal Dave, que me cuente qué le dijo Jeremy para que reaccionara de esa manera y comprobar si está bien. No tengo ni idea de en qué orden lo haré, pero no voy a tolerar quedarme con las dudas que me están carcomiendo por dentro.

Subo las escaleras, cerrando a mi paso la puerta, dejando los gritos de las *fans* a las que acabo de ignorar fuera. La busco a cada paso que doy hasta llegar a la puerta del dormitorio, no llamo a la puerta, intento abrirla. Para mi sorpresa, la tiene cerrada por dentro.

17

Sabor amargo

ALICE

Es la primera vez en mi vida que estoy entre bastidores viendo y escuchando a un grupo de *rock*. Me maravilla ver cómo todos se compenetran en cada canción que interpretan. El vocalista, Alex, no deja de regañar a Adam, dándole indicaciones para que se centre en lo que están haciendo.

Emilie me da conversación de vez en cuando, siempre que el padre se lo permite. Parece ser que, en cuanto termine la gira, se marchará a estudiar para poder dedicarse de lleno con su padre al tema de mezclas, sonido o algo por el estilo. Tiene intención de formar parte del equipo permanente de Slow Death, aunque, por cómo me lo expresa, parece que está preocupada, pues es un mundo lleno de hombres.

Ginger vuelve a merodear por delante de mí, tapándome las estupendas vistas que tengo de Adam tensando sus músculos al sujetar su guitarra. Nos miramos, retándonos con la mirada; estoy esperando a que suelte algún sapo por la boca para poder saltar a gusto sobre ella y decirle un par de cosas.

A la cuarta o quinta vez que se pasea por delante de mis narices, Mike, el padre de Emilie, al que me presentó nada más sentarme cerca de ellos, le dijo con tono cabreado que se fuera a hacer su trabajo o la despediría. Las ganas de reírme abiertamente ante su cara de cabreo fueron casi insoportables. En cuanto se dio media vuelta, resignada, para la parte trasera del escenario, Emilie y yo nos miramos y empezamos a reírnos de su reacción.

Vuelvo a centrarme de nuevo en el sonido de una balada que está sonando en este momento y me doy cuenta de que Adam tiene los ojos cerrados mientras pasa sus ágiles dedos por cada una de las cuerdas de su guitarra; me asombra la facilidad que tiene para tocar.

Un hombre con cara seria se me queda mirando, entrecerrando sus ojos, se acerca a mí y les dice tanto a Mike como a su hija que nos dejen un momento a solas.

—Debes de ser Alice.

—¿Y tú eres?

—Soy el mánager de la banda, Jeremy.

Vale…

—Si me permites, me tapas la vista. —Lo sé, soy algo cortante, pero me da que no es precisamente un pro-Alice, como diría John.

—Quiero hablar contigo.

—¿Y de qué, si se puede saber?

—De Dave.

Se me corta la respiración de golpe, ¿por qué tiene que salir el nombre de ese energúmeno justo ahora?

—Por tu cara, parece que lo conoces.

—No es mi amigo precisamente.

«Gracias a Dios».

—No es necesario ser amigo de alguien para acostarse con él. A Magister no lo conocías de nada y parece que te metiste en su cama sin problemas.

Pero ¿de qué va este tío? ¿Qué pretende insinuar?

«Creo que te está llamando puta a la cara».

Me levanto de mala hostia de mi cómodo taburete. Me saca con facilidad una cabeza, va bien vestido y hasta parece que tiene una cara amistosa, pero ha sido abrir su boca y todas esas suposiciones se han ido al traste al instante que empezó a hablar.

—Pero ¿de qué coño vas? —digo, dando un paso al frente y quedándonos uno muy cerca del otro.

—Te diré lo que creo, pienso que ese tal Dave y tú estáis compinchados. Él está haciendo su pequeña fortuna ahora mismo en la prensa de Inglaterra diciendo que es el padre de tu hijo mientras tú estás aquí, intentando convencer a Magister para que se ocupe de la manutención del hijo que llevas dentro.

—Yo no haría tal cosa a Adam en la vida, no me conoces para decir esa barbaridad de mí.

—No lo llames por su nombre, no te has ganado aún ese grado de confianza, niña.

—Lo llamaré como me dé la real gana. —Estoy segura de que esta situación de estrés es justo lo que debo evitar para lo que me acaba de suceder hace tan solo unos días. Intento coger aire para calmar los nervios.

—¿Cuánto quieres?

—¿A qué te refieres? —Y a medida que pronuncio la pregunta en alto, caigo en lo que se refiere.

—¿Cuánto dinero nos vas a costar para que dejes de molestar con tu presencia, niña?

Ni lo pienso, mi mano reacciona sola. Le doy una bofetada con todas mis ganas. Me aguanto las ganas de llorar y me doy media vuelta para ir directa a encerrarme en la habitación del bus.

—Si cambias de opinión, la oferta sigue en pie —le oigo decir a mi espalda.

Rabia, impotencia, sucia, me siento sucia y no tengo por qué sentirme de esta manera. Yo no he hecho nada para que la gente piense esas cosas de mí.

—No tienes por qué acompañarme, Marcus —a duras penas sale mi voz, no sé cuánto tiempo más aguantaré sin derramar las lágrimas que quieren salir por sí solas.

—Es mi trabajo velar por usted, no dejaré que salga sola.

En este instante agradezco que no me haga caso y me acompañe hasta la misma puerta del bus. Mi selectivo oído solo es capaz de escuchar los gritos de las *fans* que me llaman: puta, aprovechada, mentirosa, cazafortunas y otros muchos adjetivos similares.

Marcus abre la puerta para que pase al interior.

—No les haga caso, señorita. —Asiento con la cabeza agachada para que nadie sea capaz de vislumbrar la primera lágrima que cae por mi mejilla, una de las muchas que sé que van a salir a continuación.

Cierro con pasador y me dejo caer sin ganas contra el colchón de la enorme cama que tienen. Me hago un ovillo y lloro sin control. Busco mi teléfono, necesito… necesito salir de aquí.

Sentada en el suelo, remuevo entre el par de prendas que saqué de la mochila hasta que por fin tengo el móvil entre mis manos. Gracias a Dios que tengo a Mey en llamada rápida.

—¿Sí…? —Tiene voz de dormida, mierda, deben ser las tantas en Londres.

—Mey…, yo siento si te desperté, pero es que… —No soy capaz de seguir. Empiezo a hipar, la garganta se me cierra e intento coger aire, sin embargo, duele hasta el intentarlo.

—Alice, ¿qué ha pasado? ¿Te ha hecho algo Adam? —Ahora su voz parece más despejada y alerta—. ¿Necesitas que vaya para allí?

—No, no ha sido él, no puedes venir, tienes trabajo. —Intentar tener una conversación coherente entre un llanto descontrolado no es nada fácil.

—¡Que le den al trabajo! Eres mi amiga, mi hermana. Si lo estás pasando mal y tengo que cruzar el charco y dar un par de patadas a unos cuantos culos, lo haré. —Me río ante su peculiar forma de decirme que haría cualquier cosa por mí, incluso dejar su trabajo para estar a mi lado—. Bien, eso ya suena mejor. Ahora cuéntame a quién tengo que meter en mi lista negra.

Un poco más calmada, mientras me retiro las lágrimas de la cara, le explico lo sucedido tanto con las *fans* enloquecidas, como con Ginger y, sobre todo, con Jeremy.

—Ese mánager que tienen ya me cae mal. La guarra esa de Ginger lo más seguro es que esté celosa de ti, pasa de ella como de la mierda. Alice, vas a tener que hablar con Adam de todo esto, no puedes guardarlo para ti.

—No tengo fuerzas para hablar con nadie ahora, Mey —le digo con desgana—. Te echo de menos.

—Yo también te echo de menos, tonta. La casa está vacía sin ti.

—Y me imagino que también algo más revuelta. —Se ríe ante mi comentario.

—Sí, bueno, tú siempre has sido la que más controlaba el tema del orden en casa, ya lo sabes.

«Creo que te tocará enfundar de nuevo los guantes cuando vuelvas».

Escucho que alguien intenta abrir la puerta. Debe ser Adam.

—Mey, tengo que colgar, creo que Adam acaba de llegar.

—Habla con él.

—Que sí, pesada, que sí. —Fácil de decir, difícil de realizar.

Colgamos a la vez mientras escucho cómo llama a la puerta, me levanto del suelo y me meto en el baño para ver mi cara reflejada en el minúsculo espejo que tienen colgado encima del lavamanos. Mis ojos están hinchados y rojos, pequeñas manchas rojas están esparcidas por mis mejillas. Abro el grifo y me mojo bien la cara para intentar mejorar algo el lamentable aspecto que tengo.

—¡Alice, abre la puerta!

—Dame un segundo. —Me seco rápido con una toalla e inhalo todo el oxígeno que puedo, intentando darme valor, valor que parece haberse quedado en Londres desde que conozco a Adam y todo lo que rodea su mundo.

Abro la puerta y lo dejo pasar. No lo miro a la cara, no quiero que vea que estuve llorando.

—¿Qué es lo que te ha dicho Jeremy?

—Pregúntale a él —le digo mientras me giro para darle la espalda.

—Ya le he preguntado. ¿Quién es Dave?

—Ya sabes quién es, le rompiste la nariz el día que nos conocimos.

—¿Ese gilipollas es Dave?

—Sí.

—¿Por qué no me miras, Alice? ¿No será por…? —Se queda a mitad de la frase. Joder, él también cree todas esas cosas de mí. Se piensa que hice o que conspiro para sacarle dinero.

No lo soporto más. Me doy la vuelta y levanto mi mentón, cuadro bien mis hombros y lo miro fijamente a sus ojos. No tengo por qué esconderme, Mey tiene razón.

—¿Por qué? ¿Qué ibas a decir en esa frase, Adam?

—Has llorado.

—No me cambies de tema, dime, ¿tú también piensas que quiero sacarte el dinero?, ¿acaso vienes a ofrecerme una cantidad igual que tu maravilloso mánager?

—¡¿Que hizo qué?! —Su expresión es de asombro, pero me trae sin cuidado, estoy tan cabreada que solo quiero gritarle a alguien y quién mejor que la otra mitad de este embarazoso asunto.

—¡Vete del cuarto, Adam! No quiero seguir hablando.

—Pero yo no tengo nada que ver con la barbaridad que soltó Jeremy.

—Me da lo mismo. Quiero dormir y olvidarme de dónde estoy, de todo lo que me rodea, aunque sea por unas horas.

—Tenemos que hablar las cosas, Alice.

—Por hoy ya me bastó el hablar con todo el mundo.

Cambia el peso de un pie al otro, pero sin dejar de mirarme ni un solo momento, duda sobre qué hacer. No es el único en dudar, por una parte, me encantaría decirle que se quede a mi lado, que me dé algo de calor entre sus brazos para no sentirme tan vacía como me siento. Sin embargo, también sé que si me falla no lo soportaría, no soportaría ser rechazada por él. Y para evitar que eso ocurra, no puedo dejarlo entrar en mi corazón.

—Adam, por favor, márchate. Déjame sola.

—Saldré a la cocina, estaré fuera si me necesitas. Pero te equivocas, no estás sola. Estoy contigo.

Estás conmigo…

Mierda, no, no puede decirme una cosa así y pretender que me quede como si nada. Bajo la mirada al suelo, no puedo seguir mirándolo a los ojos si quiero dejar que salga de dormitorio. Me levanta con sus dedos índice y pulgar el mentón, recoge una lágrima que ni yo sabía que me había salido.

—¿Quieres que me quede?

¿Quiero?

«Sí».

Si sigo subiendo a este ritmo, la caída después será mayor. Me alejo de su toque, doy un paso atrás.

—No.

—Como desees.

Ni la ducha, ni la cena que dejan en mi puerta ni la cama son capaces de hacer que me olvide de él. Las horas pasan mientras doy vueltas y más vueltas en un colchón que se me hace demasiado frío. Hasta que por fin el cansancio puede conmigo y me dejo llevar por Morfeo.

«Estoy contigo…».

18

Mi chica

ADAM

Ganas de gritar hasta desgarrarme la garganta es lo que siento. ¿Cómo cojones se le ocurre a Jeremy semejante gilipollez? Vi con mis propios ojos lo que ocurrió esa noche en el callejón de Londres. Si no llego a intervenir, ese malnacido de Dave… No quiero ni pensar en lo que podría haberle sucedido a Alice esa noche.

«Estás más que pillado, chaval. Has caído de lleno».

¿Y qué si es así? Mis padres llevan juntos toda su vida y son felices, voy a ser padre. ¡Joder, voy a ser padre! Me dejo caer en mi litera de espaldas. Hasta ahora no era consciente de lo mucho que me puede cambiar la vida, y lo asombroso de todo es la sonrisa de gilipollas que debo tener ahora mismo ante tal idea.

La puerta del bus se abre, los chicos entran riendo, charlando entre ellos. Llevo dando vueltas encerrado en el bus desde que salí del dormitorio, solo me atreví a acercarme a la puerta para dejarle algo de cenar. Si lo que necesita es espacio, tendré que joderme y dárselo. Aunque tenga unas ganas tremendas de entrar a abrazarla y decirle que no se preocupe por nada.

—Oh, Alex, es increíble lo grande que es este sitio —oigo una desconocida voz femenina diciéndole aquello a mi amigo.

¿Quién cojones es esa?

Me levanto de la litera y me dirijo a la zona de la cocina donde tenemos el sofá. Henry está engullendo todo lo que encuentra en la nevera mientras que John se sirve una cerveza. En cuanto dirijo la vista a la esquina, veo cómo Alex está a punto de follarse literalmente a una chavala que ya tiene media minifalda en el ombligo, luciendo un tanga rojo al que parece que poco le queda por seguir en su sitio por cómo se lo agarra él con ambas manos.

—¿Qué hace esta tía en el bus? —pregunto en alto, esperando que alguien me conteste.

Henry se mete un trozo de pollo en la boca mientras sus hombros suben, dándome a entender que eso no va con él y que le deje comer tranquilo. John mira de reojo a nuestro amigo, que sigue comiéndole la boca a la chavala sin hacerme ni puto caso.

—¡¿Quieres hacerme caso de una puta vez, joder?! Alice está en el dormitorio y te traes una tía para follar al bus, y ¿dónde diablos está Max? —intento no gritar demasiado alto para no despertar a Alice.

¡Joder! Si esto mismo hubiese ocurrido hace una semana, sería de lo más normal el traer a chicas u organizar alguna que otra fiesta, pero teniéndola aquí con nosotros en la gira no, no puedo dejar que esto la altere más.

—Max dijo que lo que quería hacer no es posible en una litera y se fue a un hotel con alguien —me informa John, como si aquí no pasara nada de nada.

—¿Qué quieres, Adam, que deje de vivir como hasta ahora por tus putos problemas? —Alex me recrimina mirándome, sentado, alejando de golpe a la morena que está junto a él—, no voy a cambiar mi forma de ser, voy a pasar una grata noche en compañía de...

—Cindy —dice la morena con una gran sonrisa en su rostro mientras sigue acariciando el pecho de Alex.

—Eso, Cindy. Y si no te gusta, puedes largarte del bus o irte al dormitorio con tu adorada Alice, la cual parece es la única que te importa últimamente. Vamos —se levanta y le da la mano a la chica para ir a su litera, pasando por mi lado—, si no te gusta lo que vas a oír, ponte unos tapones en los oídos.

Se meten juntos en su hueco y cierran la cortina. ¡Cómo si eso sirviera para algo! Voy directo a joder la noche a mi amigo. Cuando estoy a punto de volver a abrir de golpe la cortina y darle un soberano puñetazo en su jeta, una mano me sujeta el brazo, impidiéndomelo.

—No lo hagas, déjalo. —Me giro, observo a John y me suelta el brazo como si le quemara.

—¿Crees que tiene razón? —le recrimino a mi amigo.

—La tengo, y dejad de hablar, que me cortáis el rollo, ¡joder! —Los sonidos empiezan a ser cada vez más altos.

Me separo de ahí. John vigila cada uno de mis movimientos, temiendo que pueda cambiar de opinión y volver para... ¡Joder, es justo lo que quiero hacer! Descargar con alguien toda esta tensión.

—Toma, bebe, te sentará bien. —John me pasa una cerveza, que abre previamente.

—Tíos, yo me piro al catre, os diría que a dormir, aunque, con los sonidos que llegan de esos dos, lo más seguro es que termine por hacerme una paja. —Ni me fijo cuando Henry se aleja.

Quedarnos en silencio bebiendo una cerveza es irónico teniendo en cuenta que no paro de escuchar: «más duro», «oh, sí, Alex, lo haces tan bien».

—Estás enamorado —me dice, rompiendo nuestro silencio mientras da otro trago a la cerveza que tiene entre sus manos.

—¿Me preguntas o me lo dices? Porque ni yo mismo lo sé, como para que vengas tú y lo afirmes con tanta seguridad.

—Nos conocemos desde que tenemos pañales, nunca te has comportado como un idiota con la banda hasta que ella entró en tu vida.

—Siento algo por ella, pero…

—Estás acojonado, lo sé, se te nota a leguas, hermano.

¿Estoy acojonado? No, acojonado estaba el primer día que tuvimos un lleno absoluto y tuvimos que tocar frente a cientos de *fans* sabiendo que podría cagarla encima del escenario con cualquier pequeño error. Lo que siento es mil veces peor.

—Tengo miedo —confieso—, no creo que tengan razón ni Jeremy ni Alex sobre lo que dicen de ella. Pero y si…

—Y si no hubiésemos entrado en la banda; y si no nos hubiésemos conocido; y si cae un meteorito mañana. No me jodas con los «y si».

No puedo evitar echar una carcajada involuntaria, derramando algo de cerveza por mi mentón, no tanto por lo que me dice John, sino por lo que le escucho decir ahora a la chica que está en la litera con Alex, «oh, Dios, canta, Alex, canta». John tampoco puede aguantarse más y empieza a reírse conmigo.

—Oh, sí, canta, Alex —dice Henry en alto.

Las carcajadas aumentan, incluso llegando a ensombrecer las frases eufóricas que suelta la morena. Con mejor humor después de unos minutos, un poco más calmados, John se gira de nuevo para clavar su inquisidora mirada en mí.

—¡Vete a su lado! Lo más seguro es que la hayamos despertado. No esperes demasiado, si lo haces, puede que la distancia entre ambos sea mayor. Entonces sí que te preguntarás toda tu vida «y si…».

—¿Sabes qué? Tienes razón, voy a ir hablar con ella. —Dejo la botella vacía encima del mostrador de la cocina y me voy directo al dormitorio, no sin antes cerrar la cortina de la litera de Henry, que está más que entretenido entre las sábanas.

—Joder, córtate un poco, ¿y si sale Alice y te ve?

—¿Tienes miedo de que compruebe que hay tíos que la tienen más grande? —dice mientras termina descojonándose de la risa solo.

Vaya excusa más tonta llevo desde que salí, queriendo volver a entrar, y he tenido que esperar a que me diera un toque de atención John. Abro la puerta sin llamar; curiosamente, no tiene el cerrojo pasado y puedo entrar sin problema.

—Alice, ¿estás despierta? —intento no hablar alto en caso de que siga dormida.

—¿Qué haces aquí? Te dije que quería estar sola.

Me arrimo al lateral de la cama, obviando por completo su petición. No creo que quiera estar sola, quizá le ocurra como a mí y esto la esté sobrepasando.

—Mírame a los ojos y dime que quieres que me marche —le digo mientras me siento a su lado y le sujeto el mentón para que no aparte su vista.

Intenta desviar la mirada, no puede, no me dirá que me marche. Quiere que esté con ella tanto como yo estar a su lado, estoy convencido.

Un grito más de la chavala que está con Alex llega hasta nosotros, nos miramos y no podemos remediar el empezar a reírnos juntos. Su risa es la mejor de las melodías, no es ni estridente ni empalagosa, simplemente es perfecta.

—¿Me haces un sitio a tu lado? —Deja de reír, su rostro se torna serio, arrugando su pequeña frente de nuevo—. Tranquila, mantendré mis manos fuera de tu alcance.

—Sí, ¿por qué no? ¿Qué es lo peor que puede pasarnos si ya estoy embarazada? —dice con una media sonrisa encantadora.

—Cierto, ya estamos embarazados, ¿qué más nos puede pasar? —Alice agranda los ojos, su boca se entreabre un poco y no soy capaz de pensar en otra cosa que besarla en este instante.

—Tú…, pero ¿tú me crees?

—¿Y por qué no he de hacerlo? Sé de primera mano que tuvimos sexo —le digo, arrimando mi hombro al suyo sin dejar de observarla—, creo recordar que ibas un poco achispada.

—Un poco bastante para lo que suelo, digo, solía beber. —Me hace gracia ver cómo es capaz de ruborizarse solo con mencionar lo que pasó esa noche. Creo que voy a aprovecharme de eso un poco más.

—No fue tan malo, ¿no?

Sus ojos se transforman de inmediato en dos finas rendijas y creo que he podido cagarla. ¿Tan malo fui? A ver, me comporté como un capullo sin consideración alguna por ella, pero no fue tan mal, ¿no?

«Penoso, ni me lo recuerdes, no duraste ni diez minutos».

Joder, tú cállate, que no me ayudas.

—Me llamaste nena y, acto seguido, me diste un poco más las gracias por… eso.

—Follar, se llama follar. —El rojo de sus mejillas aumenta y esto se pone más interesante—. ¿No te gustó que te llamara nena?

—No sé si a alguna chica le gustará que se lo llamen, pero créeme que a mí no.

—¿Y por qué no? Es un mote cariñoso.

—Que lo más seguro hayas usado con todas y cada una de las chicas con las que te has acostado.

—No te volveré a llamar nena, tranquila —le digo mientras me acerco un poco más a ella.

—¿Por qué? —me pregunta a la vez que ella también se aproxima a mi cuerpo.

—Porque te tengo un apelativo mejor.

—¿Cuál?

—Mi chica… —le digo mientras rompo toda distancia prudencial. Me lanzo a su boca, la beso con pasión y la rodeo con mis brazos, inclinando mi cuerpo hasta quedar debajo de ella. Meto mi mano por dentro de la sábana. Necesito tocarla, sentirla.

Solo lleva una camiseta vieja a modo de camisón. Pronto encuentro sus muslos, que no puedo dejar de acariciar, y voy bajando hasta llegar a su culo, la aprieto contra mí. Estoy por estallar, mi polla no va a aguantar mucho dentro del ajustado pantalón.

Alice gime en mi boca, eso hace que se me ponga más dura si cabe. La beso, nuestras lenguas no dejan de bailar juntas. Sujeto los bordes de su camiseta y la retiro por completo. No lleva sujetador, es el mejor regalo que le puede dar a mis ojos en este instante.

Sujeto con la palma de la mano un seno justo antes de llevar a mi boca un pezón, hago un círculo con la lengua alrededor del mismo y se endurece sin casi darle atención. Alice lleva su cabeza hacia atrás, soltando de golpe un sonido de puro placer.

Estoy al límite, como no me hunda en ella pronto creo que voy a partir el vaquero en dos. Pero me niego a hacerlo, esta vez quiero disfrutarla como se debe.

Le presto la misma atención al otro pecho.

—Adam, por favor, necesito… —Sé lo que necesita.

Bajo mi mano hasta meterla dentro de su ropa interior. La noto mojada, no dejo de mirar a sus ojos y, en cuanto comienzo a frotar su clítoris, nuestras respiraciones se aceleran.

Empiezo a repartir besos en su boca, luego bajando desde su cuello hasta su clavícula, sin dejar de darle placer con los dedos.

Bajo a los pechos, llego a sus costillas, ella se ríe un poco y eso me hace gracia a mí. Sin embargo, al llegar a su ombligo, me dejo de mover y le doy un beso. Pero este beso ya no es pasional. ¡Mierda!, ¿y si le hago daño al bebé?

Me separo de golpe de ella.

—Lo siento, no, no puedo seguir.

—¡¿Qué?!, ¿estás de coña?

—Lo lamento, en serio, que… ¡Joder, necesito una ducha fría! —Me levanto de la cama para ir directo al aseo y bajarme el calentón de golpe.

—¿Pero se puede saber qué he hecho? —Me giro al escucharla decir tal tontería.

—No has hecho nada, —¡Mierda, ¿está llorando?! Me acerco de nuevo hasta la cama y se tapa con la sábana, cubriendo su cuerpo sin mirarme—. Alice, mírame, te deseo, no sabes cuánto te deseo, pero no pienso poner un solo dedo encima de ti de nuevo sin que un médico me diga que no hay riesgo para el bebé.

Al fin levanta la mirada, le recojo una lágrima de la mejilla y la beso con ternura.

—¿Solo has parado por eso?

—Créeme, ahora mismo estoy que me subo por las paredes solo con verte. Voy a darme una ducha y después dormiremos juntos, ¿estás de acuerdo?

Se queda un rato pensativa, eso me pone nervioso, ¿por qué se lo tiene que pensar?

—¿Solo dormir?

—Solo dormir. Estoy contigo, ¿recuerdas?

—Estás conmigo… —Creo que, a partir de hoy, estas palabras tendrán un significado mayor del que en realidad parecen.

19

Visita inesperada

ALICE

—¿Solo has parado por eso? —Necesito saberlo, me estoy sintiendo a cada segundo que pasa más y más patética.

—Créeme, ahora mismo estoy que me subo por las paredes solo con verte. Voy a darme una ducha y después dormiremos juntos, ¿estás de acuerdo? —me pregunta Adam. ¿Qué puedo contestarle a eso? Estoy deseando dormir entre sus brazos y no sentirme sola, pero…

«Deja de pensar, coño, y dile que sí».

—¿Solo dormir? —¿Por qué recalco eso? Quizá por miedo a que lo cumpla. Lo que me ha hecho sentir hace tan solo unos instantes ha sido tan abrumador que parece mentira que sea el mismo hombre de hace dos meses.

—Solo dormir, estoy contigo, ¿recuerdas? —me responde él, sonriendo.

—Estás conmigo… —Y espero que lo sigas estando.

Adam se mete en el baño para, según él, refrescarse, ¿y cómo me refresco yo? Me vuelvo a poner mi vieja camiseta de Wally, busco desde la cama dónde dejé el pantalón y, en cuanto lo veo, me levanto para poder ir al baño que tienen fuera.

Solo rezo para que los chicos lo hayan limpiado también.

Saco la cabeza, temerosa de encontrarme con alguno por el pasillo hasta el aseo. No veo a nadie y decido salir. Lo haré lo más rápido posible.

Llego hasta la puerta que está pegada a las literas y se abre de repente. Una chica morena se ajusta la falda mientras sujeta la puerta con su otra mano.

—¡Vaya, pero si eres Alice! Te voy a decir una cosita, ni se te ocurra acercarte a Alex, él es todo mío, ¿me has entendido?

—Perdona, ¿cómo?

—Tú ya te llevaste el premio gordo con Magister, ahora deja al resto del grupo para las demás, que también quieren tener su lugar en él.

Jeremy, las *groupie*s, todo se amontona en mi cabeza. Doy un paso al frente y, aunque voy descalza, llegándole solo a la nariz, levanto la mirada y le respondo con toda mi rabia acumulada.

—Mira, zorra, ni yo me aproveché de Adam ni tú vas a poder hacerlo con ninguno de los de este bus. Son más listos de lo que te piensas. No sabía quién era cuando lo conocí y me alegro, porque si no lo más seguro es que ni me hubiese acercado a él. No tengo ni puta idea de *rock* ni me interesa lo más mínimo la cuenta bancaria que pueda tener. Solo quiero que mi bebé conozca a su padre, que sepa quién es, y si Adam considera a sus compañeros de banda una familia, créeme que sacaré las garras frente a cualquier lagarta que se atreva a intentar aprovecharse de ellos.

—¡Eres una maldita puta! —Levanta su mano derecha, queriendo golpearme.

—¡Ni se te ocurra! —Alex sale de su litera mientras John y Henry sacan sus cabezas desde su cama como niños escondidos que quieren ver algo prohibido por sus padres.

—Alex, me ha insultado.

—Ya he escuchado, Mindy. Quiero que te marches.

—Me llamo…

—Me importa una mierda cómo te llames —la interrumpe.

Alex se acerca con tan solo un calzoncillo puesto y sujeta el brazo de la chica, arrastrándola hasta la puerta mientras ella intenta desesperada encontrar su boca, restregándose por todo el cuerpo de él.

—¡Sacadla de aquí, que no vuelva acercarse al bus! —les dice a los de seguridad.

—Lamento haberos despertado.

—No te preocupes, aún estábamos despiertos. Terminaron hace unos minutos —dice Henry, mirando el avance de Alex por el pasillo. Este justo se para enfrente de la entrada del baño para mirarme con su frente arrugada y, a continuación, me dice:

—Si todo lo que te oí decir es lo que piensas…

—Lo es.

—Ese bebé que esperas es de Adam, ¿verdad?

—Sí. —No sé cuántas veces más lo tendré que repetir.

—No te preocupes, el niño tendrá una familia, no me fío mucho de las mujeres —no me había dado cuenta—, solo te pido que no hagas daño a mi amigo.

—Hay más posibilidades de que él me lo haga a mí que yo a él.

—Tregua —me dice, extendiendo su mano para que se la estreche.

No sé cuándo empezó una guerra para pedir una tregua, pero me da igual, esto es un avance. Sin que se lo espere, le doy un abrazo. Su cuerpo se tensiona en el momento, pero poco a poco cede.

—¡Abrazo en grupo! —grita Henry, quien salta de su litera y viene a nosotros con los brazos abiertos.

Empiezo a reírme sin un motivo en particular, estoy literalmente atrapada en medio de dos hombres en paños menores.

—Dejad a la chica, que la estáis asfixiando —les amonesta John. Nos separamos, me siento feliz ante esta muestra de cariño que acabo de tener—, además, ahora es mi turno.

El abrazo por parte de John es dado con un mimo y cariño que logra emocionarme.

—Chicos, no he podido evitarlo mirar… ¡¿qué cojones pasa aquí?! —Adam sale del dormitorio.

Unas gotas de agua caen por su torso desnudo hasta llegar a su cintura, por desgracia, son frenadas por un pantalón corto. En su mano lleva una hoja. Lo miro a los ojos y veo que está cabreado, su mandíbula está apretada mientras viene directo hacia nosotros.

—Eh, frena, fiera, solo estamos charlando con tu chica.

Miro con la boca abierta a Alex, ¿esas palabras han salido de él? Ahora mismo creo que estoy soñando. Vuelvo a mirar a Adam, aún sin cerrar mi boca, y veo que tiene una sonrisa en la cara.

—¿Eso que llevas en la mano es lo que creo que es? —dice entusiasmado Henry.

—Un nuevo *riff,* sí.

—Oficialmente, no tenéis permitido salir de ese dormitorio hasta que tengas material suficiente para el nuevo disco.

—¿Y yo qué pinto en esto? Ya me escuchasteis antes, no tengo ni idea de nada de música.

—Lo dicen porque eres mi musa.

—¿Cómo? —digo algo incrédula mientras sigo en el pasillo, aún de pie frente a cuatro de los cinco hombres más aclamados de Ohio en este instante.

—Llevaba dos meses sin inspiración —me dice mientras le da la hoja a John, pegándosela al pecho.

—¿Y eso significa…? —pregunto para que alguien se digne a hablar sin códigos de por medio.

—Su última composición fue en Londres, el último día que estuvimos allí.

Joder, el día que nos conocimos. Sí que debo de necesitar dormir, o eso o tanto tío bueno en tan poco metro cuadrado no es sano para ningún estado mental.

—Vamos a la cama, Alice. —Me sujeta la mano y me dejo llevar encantada al dormitorio.

—¡No seáis tan escandalosos como Alex!

—¿Henry es siempre así? —le pregunto nada más cerrar la puerta, dejándonos de nuevo solos.

—No lo conoces aún mucho, pero es incluso peor.

Observo la cama, me acaba de entrar un pánico que ni yo misma sé cómo reaccionar ante él. Veo cómo Adam se mete entre las sábanas y se queda mirándome.

—Voy al baño, salgo ahora mismo.

Se me han ido todas las ganas que podía tener, me encierro en el pequeño cubículo y me refresco la cara. Me miro en el pequeño espejo y empieza mi batalla mental.

«¿A qué esperas?, ¡sal de una puta vez!».

No he dormido con un hombre nunca.

«Mentirosa».

Joder, sabes a lo que me refiero. Nunca he pasado una noche entera con un hombre. Mi única relación seria era de ir yo a su casa, cenar, teníamos sexo y me acompañaba de nuevo a mi casa. Ni él se quedaba a dormir ni yo.

«Ni se te ocurra hablar de otros con él».

Por supuesto que no.

El corazón me va a mil por hora; me tiemblan las manos mientras me las seco en la toalla que está colgada detrás de la puerta; inhalo, intentado mantener algo de valor en mi cuerpo, y salgo.

Me quito el pantalón, es una tontería que siga con él después de cómo me tocó. ¡Y cómo me tocó! Solo de pensar en ello me entran sudores por toda la espalda.

—¿Sigues despierto?

—Claro que sí.

Las luces están apagadas y en esta zona del vehículo no tienen ventanas, así que mi vista tarda un poco en adaptarse a la oscuridad.

—Si lo prefieres, enciendo una luz —me dice al notar que voy palpando cada trozo de cama hasta que doy con la almohada.

—No, no soy capaz de dormir con luz.

—Yo tampoco.

—¿Y por qué me preguntas si no te gusta?

—Porque quiero que estés cómoda a mi lado.

Con esa simple frase ha logrado que mi desbocado corazón deje de latir con miedo para empezar a hacerlo con ternura.

—Ven.

El colchón se mueve, noto su calor corporal justo en mi espalda, mi cintura es rodeada por su brazo. Y con un beso en mi cabeza desde atrás, me ha ganado. Quiero pasar más días entre sus brazos.

—¿Estás cómoda? —Casi no soy capaz de articular palabra, solo le respondo un sonido entre una eme y una ge que sale de mi garganta directamente sin abrir la boca tan siquiera.

—Estoy contigo, mi musa. —Me arrimo más a él, indicándole que lo escucho y, sobre todo, que me gusta lo que oigo.

—¡Arriba, dormilones, que hoy es día de concierto! —Voy a matar un día de estos a Henry.

Abro un ojo y me encuentro que estoy encima del pecho de Adam, que no se queja mientras me ve.

—Buenos días, preciosa.

—No creo que tenga muy buen aspecto por la mañana.

—Yo creo que tienes un aspecto estupendo, ¿has dormido bien?

Iba abrir la boca para decirle que estupendamente cuando unas náuseas tremendas me hacen levantarme de golpe dirección al baño.

—¡Joder, ¿llamo a un médico?, ¿te encuentras mal?!

Sigo agachada en el suelo, con la cabeza metida en el inodoro mientras Adam me recoge el pelo con su mano y con la otra me acaricia la espalda. En cuanto creo que ya no queda más por vaciar, me levanto con su ayuda.

Me limpio bien la boca.

—No hace falta que llames a nadie, es normal tener náuseas durante los primeros meses.

—Me quedaré más tranquilo si alguien te ve. Seguro que te pueden dar algo para que paren.

—No sé, no llegué a preguntar, el único médico que me vio es el que me atendió en el hospital.

—Hoy mismo me encargo de eso. ¿Quieres algo?

—Gofres con chocolate. —¿De dónde ha venido eso?

—Está bien, marchando unos gofres con chocolate para mi chica.

—Adam —lo llamo antes de que salga por la puerta.

—Dime —responde con una sonrisa en la boca.

—No soy tu chica, aún no nos conocemos, yo… —Bajo la mirada al suelo. ¿Cómo decirle que empiezo a sentir algo por él, que todo esto me parece demasiado precipitado?

Me levanta el mentón y me sujeta los dedos que tengo retorciendo un mechón sin haberme dado cuenta.

—Aún no lo eres, pero pronto lo serás y no tendrás dudas de ello. Mira —me sujeta la mano y la coloca encima de su pecho, justo a la altura de su corazón—, ¿lo sientes? Se acelera cada vez que veo tu mirada, que siento tu cercanía, y cada vez va a más.

—Adam, esto es demasiado rápido para mí. Yo no vine pretendiendo empezar nada contigo, solo quería que te enterases de que ibas a ser padre y que, si te apetecía, formaras parte de su vida.

—Y voy a formar parte de su vida, pero también quiero conocer a la que será su madre y poder formar parte de la tuya. No te angusties, no tienes que tomar ninguna decisión ahora mismo. Solo quiero que sepas que tengo sentimientos por ti y que no quiero ni podré seguir reprimiéndolos.

Después de nuestra charla, en la que no me queda muy claro en qué punto estamos, me trae unos gofres y, acto seguido, se van directos por las tuberías del baño. Mi cuerpo no se aclara ni mi mente tampoco. Salgo con todos al último ensayo antes del concierto. No visualizo a Ginger por ninguna parte, así que puedo disfrutar viéndolos tocar.

Max, al enterarse de que se perdió un abrazo en grupo, intenta llegar hasta mí para darme uno, pero Adam lo frena de lleno con cara de pocos amigos. Me fijo en el rostro del resto de los chicos y están reprimiendo la risa, así que me imagino que a Max tan solo le gusta chinchar a Adam. Y le doy yo el abrazo, dejando a Adam con la boca abierta. Se la cierro literalmente con la mano.

—¡Chicos! En dos horas encima del escenario a darlo todo —informa Jeremy. Todos asienten, menos Adam, que ni lo mira.

—Vamos a descansar, Alice —me dice, dándome la mano mientras me arrastra fuera del estadio.

—Alice, no salgas.

—¿Por qué? —le pregunto a Max, que llega seguido de todos los demás.

—Una loca que no deja de decir que te conoce y que va a castrar a todos los del grupo como no la dejen pasar.

Escucho la explicación de Alex, pero ¿qué diferencia hay entre las demás locas que ya pedían mi muerte?

—Está desquiciada, Alice. Incluso las que normalmente te insultan están retirándose —añade John.

—Mirad, estoy harta de todo lo que dicen, no pienso cambiar la ruta de aquí al bus por su culpa. Estoy cansada y se llega antes por esta zona, así que si alguien quiere seguirme que lo haga.

Me suelto de la mano de Adam y, con paso decidido, voy marcando ritmo con mis zapatillas de deportes.

Marcus me sigue de cerca y se lo agradezco, no viene mal que esté de mi lado por si las cosas son peores de lo que dicen. No hace falta que mire atrás, sé que ellos también están saliendo por los primeros gritos que escucho de sus *fans*, que están agolpadas en las vallas.

—¡Alice! —Intento ignorar que gritan mi nombre—. ¡Alice! —Creo que me suena esa voz—. ¡Me cago en la puta, Alice Cooper! Como no me hagas caso, te juro que no vuelvo a ver *Downton Abbey* nunca más por ti.

—¡Mey, ¿qué coño haces aquí?! —me dirijo directa hacia ella, pero Marcus me frena y Adam me sujeta la mano, logrando que todas se vuelvan más locas aún con ese gesto.

—Adam, es Mey. Mi Mey, ¡sacadla de ahí!

—Marcus, déjala pasar, sí que la conoce.

Mey le saca la lengua a Marcus en cuanto pasa por su lado y llega a mí, dándome un abrazo.

—Te dije que no vinieras, estás pirada, ¿y el trabajo?

—Tengo que volver en tres días, es lo máximo que conseguí sin perder ningún cliente, pero necesitaba ver que estabas bien —lleva su mirada a la mano de Adam, que aún sujeta la mía—, y veo que la cosa mejora.

—Encantado de conocerte, Mey. Alice me ha hablado de ti.

—Nada de «encantado de conocerte, Mey» —dice, imitando la voz de Adam, quien se echa para atrás ante su comentario—. Como le hagas soltar una sola lágrima te las verás conmigo. Soy una cuñada puñetera para aguantar, así que más te vale tratarme bien.

—¡Mey!

—¡¿Qué?! Solo digo la verdad, soy una cabrona con los que hacen daño a los míos.

—Alice, ¿no nos presentas a tu amiga? —Alex llega seguido de todos—. No me dijiste que tuvieras una amiga tan guapa.

—Me sé presentar sola, no necesito a Alice para eso.

—Esta me gusta mucho, qué carácter tiene —comenta Max mientras Alex le echa una mirada que no logro entender.

—Lo siento, cariño, pero no soy nada sumisa.

—Eso se puede remediar.

—Créeme que terminarías tú de rodillas antes que yo.

—¿Eso me deja alguna posibilidad? —pregunta Henry con su característica sonrisa.

—Ni barbas ni tatuajes —dice, mirando claramente hacia Alex—, y a ti, lo siento, pero creo que no podrías seguir mi ritmo.

Despacha a cada uno de ellos: Henry, Alex y a John. Sujeto de la mano a mi amiga y me la llevo antes de que suelte alguna perla más por su boca.

—¿Qué coño ha sido eso, Mey? —le digo mientras subimos al bus, dejando a unos desconcertados roqueros detrás de nosotras.

—Pero ¿tú los has visto bien? Son unos jodidos dioses, era ponerme así o participar en una orgía por primera vez en mi vida.

No puedo evitar reírme, me encanta tenerla conmigo.

—Bueno, tienes que ponerme al día, así que empieza a desembuchar por esa boca.

Nos metemos en el dormitorio y empiezo a relatarle todo lo que se ha perdido desde que hablé con ella ayer por la tarde. Ahora que tengo a Mey a mi lado, creo que todo puede ir a mejor.

O eso espero.

20

Mala influencia

ALICE

No me lo puedo creer, tengo a Mey conmigo, ¡aquí! Esto es genial. Lo primero que hago es advertir al grupo, sobre todo a Max, que nada de acosar. Después le comunico a Adam que Mey dormirá conmigo en el dormitorio, ni loca la dejo dormir en una litera sabiendo que pueden traer a alguna de sus *fans* en algún momento.

No le molestó, o eso creo, fue comprensivo, se le veía algo triste, pero contento a la vez; no sé si le ha sentado bien o mal. A veces no soy capaz de leer sus gestos o expresiones, ¿por qué no vendrán los hombres con un manual debajo del brazo? ¿Por qué no viene él con un manual?

Mey me convenció para que sacara mi cámara y disfrutara del concierto que tuvieron esta noche sacándoles fotografías; he de confesar que la mayoría se las hice a Magister. Y sí, cuando sube al escenario se convierte en todo un maestro, sus dedos se mueven por la guitarra con fluidez sin mirar las cuerdas, su rostro se vuelve más rudo en las canciones que son más sombrías y en las baladas se dulcifica.

Tengo que reconocer que me lo pasé en grande, salvo por las *groupies,* a esas no las aguanto. Alguna que otra se quedó casi en toples solo para que se fijaran en ellas.

Dejo de pensar por un momento en Adam, cosa que me cuesta, para centrarme en mi amiga. Necesito estar cerca de ella y que un poco de normalidad llegue a mi vida ahora que todo se ha vuelto un caos.

—¿Me estás escuchando o estás pensando otra vez en él? —me dice Mey, sentada en la cama con las piernas cruzadas en plan indio.

«¿Acaso estaba hablando?».

No lo sé.

«Dile que sí, ya cogerás el hilo».

—¡Claro que sí!

—Mira que eres mala mentirosa. Se te nota a leguas que estabas en tu mundo.

—¿Y cómo sabes eso? —le digo mientras le lanzo un cojín a la cara, que ella agarra al vuelo.

—No sabes mentir sin toquetearte el pelo, tonta. —Me lanza de nuevo el cojín, dándome de lleno en la cara, logrando que me quede al borde de la cama; intento mantener el equilibrio, pero mi culo se estampa de lleno en el suelo, montando un gran estruendo.

Mey se levanta de inmediato. Me llevo la mano a la zona afectada y lo primero que pienso es en que mañana casi seguro tendré un moratón en todo el pandero.

—¡Joder! Lo siento, ¿estás bien? —me pregunta preocupada.

—Sí, tranquila, no ha sido nada.

La puerta se abre de golpe sin llamar siquiera. Voy a pegar un cartelito de «no molestar» en esa puerta, como en los hoteles.

—¿Qué ha pasado?, ¿estás bien? —Adam entra casi llegando al tiempo que Mey para ayudarme a levantarme del suelo.

—Que sí, no ha sido nada, solo estábamos jugando un poco, nada más.

—Pues no juguéis más, que me has dado un susto de muerte —dice serio.

—¡Mira, si ya hasta pone cara de papá! —comenta Mey, riéndose abiertamente de él.

—Mejor os dejo para que descanséis. ¡Y nada de saltar en la cama!

«Aguafiestas».

—Pero si no estábamos saltando en la cama, solo me lanzó un cojín y perdí el equilibrio.

—Pero gracias por la idea, saltar en la cama me parece más divertido —recalca Mey, no cabe duda que para meterse con él.

—Eres una mala influencia —le responde muy serio Adam.

—Me lo dice el roquero que deja preñada a una chica en una sola noche —le devuelve Mey, sacándole la lengua.

Adam me da un beso en la sien antes de darse media vuelta y marcharse dando un bufido en contestación a Mey.

—Sabes que está coladito por tus huesos, ¿verdad? —me suelta de golpe nada más cerrarse la puerta.

Dejo que mi culo dañado se acomode en el colchón y levanto la mirada para encontrarme con la suya, que sigue esperando una respuesta por mi parte, pero ¿qué le digo?

—No sé, Mey… —le contesto dubitativa.

—¿Qué no sabes? Es el padre de tu hijo, no llevo ni un día pegada a ti y no te deja ni a sol ni a sombra, te mira con unos ojos que ya me gustaría a mí tener a alguien que se dignara a mirarme con tal adoración. Créeme, está enamorado.

Enamorado. No creo…

—Creo… creo que solo es atracción, que se siente obligado de alguna manera por el bebé.

—¡Chorradas!

Será mejor dejar el tema. Ella va a seguir durante todo el fin de semana insistiendo en lo mismo y yo seguiré con mis dudas internas sobre si él está ahora interesado en mí por el embarazo o porque de verdad le atraigo como mujer.

—Te tengo que presentar a Emilie, te va a caer bien —cambio de conversación con rapidez.

—Sé lo que intentas hacer.

—¿Qué? Solo te digo que tengo que presentártela, me cae bien, está en el otro bus, con los demás de sonido. Es una chica joven muy linda, incluso te diría que demasiado inocente para andar en mitad de una gira de *rock*. ¿Sabes? Creo que le gusta Adam —suelto de carrerilla, para ver si así se olvida del tema.

—Pues preséntamela, llámala, dile que venga. Aún no ha arrancado el bus, que se venga y hacemos una fiesta de pijamas.

—¡Estás loca! —le digo mientras me río.

—Alice —me habla seria—, ¿has hecho alguna fiesta de pijamas alguna vez en tu vida, aparte de conmigo cada vez que vemos series hasta las tantas? Eso no cuenta.

Me quedo pensativa, y no sé por qué si la respuesta es corta.

—No.

—¡¿Y qué coño esperas?! Tienes veinticuatro años, vas a ser madre y no has disfrutado de una noche de chicas en condiciones para poder contarle el día de mañana a tu hijo, perdón, no me mires así, hija —rectifica rápido antes de que le diga algo.

—No sé…, quizá a los chicos no les guste que hagamos ruido.

—Estás por joderme. Estamos metidas en el bus de la gira de ¡Slow Death! —grita como si fuera algo grandioso—. Estos están acostumbrados a fiestas mucho más *heavies* de la que podamos montar una embarazada, su amiga loca y una chica casi adolescente.

Caigo, me dejo llevar de nuevo por Mey. No puedo dejar de pensar en este momento que todo esto empezó justo porque ella me insistió en salir esa noche a la discoteca.

Tuve que decirle al padre de Emilie que no se preocupase, que no iba a salir del dormitorio para nada, que los chicos dormirían en sus literas y que en todo momento estaría con nosotras dos, velando por su hijita.

Adam solo me dijo que no trasnocháramos mucho, que tenía que descansar; el resto de los del grupo, mejor no pienso en lo que soltaron por sus bocas porque me hierve la sangre solo de recordarlo.

«Son como adolescentes hormonados».

Estamos a punto de ponernos a ver una película romántica, de esas que lloras y lloras y ya no sabes el motivo por el cual sigues llorando. Creo que me dijo Emilie que se titula *Quinientos días juntos*, la verdad es que no la he visto, pero insisten en que está muy bien.

Colocan el Blu-ray, nos acostamos a lo largo y ancho de la cama, empezamos con las palomitas y poco tardo en empezar a moquear.

Al final de la película me pregunto si Emilie la escogió por algún motivo en particular o son cosas mías.

«Sientes celos».

—Emilie —le dice Mey —, ¿te gusta algún chico?

Me giro de golpe para ver la expresión que tiene en este momento. Rojo es poco a como se ha puesto la pobre de golpe.

—No tienes por qué contestarle, Mey es una cotilla —le digo a mi amiga, agrandando los ojos para que se corte un poco.

—Venga, es una fiesta de pijamas, qué fiesta sería si no hablamos de chicos o de sexo.

Comprobado, se puede poner mucho más roja.

—¡Ay, Dios, eres virgen!

—Mey, deja a la niña en paz.

—¡No soy una niña! —grita Emilie, dejándonos mudas a ambas—. No tengo problema para hablar de esas cosas, en un mes cumpliré los dieciocho. Me convertiré en técnico de sonido y podré trabajar con el grupo para cuando comiencen la gira de Latinoamérica. Una vez que sea mayor de edad, todo saldrá bien.

—A mí eso me suena a que hay un chico que te gusta —insiste Mey—, ¿está en la gira?

Emilie se remueve incómoda en su propio sitio. Estoy expectante, quiero saber como la que más. Sí, soy cotilla, no tanto como Mey, pero ¿y si realmente le gusta Adam? No se llevan tantos años, quizá unos ocho o nueve; eso, en la vida de los famosos, no es nada. Siempre terminan de dejar a sus mujeres por otras más jóvenes. ¡Mierda, ¿ahora por qué pienso yo esto?! Voy a intervenir, estoy empezando a divagar.

«Miedosa, no quieres saber, eso es lo que pasa».

—Mey, estoy cansada, deja a la niña y pongamos a…

—¡Que no soy una niña, joder! —me interrumpe de golpe, el taco que suelta me sorprende—. Sí, hay un chico que me gusta, pero es mayor que yo y ni se fija en mí.

—¿Es del grupo? —Joder con Mey, que no se calla—, ¿es Adam?

Contesta.

—¡¿Qué?! No, no es Adam —me dice, mirándome a los ojos—. Te prometo que no es él, me pongo nerviosa delante de los chicos pues porque…, porque, ¡porque soy virgen!

La puerta se abre de golpe, todos están agolpados en ella: Adam con sus brazos cruzados; Alex con media sonrisa y una ceja levantada; Henry a punto de partirse de risa; John y Max parecen ser los que en este momento están más serios.

—¿Es que no sabéis llamar a la puerta?

—Solo venimos a deciros que se os escucha todo —dice Adam en tono serio—. Dejad de martirizar a Emilie, es tarde, son las tres de la madrugada.

—Me quiero morir… —dice ella, hundiendo su cabeza en la almohada.

—No lo estáis mejorando. ¡Fuera, ya nos ponemos a dormir!

Después de intentar tranquilizar a Emilie diciéndole que no es para tanto que escucharan lo de su virginidad, nos ponemos a dormir. La cama es tan grande que incluso las tres tenemos sitio para estirarnos sin chocar una con otra.

Nada más amanecer, me voy directa al inodoro a vomitar; ya se está convirtiendo en una rutina. Emilie se marcha al otro bus junto a su padre mientras que Mey desayuna unos cereales en la cocina y charla con los chicos.

Adam insiste en que el bus se pase por una población del estado de Iowa, donde nos quedaremos hasta que Mey se marche mañana. Nos alojaremos en un hotel, y luego de que Mey se vaya, volveremos al bus para ir directos hacia Kansas City, su próximo concierto.

—¿Has vuelto a vomitar? —me pregunta Adam mientras se levanta de su sitio en el sofá y me cede el lugar.

—Sí —le contesto con la sensación de malestar aún en la garganta.

—Esto no puede seguir así, hoy mismo vamos a ver una doctora, ya he pedido cita.

—¿Que has hecho qué?

No me puedo creer que me pida una cita con una doctora sin consultármelo. Soy yo la embarazada, soy yo la que vomita, la que ahora mismo está cabreada sin saber el motivo.

—He hablado con Mey, ella está de acuerdo, hoy tendremos el día para los dos: iremos al médico, comeremos y luego… —mierda, ¿hay más?—, luego te tengo una sorpresa.

—No me gustan las sorpresas.

Sé que estoy irritable, no puedo echarle la culpa al embarazo porque la verdad es que nunca me han gustado las sorpresas, pero se le ve tan ilusionado que me hace sentir mal por cómo se lo he espetado.

—Esta te gustará.

—Seguro.

—Completamente.

Me dejo llevar de la mano de Adam, me despido de Mey, quien me dice que esta misma noche nos veremos en la cena, que necesito este tiempo con él. Yo, por mi parte, mientras dejo que me abra la puerta del coche para que me suba, solo pienso en una cosa: «¿qué será lo que me tiene preparado?».

21 Nuestro hijo

ADAM

El concierto es todo un éxito, lleno absoluto. Incluso vi cómo de bien se lo pasaba Alice con su cámara en mano, sacando fotografías al grupo mientras coreaba algún que otro estribillo. Me imagino que, de oírnos en los ensayos, se le ha pegado algo.

Cuando termina el *show*, nos dirigimos cada uno a la zona habilitada para cambiarnos y darnos una ducha, sin embargo, no me voy sin antes hablar con ella. La sujeto de las manos y le digo que me espere en el set.

Recién duchado, y teniendo a buen recaudo la Gibson, me voy directo hacia allí para encontrarme con mi chica. Me importa una mierda la fiesta o el alcohol que pueda haber, solo me interesa poder estar junto a ella un poco más.

Llamé a una doctora que es conocida en el estado de Iowa, por donde pasaremos con el bus para ir a nuestro siguiente destino: Kansas City. No le he comentado nada aún a Alice para que no esté pendiente, pero he programado un día entero para nosotros: me he fijado en que no tiene suficiente ropa consigo y después de la comida quiero llevarla de compras.

Hoy ha llegado su amiga Mey. Me pidió que la dejara dormir esta noche con ella en el dormitorio, quiere pasar el mayor rato con ella. Así que a mí me toca joderme y quedarme en la litera.

Paso por delante de Marcus justo antes de que la pesada de Ginger me vea entrar en el set, y ahí está mi chica, enseñando las fotografías que ha realizado a todos los compañeros. La música hoy está más baja que de costumbre, y creo que puede ser por la presencia de ella aquí. Incluso Alex parece que le habla de otra forma. Levanta la mirada de la cámara y nuestros ojos se cruzan, una sonrisa se dibuja en nuestros rostros.

—¿Qué me estoy perdiendo? —les digo a todos en alto, sin dejar de mirarla ni un instante.

—Tu chica es realmente buena en esto de la fotografía —dice Henry—, incluso ha logrado que Max salga guapo.

—¡Cállate, merluzo! —le dice Max mientras le da una colleja en el cogote.

—¿Qué tal os lo habéis pasado en el *backstage*? —les pregunto a las chicas.

—¡Ha sido tremendo!, ¿siempre tenéis tanto público? —a Mey parece que le gustó, pero espero respuesta de Alice, que se queda mirando el suelo.

—Alice, ¿no te ha gustado el concierto? —Necesito saber qué opina, quiero, no, necesito saber qué piensa.

—Sí me ha gustado, solo que…

—¿Qué? —¿Me he perdido algo? Que yo viera, estaba contenta sacando sus fotos y charlando con Emilie y Mey—. Dime, ¿qué pasa?

—¡Chicos, ¿acaso no vais a invitarme a tomar una cerveza?! —dice Mey, alejándose con todos para dejarnos a solas—. Lo que Alice le va a contar, ¡porque se lo va a contar! —inquiere en alto—, es solo para los oídos de Adam.

—Alice, mírame. No te escondas de mí, ¿a qué se refiere Mey?

—Mey es una bocazas a la que le gusta chincharme siempre que puede —me contesta, levantando la cabeza y enseñándome lo roja que está.

—Cuéntame, ¿qué es lo que no te ha gustado del concierto? —digo algo más calmado al ver que sus mejillas se sonrojan cada vez más.

—No es nada, me ha gustado mucho, de verdad, me sabía alguna canción y todo.

Me dan ganas de reírme al ver lo nerviosa que se ha puesto con tan solo una pregunta, pero me aguanto las ganas e intento que no se me note lo mucho que estoy disfrutando esta situación. Joder, qué ganas tengo de que el médico la vea y me dé luz verde para poder estar con ella. Mi polla asiente en el momento ante tal pensamiento.

Le sujeto la cara con ambas manos para que no vuelva a desviar su mirada, me fijo en sus labios y me dan ganas de besarla, no obstante, las ganas de saber qué esconde me pueden más.

—Alice…, dime o tendré que preguntarle a Mey, y no sé por qué, pero creo que ella sí me lo dirá sin tanto reparo.

Agranda sus ojos y los gira, sin poder mover la cabeza por mi agarre, en dirección a la nombrada.

—Está bien, es una tontería, tan solo le comenté que había demasiadas chicas mirando hacia ti, digo, para todos vosotros desde primera fila.

Es imposible que pueda estar más roja. Tiene celos, esos son celos, ¿no?

«Blanco y en botella. Ahora no la cagues».

—No me he fijado en ninguna de ellas.

—No digas tonterías, es imposible que no te fijases, si más de una se ha quedado en toples.

—Desde que comenzamos a tocar hasta que salí del escenario solo he tenido ojos para mi chica —le digo, juntando mis labios con los suyos.

Y menos mal que me corresponde al beso, pensé que se echaría para atrás o que me frenaría, pero sus tiernos labios se abren, dejando que mi lengua se adentre. Mi respiración se acelera, tengo que reunir fuerzas para retirarme, recordar que no estamos solos.

La litera es una mierda pinchada en un palo en comparación con la cama que podría estar disfrutando si no fuese porque están las amigas de Alice con ella. Me levanto y me voy a la cocina a por un vaso de agua.

—¿Las chicas no te dejan dormir a ti tampoco? —me dice John desde el sofá. Me giro y me encuentro que no está solo, que están todos.

—¿Y vosotros qué hacéis aquí?, ¿por qué no estáis durmiendo?

—Después de que llegara Emilie, empezaron a hablar, y como no está insonorizado el dormitorio, se escucha todo y….

«Cotillas».

—¡Que no soy una niña, joder! —se escucha cómo grita Emilie desde el dormitorio—. Sí, hay un chico que me gusta, pero es mayor que yo y ni se fija en mí.

Joder, estas cosas no deberían estar escuchándolas nadie, me encamino directo a decirles que bajen la voz o que se pongan de una puta vez a dormir.

—¿Es del grupo? —escucho decir a Mey—, ¿es Adam? —¡Joder! Definitivamente no quiero saber eso, Emilie es como una hermana pequeña para mí.

Los chicos me siguen por el pasillo, casi pisándome los talones.

—¡¿Qué?! No, no es Adam. —Menos mal, pensé que no podría volver a mirarla a los ojos—. Te prometo que no es él, me pongo nerviosa delante de los chicos, pues porque…, porque, ¡porque soy virgen!

Abro la puerta de golpe, noto que John y Max están más serios ante lo que acaba de ocurrir. Después de dejar clara mi postura de que no son horas para estar dando esos gritos, cada uno se vuelve a su litera. En este instante me siento como mi padre, por Dios. Los últimos en meterse son John y Max, que han estado hablando en la cocina tan bajo que ni se les escuchaba.

Me despierto con algo de dolor de espalda, pero con unas ganas tremendas de ver a mi chica. La primera en salir del dormitorio es Mey, que va directa a la cocina para desayunar.

—Buenos días, Mey, ¿puedo hablar contigo un momento?

Me importa que ella esté de acuerdo con lo que tengo pensado hacer, quiero que Alice se sienta cómoda hoy, y si piensa que deja de lado a su amiga sé que no lo estará.

—Dispara.

—Quiero pasar el día con Alice, tiene que ir a que la vea una especialista, necesita ropa y tengo pensado darle una sorpresa.

—Me parece bien, soy mayorcita y sé cuidarme sola, no dejaré que nadie me coma, pero a Alice no le gustan las sorpresas.

Eso que dice me pone más nervioso aún de lo que ya lo estoy.

Emilie sale disparada casi sin despedirse, directa hacia el bus del padre; ellos salen siempre antes para que todo esté a punto para los conciertos. Tendré que hablar con ella para tranquilizarla y decirle que lo de ayer no es nada.

Alice sale al fin del dormitorio, se la ve más pálida que de costumbre, mi preocupación aumenta. Me acerco a ella y le explico mis planes. Mey tenía razón, no le sienta bien la noticia. Hago caso omiso y llamo a Marcus para que nos acerque un coche con lunas tintadas para poder ir directos a la consulta.

—¿Quieres que entre contigo? —Por qué le preguntaré eso, si me muero por saber lo que le dice la doctora.

—¿Lo harías?

—Por supuesto.

Esperamos sentados en una sala que tienen para los pacientes y sus familiares, tenemos alguna bebida por si nos apetece. Los asientos son de cuero blanco, el lugar incita a que uno se relaje mientras espera a que lo llamen.

Una enfermera sale y llama para que entremos. Nos levantamos a la vez y casi como si necesitara de su contacto, le sujeto la mano al entrar.

—Buenos días —nos dice una mujer entrada en edad, con un moño alto y algo canosa, sus gafas están casi en la punta de la nariz y me recuerda a una profesora de Matemáticas que me caía muy mal de niño—, soy la doctora Philipa Linch.

Le doy la mano y me presento, me hago a un lado y dejo que Alice haga lo mismo.

—Comencemos. Entonces, ¿están casados?, ¿es su primer hijo? —nos pregunta de repente la ginecóloga.

Dos horas en la consulta para que le receten unas pastillas para las náuseas que, según la doctora, no afectarán al feto.

¡Feto!, lo llamó «feto». Será muy reconocida en su campo, pero me dieron ganas de levantarme de la silla de golpe y dejarla a ella sola hablar sobre las responsabilidades de los padres. Le pregunté sobre si estaba fuera de peligro por lo reciente de su amenaza de aborto y nos dijo que hasta pasar el primer trimestre todo era posible.

Cuando insinué, y solo lo insinué, si podíamos tener relaciones íntimas, Alice me dio un pisotón, la doctora me miró por encima de sus gafas y me dijo que me podía esperar, que, total, ella ya estaba embarazada.

—¡Esta doctora es una… una inepta! —digo nada más salir de la consulta, realmente alterado y cabreado.

—Adam, cálmate, hay *paparazzi* sacando fotos —me dice Alice, mirando a un lado y al otro de la calle—. A mí tampoco me ha caído bien, pero no es para alterarse.

—¡Feto!, ha llamado a nuestro hijo «feto». —Es peor escucharlo de mi boca de nuevo—. No pienso dejar que te tomes esas pastillas sin que otro especialista te vea.

Alice se acerca hasta quedar justo frente a mí. Sus hermosos ojos brillan a punto de derramar alguna lágrima y me maldigo internamente por la torpeza que acabo de cometer al ponerme de esta forma delante de ella.

Le acaricio ambas mejillas, justo en el instante que cae la primera lágrima, separándole un mechón de pelo hasta detrás de su oreja.

—Repite lo que has dicho —me dice en tono serio.

—Joder, Alice, lo siento. No quería hacerte llorar, solo que no me fío de esta doctora. No quiero que te tomes ninguna cosa que te pueda dañar a ti o al bebé.

Su expresión no cambia, temo haberle hecho daño con algún comentario, y eso no lo soporto.

—Adam, repite lo que me has dicho —dice cada palabra pausada, sin prisa—, por favor.

¡Mierda!, ¡joder!

—No me hagas repetir lo que dije, si te he hecho daño, yo…

—¡Adam, ¿quieres repetir de una jodida vez la frase de antes?!

Me separa las manos de su rostro y pierdo el calor de su piel; la cagué, estoy seguro de que la he cagado y bien.

—Feto, ha llamado a nuestro hijo «feto» —digo casi susurrando a mi jodido ombligo. Joder, ¿por qué no habré cerrado la puta boca?—. No pienso dejar que te tomes esas pastillas sin que otro especialista te vea.

—«Nuestro hijo», es la primera vez que lo dices.

No sé cuándo perdí de vista esos preciosos ojos que me tienen cautivados, pero en el momento que escucho su voz emocionada, vuelvo a levantar la mirada y ahí está, esa luz, ese bosque verdoso lleno de matices que ya tiene parte de mi ser.

—¿Qué? —pregunto desconcertado.

Su sonrisa se acentúa, se inclina sobre las puntas de sus pies y me toca el pecho con ambas manos, acercándose para darme un beso tierno, suave, demasiado rápido para mí gusto.

La sujeto por la cintura, intentando que no se aleje, y vuelvo a pegar mis labios a los suyos como ella misma acaba de hacer, pero intensificando cada movimiento, logrando que se deje llevar, dejándome entrar en su boca, tocándome la espalda de arriba abajo sin parar.

Rompemos nuestro momento al notar cómo se acercan a nosotros los *paparazzi*. Empiezan a rodearnos con cámaras en sus manos y *flashes* cegándonos; Marcus aparece rápido e intenta alejarlos de nosotros. Nos dirigimos al coche, no suelto la cintura de mi chica ni un instante.

—Estoy contigo —le digo al oído, queriendo transmitir todo lo que siento en esas palabras.

—Estás conmigo —me contesta, logrando que mi corazón dé un vuelco.

Metidos en la parte trasera del coche, nos dirigimos a la consulta de otro especialista. La sujeto por los hombros con mi brazo y la arrimo más a mí, hasta que apoya su cabeza encima de mi hombro y termina por quedarse dormida en el trayecto.

Solo espero que el nuevo médico que la atienda no sea tan… capullo.

22

Sorpresa para mi chica

ALICE

Me quedo dormida a cada rato que mi cuerpo nota relajación, el trayecto hasta la consulta de otro doctor fue rápido y Adam me despertó con tiernos besos en la sien y caricias en la espalda. No creo poder sucumbir demasiado tiempo más a esas muestras de cariño sin que peligre mi corazón.

La consulta de este nuevo doctor parece más austera que la de la doctora anterior. Este médico no hace referencia ni a nuestra vida privada ni a aspectos que no sean meramente médicos, pero sin dejar de ser atento, dando su opinión como profesional.

Me hace una ecografía y me realiza unos análisis de sangre, me dice que en la ecografía el bebé se ve bien para el tiempo de gestación que llevo. Nos indica la fecha probable del parto. Y cuando Adam le pregunta por mi salud, las náuseas, el riesgo de una nueva amenaza de aborto, el médico lo tranquiliza. Le explica que la mayoría de los casos se quedan en eso, en un susto, y que solo tengo que intentar estar relajada durante el embarazo. En cuanto a las náuseas, le explica que no hace falta tomar medicación alguna y que hay mujeres que con comer unas galletitas saladas o tomar algún zumo natural justo al levantarse para asentar su estómago es suficiente.

Me sujeta la mano durante todo el rato, serio, atento a cada palabra que le dice el médico. Noto cómo me la aprieta una vez más justo antes de que nos levantemos para despedirnos.

—Doctor, tengo una pregunta más. —Lo miro sin separar mi mano de la suya—. Es sobre…, ¿podemos mantener relaciones íntimas en su estado sin dañar al bebé?

¡Tierra trágame! Debo tener la cara roja como un tomate. Quiero meter la cabeza bajo tierra y taparme los ojos con las manos para que nadie pueda verme, o, por lo menos, no verlos yo a ellos.

—Es lógica su preocupación, se lo podré decir con mayor seguridad después de que los análisis de la señorita Cooper me lleguen esta tarde. Deje en recepción el número de contacto para avisarles cuando eso ocurra. Los niveles de progesterona eran bajos, si han subido a niveles normales tendrán luz verde, si no es así, les aconsejaría esperar a que eso sucediese. No olvide tomarse el ácido fólico.

Asentimos los dos a la vez, nos levantamos y salimos a la calle de nuevo.

—¿Le das el visto bueno a este médico? —pregunto a Adam mientras caminamos aún cogidos de las manos hasta llegar al coche, donde Marcus nos espera para abrirnos la puerta.

—Sí, mucho mejor. No sentí que nos juzgara en ningún momento, se limitó a dar su opinión, te trató correctamente y llamó a nuestro hijo «bebé».

«Nuestro hijo». Cada vez que salen esas dos palabras de su boca, mi corazón truena de alegría y me dan ganas de lanzarme a sus brazos. Yo que pensaba que me haría a un lado, que solo vendría a comunicar una noticia y saldría de su vida tan rápido como entré, a cada segundo que estoy a su lado me sorprenden más sus reacciones y sus actos.

—A mí también me gustó mucho más que la otra doctora.

Mi estómago decide en este mismo instante hacer acto de presencia, rugiendo tan fuerte que hasta Adam baja la mirada hacia él.

—Creo que mis dos chicas tienen hambre —me dice sonriendo mientras se forman unas arruguitas preciosas alrededor de sus ojos—. Marcus, llévanos al restaurante, por favor.

Nuestro chófer por un día asiente con una sonrisa y arranca el coche.

El restaurante que Adam escoge es uno de los más lujosos de la ciudad. Miro la ropa de todos los que están sentados en las otras mesas, miro cómo voy vestida y sé que no encajo aquí. Hay mucha ropa de marca a mi alrededor mientras que yo calzo zapatillas deportivas, llevo unos simples vaqueros y una cazadora vaquera que me piden nada más entrar para guardarla en el guardarropa. Me niego a quitármela, ya que debajo llevo una camiseta de *Star Wars* y no quiero que me miren más de lo que ya lo están haciendo en este instante.

—¿Te encuentras bien?, ¿no te gusta el sitio? —me pregunta Adam.

—Me encuentro bien, es solo que no suelo frecuentar este tipo de restaurantes tan lujosos.

—Señor, disculpe, pero no puede entrar vestido así, tenemos una norma de etiqueta de corbata y chaqueta para nuestros clientes —nos dice en tono serio el metre.

Estaba tan ensimismada en cómo iba vestida que no me he fijado en que Adam también lleva su particular atuendo: una camiseta con la cara de un esqueleto con unas cartas en las manos, unos pantalones vaqueros que le quedan de miedo, ajustados a sus caderas remarcándole su culo redondito, y sus botines estilo militar.

—No hay problema. —Adam me suelta la mano un momento mientras empieza a quitarle la corbata al metre sin ningún pudor.

—¿Qué… qué hace, señor? —dice el hombre algo molesto.

—Voy a comer con mi chica en este restaurante, me voy a gastar más de tres mil dólares en este sitio, creo que me puede prestar su corbata —le comunica con tranquilidad mientras se la pone de cualquier forma alrededor del cuello—, y también su chaqueta.

—Esto es insólito, señor, voy a tener que pedirles que se marchen.

Adam se gira, dejándole ver la gran entrada que da a la calle principal.

—Como quiera, pero… ¿ve a todas esas personas que están con cámaras en mano y micrófonos agolpados en la entrada de este sitio? Están aquí por nosotros, si salimos nada más entrar hace tan solo dos minutos, la publicidad de este sitio sería bastante mala.

Los ojos del señor se agrandan y se saca con prisas la chaqueta, que le cede a Adam sin volver a decir nada más, nos acompaña hasta una mesa y nos deja tranquilos para poder comer.

«Me muero de hambre».

Comemos, hablamos y nos reímos durante lo que dura la comida, me cuenta cosas de su niñez con los chicos del grupo, a los que se ve que los quiere como si fuesen sus hermanos. Me entero de cómo empezó a tocar la guitarra, por una apuesta con Max cuando tenía doce años para ver quién era capaz de ligar más, ya que se pensaban que tocando la guitarra podrían tener más posibilidades con las del curso superior.

Estamos tomando el postre y seguimos charlando. Me habla de sus padres y se nota que los ama con todo su corazón.

—Mi madre fue nuestra primera fan —me dice con una sonrisa—, se sabe cada una de las canciones y siempre nos viene a ver en los conciertos que damos en Inglaterra.

—Se ve una madre estupenda —suelto con sinceridad.

—Lo es —responde mientras frunce el ceño de golpe—, tiene cáncer, es por eso que, por primera vez desde que se formó el grupo, no pudo ir al concierto de Londres.

Llevo mi mano a la suya y la sujeto por encima de la mesa, cruzando nuestros dedos.

—Lo lamento, Adam, pero por lo que me has contado de ella, es una mujer fuerte, estoy segura de que lucha contra la enfermedad con todas sus fuerzas.

Un nudo se me queda en la garganta al ver cómo le afecta todo esto. Las ganas de abrazarlo y de transmitirle que no está solo contra el mundo se me agolpan en el pecho.

—Sé que es una mujer fuerte, Alice, pero el mundo está lleno de personas que luchan constantemente y pierden la batalla. No sé lo que haría si eso le pasa a mi madre.

El silencio se instala entre los dos. No sé cómo recuperar el buen ambiente que antes teníamos, así que me levanto de mi asiento, me acerco a su silla y le doy ese abrazo que necesito ahora tanto yo como él.

—Estoy contigo, Adam —le digo en el hueco de su cuello.

Me separa con ambas manos en mi cintura, nuestras miradas se cruzan, y me gira para que me siente en sus piernas sin dejar de sostenerme con sus fuertes brazos.

—Me has robado la frase. —Acto seguido, junta nuestros labios en un beso.

Los comensales del resto del restaurante hacen ruidos con sus gargantas para que dejemos de dar un espectáculo, pero me niego a separarme en este momento de él. El teléfono que suena es lo único que logra que nos alejemos el uno del otro.

Adam atiende la llamada, solo hace gestos asintiendo con la cabeza y contesta con monosílabos; no tengo ni idea de si es o no el médico con los resultados o es una llamada de otra persona. Cuelga y me da la mano para que se la estreche.

—Nos vamos de compras.

—¿Qué? —digo sin comprender muy bien a qué se refiere.

La sonrisa que me muestra me da escalofríos, recorre mi médula espinal en segundos, calentando mis entrañas, y hace que quiera estar a solas con él. ¡Joder, malditas hormonas!

Después de darle la corbata, la chaqueta y una tarjeta al metre para pagar la comida, me lleva de compras a unas cuantas tiendas diciéndome que no tengo ropa suficiente y que necesito estar cómoda durante la gira.

Adam me coge prenda tras prenda para que me la pruebe antes de dar el visto bueno.

—Adam, no necesito que me compres nada.

—No digas bobadas, no tienes casi ropa y a mí me gusta ver cómo te pruebas todos y cada uno de estos vestidos —me dice mientras me miro en el espejo, en el que además puedo verlo detrás de mí—. Ahora necesitas ropa interior.

—Ah, no, por eso sí que no paso, la ropa interior me la compro con Mey mañana.

—Yo que tenía la esperanza de verte desfilar como uno de los ángeles de Victoria´s Secret.

—Pues te quedas con las ganas —digo, llevando mi mano a la espalda e intentando bajarme la cremallera sin ningún éxito. ¿Dónde se ha metido la chica que me ayudó antes a subírmela?

—¿Te ayudo? —me pregunta, pegando su cuerpo al mío sin haberme enterado de cuándo se ha acercado tanto a mí.

Me separa la melena, dejándomela encima del hombro, y empieza a bajarla con una calma asombrosa; solo escucho nuestras respiraciones largas, lentas, candentes y expectantes mientras no dejamos de mirarnos a los ojos a través del espejo. La cremallera cruje a cada tramo que avanza hasta que llega al final de mi espalda. Me besa el cuello y cierro los ojos ante su contacto. Dejo de sentir sus manos en mi piel para notar cómo me coloca algo alrededor del cuello.

Abro los ojos para ver que tengo un colgante que me está terminando de colocar; es una púa que parece ser de plata. Llevo mi mano a ella y leo la inscripción, que me hace llorar: «Estoy contigo».

—¿No te gusta? —dice Adam mientras me giro para quedar frente a él—. Esta es la sorpresa que tenía para mi chica, espero que te guste.

—Es preciosa, me encanta, gracias.

Lo rodeo con mis brazos y, levantándome sobre las puntas de mis pies, le doy un beso que pronto es interrumpido por la dependienta, que vuelve con alguna prenda más al ver que puede hacer una gran caja hoy con Adam.

—¿Estás cansada? —cuestiona Adam mientras nos dirigimos de camino al hotel donde pasaremos la noche, hasta que Mey se marche mañana por la noche.

—Un poco, sí.

—Cuando lleguemos, ve directa a la *suite* mientras mando que suban algo para que cenes.

—Puedo cenar con el resto en el comedor, no estoy tan cansada —le respondo mientras toco con mis dedos el colgante que me ha regalado.

—Me quedaré más tranquilo si descansas, tendrás tiempo de desayunar y comer mañana con todos.

La *suite* de este hotel es enorme, no dejo de compararla constantemente con el pequeño apartamento que comparto con Mey. La puerta se abre y miro curiosa quién es el que entra sin llamar siquiera.

—¿Quién es?

—Soy yo —dice Adam—, ¿esperabas acaso a otra persona?

—No esperaba a nadie que no fuera la cena —digo, algo confundida porque él esté aquí y que en su mano lleve una tarjeta de la *suite* igual que la mía.

—Puede dejar la cena en la mesa —ordena a un camarero a su espalda, quien entra obediente y se marcha después de que Adam le dé una propina más que generosa.

—¿Te estás autoinvitando a cenar?

—Ha llamado el médico —me dice de sopetón.

Trago saliva, ¿qué le habrá dicho?

«Ni idea, pregunta».

—¿Qué te ha dicho?

—Que los análisis han salido bien, que los niveles hormonales son altos y que si sigues sin estrés no hay de qué preocuparse —me informa mientras se gira hacia la puerta—. Ha dado luz verde.

—¿A… a qué te refieres con «luz verde»? —cuestiono con voz nerviosa.

«¿Eres obtusa o te lo quieres hacer?».

—Te lo mostraré —me dice mientras cierra la puerta y se acerca a mí, pasando la lengua por sus labios a la vez que noto que mis piernas no dejan de temblar, expectantes…

23
Todo suyo

ADAM

El colgante que encargué de platino queda precioso en su cuello, y lo mejor de todo es que a ella también le encanta.

Después del día tan completo que hemos pasado juntos, noto que Alice está cansada, y en cuanto nos montamos en el coche le digo que, al llegar al hotel, vaya directa al dormitorio a descansar. Tengo que decirle que la llamada que recibí en el restaurante era del ginecólogo, darle la noticia de que todo va bien.

Salimos del coche y dejo que suba a su *suite* mientras yo aprovecho para encargar que le lleven la cena. Además, pido en recepción que me den la copia de la tarjeta de su habitación, donde espero pasar la noche con ella.

«Si no te echa a patadas».

Nada más dármela la recepcionista, subo hasta la última planta y espero delante de la puerta unos minutos hasta que llega un camarero arrastrando un carrito con la cena. Abro la puerta sin llamar y le indico que espere a que le avise para que entre con todo.

—¿Quién es?

—Soy yo —digo con confianza—, ¿esperabas acaso a otra persona?

—No esperaba a nadie que no fuera la cena. —Se la ve algo nerviosa con mi presencia.

Sin darle tiempo a que me diga algo más, indico al camarero que deje la cena en la mesa que hay cerca del ventanal.

—¿Te estás autoinvitando a cenar? —dice contrariada.

—Ha llamado el médico —le suelto de golpe, intentando ganar más tiempo junto a ella.

—¿Qué te ha dicho?

—Que los análisis han salido bien, que los niveles hormonales son altos y que si sigues sin estrés no hay de qué preocuparse. —Me giro para cerrar la puerta—. Ha dado luz verde —le comento, aún de espaldas.

—¿A… a qué te refieres con «luz verde»? —dice con voz nerviosa.

Me acerco a ella justo después de cerrar la puerta; el vestido le queda perfecto, ajustado a cada curva de su pequeño cuerpo. Le insistí con que se lo dejara puesto, realza el color de sus ojos. Con tan solo acordarme de la cremallera que lleva en la espalda, se me pone dura. Tengo tantas ganas de tocarla, de sentir su piel contra la mía.

—Te lo mostraré —le contesto con la voz un poco ronca, no puedo evitar que se me note lo mucho que me excita.

Me acerco a ella, intentando que no se me note la angustia de ser rechazado, quedando a tan solo un suspiro de distancia entre su boca y la mía. Nuestras respiraciones se mezclan. No se mueve, no me rechaza, se queda de pie a mi lado, observando mis labios mientras yo también me fijo en los suyos, deseoso de tocarla.

En cuanto comience, sé que no podré parar.

Nuestra distancia se rompe, una mano a su nuca, la otra a su cintura y mi boca tiene el mejor de los manjares: ella.

Alice me aprieta contra su cuerpo, gime en mi boca, yo en la suya… Quiero disfrutar de este momento, quiero que ella disfrute con este momento. Rompo nuestro beso apasionado y sigo un camino trazado por su cuello, sus hombros, su nuca hasta tenerla de espaldas a mí y poder contemplar su esbelta figura. Me fijo en su cabello castaño, que palpo con mi mano mientras se lo retiro a un lado, justo antes de empezar a bajar la cremallera como esta tarde en la tienda. Aprovecho este momento para tranquilizar un poco a mi polla, pues solo piensa en una cosa en este instante y es hundirse en ella una y otra vez.

Con la cremallera completamente bajada, voy dejando una estela de besos por su bonita espalda mientras mis manos suben por sus curvas llegando a sus hombros, logrando dejar su delicado cuerpo al desnudo al permitir que caiga el vestido a sus pies.

Un desafío, el broche del sujetador; siempre he odiado estos enganches, parece que los inventaran para cortar el rollo.

«Concéntrate, no la cagues».

Por suerte, salgo victorioso y sin parecer un pardillo contra el maldito enganche.

Lleva puesta una braguita de encaje negra. Me deleito con su imagen un poco más, le beso el cuello y le susurro al oído nuestra frase «estoy contigo» mientras mi cuerpo pide a gritos fundirse con ella.

Sin que se lo espere, la levanto en brazos, a lo que ella responde agarrándose a mí con fuerza y dando un gritito casi inaudible. La miro a los ojos mientras realizo el camino al dormitorio, bajo la mirada a la púa que tiene colgada en su cuello, que tan bien le queda, y ella sonríe, poniéndose un poco colorada a la vez que se lleva la mano al colgante.

—Desde este instante, no podrás negar nunca más que eres mi chica —le indico antes de dejarla encima del colchón con cuidado.

Me retiro la camiseta y me saco los botines y el vaquero lo más rápido que puedo, quedándome en bóxer y con una erección que ni en mis mejores años de adolescente.

—¿Si yo soy tu chica…? —dice con voz entrecortada mientras se toca el pelo—, ¿qué eres tú? ¿Mi chico? —cuestiona dubitativa.

La imagen que tengo ahora mismo frente a mí no quiero borrarla de mi mente, quiero imprimirla en mi retina: bella, sensual, cariñosa y feroz al mismo tiempo.

—No soy tu chico —le digo, dejándola con una expresión de incertidumbre—, soy todo tuyo, mi mente es tuya —le beso el interior de la rodilla—, mi cuerpo es tuyo —le beso con suavidad la otra—, mi corazón…

Le retiro los zapatos, dejando que caigan al suelo sin hacer ruido gracias a la alfombra que hay en nuestra *suite*. Subo gateando por su cuerpo hasta llegar a sus pechos, que me distraen de mi objetivo, su boca. Así que decido saludarlos un poco. Juego, mordisqueo, lamo y beso cada centímetro de ellos. Me deja oír cada uno de sus gemidos, retorciéndose de placer mientras me toca con sus manos los hombros. Con una mano me retiro el bóxer, antes de correrme con tan solo oírla.

Llego hasta su boca y empiezo, de manera literal, a escuchar ritmos incesantes en mi cabeza; Alice, sin lugar a dudas, es mi musa. Mi chica. Estoy total y perdidamente enamorado.

No espera, se retuerce y se baja la braguita, retirándola, dando pequeñas patadas con sus pies.

—Adam… —me dice con voz excitada—, no lo soporto más, te necesito.

¡Joder, eso sí que es música para mis oídos! Acaricio su cuerpo mientras la beso, tumbado sobre ella, cargando mi cuerpo en el otro brazo. Llego a su vientre, la miro a los ojos y las ganas de decirle «te amo» son tremendas, pero no le suelto nada.

Llego a su clítoris, que toco con mis dedos mientras me susurra entre jadeos «sigue, no pares». Y por mi alma que no pienso parar. Introduzco un dedo para comprobar lo dilatada que está, para después, al darme cuenta de que está tan excitada como yo, introducirle los dos dedos. Sigo un rato mientras me quedo embelesado viendo cada gesto que hace a mi contacto.

Retiro los dedos y me quedo un segundo, o quizá un minuto, perdido en mi bosque particular antes de empezar a introducirme centímetro a centímetro en su interior. Siempre he usado condones, nunca he tenido relaciones con ninguna mujer sin ellos, y esta sensación tan íntima nunca la he sentido, jamás; tengo que hacer acopio de una fuerza interior que no sé de dónde cojones ha salido para no correrme.

Me quedo quieto en el momento que estoy completamente dentro. Durante todo instante la observo para ver si tiene algún tipo de incomodidad.

—Si te molesta algo, pararé —le digo, intentando encontrar mi voz.

—No me harás daño, Adam.

Mi nombre en sus labios nunca ha sonado tan sensual como hasta este preciso instante. Me retiro sin salir por completo y empiezo a moverme con lentitud. Nuestras respiraciones se escuchan en toda la *suite*: mis gemidos, los de ella; la piel nos resbala por culpa del sudor, pero me da lo mismo, estoy en el nirvana.

Alice sube sus piernas a mi espalda, logrando que llegue a más profundidad, me clava las uñas en la espalda y siento cómo se contrae, está cerca y yo hace rato que también lo estoy, subo el ritmo y ella echa su cabeza hacia atrás para gritar mi nombre en alto, logrando que dé comienzo al mayor orgasmo que he tenido en mi vida.

La beso, aún estando en su interior, notando los espasmos de ambos. Sonrío ante lo afortunado que me siento en este momento al tenerla a mi lado.

Estando preparado para otra ronda, me retiro y la abrazo. No pienso tentar a la suerte, dejaré que descanse y me quedaré más tranquilo una vez que vea que todo va bien.

—¿Cómo están mis chicas? —le pregunto mientras le toco el abdomen, aún plano.

—La que es mayor de edad, saciada —dice ruborizada—, estamos bien —termina por contestarme.

Nos quedamos abrazados en la cama, queriendo, deseando que no cambie nada.

—Tenemos que ducharnos —le comento al rato.

—Me quedo dormida —dice con los ojos cerrados.

Me levanto y preparo un baño templado. En cuanto la bañera está lista, retiro la sábana y la levanto en mis brazos, llevándola hasta la misma. Le doy un beso justo antes de dejarla en el agua, me echo gel en la mano y la aseo mientras se deja hacer. Después de unos minutos, le aclaro el cuerpo y la vuelvo a dejar en la cama con un albornoz del hotel.

Decido darme una ducha rápida para ir a su lado cuanto antes, en cuanto termino, la encuentro durmiendo.

Me meto a su lado en la cama, tapándonos a ambos y abrazándola. Mi chica, no pienso perderte.

Mi móvil suena una y otra vez, abro los ojos y veo que la luz entra por los ventanales; ya es de día. Alice sigue dormida y no quiero despertarla, así que me levanto rápido, algo desorientado, y busco entre los bolsillos de mi pantalón el jodido teléfono, que no para de sonar.

Descuelgo la llamada mientras cierro la puerta del dormitorio y me siento en el sofá.

—¿Sí? —contesto cabreado por no dejarme un rato más al lado de Alice.

—Soy Jeremy, baja al bus de la gira, tenemos que hablar.

—No tengo que hablar nada contigo —le espeto.

—Soy vuestro mánager, tenemos que hablar las cosas.

¡Joder! Tiene razón en parte, no puedo crear un conflicto entre nuestro mánager y los demás miembros, pero como se atreva a hablar mal de Alice, juro que le parto la boca.

—Dame diez minutos —termino de decirle, colgando la llamada acto seguido.

Me visto, dejo una nota de que estoy en el bus pero que volveré en breve sobre la mesa que hay en la entrada. Entro de nuevo en el dormitorio. Le acaricio el pelo y la observo justo antes de salir de la *suite*.

—Te amo, quizá sea demasiado pronto para que me lo escuches decir, pero soy todo tuyo —le susurro mientras duerme.

Salgo optimista de la habitación, entro en el ascensor y marco la planta baja para tener una charla con Jeremy. Antes me paso por el comedor y me bebo un zumo de naranja; que se joda y se espere un rato.

Salgo del hotel con casi veinte minutos de retraso respecto a lo marcado por Jeremy; los periodistas se levantan del suelo de golpe nada más verme y empiezan a sacar fotografías de detrás de las vallas de seguridad mientras hago mi camino al bus. Entro sin más y cierro la puerta.

—Dime lo que tengas que decirme, me están esperando. —Ahora mismo lamento haber perdido tiempo solo para joderlo.

—No vas a dejarla, ¿verdad? —me pregunta, recostado en el sofá.

—No es asunto tuyo —digo con los dientes apretados.

—Te la está jugando.

—Te estoy diciendo que no es asunto tuyo. —Las ganas de partirle la boca aumentan.

—Está bien, no te he hecho bajar para eso. Vengo a informarte de que después de terminar la gira en Estados Unidos, tendréis un descanso de tres meses antes de empezar la grabación del nuevo álbum, que no debería llevaros mucho más de uno o dos meses.

Hago los cálculos mentales lo más rápido que puedo. El parto de Alice cuadraría con el término de la grabación del nuevo álbum, pero justo después empezamos la gira por Latinoamérica; no sé cómo vamos a apañárnoslas.

Jeremy recibe una llamada, atiende mientras se levanta y da un par de vueltas delante de mí antes de colgar.

—Vuelvo en unos minutos, espérame aquí.

Asiento mientras veo cómo sale del bus. Me dejo caer en el sofá y me llevo las manos a la cabeza, ¿cómo cojones voy a poder compaginar el grupo con Alice sin perderla?

Un ruido me saca de mis preocupaciones, proviene del dormitorio, lo más seguro que sea alguno de los chicos, que han metido a alguna *groupie* de extranjis por el morbo de estar dentro del bus. No me levanto al escuchar la puerta abrirse y cerrarse, quien quiera que sea tiene que pasar por delante de mí antes de salir.

¡Joder! Jeremy tarda un huevo en volver y quiero largarme de aquí para estar con Alice, ¿dónde cojones se ha metido?

—Hola —escucho cerca de mí.

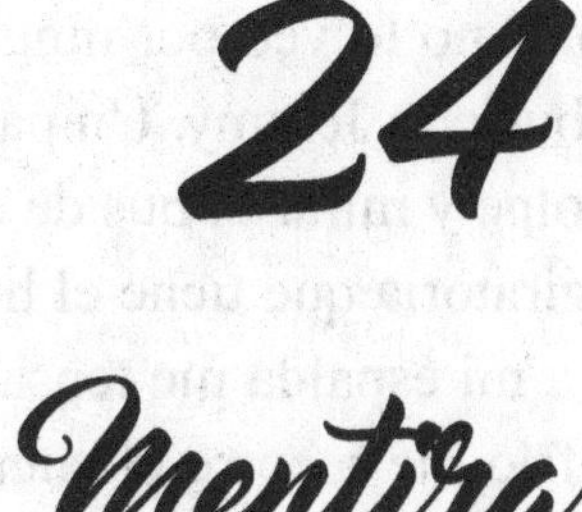

ALICE

Me despierto feliz, con una sonrisa en la cara, y palpo el colchón para buscar a Adam, pero no está. Mi sonrisa se va.

Ayer fue un día estupendo, y la noche fue… ¡Dios mío! lLa noche fue maravillosa; me acaloro de nuevo solo con recordar las manos de Adam sobre mi piel, lo atento y cariñoso que fue en todo momento. Creo que lo amo, pero me parece todo tan rápido, tan precipitado, que tengo miedo de que todo se fastidie si le digo que empiezo a sentir cosas más serias por él.

Encuentro unas galletas saladas en la mesilla de al lado de la cama y me las como, me levanto y me visto; no hay señales de él por ningún sitio. Llego a la entrada y veo una nota suya.

> Estás preciosa mientras duermes,
> no quise despertarte.
> Jeremy me llamó para hablar,
> así que he bajado al bus de la gira.
> Subiré lo antes posible.
> Por favor, come algo mientras me esperas,
> prometo no tardar.
> Estoy contigo.
> Adam.

Decido no esperarle, quiero verlo y estar a su lado, tengo una mala sensación desde que me he despertado; puede que solo sea porque no estaba a mi lado cuando abrí los ojos.

Bajo en el ascensor hasta que llego a la recepción, echo un vistazo rápido por la zona del comedor y no lo veo por ninguna parte, así que debe de andar aún en el bus con Jeremy. Un pálpito, un…, algo que me hace frenar de golpe y mirar al bus de otra forma, justo antes de cruzar la puerta giratoria que tiene el hotel en la entrada principal. Una presencia a mi espalda me tensa, su respiración está en mi nuca, un escalofrío me recorre el cuerpo, un escalofrío que me alerta.

—Este no es tu sitio, niña —dice Jeremy a mi espalda.

Me quiero dar la vuelta para encararlo y decirle lo equivocado que está, que Adam sí me quiere a su lado y que donde esté él será mi sitio, pero me agarra con fuerza de ambos brazos, justo por encima de mis codos; me dejará las marcas de sus dedos en la piel, estoy segura.

—¡Suéltame, estás loco! —le grito, intentando zafarme de su agarre.

—Estate quieta y mira, ¿no quieres saber cómo es el verdadero Magister?

¿De qué coño está hablando? Conozco a Adam, me lo ha demostrado, se preocupa por mí, por nuestro bebé, me cuida, me mima, me…

La imagen que veo me deja sin respiración, mi corazón se salta un latido, el agarre de Jeremy se afloja, vuelvo a notar el aliento apestoso a alcohol en mi nuca, sé que me va a decir algo que me va a herir.

—Solo eres una puta más para él.

Escucho los pasos alejándose de mí, dejándome con la imagen que ahora mismo retratan todos los *paparazzi*. Sin quitar la vista de él, me alejo dando pasos lentos hacia atrás. Lágrimas silenciosas caen por mi cara. ¿Por qué?, ¿por qué me has mentido?, ¿para qué?

Me doy la vuelta y llamo al ascensor, necesito marcharme de aquí, no puedo mirarlo a la cara, no quiero ni verlo.

El sonido de la puerta al abrirse me avisa de que ya he llegado a la planta y me adentro sin prestar atención a quién está en el interior. Mis sollozos hacen eco en las paredes del ascensor.

—Alice, ¿qué pasa? —la voz de Mey me sobresalta.

—¿Estás bien? —Alex también está en el ascensor.

—Oh, Mey…, ¡sácame de aquí! —le pido, echándome a sus brazos.

—Pero ¿qué ha pasado? —pregunta preocupada.

La imagen se vuelve más nítida y me abrasa el corazón, lo oprime por segundos hasta dejarme sin aliento. Adam, Ginger subiéndole la cremallera del pantalón y, para rematarlo, besándolo. Mis sollozos se vuelven más intensos, dejándome casi sin respiración a cada bocanada que doy.

—¿Dónde está Adam?, ¿quieres que lo llame? —dice Alex.

—¡No! —grito, mi voz sale en un quejido de angustia—. Lo he visto, lo vieron a él y a Ginger salir del bus.

—Pero eso no significa nada, sabes que esa tipa está siempre detrás de Adam.

—Tú no vengas de abogado, si no quiere verlo no va a verlo —le dice Mey a Alex.

—Se besaron… —digo más para mí que para informarlos a ellos.

Me quedo en estado de ausencia mientras los escucho discutir sobre qué hacer con mi vida, con Adam y con la lagarta de Ginger. El trayecto del ascensor se me está haciendo eterno.

El sonido de llegada a la última planta es lo que me despierta de mi letargo.

Mey me sujeta de la cintura mientras anda conmigo en dirección a la *suite*, Alex se queda dentro del ascensor a la vez que mira para ambas.

—Voy a hablar con él, no creo que Adam te la haya jugado, Alice, tiene que haber una explicación para todo esto —expone Alex mientras pulsa el botón para bajar de nuevo.

—Llévame a casa, Mey —le pido mientras veo que las puertas del ascensor se cierran.

Los sucesos que ocurren después de decir esa frase pasan por mi mente sin sentido. Mey recogiendo mi mochila de la *suite*, escondiéndonos en la habitación de Emilie acto seguido, que nos encontró en el pasillo mientras que oímos a Adam gritar mi nombre en toda la planta. Me aferro a lo único que me queda de él en este momento, me toco el vientre y llevo mi mano al colgante.

Mis amigas me consuelan y me intentan dar ánimos para que deje de llorar, pero no soy capaz; me insisten en que debo hablar con él, sin embargo, esa imagen me está matando por dentro. Ahora soy consciente de que me enamoré sin remedio de Adam, ya no tengo salvación alguna.

Mey se encarga de anular su vuelo, cambiarlo a otro aeropuerto para que no nos localicen y me saca un billete para irme esta misma tarde con ella de vuelta a Londres.

Emilie llama a un coche de alquiler para que aparque en el *parking* del hotel, fuera de los objetivos de la prensa, y así poder salir sin ser vistas.

Sentada en el asiento del avión dirección a Londres, miro por la ventana y pienso en todo lo que me ha pasado en estos días junto la banda, junto a él.

Sonrío con amargura mientras recuerdo a Max y sus salidas de tono; a Henry con sus chistes malos y sus puyas; a John y sus consejos paternalistas; a Alex, al cual también le cogí aprecio al ver cómo cuida de cada uno de los chicos, pendiente siempre de todos sin que nadie se fije.

Y de él.

Me aferro a la púa. Durante todo el trayecto no duermo ni un instante, mi mente no me lo permite, me siento traicionada, sola, apartada, relegada.

¿Acaso no soy suficiente para nadie? Ni mis padres quisieron saber de mí, dejándome en un orfanato para que otros se hicieran cargo, ¿qué hay de malo en mí?

Llegamos a nuestra calle a la mañana casi al amanecer, la prensa está en la entrada del edificio esperando sacar la foto del día. Mey me tapa la cara con su chaqueta mientras me hace pasillo para que llegue al portal.

—¿Es cierto que vuelve por culpa de la novia de Magister?

¿Novia?, ¿ya la ha nombrado «novia»?

—¿Qué opina de las imágenes de Magister con esa chica?

—¿La conoce?

—¿Se metió en una relación?

Las preguntas se agolpan y logran retirar la chaqueta de Mey de mi cabeza para sacarme fotografías. Mey me empuja hasta que logramos entrar en el portal y cierra la puerta con algo de dificultad. Subo las escaleras con la cabeza agachada.

Llego a mi diminuto apartamento, sin lujos, sin Adam, es a lo que estoy acostumbrada y, sin embargo, se siente vacío, se siente desolado. No es el apartamento, soy yo. Yo he cambiado, ya no soy la misma, ya no me siento la misma, me siento más sola que nunca.

—Alice, ¿necesitas algo?, ¿helado?, ¿té? —me insiste Mey desde el salón.

Mis pies van solos por inercia a mi dormitorio.

—No quiero nada, solo estar sola.

No me apetece estar cerca de nadie ni escuchar nada, solo quiero volver a despertarme en la cama del hotel, abrir los ojos y ver que Adam está a mi lado, conmigo. Que la noche tan especial que pasamos se traslada al día siguiente, que me dice que soy su chica y que está conmigo.

¿Cómo he podido ser tan estúpida? ¿Cómo?

25 Perdido

ADAM

Joder, Jeremy tarda un huevo en volver y quiero largarme de aquí para estar con Alice. ¿Dónde cojones se habrá metido este tío?

—Hola —escucho cerca de mí.

Levanto la mirada y me encuentro con que Ginger es la persona que acaba de salir del dormitorio. ¿Qué cojones hace ella aquí?, ¿se habrá liado con alguno de los otros? No lo creo. Por lo que me han dicho, no la aguanta nadie.

—¿Qué haces en el bus, Ginger? —le pregunto extrañado, aún sentado en el sofá.

—Estaba esperando por ti, Magister —contesta, inclinándose para que me fije en su escote.

«*E*sta quiere tema».

Me siento incómodo con su presencia, quiero largarme de aquí. Sin embargo, ella debe tener otros planes en mente porque, sin mediar palabra, se me abalanza y se sienta sobre mí, abriendo sus piernas y colocándolas a ambos lados de mi cuerpo mientras intenta besarme.

Aparto la cabeza para que sus labios no hagan contacto con los míos. Alice es la única a la que quiero besar el resto de mis días.

—¡¿Qué cojones haces?! —digo cabreado.

—Solo seguir con lo que debimos hacer el día que fuimos interrumpidos en Londres —comenta distraída mientras me desabrocha la cremallera de los vaqueros.

¡Ya es suficiente! Esta tía es una tarada.

Me levanto del sofá de golpe, dejando que caiga al suelo. Ella se me queda mirando con rabia mientras intenta levantarse y después vuelve a colocarse la minifalda en su sitio.

—¡¿Es por esa puta que tienes pegada todo el rato?! —grita como una demente.

Si fuese un hombre, ahora mismo le partiría la boca por hablar así de Alice. Mis puños se cierran y abren, intentando alejar la rabia.

—No vuelvas a mencionar de esa manera a Alice.

El bombeo de mi corazón va a mil revoluciones, tengo que sacarla del bus antes de que suelte por su boca otra gilipollez más de Alice o no respondo de mis actos.

Sujeto su brazo, intentando no ejercer demasiada presión y dañarla, y se revuelve, tratando de que no la arrastre fuera del bus.

—¡¿Qué haces?! —grita.

—Este no es tu sitio, ¿quién te ha dejado entrar? —pregunto intrigado.

Ginger cierra su boca, no me contesta. Llego a la puerta y bajo con ella los escalones. Automáticamente, nada más poner los pies fuera del bus y comprobar que cerca de nosotros hay una decena de *paparazzi*, ella empieza a sonreír de forma exagerada y a arrimarse a mí. Sin esperármelo, me da un beso rápido mientras me sube la cremallera del pantalón.

¡Mierda! ¡Joder! Se me ha olvidado por completo que me la bajó, ¡será manipuladora! La sujeto por los brazos, alejándola de mí de inmediato. No han sido ni dos segundos lo que ha durado su contacto con mi boca, pero ha sido suficiente para que los cerdos de los periodistas sacasen unas cuantas instantáneas.

—No vuelvas a acercarte a mí, jamás —digo con los dientes apretados—, ¿me has entendido?

—Todo es por culpa de esa zorra —suelta con su lengua viperina—. Si no fuera por ella, sería yo la que calentaría tu cama de noche.

Ya no puedo más con esta loca cerca de mí, de nosotros. Me da igual lo que piense el resto del equipo, he tomado una decisión y no voy a consentir que nadie me lleve la contraria.

—Estás despedida, no te presentes mañana al concierto ni a ningún otro. A partir de hoy tienes vetada la entrada a cualquier estadio en el que toque Slow Death. —Me relajo un poco después de soltarle mi decisión.

Sus ojos se agrandan, una fina línea se forma en sus labios, estoy casi seguro de que me va a dar una bofetada o que se pondrá histérica dando voces. Pero, de forma incomprensible, se da la vuelta, dejando que su rojiza melena haga un movimiento brusco, y se va directa a la valla donde están los periodistas.

«¿Qué pretende?».

Escucho las preguntas que le hacen:

—¿Es la nueva novia de Magister?

—¿Desde cuándo están saliendo?

—¿Conoce a sus padres?

—¿Qué opina de la señorita Cooper? ¿Es cierto que está embarazada del señor Fuller?

Ginger echa la cabeza hacia atrás y se ríe a carcajada limpia. Me acerco a ellos para sacarla de allí antes de que diga cualquier sandez.

—¡Adam, me cago en la puta! ¡Adam! —Giro la cabeza, Alex sale del hotel corriendo, gritando—. ¿Quieres mover el puto culo de una vez? Es Alice.

Me olvido de respirar, ¿qué le pasa a mi chica?, ¿le ha sucedido algo al bebé? Llego, temblando de pavor, casi sin darme cuenta del trayecto que hago.

—¿Qué le pasa a Alice? —inquiero mientras lo sujeto por los brazos.

—¡¿Qué cojones te pasa?! ¿Eres gilipollas o qué? Alice te ha visto salir del bus con Ginger. Joder, tío, ¡¿en serio, con esa?! —dice mientras me retira las manos y se aleja de mí—. Está destrozada, no paraba de llorar en los brazos de Mey.

Pánico, el mismo sentimiento que tuve cuando vi que perdió el conocimiento el día que se presentó a las puertas del estadio de Michigan, multiplicado por cien. No puedo perderla, yo no he hecho nada, ¡joder! Tengo que encontrarla y explicarle lo que sucedió antes de que esto empeore más de lo que está.

—¡Yo no he hecho nada! Es esa loca de remate, que se me he echado encima —explico a duras penas mientras me dirijo al ascensor para subir a la *suite*—. Tengo que hablar con ella y explicárselo.

Entro en la *suite*, la cámara de Alice no está encima de la mesa del recibidor. Sin aliento, entro al dormitorio, no la veo por ningún sitio, abro el armario, los vestidos que le compré siguen en su sitio, pero la mochila con la que llegó no está.

—¡Joder! —Doy un puñetazo a la puerta del armario.

Piensa, Adam, piensa, joder, ¿dónde puede estar?

«Mey».

—Adam, tienes que tranquilizarte, te vas a romper la mano —comenta Alex desde la puerta del dormitorio, mirando los nudillos enrojecidos que tengo.

—Mey. Tengo que ir a su habitación. Dijiste que estaba con ella, ¿no?

No espero a su respuesta, paso por su lateral y salgo de nuevo al pasillo dando voces, llamando a Alice, dando golpes con mi mano en la puerta de la *suite* de Mey. Estoy dispuesto a tirarla si es necesario, no puedo, me niego a pensar siquiera en que se haya marchado.

Alex me toca el hombro, me retiro con brusquedad, no quiero ningún consuelo, solo quiero poder hablar con ella.

—Adam, la escuché decir antes de bajar a por ti que quería marcharse a casa.

A casa. A Londres.

—Me voy a buscarla.

—Pero ¿a dónde si se puede saber? —dice a mi espalda, persiguiéndome de nuevo por toda la planta.

—Al aeropuerto, Mey se marcha hoy, tengo que llegar a ella antes de que suba a ese avión.

—Espera, te acompaño. Eres capaz de cometer una tontería en tu estado. Joder, sí que te ha dado fuerte.

—La amo, Alex —le digo, mirándolo directo a los ojos.

Un suspiro, de resignación quizá, sale de la boca de mi amigo.

—Eso es evidente, vamos a intentar arreglar tu cagada.

Dos horas, entre llegar al aeropuerto, encontrar el mostrador de información y convencer a la azafata que, por suerte, decía ser pro-Alice, y me entero de que Mey ha cancelado su billete. Nos volvemos al hotel en coche, la cabeza me va estallar, ¿por qué me fui de su lado esta mañana?

—Da la vuelta —exijo—, me marcho a Londres.

—Adam —dice con un tono sosegado mi amigo—, tenemos un concierto mañana, eso es imposible y lo sabes, tenemos que cumplir nuestro contrato.

Sé que lleva razón, pero me niego a aceptarlo. Si es necesario romper el puto contrato, lo haré. Necesito volver a ver el brillo de sus ojos, tocar su piel, besarla y no apartarla de mi vida nunca más. Si es preciso que Max me dé una de sus esposas para tenerla pegada a mí se las pediré. Joder, esto no me puede estar sucediendo, no ahora que reconozco lo que siento por ella. Ni siquiera se lo he dicho.

Lo más seguro es que no quiera ni hablarme pensando lo peor de mí, imaginando que la he usado. ¿Cómo puedo contactar con ella? ¿Cómo?

«Mey».

—Necesito el teléfono de Mey.

—¡Qué me dices a mí, ni que yo lo tuviese! —comenta histérico Alex con tanto viaje de aquí para allá que hemos hecho—. Pregúntale a Emilie, se hicieron amigas rápidamente, lo más seguro es que ella lo tenga.

«¡Cierto! Emilie».

—Por lo que más quieras, Emily, dame el teléfono de Mey o de Alice si lo tienes —digo desesperado.

Es la hora de la comida y el comedor está a reventar de gente, todos los chicos se levantan de la mesa al ver lo alterado que estoy. El resto del equipo que nos acompaña en la gira intenta ser lo más discretos que pueden, pero no dejan de hablar por lo bajo.

—No. Le has hecho daño a mi amiga, ni siquiera mereces que te hable —dice con los brazos cruzados y el ceño fruncido.

Me froto la cara con la mano, esto es frustrante; cada segundo que pasa, mi angustia es mayor.

—Que no he hecho nada, joder. Fue la loca esa, que se me echó encima.

—No es lo que dice ella en todos los canales de cotilleo, ¿has visto la televisión? Va diciendo que es tu novia y que se despedía de ti porque tiene que volver a Inglaterra, pero que os echaréis mucho de menos.

¡Será zorra! Ginger se aprovechó de que la prensa estuviera presente en ese momento para así crear más mierda.

—Te lo ruego, Emilie.

Ya no sé qué más decir o hacer, no puedo ir a preguntar a cada uno de los otros cuatro aeropuertos que están cerca porque sé, de alguna manera intuyo que Alice ya ha subido a un avión rumbo a Londres. Solo me queda la esperanza de que me dé el puto número de teléfono. No puedo parar la gira, por mucho que quiera, e irme a buscarla porque la banda depende de mí, además del casi centenar de trabajadores que nos acompañan en este momento. Me matarían.

«Manda todo a la mierda y ve a por Alice».

Qué ganas de poder hacerlo.

—¿Qué ha pasado? —pregunta John.

—Que tu queridísimo amigo dejó que Alice viese cómo besaba a Ginger —dice Emilie—, aparte de que toda la prensa no deja de hablar del tema.

—¡Joder, ¿cómo tengo que decir que no he hecho nada?! —Inspiro para tranquilizarme al ver que Emilie da un salto con mi repentina subida de tono—. Por favor, sé que tienes los teléfonos de ellas, déjame arreglarlo.

Me quedo mirando a Emilie, baja su mirada y se muerde el labio, debe de estar pensando en qué hacer en este instante. Yo me estoy desesperando.

—Em… —miro a Max, que carraspea un poco—, Emilie, dale el teléfono —le termina de decir con voz autoritaria.

Ella levanta la mirada, observa a cada uno de los chicos y termina por hacer un gesto de fastidio con los ojos antes de meter la mano en el bolsillo del vaquero y pasarme su móvil.

—Más te vale que no dejen de hablarme por culpa de esto, me caen bien —me dice, cruzándose de brazos de nuevo— y por aquí es difícil encontrar chicas que me caigan bien.

Reviso con rapidez su agenda para encontrar que tiene los dos números, los anoto en mi móvil, le doy las gracias, abrazándola, y me dirijo hacia la *suite*. No tengo hambre, tan solo quiero que pasen las horas. Ya he probado a llamar, pero tienen los móviles apagados, eso significa que ya estarán en el avión de vuelta a casa.

Nueve, nueve jodidas horas es lo que tarda un avión en llegar al aeropuerto de Heathrow desde Iowa. Las primeras dos horas me las paso tocando como un loco maníaco la guitarra, pero algún puñetero huésped se queja del ruido; llamar ruido a lo que hago me cabrea, así que dejo la Gibson encima de la cama y me voy directo al minibar del hotel.

Las botellitas de *whisky*, ginebra y vodka terminan tiradas de cualquier forma por el suelo. Miro el reloj, quedan aún cuatro horas y media para que aterricen. Llamo a recepción y solicito que suban varias botellas de *whisky*. Si tengo que esperar con esta agonía a que pase el tiempo, prefiero caer rendido para no machacarme la cabeza.

«Eso, mejor machácate el hígado, muy maduro».

Sé que es una idiotez emborracharme, pero ¿qué más puedo hacer?

Una patada en la pierna me despierta. La cabeza me bombea, me llevo la mano a la nuca, me duele, me quedé sin sentido a los pies del sofá en una posición no muy cómoda.

—Despierta, bella durmiente. —Me sobresalto y entreabro los ojos, encontrándome a Henry con una ceja alzada.

Intento levantarme, las piernas me fallan y me tambaleo.

—¡Joder, tío, te has bebido todas las existencias del hotel! —brama, logrando que me duela cada palabra que pronuncia en el mismo centro del cerebro.

—¿Qué hora es? —pregunto con la voz pastosa.

—¿No prefieres decir qué día es? —responde mientras se ríe.

Agrando los ojos, miro la hora y busco como loco el móvil, que debe andar por algún sitio perdido entre el suelo, las botellas vacías y los cojines.

—¿Aún no la has llamado? —Niego con la cabeza—. Te dejaré a solas para que lo hagas.

Henry se marcha, dejándome solo. Marco el teléfono de Alice, salta el buzón de voz. Me voy al aseo y me refresco la cara para coger fuerzas; el estómago me va a matar de lo revuelto que lo tengo.

Vuelvo a marcar, pero ahora a Mey. Suena, un tono, dos, tres…

—¿Diga?

—Mey, no me cuelgues, soy Adam.

Se queda callada, escucho cómo se cierra una puerta.

—¿Qué quieres?, ¿no le has hecho suficiente daño? —me reprocha.

—No he hecho nada, Mey, tienes que creerme, tengo que hablar con Alice.

—No quiere saber nada de ti.

Me siento en la cama en el momento en que me lo dice, abatido. No quiere saber nada de mí, la he perdido…

—Despedí a Ginger, se me abalanzó, Jeremy se marchó y ella salió del dormitorio del bus, no sé qué cojones hacía allí —digo con un hilo de voz, aferrado al teléfono.

—¿Entonces Jeremy te llamó para ir al bus a hablar y luego se marchó? —dice con voz enigmática—. ¿No fue una treta para ir a follar con esa tal Ginger?

Me levanto de la cama, ya cansado de que todo el mundo dé por hecho que soy culpable.

—¡Que no, joder! ¿Cómo tengo que decirlo? No.

—Esto tengo que decírselo a Alice —comenta en voz baja.

—¿El qué?

—¡Hombres! Mira que sois lentos, ¿eh? ¿Quién te dijo de quedar en el bus?, ¿quién te dejó a solas con Ginger? —No puede ser—. ¿Quién llamo puta a Alice y la obligó a ver lo que pasaba cuando saliste del bus?

—Jeremy… —digo con los dientes apretados.

—¡Y se hizo la luz!

—Dile a Alice que —me quedo callado un momento, no quiero que sea un tercero quien le diga por primera vez que la quiero—, dile «estoy contigo», la llamaré más tarde, antes del concierto.

—No sé si querrá hablar contigo, está muy dolida, ¿qué vas hacer?

—¿Le dirás eso a Alice? —insisto.

—Sí, pero…

—Gracias, llamaré más tarde. —Cuelgo.

Ese hijo de perra me debe muchas explicaciones.

26

Confianza

ALICE

Me he quedado sin lágrimas que derramar. A mitad de la tarde escuché que Mey atendía una llamada, no le di mayor importancia hasta que, media hora más tarde, golpeó la puerta de mi dormitorio y me dijo una vez dentro que era Adam quien llamó.

No quise saber nada de la conversación que tuvieron, me hace daño escuchar su nombre. Le pedí que me dejara y me dijo que más tarde volvería para contarme lo sucedido, que yo no tenía toda la información.

¿Y qué más información necesitaba? Lo vi con mis propios ojos. Vuelven a caerme más lágrimas sin que me dé ni cuenta, salgo al pasillo y me meto en el pequeño baño. Me observo en el espejo, los ojos los tengo hinchados, rojos de tanto llorar. Me retiro el pijama que me acompaña desde ayer por la noche y me ducho mientras dejo que el agua se lleve parte de mis lamentos.

Aseada, pero sin poder levantar la cabeza del suelo, escucho cómo timbran en casa. Voy a ver quién puede ser, los *paparazzi* lo dudo, ya los amenazamos con demandarlos si no dejaban de molestar.

Mey está en la puerta, con el telefonillo en la mano y con cara de enfado.

—¿Quién es?

—Nadie —dice mientras cuelga el aparato en su lugar.

Levanto una ceja a lo escueta que ha sido mi amiga con su explicación. Aquí pasa algo.

«Interrógala, ya».

—Mey —suelto, alargando la última letra.

—Es ese capullo de Dave, se ha enterado de que estabas en Londres y querrá salir en más programas de televisión a vuestra costa.

—¿¡Qué!? —exclamo alarmada.

Me acerco a la ventana y observo a Dave hablar con los periodistas. Cuando se dan cuenta de que estoy a la vista, dejan de prestarle atención y llevan sus teleobjetivos a la segunda planta, donde me encuentro. Me echo para atrás un poco sin dejar de mirar a la calle. Mi vecina, la señora Coleman, llega cargada con dos bolsas de la compra y el muy cabrón de Dave se ofrece para llevárselas, logrando que le abra el portal.

—Será hijo de… —comento mientras me dirijo a las escaleras.

—¡Pero ¿a dónde diablos vas?! —grita Mey, aún dentro del apartamento.

No pienso dejar que este bastardo siga haciéndose de oro a mi costa. Bajo los peldaños, directa a encararlo y a echarlo a patadas si es necesario.

Me lo encuentro justo empezando a subir las primeras escaleras.

—No era necesario que bajaras para recibirme —dice con una sonrisa en el rostro.

—Lárgate de aquí, no te quiero cerca de mí ni de mi casa.

La risa que suelta es macabra, ahora soy consciente de lo tonta que he sido al salir sola; ya comprobé una vez cómo se las gasta este tipo.

—¿Quieres que me largue?

Asiento mientras él baja un par de escalones para mi sorpresa. Escucho que Mey baja también, pero en ese momento Dave se gira a pocos metros de la salida.

—Si quieres que me vaya y no te vuelva a molestar, escucha por lo menos mi propuesta.

—Suelta de una vez lo que quieras decir, pero lárgate —le ordeno desde la lejanía que me ofrecen los escasos escalones.

Él niega con su cabeza.

—Demasiados oídos pueden escuchar lo que te quiero comentar —dice, mirando claramente a la puerta de la señora Coleman.

Es verdad, a mi vecina le encanta cotillear y estoy segura de que está más que dispuesta a hablar con todos esos periodistas una vez que suba de nuevo a casa.

Bajo con cuidado las escaleras, llego a su lado y me quedo esperando a que me cuente qué es tan importante para que tenga la cara de venir hasta aquí.

—Me imagino que tu salvador encontró a otra con la que seguir divirtiéndose —dice mientras da un paso en mi dirección.

«Corre, joder, no aprendiste nada de la otra vez».

—Si vienes a decirme sandeces, es mejor que te marches ya.

Pongo la mano en el pomo de la puerta para abrirla, él me la sujeta y me mira a la cara.

—Únete a mí, di que no sabes de quién es ese bebé —dice con asco las dos últimas palabras—. Podremos ganar mucho dinero juntos.

—Nunca.

Mey llega justo en ese instante con una sartén en la mano, y me haría gracia si no fuera por lo cerca que tengo a Dave en este momento. Aprovecho que se distrae con la llegada de mi amiga y abro. La luz cegadora de los *flashes* me da de lleno en la cara; me tapo con una mano a la altura de los ojos.

Dave, al verse expuesto, me atrae hacia él, cogiéndome por la cintura, y me roba un beso mientras intento empujarlo para que me suelte.

—¡Serás hijo de la gran puta! —grita Mey, quien va a darle un soberano sartenazo a Dave.

Con bastante dificultad logro salir de su agarre, empujándolo fuera del edificio, logrando que se caiga al poner el primer pie en los escalones que separan el portal de la acera.

Mey llega a mi lado con la sartén en la mano mientras le sacan fotos y se ríen de la situación los *paparazzi*.

Cerramos y empezamos a subir a casa. Me llevo la mano al cuello, buscando el contacto de la púa, pensando en la de barbaridades que contarán los medios y que quizá Adam lo vea. ¿Por qué me preocupo por eso? Él tiene ahora a Ginger. ¡Oh, Dios! Quizá estuvo con ella desde siempre y me mintió cuando le pregunté si era su novia.

—Lo vuestro es de chiste, sois tal para cual —dice mientras me siento en una silla de la cocina.

—¿A qué te refieres?

—¡Argh, de verdad, me desesperáis! —exclama mientras levanta los dos brazos al techo—. Escúchame bien porque tanto drama ya me está cansando. Adam me llamó antes. —Abro la boca para contestarle que no quiero escuchar ninguna excusa barata, pero Mey da un paso al frente y me tapa la boca con la mano para seguir hablando—. Jeremy lo citó en el bus, estuvieron hablando y él se fue, dejando a Adam a solas. Según Adam, y yo le creo —me recalca—, Ginger salió del dormitorio y se le abalanzó. Creo que Jeremy lo tramó todo.

Mey se separa de mí, retirando la mano que tapa mi boca, esperando una reacción.

—Dices que le crees, ¿y qué hay del beso que vi?, ¿qué hay de que le subiera la cremallera del pantalón? ¡Ella sonreía como si acabaran de follar!

Mey se dirige al salón, rebusca entre los huecos del sofá y saca el mando de la televisión. Yo la persigo.

—¿Quieres que te refresque la memoria un poco? —Enciende el televisor—. Deja de pensar en lo peor y confía un poco más. ¿Quién besa a quién, dime?

No necesito ver las imágenes para recordar, las tengo impresas en la retina. Adam bajando del autobús con Ginger de la mano, pero ahora que me dice Mey esto, me doy cuenta de que Adam tenía cara de enfado mientras ella lucía una sonrisa.

«Falsa».

Sí, falsa. En el momento que vi cómo le subía la cremallera, ni me di cuenta de que quien le daba el beso era ella. No me quedé a ver mucho más.

—Crees…, realmente crees que no… —trago saliva—, que no pasó nada.

—Creo, y a las pruebas me remito, que tenéis un problema de comunicación que debéis solucionar antes de que nazca mi sobrina.

¡Mierda! Si de verdad no sucedió nada, no le di tiempo a darme ningún tipo de explicación y tomé la vía rápida; me sentí tan engañada. Solo quería huir, alejarme del dolor. Volver a algo que pudiese controlar, pero todo está descontrolado en mi vida desde que lo conocí.

Me hundo en el mullido sillón de una plaza que tenemos cerca del sofá. Dirijo la mirada al televisor, donde uno de esos programas sensacionalistas de cotilleos repite la imagen de ambos. Me muerdo la lengua con fuerza en el momento que observo cómo la muy zorra pone sus manos en él. ¡Él es mío! El mismo Adam me lo dijo. Empiezo a notar cómo me consumo de rabia, pero consigo no apartar la mirada para poder observar un poco más allá de lo que mis ojos y yo misma vimos ayer.

Adam aleja a Ginger y le dice algo que no logran captar los micros, ella reacciona poniéndose seria, sin embargo, al instante se da la vuelta, directa a hablar con la prensa. Le preguntan si son pareja y ella lo afirma.

¡Lo afirma!

Se escucha a Alex de fondo gritar por Adam y en las imágenes se ve cómo corre, entrando en el hotel con la cara pálida.

—He sido una estúpida, ¿verdad? —digo, levantando la cabeza para mirar a los ojos a Mey.

—Creo que la estupidez es un síntoma del amor, sí.

—¡Dios! ¿Qué hago? ¿Cómo le digo que lo primero que pensé de él nada más ver esa escena fue lo peor?

—Deja que hable él primero, se le escuchaba con bastantes ganas de contactar contigo. Va a llamarte más tarde.

Va a llamarme, va a llamarme, ¡oh, cielos, me va a llamar! Doy un salto para levantarme del sillón; seguro que si me viera un ojeador de gimnasia acrobática mientras voy dirección a mi dormitorio me ficha seguro para las olimpiadas.

Encuentro el teléfono, sin batería. Rebusco por la mochila hasta dar con el cargador y lo enchufo lo más rápido que puedo. Lo enciendo nada más ver que la luz de carga se ilumina, verifico y tengo varias llamadas pérdidas de un número con prefijo estadounidense.

—¡Este tío es idiota! —escucho que grita Mey desde el salón.

Dejo el móvil cargando, eso sí, después de verificar que tenga sonido y no esté en silencio.

—¿Qué te pasa ahora?

—Creo que tu llamada va a ser algo más corta de lo que pensabas.

—¿A qué te refieres?

Mey me señala la pantalla del televisor. Adam esposado, con dos policías que lo meten en el coche patrulla. La comentarista explica que el guitarrista Magister Fuller, del grupo Slow Death, acaba de ser arrestado por agresión y destrozos en uno de los locales más conocidos de Iowa.

Me arrimo a Mey mientras sigo escuchando: «No se saben las consecuencias que podrá traer para la banda inglesa de *rock* del momento. Por ahora, fuentes cercanas afirman que el concierto de esta misma noche seguirá en pie. Aunque muchos son los que dudan de que le dejen salir con tanta rapidez de los calabozos de la comisaría. Devolvemos la conexión al plató, conectaremos de nuevo con más información».

—Pe… pero ¿qué es lo que ha pasado? —pregunto a nadie en particular, nerviosa.

—Ha pasado que tiene pene, eso es lo que ha pasado.

No me da tiempo ni a replicar el comentario sarcástico de mi amiga cuando empiezo a escuchar el tono de mi móvil. Me apresuro a contestar la llamada. Cuando llego al dormitorio, por suerte, aún sigue sonando, acepto la llamada sin mirar siquiera el número que es.

—¡¿Adam?!

No sé el motivo exacto de pensar que pueda ser él si acabo de verlo subir a un coche patrulla.

—¡Alice, pensé que no me cogerías el teléfono!

—¿Estás bien?, ¿qué?, ¿cómo? —me atropello al hablar con nerviosismo.

—No puedo hablar mucho rato, estoy bien, ya te contaré en otro instante todo. Solo quiero que sepas que yo no hice nada, que… fue todo cosa de Ginger y Jeremy —me dice casi sin aliento—. Dime que no la he jodido, que confías en mí —me ruega.

—Adam, yo…

Escucho al fondo cómo le meten prisa para que cuelgue.

—No me rendiré. Eres mi chica, ¿recuerdas? Soy todo tuyo. —Empiezo a sollozar sin darme ni cuenta al escuchar su voz diciéndome esas cosas—. No, no llores, me rompe el alma saber que lloras y no poder consolarte.

«Tiene que colgar, ahora». Escucho que le dice el policía a Adam.

—Adam, ¿estás conmigo?

Espero su respuesta sujetando mi colgante, pasando el dedo por el borde de la punta redondeada de la púa.

—Estoy contigo.

Me relajo un poco al escuchárselo decir una vez más, aunque sea desde la lejanía. El siguiente sonido que oigo es el de la llamada siendo cortada de golpe, sin habernos podido ni despedir. Una sensación de alegría mezclada con preocupación, acentuada por el entusiasmo, se mezcla en mi interior.

Mey entra en mi dormitorio, me enseña una tarrina de helado de chocolate y dos cucharas, se sienta a mi lado encima de la cama después de dejar sobre la mesilla de noche el helado, me mira, me sonríe con ternura y me abraza. Doy gracias por haberla encontrado. Sin embargo, no puedo dejar de pensar en Adam y creo que una sola tarrina de esas no será suficiente para calmar mi estado de ansiedad.

27

Cólera

ADAM

El malnacido del policía cuelga la llamada sin dejar que me despida de Alice. Desde que entré en comisaría no he parado de solicitar una llamada. Sabía que la noticia de mi arresto saldría en los medios de comunicación y quería decirle tantas cosas a mi chica, pero no me dejaron ni un puto minuto para hablar con ella.

Pese a tener los nudillos hechos picadillo, entro con una sonrisa de oreja a oreja a la celda después de que me retiren las pesadas esposas que no dejaban que circulara bien la sangre de lo apretadas que iban. Me froto ambas muñecas, observando el panorama que me encuentro. Tengo la compañía de un tipo ebrio que no para de intentar cantar una versión de Frank Sinatra de la canción *My Way*, la está destrozando en cada sílaba que suelta por su boca, y otro que parece salido de una mala película de *El Padrino*.

Sin prestar demasiada atención a mis compañeros de habitáculo, me siento en un banco de cemento que está pegado a la pared, esperando a que alguno de mis amigos mueva su culo para sacarme cuanto antes de aquí.

Me siento más optimista, y todo se lo debo a la breve pero esperanzadora charla con mi chica.

Llevaré cerca de una hora metido aquí y nadie ha aparecido. Mierda, ¿será que realmente la cagué esta vez?

«Te excediste».

—Señor Fuller, Adam Fuller —dice un uniformado, abriendo la celda—, tiene que prestar declaración.

Me incorporo, estirando mis músculos que, al estar en la misma posición sentado por más de una hora, noto como dormidos, me acerco a la puerta de barrotes y me coloca de nuevo las esposas. Lo sigo por un pasillo y giramos a la derecha, llegando a donde parece ser prestan declaración los detenidos. Varias mesas de escritorio se extienden en un espacio diáfano, cada una teniendo encima carpetas apiladas en pequeños montones y ordenadores de mesa.

Una prostituta pasa por nuestro lado, gritando a pleno pulmón que ella no hizo nada, acoso policial y ese estilo de cosas que me imagino están asqueados de oír aquí.

Me indican que me siente en una silla. Obedezco. Mejor será no empeorar la situación.

Del otro lado de la mesa un hombre canoso, que pasa con tranquilidad de los cincuenta, ojea su ordenador sin prestarme atención.

—Vamos a proceder a la declaración de Adam Fuller por los cargos de agresión, destrozos en un local privado y alteración pública —comenta sin quitar ojo de la pantalla—, al cargo de la transcripción está presente el agente Smith.

¿Con quién cojones habla?

«Ni idea, pero este no tiene pinta de haber salido de *Matrix*».

—Perdone, ¿está hablando conmigo?

El agente termina por regalarme una mirada de soslayo, que dura un segundo, para después seguir ojeando la pantalla de nuevo.

—Señor Fuller, ¿se le han leído sus derechos?

—Sí —respondo con el ceño fruncido.

—Bien, se le informa que esta conversación está siendo grabada y transcrita a la base de datos estatal. Proceda a dar su declaración de lo acontecido.

—No hay mucho que contar —mascullo, encogiéndome de hombros—: llegué al restaurante, empezamos una conversación —suelto con ironía— y le partí la boca.

—Podría ser un poco más conciso.

Empiezo a relatar con pelos y señales, como me pide el agente Smith, todo desde el momento que colgué el teléfono a Mey. Le comento lo furioso que me encontraba por enterarme de la traición de mi propio mánager al querer sabotear una posible relación con Alice.

Mientras se lo describo, rememoro cada instante:

Salgo del hotel al rato de enterarme que está reunido en un restaurante conocido. Nada más llegar a él, veo que su postura es de lo más relajada, bebiendo una copa de coñac. Arremeto contra Jeremy, levantándolo de la mesa y sujetándolo por la solapa de la chaqueta de traje que lleva puesta, dejando a todos los comensales boquiabiertos.

Le pido explicaciones, gritándole en su cara, comprobando que esta pierde color ante mi cólera. Me retira las manos con un gesto brusco y se recompone, irguiéndose.

—Se ha marchado, ¿no es cierto? —dice con sorna.

El aliento le apesta a alcohol, últimamente bebe más de lo que acostumbraba antes, y eso ya es mucho.

—¡Por tu culpa, hijo de puta!

—Sin hablar contigo —pone pucheros falsos—, ¿no te das cuenta de que lo único que está creando su presencia son problemas? Estoy convencidísimo de que ahora mismo está pla-

neando salir en algún programa o revista para lucrarse. Ese bebé, NO. ES. TUYO.

—Te dije desde que llegó que no te metieras en mi vida, Jeremy —digo, tensando cada músculo del cuerpo.

—¡Joder, estás ciego! —Levanta los brazos, dando énfasis a sus palabras—. Solo es una puta más que intenta aprovecharse de tu fama y tú te olvidarás de ella en dos días.

La cagaste.

Está claro que el siguiente movimiento que hago no se lo espera. Mi puño se alza, dando de lleno en su nariz, que cruje al instante. La sangre brota por sus orificios nasales, aunque también empieza a escupirla por la boca. Al llevarse la mano a la zona y comprobar que sangra, su mirada se torna completa de ira y se lanza sobre mí.

Terminamos encima de la mesa, dándonos golpes ambos, hasta que nos separan. Nada más y nada menos que la Policía.

Finalizo mi declaración y el agente Smith me da los documentos para que los revise y firme. Acto seguido, me comunica que los cargos de agresión han sido retirados por Jeremy, pero que los de alteración y destrozos al local, no. Todo se soluciona con una multa excesivamente elevada.

Recojo mis pertenencias al salir, entre ellas mi teléfono. A la salida, los chicos me esperan ansiosos de escuchar qué carajos se me pasó por la cabeza para dejar en tal estado a Jeremy.

Nada más comentarles lo cabronazo que fue y que por su culpa y la de Ginger, Alice se marchó a Londres de nuevo, incluso Alex me dio la razón en que se lo merecía.

Subimos al bus de la gira con el tiempo justo para realizar el recorrido que nos queda para asistir al concierto. Alex mira con preocupación mis manos, que cada vez están más hinchadas, mientras las meto en hielo.

—¿Podrás tocar? —pregunta mientras el resto de los chicos espera mi respuesta.

—No tengo nada roto, tranquilo, podré apañarme bien —los calmo a todos—, pero no puedo seguir trabajando con Jeremy, quiero que sea despedido.

Es un asunto que debe ser abordado por todos sin excepción, no puedo tomar yo solo esta decisión, está el tema del…

—Jeremy tiene un contrato vinculante con el grupo, hasta dentro de cuatro años no es negociable, las cláusulas de rescisión son abusivas —apuntilla Alex.

Hace unos años confiábamos ciegamente en nuestro mánager y cuando llegó con un nuevo contrato ni lo leímos, firmamos todos a la vez como una gran familia. Incluso John, que suele ser más cauto en estos temas, se dejó guiar por la palabrería de él. Estábamos empezando a tener éxito y lo que teníamos en la cabeza en ese momento eran las fiestas desmadradas y llenar un estadio con *fans* enloquecidas que quisieran follar con nosotros día y noche.

«Los demás aún esperan esas cosas».

Cuando nos enteramos de lo que había hecho, dijo que no era para tanto, que solo se cubría las espaldas y que eran negocios. Desde ese día dejamos de tratarlo como uno de nosotros y empezamos a mirarlo con otros ojos.

—¡Joder! Pues no lo quiero cerca —digo en alto mientras pienso en una manera de librarme de su presencia—. Contratamos a un *tour* mánager que se piense que nos hace de niñera y que él se siga ocupando desde un despacho del resto.

—¡Estás loco! ¡¿Una niñera que vigile cada paso que damos en cada concierto?! —exclama Max, dando un paso hacia delante, indignado.

—Oye, pues no es una idea tan alocada lo que acabas de comentar —dice John—. Guns N' Roses tenían uno, no podían ver ni en pintura a su mánager y contrataron a uno para las giras.

—La decisión no se va a tomar ahora, de camino a un concierto —aclara Alex su punto de vista—, lo hablaremos con calma en otro instante. Ahora, tú —dice señalándome—, no te metas en más peleas que puedan dejarte impedido para tocar de nuevo.

—¿Estás queriendo decirme que soy irreemplazable? —cuestiono, cuadrando los hombros.

Alex levanta su ceja de forma chulesca y se acerca a mí, quedando nuestras caras casi pegadas

«Menos mal que no te gustan los tíos».

Ese pensamiento sobra.

—Cuando llegues a diferenciar entre un falsete y un agudo de cabeza, serás imprescindible —sentencia, creyéndose victorioso.

—Para hacer eso, solo tengo que gritar y apretarme los huevos —me burlo.

Las carcajadas de Henry, Max y John nos distraen de seguir lanzándonos puyas; nos unimos a ellos sin poder aguantar más la risa.

Me alejo de la parte del bus con bullicio, los chicos están tomando cerveza para relajarse antes del concierto, y decido llamar a Alice tal y como le comenté. Llevo queriendo hablar con ella desde hace rato, pero rodeado de estos cotillas… como que no.

Cierro la puerta del dormitorio y la llamo. Al segundo tono contesta y sonrío en respuesta.

—¿Adam?

La oigo tan cerca que, si cierro mis ojos mientras escucho su voz, juraría que está a mi lado y no a más de ocho mil millas.

—No —sigo con mi buen humor gracias a Alex—. Soy Magister, quisiera que me pasara con mi chica, llevo dos días sin saber de ella.

El silencio que deja se adentra en cada poro de mi piel y abro los ojos a consecuencia de ello. Quizá la fastidié y no está para bromas.

—Espere un segundo, que le paso ahora mismo con ella. —Una risita se le escapa mientras lo dice y mi cuerpo se vuelve a relajar.

Espero, como ella me indica, con el teléfono pegado a la oreja y en menos de dos segundos la escucho pronunciar un hola de lo más sensual. ¡Joder! La de barbaridades que se me acaban de pasar por la cabeza… Es hablar con mi chica y mi imaginación se dispara, hace que pierda el control.

—Hola —le respondo con un tono de voz grave.

Estoy convencido de que, si ahora, en este mismo y preciso instante, me aprieto los huevos, no me sale un agudo ni queriendo.

—Adam, yo… quiero pedirte perdón, todo ha sido por mi culpa.

Esto ya no me gusta. Ella no es la culpable de nada, más bien todo lo contrario, es una víctima de las argucias de un mánager controlador y una fan pirada.

—No quiero volver a escuchar que me pides perdón en la vida —le indico con seriedad.

—Pero debí quedarme y hablar las cosas, no huir como una adolescente que no sabe enfrentarse a las situaciones —se queda en silencio un segundo—, debí confiar en ti y no pude —manifiesta con pesadumbre.

—Alice —susurro—, yo no sé cómo reaccionaría si hubiese sido al revés y te viera besar a otro. Aunque has de saber que yo no besé a Ginger, que fue ella la que… —rectifico mi frase anterior lo más rápido que puedo, pero la risa de Alice no deja que termine mi intento de arreglar la metedura de pata—. Te extraño —digo de repente.

—Y yo a ti también —me contesta, logrando que me sienta el puto amo del universo.

—La gira no tardará mucho en terminar y podemos mantener el contacto por videollamada.

Otro silencio que no me agrada.

—Pu... puedo volver si tú quieres —dice indecisa.

Joder, si antes era el puto amo, ahora soy un jodido dios. Pero una luz se me enciende, una que no alumbra, una que solo da sombra en vez de brillo.

—No puedes venir.

—No… no quieres que esté a tu lado —comenta con voz rota.

—Es lo que más me gustaría en este momento, Alice, pero el médico te recomendó no viajar en dos meses y de eso no hace ni dos semanas. Por muchas ganas que tenga de que estés aquí, no dejaré que cojas un vuelo de nuevo.

—¡Oh, Dios! —grita.

—¡¿Qué?! ¿Qué te pasa?, ¿estás bien?, ¿le pasa algo al bebé? —me altero, levantándome de golpe, como si tuviese un resorte.

Escucho cómo llora y me maldigo por la distancia que hay entre ambos, queriendo que me crezcan alas e ir en su ayuda.

—Soy de lo peor —solloza—, aún no ha nacido y ya soy mala madre. No recordé para nada en ese momento las precauciones del médico —inhala con fuerza y sigue llorando—, ¿cómo voy a ser madre?, ¿qué clase de madre no se preocupa antes por su hijo que por ella misma?

Intento tranquilizarla, me encantaría poder abrazarla, pero es imposible. No me escucha, llora y llora de manera desconsolada, y a cada segundo que paso escuchándola me rompo más.

Después de comprobar que, por más vueltas que dé en un mismo lugar, no consigo hacer ningún agujero en el suelo, abro la puerta del dormitorio dispuesto a pedir alguna ayuda por parte de mis amigos, sin embargo, los muy cabrones están pegados a la puerta.

Tapo el teléfono con la otra mano para que no escuche Alice lo que voy a decir.

—Alex, llama a Mey, dile que Alice está con algún tipo de ataque de ansiedad o algo por el estilo y que la vaya a tranquilizar.

—¿Por qué yo? Además, no tengo su teléfono —responde con el ceño fruncido.

—Yo lo tengo, la llamo en un segundo —nos informa John.

—¿Y tú por qué lo tienes, y no yo, si soy el más guapo de los cinco? —pregunta Henry.

—Quizá porque soy el único que no le tiró los trastos intentando meterse en su cama.

—¡¿Queréis dejar esta conversación de gansos de una jodida vez?! —Giro para mirar a John directamente—. Y tú ¡llama de una puta vez!

—Os he dicho alguna vez que, si en algún momento me comporto así, tenéis mi permiso para darme una hostia, ¿verdad? —dice Max.

Henry asiente y yo decido cerrarles la puerta en las narices y centrarme en Alice, que sigue diciendo una y otra vez que es peor que su madre. Dios, espero que esto sea por culpa de las famosas hormonas del embarazo.

En menos de lo esperado, escucho cómo Mey le transmite la tranquilidad que yo no he podido brindarle, haciéndome sentir peor de lo que estoy. Debería ser yo quien pudiese tocar su dulce mejilla y susurrarle que todo nos irá bien.

—Adam —dice Mey a través del móvil.

—¿Cómo se encuentra? —pregunto preocupado.

—Ya está bien.

—¿Se puede poner? —ruego.

—Está avergonzada por cómo se puso. Llámala más tarde, deja que se calme un poco.

—Mey, gracias.

—Es mi hermana, no tienes que dármelas.

—De todas formas, te las doy. Gracias.

—Te las acepto con una condición. —Me quedo esperando un rato en silencio para saber qué es lo que me va a pedir—. Contéstame a una pregunta.

—De acuerdo, ¿qué quieres saber?

Me preparo para la típica pregunta de amigas de «¿la vas a cuidar bien?, ¿sabes que como le hagas daño te las veras conmigo?». Como me acaba de confirmar, son más que amigas, son casi hermanas y no me extrañaría tal protección por parte de ella.

—Le darías con ganas, ¿no?

«¡¿Qué?!».

—¿Cómo?, ¿a qué te refieres?

—Joder, sí que sois lentos los hombres, a Jeremy, a quién si no.

Me río a carcajadas. Esta mujer es de lo más peculiar. Creo que me llevaré bien con ella y me alegro de que mi chica esté cerca de una amiga así en este momento. Porque, por desgracia, el *rock and roll* debe continuar y no puedo dejarlo todo aquí por más que quiera y desee tener a mi lado a mi musa.

28 Paciencia

ADAM

Metido en el camerino, a la espera de que me den el aviso para salir al escenario, abro y cierro las manos una y otra vez para comprobar que puedo moverlas sin dolor. Por primera vez desde que tengo conciencia, la música no es lo primordial, es un complemento para seguir en vida. Lamento no poder echar todo por la borda e ir a Londres para estar cerca de Alice.

Agarro el móvil y marco el número de mi chica, esperando, deseando escuchar su voz y comprobar que está más calmada.

—¿Adam? —Adoro cómo suena su voz, dulce y cercana. Me siento en un pequeño sofá y cierro mis ojos para imaginar que está cerca de mí.

—Tienes que guardar mi número de teléfono, así, la próxima vez, no preguntarás.

—No sabía que este fuera tu número personal.

—Ahora ya lo sabes, ¿cómo te encuentras?

—Dios, qué vergüenza, ni me lo recuerdes, no sé por qué me puse tan mal.

—Lo más seguro es que sea porque estás más sensible por las hormonas.

—No es excusa, yo nunca he sido de quejarme en alto por nada.

Con los párpados aún cerrados, visualizo a Alice observándome con la mirada fija, esa mirada que me hipnotizó desde el primer día que nos encontramos. Me imagino su bello rostro ruborizado por la pasión, como la última vez que la vi.

—Ojalá pudiera tenerte entre mis brazos ahora mismo.

Se queda callada. Escucho su respiración, que se vuelve más densa; quizá me he excedido.

—¿Y qué harías si me tuvieses en tus brazos? —pregunta con timidez.

Decido que debo aprovechar el momento que me da para hacerle recordar la última noche que pasamos juntos. Que no se olvide de lo que le hacen sentir mis besos y caricias.

—Te desnudaría para poder besar cada parte de tu cuerpo, empezaría por tu esbelto cuello y bajaría hasta tus hombros —oigo un gemido de su parte y, en consecuencia, mi miembro cobra vida propia—, me dedicaría un buen rato a admirar esos pechos tan hermosos que tienes mientras mis manos se aferran a ti para no dejarte marchar nunca más de mi lado.

—¡Dios, Adam, vas a lograr que me…!

—¿Que te corras? —pregunto con picardía—. Hazlo. Quiero escuchar cómo llegas al éxtasis conmigo, Alice.

Llevo mi mano libre a la cremallera del vaquero, bajándola, me paso la lengua entre mis labios queriendo, deseando poder tener sus labios pegados a los míos. Libero de mi confinamiento mi polla y empiezo un ritmo lento y placentero mientras escucho cada gemido por parte de Alice.

—¿Te estás tocando para mí? —pregunto con voz grave.

—Tan solo para ti, Adam. —¡Joder, no voy a aguantar nada como siga así!

—Tantas cosas que aún no he podido probar, quiero fundirme en tu piel la próxima vez que nos veamos.

—¡Dios, Adam! —¡Joder! Subo el ritmo, nuestras respiraciones se vuelven más y más sonoras a través del teléfono, va a ser el puto infierno estar lejos de ella este mes y medio—. Adam…, creo que…, oh, sí…

—Yo también, ¡córrete conmigo!

En cuanto digo la última palabra, escucho mi nombre en la boca de Alice y con ello llega mi liberación.

«¡Cinco minutos para salir!», gritan detrás de la puerta del camerino. Me levanto para agarrar un pañuelo de papel con el que limpiarme mientras nuestras respiraciones siguen agitadas.

—Dios, es la primera vez que hago algo parecido —comenta Alice.

Sonrío al imaginarme su cara ruborizada por tener un poco de sexo telefónico.

—¿No te ha gustado? —le pregunto, esperando a que me conteste.

—Sí, pero prefiero algo más… tangible.

Me río en alto por la expresión que ha utilizado.

—Yo también lo prefiero, pero no me molestaría volver a probar algo similar hasta que podamos volver a vernos en persona.

—Adam —su voz se vuelve más seria de repente—, vino Dave hasta mi casa.

—¿A qué cojones fue?

—No lo dejé entrar en casa, lo atendí en la entrada del edificio, vino para ofrecerme un trato, para…

Al ver que le está costando sincerarse, intento relajarme en la medida que puedo para que no se note que me molesta la cercanía de ese cabrón a mi chica.

—Alice, puedes contarme lo que sea, ¿qué te ofreció?

—Me pidió que dijese en los medios que no sé de quién es el bebé, cuando me rehusé y le abrí la puerta para que se marchara, me… me… besó.

—¡Voy a partirle la boca como se atreva a ponerte una sola mano encima! —exclamo alterado.

—Tengo prensa en la entrada del edificio y puede que veas alguna imagen.

—No miro la prensa sensacionalista ni estoy pendiente de las redes desde que empezaron a acosar a mis padres.

Sin embargo, decido encender el televisor, quitándole el sonido, y cambio de canal hasta que logro ver la imagen que me acaba de mencionar Alice. Ese hijo de puta la fuerza a dar un beso mientras que ella intenta separarse de él sin poder casi hacer nada. Acto seguido, veo a Mey con una sartén en la mano a modo de bate y estallo en carcajadas.

—¿Qué ocurre? —pregunta desconcertada.

—Estaba a punto de decirte si querías que contratara a un escolta, pero acabo de darme cuenta de que con Mey y su sartén ya tienes más que suficiente.

—¿No me acabas de decir que no veías esas cosas?

—Si me dices que sales en la prensa, créeme que me interesa.

«¡Un minuto!». Vuelven a molestar, llamando a la puerta.

—Vente a vivir conmigo cuando termine la gira —pido de golpe.

Con el corazón en un puño, esperando su contestación a mi petición, me doy cuenta de lo precipitado que he sido al pedírselo.

—Adam, yo… creo que no…

—No me lo digas ahora. —Cierro los ojos por la estupidez que acabo de soltar, debí esperar y tener más paciencia—. Contéstame cuando podamos vernos en Londres, ¿lo pensarás?

—Adam…

—Tan solo di que lo pensarás —la interrumpo.

—Está bien, prometo que lo pensaré.

—Te tengo que colgar, el *rock* me reclama.

—Lo sé, disfrútalo.

Desde que está en mi vida, eso es imposible si no la tengo a ella cerca.

—Estoy contigo —digo nuestra frase queriendo, rogando, deseando que se dé cuenta de que esas palabras son un «te amo».

—Y yo contigo.

ALICE

Los días pasan y la entrada de mi edificio cada vez está más despejada de periodistas. La prensa, cansada de esperar algún tipo de declaración por mi parte, ha cedido y por fin se ha dado por vencida, ya que dejé claro que no voy a colaborar, no quiero entrar en ese juego. Esto se me hace cada vez más difícil, ya que extraño poder salir con tranquilidad, sin ser perseguida por gente que no conozco y que hace incesantes preguntas personales que ni sé contestar.

Últimamente estoy irreconocible, me irrito y me pongo a llorar como una Magdalena por cualquier cosa. Sin ir más lejos, ayer me puse a llorar viendo un anuncio en la televisión de papel higiénico, y todo por el perrito que aparecía en él.

«Patético».

Cuento cada día que queda para que Adam termine la gira, no sé lo que espero a su llegada, tan solo sé que lo extraño. Hablamos cada noche por teléfono, terminando por hacer algo más que hablar e incluso pudo conectarse un día por Skype, aunque no fue muy privada la conversación, ya que todos estaban allí con él, agolpados, para saludarme y decirme que lo vigilarían para que no se metiera en más líos. Y eso, en vez de tranquilizarme, me alarmó más; esos chicos son como niños. Ahora que tengo un motivo, no dejo de controlar las redes sociales y la prensa del mundillo. Cada paso que dan es comentado de forma minuciosa, desde su comida favorita hasta el tipo de ropa interior que usan.

Hoy me toca ir al ginecólogo porque tengo la revisión de las doce semanas, tendré que ir sola, ya que Mey está en su puesto de trabajo. Adam me ha pedido que le mande un mensaje después de salir de la consulta para informarlo de todos los detalles.

—Señorita Cooper —dice la enfermera —, puede ir entrando a la consulta.

Dejo la revista que estaba ojeando sobre la mesa que tengo frente a mí y me levanto para entrar en la habitación donde me espera el especialista que llevará mi embarazo.

Al entrar, veo un señor mayor bajito y algo regordete que se levanta nada más dar un paso dentro y cerrar la puerta a mi espalda. Me saluda con una sonrisa y una leve inclinación de la cabeza.

—Veo, por su informe, que no tuvo un comienzo de gestación tranquilo —comenta, sentándose detrás de su escritorio mientras me indica que haga lo mismo en la silla que hay enfrente del mismo—. ¿Cómo se encuentra ahora?

—Bien, creo.

—Primero, antes de observarla, quiero hacerle una serie de preguntas que son necesarias para llevar un mejor control.

—Está bien —contesto al doctor Winston.

—¿Sigue teniendo náuseas matutinas? —Niego con la cabeza mientras me retuerzo las manos sobre las piernas—, ¿sabe cuándo es la fecha probable del parto?

—Sí, me informaron que sería para mediados de marzo.

—Exacto —me dice mientras mira el informe médico de mi anterior control ginecológico—. Señorita Cooper, lo cierto es que me falta información sobre los antecedentes familiares, tanto de usted como del padre.

—Soy una persona sana, no fumo, no bebo y siempre he intentado estar en forma. Adam también es una persona sana.

Eso creo, la verdad es que no lo conozco tan bien como para afirmarlo. He leído en más de una revista que las fiestas que montan son conocidas por los excesos de alcohol y mujeres.

—No me refería a eso, señorita Cooper, me refiero a… ¿enfermedades congénitas o de herencia familiar?

—La madre de Adam tiene cáncer —respondo con lo único que me viene a la mente.

—¿Y sus padres o sus abuelos?

—Lo lamento, pero soy huérfana, no conozco a mi familia biológica —respondo nerviosa—, ¿es muy importante esa información?

—Nos vendría bien, pero no se aflija. Los resultados de los análisis de sangre muestran que todo va bien.

El doctor, muy atento en todo instante, me examina, me mira la tensión, me pesa y me vuelve a citar para dentro de un mes.

Salgo de la consulta con una receta para empezar a tomar hierro y evitar poder tener anemia durante lo que queda de embarazo. Saco el móvil de mi bolso y le mando un mensaje a Adam.

Alice:
Ya salí del médico, todo bien.
Me recetó hierro, pero es algo
habitual. ¿Qué tal el concierto
de anoche?

Guardo el móvil en el bolso de nuevo. Lo más seguro es que tarde en ver mi mensaje por la diferencia horaria.

De repente, me apetece algo dulce. Veo una pastelería a pocos metros de mí y decido acercarme y mirar lo que tienen en el escaparate. La boca se me hace agua cuando me encuentro con todo aquello: chocolate, merengues, nata, tartas y otras delicias que tienen una pinta estupenda.

Con mejor ánimo después de llenar el estómago, dejo que los rayos del sol acaricien mi rostro; llevamos cuatro días de lluvia continua en Londres y, aunque adoro la lluvia, también aprecio un descanso de ella de vez en cuando.

Sentada en un banco a la orilla del lago Serpentine, en Hyde Park, me relajo mientras observo a los niños disfrutando con sus bicicletas. Saco mi cámara Canon del bolso y empiezo a sacar fotos del entorno hasta que noto que el móvil vibra.

Dejando a un lado del banco mi cámara, saco del bolso el móvil y abro los mensajes para comprobar que tengo uno de Adam. Una sonrisa se me dibuja en la cara al ver que no ha tardado tanto como me esperaba para responderme.

Adam:
El concierto bien, como siempre. ¿Seguro que todo bien? No me gusta estar lejos sin mis chicas.

«Mis chicas». Ojalá estuviera aquí para poder escucharle decir esas palabras en persona. Le pregunté al doctor cuándo podría saber el sexo del bebé y me avanzó que quizá para la siguiente revisión, dependiendo de la posición en la que se encuentre.

Pero yo sigo convencida de que será una niña.

«Pues como salga niño».

Intercambiamos unos cuantos mensajes más mientras recojo para ir a la parada de metro más cercana. No ha vuelto a sacar el tema de irnos a vivir juntos en todo este tiempo, quizá se arrepiente de habérmelo propuesto o a lo mejor es para dejarme espacio y no atosigarme. Sea lo que sea, aprecio no tener que tomar la decisión ahora.

Le envío un último mensaje, comentándole que voy a entrar en la boca del metro y que la cobertura se me va a ir. Él me insiste una vez más en que coja un taxi, que no es seguro ir en transporte público, y más ahora, que todo el mundo conoce mi cara.

«Será exagerado».

No le hago caso y me adentro en el metro; un taxi es de lo más costoso y no he vuelto a recibir ninguna oferta para ninguna sesión fotográfica desde que llegué. Voy a tener que buscar un empleo lo antes posible si no quiero seguir dependiendo de la hospitalidad de Mey toda mi vida.

El andén está repleto de gente que se agolpa para entrar en el vagón. Cuando las puertas de este se abren y estoy a punto de entrar, noto que alguien me da un fuerte tirón. Al girarme, veo a un chaval que me sujeta el bolso e intenta arrancármelo de cuajo del hombro.

—¡Eh! —grito—, ¡suéltalo!

Nadie mueve un músculo, se quedan mirando impasibles mientras el chico tira y tira cada vez con más fuerza. No pienso perder mi única cámara buena, agarro bien las asas y tiro con todas mis fuerzas.

Las costuras del bolso ceden y se rompen, dejándome con las dos finas tiras en las manos mientras el contenido que lleva se esparce por el suelo. El chico agranda sus ojos al ver cómo rueda la cámara fuera, se lanza a por ella, la agarra y se marcha corriendo entre el tumulto de personas, dejándome desconcertada.

¡Mierda! ¡Joder! Hoy tenía que ser un día bueno y no acabar así.

Recojo el resto de mis pertenencias y me dejo caer abatida en un asiento libre mientras compruebo que aún llevo conmigo la cartera y el móvil.

Llego a casa cabreada. Mi cámara, tardé en reunir el dinero que me hacía falta para conseguirla más de cuatro meses.

—¡Joder! —grito fuerte mientas lanzo lo que antes se podía llamar un bolso encima de la encimera de la cocina.

El móvil suena y lo agarro de malas formas.

—¡Diga! —contesto cortante.

—*Wow*, ¿qué le sucede a mi chica hoy? —La voz de Adam me relaja un poco, pero no lo suficiente; han robado mi medio para conseguir un trabajo de lo mío, joder—. En los mensajes de antes parecía que estaba todo bien.

—Me han robado en el metro —digo de mala gana, no me apetece escuchar un «te lo dije».

—¡¿Estás bien, te ha pasado algo?! —pregunta alarmado.

—Estoy bien, cabreadísima, pero bien, me ha robado mi cámara el muy hijo de su madre. ¿Cómo voy a conseguir un trabajo sin ella? Dime.

El corazón me bombea con rabia. Adam es la primera persona con la que hablo desde que salí del metro, ni siquiera he llamado a Mey porque sabía que necesitaba un tiempo para sentirme más tranquila.

—Tranquilízate, Alice, lo importante es que estás bien.

—No me da la real gana tranquilizarme, llevo sin trabajar tres meses, ¡tres! Necesito ganar dinero para pagar las facturas.

—Yo te puedo…

—No sigas por ese camino que acabarás mal, no acepto que nadie me mantenga.

«Excepto Mey».

Tú cállate, que ya me estás hartando.

—Pero…

—¡Ni peros ni peras ni manzanas ni limones! Mira, mejor hablamos en otro momento, que ahora estoy que muerdo. Adiós, Adam, hablaremos en otro momento. —En otro momento en el que no lo use de saco de boxeo. Y cuelgo la llamada sin dejar que se despida.

Un baño, seguro que un baño me baja la mala leche que tengo en este instante.

Suspiro con más calma mientras me seco el cabello con una toalla. No sé qué es lo que tiene el agua que relaja tanto, debí de ser un pez en otra vida porque, si fuera por mí, me pasaría todo el día metida en una bañera chapoteando feliz, con sales aromáticas y burbujas que lleguen hasta mi cuello.

Escucho a lo lejos una llamada telefónica que procede del salón y con paso calmado me dirijo a contestar. Espero que sea Adam, le debo una disculpa por pagarlas con él sin tener culpa alguna, no me acostumbro a estos cambios repentinos de humor que tengo. Sin embargo, lo de hoy no creo que pueda achacarlo al embarazo.

Encuentro el móvil donde lo dejé antes posado y miro el identificador de llamadas; es un número que no conozco.

—¿Quién es? —pregunto con desconfianza al descolgar, ya que puede ser otro medio de comunicación que quiere alguna entrevista.

—Pregunto por la señorita Alice Cooper.

—Soy yo, ¿quién pregunta?

—Mi nombre es Frederick Black, le llamo para preguntarle si le interesaría realizar un reportaje fotográfico en mi mansión.

—¡Sí! —grito sin control—. Perdón, digo, sí, claro que me gustaría —respondo más calmada.

Mierda, no, la cámara.

—Muy bien, la recibiré para comentarle los pormenores del reportaje la próxima semana, mi ayudante se pondrá en contacto con usted.

—Disculpe, señor Black, pero ¿para cuándo es preciso comenzar el trabajo?

—El próximo mes, ¿por qué?

Decido que no es necesario contar nada de lo acontecido hoy y me invento lo primero que me pasa por la mente.

—Por nada, para cuadrar la agenda.

«Mmm, deja que la revise… ¡Vaya, qué casualidad, estás libre!».

—Muy bien, entonces, ¿puedo contar con usted?

—Por supuesto.

Colgamos al rato y mi entusiasmo me lleva a dar saltos tontos por toda la casa, bailando una música que no suena, mientras muevo como loca los brazos. Hasta que caigo, ¿y ahora cómo consigo yo una nueva cámara?

Sencillo, haré lo que mejor sé hacer, no rendirme.

29

Un riesgo

ADAM

Austin, Frank Erwin Center - Texas.

—¡¿Estáis preparados para arder lentamente en las llamas del infierno, Austin?! —grita Alex al público, haciendo que este enloquezca al escuchar eso—. No se os escucha, ¡más fuerte, Austin!

El griterío aumenta, levantan sus brazos en alto, enseñando las manos alzadas con los cuernos típicos y Alex sonríe como consecuencia, es un gran *showman* y lo sabe el cabronazo. Un leve movimiento de su cabeza me indica que debo comenzar con el *riff* que todo el mundo conoce de sobra, Henry no tarda en empezar a tocar en la batería.

El maldito lugar estalla al escuchar el estribillo que canta Alex.

Dos horas enteras de concierto disfrutando junto a los *fans* de nuestra música; estoy terminando de tocar la parte en la que Max y yo fingimos que nos picamos entre los dos, sabiendo de sobra que es todo un espectáculo para los espectadores. Pero en el momento que deberíamos estar saliendo ya del escenario, Alex, con el micrófono en la mano, vuelve a hablar en alto, acercándose a mí.

—No podemos irnos de esta estupenda ciudad sin compartir con vosotros lo que será parte del nuevo álbum de Slow Death —dice confiado.

Sera cabrón, no me ha comentado nada. Aún no hemos ensayado y el *riff* no tiene ni letra. Me giro, dando la espalda a un público que se vuelve loco al escuchar esta primicia, y le pongo cara de pocos amigos a Alex.

—Venga, Magister, deleita nuestros oídos con tu guitarra — vuelve a insistir.

Los gritos del público de «Magister, Magister» aumentan y al final cedo. Me vuelvo a girar, cierro los ojos y ahí está, mi musa de ojos ámbar que tanto añoro.

Las notas fluyen y se mezclan con rapidez con los movimientos que hago sobre cada uno de los trastes de la Gibson. El público enmudece al escuchar el primer sonido que sale de los amplificadores, ¿quizá no se esperaban que fuese una balada? Sigo tocando mientras visualizo la imagen de Alice en mi mente hasta que llego al final.

De inmediato, los *fans* se descontrolan entre saltos, lloros y gritos.

—Y esta maravilla se la debemos todo el grupo a la musa de Magister. Gracias, Alice, tu chico volverá sano y salvo en una semana —anuncia Alex a todos los presentes—. Slow Death se despide, pero estaremos encantados de volver a esta hermosa ciudad.

Incrédulo, estupefacto me quedo unos segundos más plantado en mitad del escenario mientras que el resto del grupo se dirige al *backstage*.

Recojo el botellín de agua que nos trae Emilie, como hace al término de cada uno de nuestros conciertos, y bebo un trago largo. Encaro a mi amigo.

—¿Qué cojones ha sido eso? —le comento tranquilo.

Alex se encoge de hombros, quitándole importancia mientras termina de beber de su botella de agua.

—Allano el camino, el *riff* de esa balada es la puta hostia, y al comentar que es gracias a Alice, uno —enumera con la mano libre—, dejamos claro que Alice es la que está esperando por ti en Londres y no esa Ginger, que no para de repetir una y otra vez que es tu novia por los medios, y dos —levanta el segundo dedo—, los auténticos *fans* que aman nuestra música la empezarán a apreciar al saber que es la que te inspiró.

Una carcajada sale de mi pecho y le doy un abrazo y unas palmadas en la espalda mientras le digo por lo bajo «gracias», algo que nadie más escucha.

—Gran concierto, chicos. —Jeremy llega hasta donde nos encontramos.

No hemos vuelto a cruzar ni una sola palabra desde que le rompí la nariz. Y mejor que no intente hablar conmigo si no quiere terminar castrado también. Al final decidimos comunicarle que, para las siguientes giras, él no vendrá con el resto del equipo y que en su lugar se contrataría a un *tour* mánager; dijo que estaba de acuerdo siempre que fuera él quien tuviese la última palabra de a quién darle ese cargo. Por cómo van las cosas con Jeremy, no nos quedó otra que aceptar.

Alex se aleja para hablar con él, lo utilizamos como puente de comunicación.

—Chicos, yo me marcho a mi camerino, luego me contáis qué es lo que le ha dicho a Alex —les comento a todos en alto.

—Espera, *bro*, que ya ha terminado —dice John.

Alex deja a Jeremy mientras este se marcha sin decir una sola palabra más.

El semblante de Alex es indescifrable y me pregunto, ¿qué será lo que acaban de hablar?

—Joder, cuéntanos de una vez, que tienes una cara de muerto viviente que asustas —le dice Max— y tengo planes para dentro de media hora en un local de la zona.

—Estamos nominados en dos categorías en los premios Brit —nos anuncia él—. Mañana lo comunicarán oficialmente.

—¡Joder, ¿de verdad?! ¿Cuántos años llevan sin nominar a un grupo de *hard rock*? —Henry, como el resto, está contento por eso de ser nominado en uno de los premios más famosos de la música que hay.

—¡Joder, voy a mandar un mensaje a Alice y a mis padres para decírselo! —les comunico a todos.

Les llamaría, pero la diferencia horaria es tremenda y lo más seguro es que allí sea de madrugada. Y como mi madre se entere por la prensa de esta nominación, es capaz de coger un avión y castrarme.

—Adam, espera, tengo que contarte algo más que me ha dicho Jeremy de Alice.

Me freno en seco al escuchar Jeremy y Alice en la misma frase. Esto no me va a gustar.

—¡¿Qué cojones te tiene que decir a ti Jeremy de Alice?! No tiene ni que mencionar su nombre —digo, enfadándome cada vez más.

—Tranquilízate, hombre, vamos a tu camerino y te lo cuento.

—No, dime de una puta vez qué es lo que te ha dicho —inquiero con poca paciencia.

Alex expulsa un sonoro bufido, pero decide hacerme caso y, en vez de ir hacia los camerinos, se acerca hasta quedar delante de mí.

—Ha salido una noticia sobre Alice en la prensa —me dice mientras comprueba cómo reacciono—. No es para tanto, es solo que han empezado a decir que no te estás haciendo cargo de ella y de tu hijo.

—¿Y por qué están diciendo esas sandeces si se puede saber?

—Es por lo de… —Se queda observándome un momento, sus ojos se abren más y se lleva ambas manos a la cabeza—. Joder, no tienes ni puta idea de lo que ha estado haciendo tu chica en Londres.

—¿De qué cojones hablas?

Este último mes nuestras conversaciones han sido más espaciadas, la notaba cansada y con poco ánimo, me comentó que le había salido un trabajo para un reportaje, pero, que yo sepa, no lo empezaba hasta dentro de tres días.

Me tranquilizó diciéndome que solo iba a durar cuatro días como mucho, que no está enferma, sino embarazada. Me comentó que era para un reportaje en una revista de decoración, el que la contrató parece que preguntó en la empresa donde trabaja Mey y le recomendaron a Alice porque ya había efectuado alguno que otro con ella.

—Está trabajando —termina por decir Alex.

«¿Solo es eso?».

—¿Ya ha empezado el reportaje? Qué raro que no me lo dijera cuando hablé con ella antes del concierto.

—¿Reportaje? —dice Alex con cara desconcertada—. En la prensa la han fotografiado en una discoteca sirviendo bebidas.

—¡¿Qué?!

Joder, por eso está tan cansada.

Me voy directo al camerino para llamarla de inmediato. No podía aceptar que le comprara una cámara nueva, no, tenía que arriesgarse a trabajar en sabe Dios dónde. Porque la señorita es independiente y no quiere aceptar la ayuda de nadie. Excepto la de su amiga, claro está, a ella sí la deja.

Suelto la Gibson de cualquier manera sobre la mesa que hay en mitad de la estancia y cojo el teléfono, la tengo en marcación rápida.

—¿Sí? —Se la oye como dormida.

—¿Cuándo tenías pensado decirme que estás trabajando en una discoteca?

—¿Adam?

—Joder, sí, soy yo.

—No esperaba que llamaras hasta mañana.

—No me cambies de tema, Alice, ¿se puede saber por qué estás de camarera?

Enciendo el televisor. Sin buscar demasiado veo en la pantalla a mi chica con ropa ajustada, enseñando algo de escote, mientras una decena de babosos se agolpan en la barra para pedir. Mi visión se vuelve roja de la ira que siento al querer romperles los dientes a todos y cada uno de ellos por posar tan solo su mirada en ella.

—Porque necesito el dinero para comprar una nueva cámara. Y el dueño del local aceptó contratarme por tan solo un mes. Fue lo único que conseguí con tan poco margen de tiempo.

—¡Joder, Alice, que estás embarazada! —grito sin poder evitarlo.

—¡Embarazada, no impedida ni enferma! ¿Cuántas veces tengo que decírtelo? —Sube el tono, igualándolo con el mío—. Si te preocupas por el bebé, tranquilo, el médico me dio el visto bueno para trabajar. Muchas mujeres lo hacen y con empleos que son mucho más costosos de realizar.

—Me preocupo por nuestro hijo, igual que me preocupo por ti, y si te ocurre algo mientras estoy aquí… —Mi voz va menguando a medida que hablo.

—No me va a pasar nada.

—Ya me he llevado demasiados sustos contigo desde que te conozco, no quiero ninguno más.

Me paso la mano por la nuca; es una tortura diaria el estar lejos de ella. ¿Cómo he llegado hasta aquí? Ahora que la conozco no puedo imaginarme el estar ni un día sin escuchar su voz. Me muero lentamente sin su cercanía.

—Dime, al menos, que no te has excedido trabajando. —«Y que ninguno de esos babosos te ha tocado», no obstante, eso no lo digo en alto.

—Estoy cansada, pero todo va bien. Mañana tengo una ecografía, quizá se vea si es niña.

—O niño —digo, intentando meterme con ella.

—Llámalo instinto de madre, pero estoy convencida de que será niña —me replica más animada.

—Se me va hacer eterna esta semana.

—A mí también. ¿Solo me llamabas para regañarme por lo del trabajo?

Joder, se me olvidó por completo lo de los Brit.

—No, te iba a mandar un mensaje, nos acaban de nominar para los Brit.

—Eso es estupendo, me alegro por vosotros.

—¿Vendrás a la gala conmigo?

—¿Me estás invitando a ir a los Brit contigo? —pregunta extrañada.

—Por supuesto, eres mi pareja. ¿Con quién, si no, iría?

—¿Somos pareja? —duda.

—Lo somos —digo con firmeza—, ¿qué hora es allí?

—Las dos de la madrugada…

—A dormir, y mañana quiero un vídeo de la ecografía, no me sirve una simple foto o un mensaje.

—Estás muy mandón.

—Ve acostumbrándote —digo, sonriendo como un tonto—. ¿Alice?

—¿Sí?

—Buenas noches.

—Buenas noches, Adam.

Cuelgo la llamada y apago el televisor. Aunque las imágenes salían algo borrosas, he podido ver que su aspecto físico ya empieza a cambiar. Me maldigo por dentro por no poder disfrutar de eso, de ella.

ALICE

El dolor de pecho me está matando, he aumentado de talla y los sujetadores que tengo ya no me sirven; tendré que ir a comprarme unos nuevos.

—¿Va querer saber el sexo del bebé? —me pregunta la doctora mientras aplica un gel frío sobre mi vientre.

—Sí, claro que sí, pero espere un segundo —me retuerzo y agarro el móvil que llevo en el bolsillo del pantalón, abriendo la aplicación para grabar—, le prometí al padre que le mandaría un vídeo.

—Pues, entonces, será mejor que gire esto —comenta mientras mueve una pantalla hacia la camilla donde estoy acostada—, yo tengo otra donde puedo ver lo mismo que usted. —Indica con su dedo el otro ordenador.

Asiento con la cabeza, la doctora ejerce algo de presión con el aparato sobre mí. Es algo incómodo, pero no insoportable. Presiono el botón de grabar mientras mis ojos se llenan de lágrimas. Es una maravilla poder ver cómo crece en mi interior.

Veo la flecha del cursor mientras aumenta el *zoom*.

—Y aquí la tienen —señala con el cursor mientras enciende el sonido y empieza a sonar en la sala el corazón de mi bebé—, enhorabuena, la posición es la idónea, van a ser padres de una niña.

Giro el móvil de golpe y me enfoco.

—Te lo dije, sabía que sería una niña —digo pletórica mientras un mar de lágrimas recorre mis mejillas.

Acto seguido, le doy a enviar.

Al salir de la clínica, no tardo en recibir una llamada de Adam, quien parece que acaba de despertar a todo el bus con la noticia por cómo se quejan de la hora que es al fondo.

—¡Pero déjales dormir! —le digo mientras me río en alto.

—¡Joder, voy a ser padre de una niña! ¿Has pensado ya en un nombre?

«¡Joder, tío, que tampoco es para tanto, yo ya lo soy y no te desperté a las dos horas de ponerme a dormir!». Escucho a Alex quejarse por detrás. ¿Ya es padre? Coño, la verdad es que ni me fijé en las noticias sobre él, tan solo ojeé un poco las de Adam.

«Quedarse hasta las dos buscando en la Wikipedia no es solo ojear un poco».

—No, aún no lo he hecho —contesto a Adam, recordando la pregunta que me hizo sobre el nombre y haciendo caso omiso a la puñetera de mi conciencia.

—Pues es una cosa en la que tendremos que ponernos de acuerdo.

—Me parece bien, no se me ocurre ninguno ahora mismo, ¿y a ti? —pregunto con interés.

—Tengo uno en mente, pero te lo diré en persona.

—¿Y por qué no ahora? —inquiero con voz quejumbrosa.

—Porque no es lo único que quiero decirte en persona.

¿Qué será lo que me quiere decir? Automáticamente, llevo la mano al colgante y leo su inscripción: «Estoy contigo». El revoloteo de mi interior ya no es por causa de las náuseas, este es causado por un roquero de lo más *sexy* llamado Adam Fuller.

—¿Cuándo vuelves? —pregunto, acordándome de que aún sigue al teléfono.

—El próximo lunes, ahora nos dirigimos a Phoenix-Arizona, nos quedan unas dieciséis horas metidos en el bus hasta llegar. Después de ese concierto, solo nos quedará tocar el último en Las Vegas, donde nos quedaremos unos tres días.

Noto cómo mi ceño se frunce a consecuencia de escuchar la ciudad a la que irán en último lugar. Y un recuerdo de lo más lejano me llega: sor María comparando la ciudad de Las Vegas con Sodoma y Gomorra. Y gritándonos que terminaríamos como la fulana de María Magdalena.

Muevo la cabeza a un lado y al otro, intentando borrar esos años; ya no estoy allí.

—¿Tenéis pensado hacer alguna fiesta? —No puedo evitar preguntarle, la curiosidad me mata.

—Pues… me imagino que como siempre, para celebrar el final de la gira. —Donde habrá mujeres dispuestas a todo seguro—. ¿Por qué?

—Por nada, solo curiosidad —miento.

Nos despedimos diciendo nuestra frase, y sí, ya la considero nuestra. Y, sin embargo, pese a tener la mayor alegría que se le puede dar a una madre al saber que su niñita crece sana y fuerte, no dejo de tener una leve pero molesta sensación de que lo que va a ocurrir en Las Vegas no se quedará solo en Las Vegas.

30 Reencuentro

ALICE

Retomar el trabajo de camarera y a la vez estar con la sesión fotográfica de una mansión que tiene… doce dormitorios, seis baños, bolera, gimnasio, piscina interior y un largo etcétera de exteriores me está pasando factura.

«Vamos a casa…».

Hasta mi conciencia suena agotada, y no es para menos, creo que llevo sin dormir ocho horas seguidas una eternidad, pero no me quiero marchar sin acabar hoy; de esa manera, cuando llegue mañana Adam, estaré libre. Aunque aún no sé la hora exacta de su llegada.

La cámara con la que estoy trabajando no es tan buena como la que tenía antes, pero me sirve para salir del paso. Con lo que gane por este reportaje podré estar tranquila por lo menos dos meses más, hasta que consiga el siguiente.

Me sitúo en una de las esquinas más alejadas del gran salón principal para intentar abarcar el mayor ángulo posible, miro por el objetivo y compruebo que algo falla en la imagen. En una de las mesas, visualizo unas revistas que sobresalen un poco.

No deberían estar ahí, me van a fastidiar la sensación de pulcritud que desea el cliente. Me acerco hasta la mencionada mesa y, agachándome un poco, recojo una, que se me cae al suelo cuando intento colocarla en una zona donde no se vea.

Nada más tenerla en mi poder, agrando los ojos y miro a ambos lados de la estancia, como si alguien me viera hacer algo prohibido.

Somos Adam y yo, en la portada de una de las revistas más conocidas del sector musical. Han hecho un gran trabajo de Photoshop juntando nuestras dos imágenes. La abro y lo primero que leo me acojona.

No llevo bien esto de la fama de Adam. Empiezo a ser consciente de que da igual que esté de gira o no, siempre será de esta manera: *paparazzi* buscando la mejor noticia a todas horas, sin apenas privacidad; los focos de la prensa se posarán en nosotros nada más pongamos un pie en la alfombra roja.

Cierro la revista de golpe y la dejo en su lugar. Me va a dar un ataque de pánico con solo imaginármelo. Necesito terminar cuanto antes e irme de inmediato a casa, darme una ducha y dormir durante, por lo menos, el próximo lustro.

Dos jodidas horas me tuve que quedar en la maldita mansión. ¿Para qué necesitará tanto baño y tanto dormitorio si solo está el señor Black viviendo en ella?

«Ricos, ¿alguien los comprende?».

Yo no, aún estoy buscándole el sentido a tener una de las mejores cocinas de toda Inglaterra y que no se permita cocinar en ella. Una cocina debe de ser siempre para eso: cocinar.

Me siento en el sofá de casa y me retiro los zapatos, ¡qué dolor de pies! Necesito un baño con urgencia para relajarme un poco, pero es que estoy tan a gusto aquí…

Enciendo con el mando del televisor la pantalla que tengo a poco más de metro y medio de mí por culpa de lo pequeño que es el salón.

Nada más encenderse y empezar a escucharse a una chica hablar de Slow Death, oigo cómo Mey sale de su dormitorio, tropezándose con vete a saber qué cosa para hacer tanto estruendo.

—¡No, no la enciendas! —me dice casi sin aliento.

—¿Por qué? —pregunto, extrañada por su comportamiento.

Ella se interpone, tapándome la vista, e intenta sacarme de las manos el mando. Yo me retuerzo y lo escondo detrás de mí.

—¡Mey, joder, ¿quieres parar?! —le grito, ya cansada de su juego absurdo—. ¿Qué coño te pasa?

—Nada, solo que…

La voz de Mey mengua a medida que el botón del volumen sube por culpa de la presión que ejerzo sin darme ni cuenta y escucho la voz de la reportera, Dana Tuner, vocalizando cada frase con claridad.

«—La banda de *hard rock*, Slow Death, terminó su gira mundial por todo lo alto en Las Vegas con la mayor fiesta organizada; desde hacía años no se veía otra igual. Con más de doscientos invitados, los destrozos que ocasionaron suman la desorbitada suma de casi doscientos mil dólares en mobiliario.

—Las fotos, filtradas por los asistentes a tal evento, demuestran la poca madurez de estos chicos, que se han convertido, en poco tiempo, en los niños mimados del *rock*.

—*Strippers* y alcohol fueron los componentes estrella de la fiesta, que duró más de veinticuatro horas.

—En esta imagen que les mostramos se ve claramente al cantante y fundador de la banda, Alex James, teniendo relaciones sexuales a plena vista de todos, sin importarle siquiera su condición de casado».

—¡Hostia puta! —gritamos ambas a la vez.

Mey se gira de golpe con la boca abierta mientras que yo me levanto para ver a lo que se refiere la presentadora.

Y sí, no hay duda, es Alex dejándose follar por una tía en el sofá mientras se bebe una cerveza.

—¿Tú sabías que estaba casado?

—No —le contesto a Mey —, shhh, que quiero escuchar qué más dice.

«—Pese al comunicado que mandó hace más de un año sobre la separación de su mujer, Kimberly, no nos habituamos al comportamiento de incesantes vejaciones y bochornos públicos que le hace pasar mientras ella sigue esperando un acercamiento por el bien de su hijo en común.

—Otro de los integrantes ahora de actualidad es el guitarrista, Magister Fuller.

La imagen cambia, mostrando a Adam totalmente borracho, medio desnudo, mientras dos *strippers* bailan cada una a un lado de su cuerpo.

No puedo creer lo que estoy viendo. Me sujeto el colgante, con ganas de arrancármelo del cuello de cuajo y tirarlo por la ventana, lejos.

—¿Es este el comportamiento de un futuro padre mientras la

supuesta novia tiene que trabajar hasta altas horas de la noche en un local de mala reputación, para comer, a pesar de que él es rico?».

Agarro el mando y apago de golpe el televisor, ya basta por hoy.

«Inspira, expira, inspira, expira… Eso es; ahora, ya puedes gritar».

—¡Tú lo sabías! —recrimino a mi amiga, señalándola.

—Me enteré de que había imágenes de una fiesta en Las Vegas, pero no sabía todo eso —dice, señalando la pantalla de alto contenido sexual hasta hace un momento y que ahora está apagada.

Cierro los ojos y me llevo las manos a ambos lados de la cabeza para masajear mi sien; el dolor de cabeza es inminente y tiene pinta de ser de los jodidos.

Intento tranquilizarme, pero es imposible. La prensa ha sacado de contexto el que esté trabajando, incluso diciendo «un local de mala reputación» cuando es una simple discoteca. Y quizá, al saber eso de que son capaces de manipular a su antojo la información con esos pequeños pero grandes matices, es lo que me autoconvence de no volver a ser tan impulsiva y mandar a tomar por culo a Adam.

Esta vez dejaré que me dé explicaciones, sin embargo, como no me convenzan, soy capaz de dejarle sin más descendencia que la que llevo en mi interior, como que me llamo Alice Cooper.

—Me voy a la ducha —informo a Mey mientras recojo mis zapatos del suelo.

—¿Y ya está? ¿No vas a volverte loca y a llorar como una descosida? —comenta a la vez que me sigue por el pasillo de camino a mi dormitorio.

—No, alguno de los dos tendrá que comportarse como un adulto, y parece que en esta ocasión me toca a mí —comento mientras sujeto con ambas manos la ropa que me pondré después del baño que tanto me merezco.

—Tus cambios de humor me están volviendo loca, menos mal que no quiero tener hijos, no me aguantaría ni a mí misma. Sabes que, aunque no me gusten los niños —dice, mirándome a la cara, seria—, con mi sobrina será diferente. La moldearé para que no me odie —me suelta sonriente.

—Y ella te querrá con todo su corazón, ya lo verás —la tranquilizo—. Ahora, no me molestes por lo menos en una hora, ¿sí?

—Como mande la embarazada del año —contesta, llevándose la mano a la frente al estilo militar.

ADAM

Voy a matar a Henry y a sus jodidas fiestas. ¿Cómo se le ocurre montar una fiesta con *strippers*? ¿Y cómo se le ocurre decirles que me saquen a bailar?

Es cierto que llevaba unas horas bebiendo como un puto alcohólico, compadeciéndome por no poder estar con Alice y compartir lo que tendría que ser una celebración, pero me era imposible.

En lo que me levantaron del suelo, me tambaleé y ambas bailarinas empezaron a aprisionarme, yo estaba sin casi saber en dónde me encontraba. Cuando reaccioné, me di cuenta de que llevaban un rato grabando la escena desde la lejanía. Aunque no pasó nada y me marché a mi *suite* acto seguido, no dejé de darle vueltas a la posibilidad de que Alice pudiese malinterpretar la situación.

Así que, después de bajarme la borrachera a base de una ducha en agua llegada del mismísimo Ártico y unos cuantos cafés, no esperé al resto del grupo y localicé el primer vuelo disponible dirección Londres.

Y aquí me encuentro, diez horas más tarde, delante de su edificio, implorando a un dios en el que no creo que me abra la puerta y no me deje en la calle.

La luz de las escaleras se enciende; desde la puerta del portal veo a Mey bajar. Su cara cambia al encontrarme fuera. Abre y se me queda mirando sin decir nada, con ambos brazos cruzados. El silencio es peor que si me estuviese gritando a pleno pulmón, me recuerda demasiado a cuando mi madre me regañaba de pequeño por algo y me ponía cara de decepción. No lo soportaba.

—Mey, deja que te explique… —me corta en mitad de la frase.

—A mí no me des ninguna explicación, se la darás a Alice. —Mete la mano en el bolsillo del pantalón vaquero que lleva—. Aquí tienes —dice, pasándome unas llaves—, está tomándose un baño y no me espera hasta dentro de una hora, pero he cambiado de opinión y creo que no volveré hasta mañana por la mañana.

Miro el juego de llaves que reposan en la palma de mi mano sin comprender muy bien lo que acaba de ocurrir.

—No te quedes ahí pasmado, sube y arregla lo que tengas que arreglar.

—Gracias, Mey —comento, sin saber muy bien qué más decir.

Mey me empuja dentro. situando ambas manos en el centro de mi espalda.

—No me des aún las gracias —dice, alejándose por la calle.

El ruido del portal al cerrarse me espabila. Es la hora del reencuentro. Subo los primeros escalones escuchando cómo alguien se tropieza con algún mueble en la puerta de la primera planta. Llego a la segunda y, con calma, abro la puerta del pequeño apartamento que comparten Mey y Alice.

Sigo el sonido del agua sin hacer notar mi presencia. Tiene la puerta entreabierta, la muevo un poco y me quedo observándola como un jodido *voyeur*.

«Enfermo».

Sí, estoy enfermo, completa e irremediablemente enfermo de amor, pasión, admiración y lujuria de mi chica.

Se levanta con cuidado de la bañera, llena de espuma, que corre con lentitud por su cuerpo desnudo. Sus curvas están un poco más redondeadas, tiene el vientre un poco abultado, y sonrío, sabiendo que lleva a mi hija en su interior.

Abre el grifo de la ducha y se pone justo debajo del chorro, que cae directo en sus hombros. Ella cierra los ojos mientras gime en alto; compruebo cómo se relaja y disfruta con el agua. Empieza a frotar su piel, recorriendo brazos y piernas con una esponja sin ninguna prisa.

Calmada, sosegada, sin estrés alguno.

Mi vista recorre cada uno de los gestos que realiza como si fuera un ritual. Gira el cuello a un lado mientras el preciado líquido tiene la suerte de recorrer cada centímetro de su figura.

En el instante que lleva su mano a sus pechos, no soy capaz de resistir más mi excitación —la polla me va a reventar los vaqueros—, y empiezo a desvestirme en pleno pasillo. Ya hablaremos más tarde, ahora mismo necesito con urgencia una dosis de mi musa.

Con paso decidido, totalmente desnudo, entro en el baño, aprovechando que está de espaldas a mí, queriendo rodear su cuerpo con el mío en el instante.

31

Juntos

ALICE

Meto un pie con cuidado de no resbalar en la bañera llena de espuma; mi cuerpo, a medida que entra en contacto con el agua caliente, va relajándose. Aún tengo tiempo para pensar en cómo reaccionaré cuando vea a Adam, no quiero desconfiar de todas las cosas que me ha dicho durante este mes y medio por teléfono, pero lo que he visto por la televisión me duele.

Coloco una toalla pequeña a la altura de mi nuca y me relajo, cerrando los ojos. Escucho a Mey hacer algo de ruido en su cuarto, solo que intento ignorarla. A los pocos minutos llama a la puerta y la abre, asomando su cabeza por un pequeño hueco.

—Voy a salir a dar una vuelta, si necesitas algo, llevo el móvil —asiento—, volveré en una hora más o menos y así te relajarás mejor, sin que esté armando escándalo por aquí.

Sonrío al escuchar la sutil forma de decirme que lo del silencio no es su fuerte. Sabe que necesito mi tiempo y me lo concede. Me conoce demasiado bien.

Diez minutos en remojo y ya empiezo a tener la piel como una uva pasa. Me quedaría más tiempo metida en la bañera, no obstante, el agua está empezando a enfriarse y no quiero coger un resfriado, no ahora que debo velar también por la salud de mi niña.

Retiro el tapón y el agua empieza a bajar por el desagüe, me levanto, apoyando una mano en la mampara de cristal y la otra en la pared de baldosas. Abro el grifo, ajustando el agua para que salga tibia. Me enjabono, pasando la esponja por mi cuerpo; me encanta la sensación que me deja un buen baño, me siento en paz y me ayuda a evadirme.

Unas manos se posan en mi cintura y doy un respingo en consecuencia. El corazón casi se me sale por la boca. No me doy la vuelta, reconozco ese olor, ese tacto… Es… Adam.

Respiro hondo antes de decir nada, conteniendo mis ganas de darle una hostia, pero si está en la ducha conmigo, ¿eso significa que…?

«¡Está como Dios lo trajo al mundo!».

—¿Qué haces aquí? —digo, intentando parecer neutra a la incipiente excitación que siento al tenerlo dentro de la ducha conmigo.

—Echaba de menos a mi chica —responde, pegándose más a mi espalda mientras me rodea con sus brazos, dejándome sentir su erección.

—No parecía que me echaras de menos en Las Vegas —le reprocho, aún sin mirarnos.

El cuerpo de Adam se tensa en ese instante. Me maldigo internamente, ya estoy acusándolo y no he dejado que me dé ninguna explicación.

«Tienes que aprender a confiar».

Qué fácil es pensar en tal cosa, pero no es tan sencillo en la práctica.

—Alice —susurra en el hueco de mi cuello, logrando que cada poro de mi piel se estremezca—, te juro, te prometo… que no sucedió nada. Tú eres la única para mí.

Me giro para mirarlo a los ojos, necesito verlo para poder comprobar su expresión.

«¡Error!».

En el instante que nuestras miradas se unen, no soy capaz de controlarme y lo rodeo con los brazos. Adam me besa y yo le correspondo sin demostrar ninguna objeción.

«Ya sabía yo que caerías teniéndolo desnudo delante».

El agua sigue corriendo entre nuestros cuerpos, subo una mano hasta la nuca de Adam, enredo su pelo corto entre mis dedos y, a continuación, damos un paso atrás hasta que mi espalda queda pegada a las frías baldosas. Adam, sin dejar de besarme en ningún momento, alarga su mano y cierra el grifo. Mi respiración es entrecortada, mi corazón se acelera y siento que ardo. Mis ojos se clavan en los suyos, oscuros y penetrantes, tiene las pupilas dilatadas y sé que es por lo mismo que yo siento en este instante. Su mano baja por el costado de mi cintura; cierro los ojos ante su contacto, inhalo con fuerza y me muerdo el labio inferior. Con la otra, me tira hacia él para, acto seguido, agarrarme el culo, haciendo que sienta su cada vez mayor erección.

—Mírame, Alice —pide con voz ronca, logrando que obedezca al instante —, te necesito.

Mis piernas se convierten en gelatina ante lo que me dice; esto es demasiada excitación para una mujer que hasta hace nada llevaba una vida de monja.

«¡Porque te daba la real gana!», grita mi conciencia, a la que no quiero hacer ni caso.

Me sujeto a sus hombros para no caer derretida y perderme por el desagüe de la ducha. No dejamos ni un instante de mirarnos. Adam mueve su mano entre nuestros cuerpos y empieza a masajear mi clítoris, que pide a gritos una liberación.

Cierro los ojos sin darme cuenta, echando la cabeza hacia atrás. Adam hace un ruido con la lengua a modo de reproche.

—Mírame, Alice —insiste.

En el momento que abro de nuevo los ojos, introduce un dedo en mi interior. Suelto un gemido que no logro contener y, acto seguido, mete un segundo dedo. Mantenerle la mirada mientras me toca de esa manera es lo más excitante que he vivido en mi vida.

—Joder, Alice, ¿qué has hecho conmigo? —dice justo antes de volver a besarme.

No sé a qué se refiere, y la verdad es que en este momento ni me importa. Adam retira de mi interior sus dedos, me levanta con ambas manos pegadas a mi cintura y yo lo rodeo con mis piernas. La sensación de vacío que me deja al retirar sus dedos es reemplazada por su miembro, y eso logra dejarme sin aliento al instante. Me agarra por la cadera para ayudarme a subir y bajar con rapidez. ¡Dios, cómo lo echaba de menos!

Empiezo a notar que estoy a punto de alcanzar el clímax, me separo de sus labios, porque soy capaz de morderle en este momento y eso no quedaría bien, llevo mi cabeza a su cuello y mis uñas se clavan en su espalda.

—Mírame —vuelve a decirme.

Con esfuerzo, me separo y le obedezco. Una oleada de placer inmenso recorre mi espina dorsal hasta llegar a la punta de mis pies; los espasmos de mi orgasmo —el mayor que he tenido en mi vida— logran que Adam se corra en mi interior al instante.

—Vente a vivir conmigo —me dice de repente.

Abro la boca y la cierro en el instante. ¿Qué le digo?

«Que sí, joder, ¿a qué esperas?».

Tengo miedo, ¿y si me rompe el corazón?

Adam rota su cadera, dejándome sentir que sigue en mi interior igual de animado que al comienzo, y suelto un gemido como consecuencia.

—No te dejaré salir de esta ducha hasta que aceptes —dice, moviéndose de nuevo.

—¿Me vas a torturar a base de sexo?

«No es mala idea, hazte la dura».

La sonrisa de Adam muestra que ahora mismo él lleva el control de esta situación.

—Podemos probar cuántos orgasmos aguantas en una noche. —Me besa el cuello y se mueve de nuevo—. Dime que sí.

¡Oh, Dios! No sé cómo logra mantener esa erección después de lo que acabamos de hacer.

«Creo que nos ha tocado el gordo con este hombre».

Vuelve a embestirme de nuevo.

—Dilo, Alice.

—¡Joder! —grito en alto ante otra embestida.

—Dilo —insiste de nuevo, mientras sale y entra de mi sexo una y otra vez.

Ya no puedo más. Necesito correrme de nuevo… Esto es… Joder, es demasiado para mí. Empiezo a moverme, intentando buscar más fricción entre ambos, pero el muy cabrón se frena y me sujeta la cadera justo en el instante que empezaba a llegar.

—¡Joder, Adam, no me hagas esto! —le suplico mientras le doy con la mano en el hombro.

—Dilo —es lo único que me responde, con una sonrisa que llega a sus ojos, pero sin hacer lo que necesito, y es que se mueva.

—¡¡Sí, joder, sí!! —grito.

Sin dejar que termine la frase, sus embestidas aumentan y nuestros orgasmos se fusionan. Adam se retira con lentitud de mi interior y yo bajo con cuidado mis temblorosas piernas. No me suelta en ningún momento, y se lo agradezco porque estoy convencida de que me caería. Al poco rato, y comprobando que ya tengo de nuevo estabilidad, él se agacha, posando sus dos rodillas en el suelo de la bañera.

Me sujeta la cadera con ambas manos mientras lo observo incrédula. ¡¿Qué coño va a hacer ahora?! Yo ya no puedo ni mover las pestañas, como quiera ir a por el tercero se va a quedar con las ganas.

Pero lo que hace es besar mi vientre.

—Hola, soy papá —dice, pegando sus labios cerca de mi ombligo—, eres lo más importante de mi vida —sigue, logrando que empiece a emocionarme— junto a tu madre —y levanta la cabeza para mirarme—, a la que amo.

¡¿Qué…qué acaba de decir?! Debo de haberme quedado dormida en la bañera. Esto me parece una especie de sueño, me da miedo despertar de él y descubrir que no es real.

Vuelve a bajar la cabeza y sigue con su monólogo.

—Ella aún no lo sabe, pero es cierto, la amo. Es muy cabezota, ya la irás conociendo —dice, sonriendo de medio lado —, pero ha aceptado que vivamos los tres juntos como una familia.

Abro la boca para decirle que eso no vale, que acepté su propuesta de ir a vivir con él bajo coacción, pero al escucharle decir «familia», empiezo a llorar sin control; eso es lo que siempre he anhelado, tener una. Mey es una hermana para mí, no obstante, siempre he sabido que el día de mañana ella encontrará a algún chico que la soporte y se casarán o tendrán hijos, dejándome a mí a un lado.

Adam se levanta y me abraza.

—¿Qué le pasa a mi chica? —dice con voz tierna—. No os habré hecho daño, ¿no? —pregunta preocupado.

Niego, moviendo mi cabeza, pegada a su pecho.

—Entonces, ¿qué te ocurre? Cuéntamelo, por favor, no te lo guardes —pide, aún con preocupación.

Me limpio con el dorso de mi mano ambas mejillas y, mirándolo a la cara, le digo lo único que soy capaz de pronunciar en este momento.

—Gracias —musito con un hilo de voz.

—¿Por qué? —pregunta extrañado.

—Por… —trago saliva —, por quererme, a mí y a tu hija. Por no darnos de lado.

Su rostro se vuelve serio y se aleja de mí unos centímetros.

—No vuelvas a darme las gracias por eso nunca más.

Adam se gira y abre el agua de nuevo. No me habla, y yo me quedo con la sensación de haberlo jodido todo. Nos lavamos rápido y salimos del baño. Adam me sujeta de la mano, saliendo al pasillo, y miro a un lado y al otro, buscando algún indicio de la presencia de Mey.

—¿Qué ocurre? —pregunta Adam, aún serio.

—Busco a Mey, me extraña que no esté en casa todavía.

—Me la encontré en el portal, no vendrá hasta mañana —me informa—. ¿Cuál es tu dormitorio?

—Ese —señalo el que está enfrente del baño—, ¿por qué?

—Porque necesitamos descansar, tengo *jet lag* y llevo un mes y medio queriendo dormir abrazado a ti —sentencia, llevándonos a mi dormitorio.

Nos metemos en mi cama, él con un bóxer y yo con tan solo una camiseta vieja holgada. El colchón es mucho más pequeño que el que tienen ellos en el bus de la gira, y eso nos permite estar más juntos. Adam termina abrazándome por la espalda.

Intento conciliar el sueño, pero hay algo que debo decir en alto y que me reconcome por dentro al no ser capaz de hacerlo. Escucho la respiración de Adam, que cada vez va más lenta y pausada, y me remuevo, dándome la vuelta sin que él deje de abrazarme, quedando mi cabeza en su hombro. Poso una mano en el centro de su pecho, notando cada latir de su corazón. Levanto la mirada y observo cómo duerme.

—Yo también te amo, Adam —digo con miedo de que me oiga y escondiendo de nuevo la cara en él.

Puede que sea una gilipollez absurda.

«Lo es».

Pero no quiero hacerme demasiadas ilusiones, puede que, cuando empecemos a vivir juntos, se termine hartando de mí, como lo hicieron todos esos matrimonios que buscaban un niño para formar su familia.

Una lágrima se me cae en la piel de Adam solo de pensar en esa posibilidad. Levanto la mirada sin casi mover la cabeza, intentando ver si lo he despertado. Parece que no, sigue con sus párpados cerrados. Suelto el aire de mis pulmones.

Me llevo la mano al vientre mientras hablo, sin alzar la voz, a mi hija; le digo que siempre estaré con ella pase lo que pase en el futuro, que es única, que la amo con todo mi ser y otras muchas cosas que creo que pueden suceder. Al cabo de un rato, termino cediendo al sueño mientras me parece sentir cómo el abrazo de Adam se acentúa.

ADAM

Me meto en la cama con Alice y la abrazo, intentando que se me pase el cabreo. ¿Por qué cojones me dice «gracias»? No es que espere un «te quiero» en respuesta si no está aún preparada, pero un «gracias»…

Cierro los ojos, intentando relajarme. Alice se mueve, dándose la vuelta y posando su cabeza en mi hombro. No me muevo, sigo con los párpados cerrados; no sé si quiere hablar, pero ahora mismo no sé cómo podría reaccionar ante sus explicaciones.

—Yo también te amo, Adam —me dice en voz baja.

¡Joder! Me ama, no puedo estar más feliz. Abro los ojos y la veo con la cabeza agachada en mi hombro; me dispongo a decirle que yo también la amo cuando noto que está llorando. Alice se mueve de nuevo y cierro con rapidez los ojos.

«Si me ama…, ¿por qué está llorando?», me pregunto. La cabeza no para de darme vueltas, ¿qué es lo que le pasó a mi chica?, ¿por qué tiene miedo a decirme que me quiere? Es imposible conciliar el sueño con tantas preguntas en mi cabeza.

—Hola, mi pequeña, soy mamá —escucho a Alice, que habla casi en susurros—, yo nunca te dejaré, siempre estaré a tu lado, pase lo pase en un futuro.

«Joder, ¿se piensa que la voy a dejar? ¿Por eso está así?».

—Te amo con todo mi corazón, pequeña mía, y creo que puedo afirmar que tu padre también.

¿Cómo que creo? Ese «creo» me acaba de ofender mucho más que su anterior «gracias».

—No quiero jode…, digo, fastidiarla —se corrige para no soltar un taco, y me aguanto las ganas de reír—, pero soy especialista en eso.

Su voz va menguando y cada vez me cuesta más oírla hablar, debe estar a punto de quedarse dormida.

—Si para cuando nazcas tu padre no está a mi lado, quiero que sepas que no es tu culpa —¡pero ¿de qué cojones habla?!—, probablemente sea mía.

Me quedo inmóvil ante lo que acabo de oír. «¿Por qué?», me repito una y otra vez. «¿Por qué se dice estas cosas tan dañinas?». Alice está dormida y la abrazo, rodeando su menudo cuerpo, que empieza a cambiar por el embarazo.

Le acaricio el pelo y beso su cabeza. «¿Qué es lo que aún no me has contado de tu vida, amor?».

Me despierto abrazado a mi chica, ella duerme con placidez y decido levantarme con sigilo para prepararle algo de desayunar.

Me pongo el vaquero y salgo al pasillo. La cocina es pequeña, pero se ve funcional; abro el frigorífico y vierto un poco de zumo en un vaso que me costó encontrar al no saber dónde los tienen guardados. Empiezo a abrir y a cerrar las puertas de la alacena hasta que doy con mi objetivo: unas galletas saladas.

Con ambas manos ocupadas, entro al dormitorio y compruebo que sigue dormida, le dejo sobre la mesa de noche tanto el zumo como las galletas y salgo de la estancia para preparar un desayuno en condiciones.

Pongo una sartén al fuego con aceite —me río, recordando que es la misma que usó Mey contra ese cabronazo de Dave—, rompo dos huevos y suena el timbre.

Joder, va a despertar a Alice. Me acerco a la entrada y pregunto quién es de mala gana, Mey me contesta de la misma manera y le abro el portal, dejando la puerta de la entrada entornada para cuando suba. Voy directo a la cocina antes de que arda en llamas toda la casa.

Retiro los huevos del fuego, posándolos en un plato, y me quedo mirándolos. Creo que mejor la llevo a desayunar fuera.

«Será lo mejor si no quieres intoxicarla».

Mey entra dando un portazo y juro que le voy a dar un grito como no deje de tocarme los cojones.

—¡Me cago en la puta, ¿sabes la de prensa que hay agolpada en la entrada del edificio?! —comenta nada más entrar por la cocina.

Genial, lo que nos faltaba.

—¿Quieres hablar más bajo? Alice aún está dormida —le digo mientras me dirijo al salón para mirar por la ventana.

—No tienes ni idea de lo profundo que suele dormir Alice últimamente.

No, no tengo ni idea, pero eso va a cambiar desde esta misma noche. Separo la cortina con cuidado de no ser visto desde la calle y sí, compruebo que en la acera habrán agolpados, con tranquilidad, una treintena de reporteros entre cámaras y entrevistadores.

—¿Qué ocurre? —dice Alice, entrando al salón.

—Conque no la despertarías, ¿eh? —digo, mirando a Mey.

—Puede que haya alzado la voz más de lo normal, lo lamento —se disculpa con Alice.

—Tranquila, no me despertaste tú, fue el olor a quemado. —¡Mierda!—. ¿Qué estáis mirando?

Se acerca descalza, hasta llegar a la ventana, y yo cierro la cortina más.

—Nada —le digo para que no se preocupe, pero Mey abre la boca al mismo tiempo.

—Una horda de periodistas están esperando a que salgáis juntos.

—¡¿Qué?! —grita, separando la cortina para mirar afuera—. ¿Cómo saldremos de la casa?

—Tranquila, de eso me encargo yo —comento mientras saco del bolsillo el teléfono y llamo a Marcus, el cual me va a matar por no dejar que descanse nada más llegar a Londres—. Además, quiero que vengas conmigo para que conozcas el que será nuestro hogar.

—¿De qué está hablando? —dice Mey.

El sonido de los timbres no me distrae y veo cómo Alice se lleva la mano al pelo. Joder, debí dejar que hablaran entre ellas y no soltarlo así, de esa manera.

—Verás, Mey… —comienza Alice, indecisa.

—Se viene a vivir conmigo —suelto sin más rodeos.

—Se lo quería decir yo —protesta Alice.

—Pero no lo has hecho. —Marcus descuelga y me alejo para poder escucharlo, ya que empiezan a hablar entre sí.

Después de pedirle mil disculpas a Marcus, me dice que tardará veinte minutos en llegar y que bajemos en cuanto me avise por WhatsApp.

Cuando entro de nuevo al salón, veo que se están dando un abrazo y que Mey me mira, queriendo usar su sartén contra mí.

—¿Dónde coño vives? —Frunzo el ceño.

—En Chelsea, ¿por qué? —le pregunto a Mey.

—Porque me vas a ver la cara a menudo.

—Alice —la llamo, ignorando el último comentario de Mey—, Marcus llegará en breve, será mejor prepararse.

Mey la separa de su abrazo y le sonríe.

—Venga, ¿a qué esperas? Ve a vestirte. Pronto iré por vuestra fabulosa casa a haceros una vista.

—¿Me lo prometes? —le dice Alice con ojos vidriosos.

Mey asiente y Alice se separa para ir a su dormitorio a arreglarse. Cuando comienzo a caminar para seguirla, Mey me sujeta del brazo y me freno.

—Adam, ten paciencia con ella —me pide en voz baja y con cara de preocupación.

—¿A qué te refieres con «paciencia»?

—Tardó más de un año en abrirse completamente a mí —me comenta, coge aire y veo que se muerde el labio antes de continuar—. Solo ten paciencia.

—¿Qué es lo que no me está contando?

—No me pertenece a mí decirte nada, ese es su pasado, no el mío.

Me quedo pensativo durante unos minutos. Mey se aleja por el pasillo, dejándome solo, preocupado por esas palabras.

El móvil me suena, abro el mensaje que recibo, esperando que sea Marcus, sin embargo, me sorprendo al ver quién es. Sonrío alegre y le contesto con rapidez.

Me visto en el baño mientras Mey ayuda a hacer una pequeña maleta a Alice; le pediré más tarde a Marcus que venga a por ella.

Cuando me avisa de su llegada, bajamos ambos cogidos de la mano. La freno justo antes de abrir el portal de la calle y la beso.

—¿Y esto a qué viene? —me pregunta nada más separar nuestros labios.

—¿No puedo besar a mi chica?

Y ahí está, el rubor en sus mejillas.

—Tranquila —le digo, pegando mis labios a su oído—, estoy contigo.

A lo que ella responde llevando su mano al colgante de manera automática y dándome un beso en respuesta.

—Vamos.

Abro la puerta y todos empiezan a sacar fotografías de ambos. Marcus intenta alejarlos y me hago una nota mental de subirle el sueldo lo antes posible.

Llegamos al coche sin incidencias, las lunas tintadas nos protegen de los *flashes*. Marcus enciende el motor justo después de ponerse el cinturón de seguridad y sentarse en el puesto del conductor.

—A Kensington —le digo, sabiendo a la perfección a dónde tiene que dirigirse.

—¿No dijiste que vivías en Chelsea? —pregunta extrañada Alice.

—Y ahí vivo, pero primero iremos a visitar a mis padres.

—¡A tus padres!

—Sí, a mis padres, ¿ocurre algo?

Observo cómo se lleva la mano al mechón de pelo, y si le ocurre eso es porque está incomoda por conocerlos.

—No, nada. No pasa nada.

Miente, pero no le haré saber que me doy cuenta.

—No te preocupes, les caerás bien, mi madre tiene ganas de conocerte desde la primera vez que le hablé de ti.

Se muerde el labio.

—¿Le has hablado de mí?

—Claro que sí, en la gira me llamaba un par de veces a la semana para preguntar cómo ibas.

ALICE

—¡A tus padres!

¡¡A SUS PADRES!!

—Sí, a mis padres, ¿ocurre algo?

A ver, déjame pensarlo por un segundo. «Padres, padres, padres». Mierda, no deja de repetirse esa palabra en mi cabeza, ¿ocurre algo? ¡Sí! Los padres me odian.

«Respira, levanta las comisuras de la boca y pon tu mejor sonrisa falsa».

—No, nada. No pasa nada.

«¡Pero deja de tocarte el pelo, joder, que se dará cuenta!».

—No te preocupes, les caerás bien, mi madre tiene ganas de conocerte desde la primera vez que le hablé de ti —intenta tranquilizarme, pero sin éxito. ¡Mierda, le habló de mí!

—¿Le has hablado de mí?

—Claro que sí, en la gira me llamaba un par de veces a la semana para preguntar cómo ibas.

Claro, mi bebé, por eso han preguntado.

Me quedo en silencio, notando cómo empiezan a sudarme las palmas de las manos a medida que el coche avanza, no tarda demasiado en aparcar; la distancia desde mi casa, bueno, ahora ya no será más mi casa, como sea, el asunto es que está a tan solo quince minutos.

Pegada al cristal, visualizo una hilera de viviendas que son más antiguas que el resto del barrio y lucen distintos colores, ¿cuál será la de ellos?

—Venga, salgamos, la roja es la de ellos —dice Adam, abriéndome la puerta y dándome la mano para que salga del coche.

Marcus se aleja por la calle y mis ganas de huir aumentan a cada paso que doy. Dos escalones separan la acera de la entrada. Adam llama a la puerta con la mayor sonrisa que le he visto desde que lo conozco.

La puerta se abre y aprieto su mano; él me acaricia con su pulgar, intentando que me relaje, pero no tiene ni idea de lo que puede salir de aquí.

«Ni tú tampoco».

—¡Hijo, cómo te echábamos de menos! —Un hombre de unos cincuenta y tantos años, igual de alto que Adam, se abalanza y nos abraza a ambos.

—Papá, por favor, que vas a asustar a Alice.

El padre se separa y lleva su mirada a nuestras manos aún unidas. Mis mejillas deben tener el color de un rojo Volturi. Mierda, ahora me he imaginado los ojos de los malvados vampiros esos.

—Papá, te presento a Alice. Alice, este es mi padre, Charles.

Charles se acerca a mí y me abraza. Es una sensación extraña ser abrazada por una persona mayor, nunca lo había experimentado.

—Bienvenida —me dice por lo bajo.

—Gra… gracias —logro pronunciar.

—Pero qué mal anfitrión estoy hecho, pasad, que Martha tiene unas ganas tremendas de conocerte —dice de repente, separándose de mí y haciendo que entremos en la casa.

El ambiente hogareño se palpa nada más poner un pie dentro. Un olor a jazmín inunda mis fosas nasales y automáticamente miro a Adam, es su mismo olor, solo que intensificado por mil.

El recibidor es austero, sin demasiados adornos. Charles nos dirige a una sala donde veo a una mujer algo delgada sentada en el sillón con una manta sobre sus rodillas. Levanta la vista e intenta levantarse, pero tanto Charles como Adam, que suelta mi mano, se dirigen hacia ella y la ayudan a incorporarse.

A esta mujer de pelo oscuro y algo canoso le brilla la mirada al posarla en su hijo. Tiene la misma sonrisa que él, y se les ve que el amor que sienten los tres es mutuo. Ella lleva las manos a la cara de Adam y hace que la baje hasta poder darle un beso sonoro en la mejilla.

—No me gusta que te alejes por tanto tiempo —le reprende.

—Mamá, te presento a mi chica. Alice, te presento a mi fabulosa madre, Martha.

¡La madre que lo parió, que está presente, joder! ¿Cómo se le ocurre llamarme «mi chica» delante de su madre?

Doy unos pasos vacilantes hasta llegar donde ellos, la mujer me abraza como momentos antes lo hizo su marido, me da pequeñas caricias en la espalda y termino por corresponderle el abrazo.

—Bienvenida a la familia —me dice.

«Mierda, ya la cagamos».

Meto la cabeza en su pequeño hombro y empiezo a llorar, intento que no se escuche, pero ella se separa para mirarme a la cara.

—¡Adam Fuller, ¿qué le has hecho ahora?! —le dice, poniendo cara seria. Joder, es la misma que utiliza él cuando está enfadado.

—Pero si yo no…

—Pero si nada, ahora mismo los dos os vais a la cocina y nos traéis un té con pastas. —Me vuelve a mirar y me limpia la cara con sus delgadas manos—. ¿Sabes? Me encantaba cuando estaba embarazada de este zoquete que tengo por hijo.

—¡Mamá! —grita indignado Adam.

Logro soltar una mezcla de risa con sollozo ante la escena familiar que me rodea. Y me recompongo. Esta es la familia que va a tener mi niña. Y quizá también pueda llegar a ser la mía.

Intento acallar los recuerdos que me gritan que no, que esto es solo pasajero y que nunca podrá ser para mí, pero son demasiado altos.

Martha me agarra del brazo y consigue que vuelva a la realidad, una en la que el jazmín es sinónimo de hogar y familia.

Estamos las dos solas, la ayudo a sentarse y me pide, dando unas palmadas a su lateral, que la acompañe. Le obedezco.

—Veo en tus ojos que amas a mi hijo.

¡¿Qué?!

—Per… perdone, pero yo…

Mierda, ¿y ahora qué le digo? Si le digo que no, le estaría mintiendo y no quiero hacer eso. Si lo afirmo, mierda, si lo afirmo, entonces no sería Adam el primero en saberlo. Y eso no estaría bien.

Me pone la mano encima de las piernas y me sujeta la mano con la que me estaba apretando la rodilla sin darme cuenta. Aflojo el agarre y le devuelvo la mirada.

—También veo miedo, pero no a él —se refiere a Adam—, sino a la vida. ¿Tienes miedo a la vida, Alice?

Petrificada, la futura abuela de mi hija es bruja y no lo sabía. ¡Coño, eso se avisa!

—No me mires así, no soy bruja ni nada por el estilo —dice, sonriendo con amabilidad.

«Confirmado, sí que lo es».

—Pero te diré una cosa —pronuncia, acercando sus labios a mi oído—, tú no tuviste la culpa.

¡Joder! Doy un salto en el sitio cuando llegan Charles y Adam sujetando unas bandejas con pastas y tés para todos. Adam frunce el ceño y nos mira, primero a mí y luego a su madre, así unas cuantas veces, hasta que su madre le empieza a mandar que prepare todo en la mesa.

Me levanto, ayudando a Martha, nos sentamos en la mesa y pasamos la mañana sin ninguna incidencia de tipo paranormal. Incluso llego a pensar que lo he podido imaginar y que me dijo otra cosa. Nos marchamos cuando llega Marcus, despidiéndonos en la puerta de la casa del matrimonio más encantador que haya conocido jamás. Y me preparo para llegar al que será mi nuevo hogar a partir de ahora.

32
Hogar

ADAM

Salimos de la casa de mis padres y tengo la extraña sensación de que, cuando dejé a Alice con mi madre, esta le dijo algo por la expresión que tenía ella. Solo espero que no haya tenido con ella uno de sus momentos.

Mi madre lleva toda la vida diciendo que sabe leer a las personas, yo creo simplemente que es muy observadora. Mi padre, sin embargo, dice que es su Ceridwen, que es conocida por todos como la madre, maga y bruja de la mitología galesa, blablablá.

Aunque, ahora que lo pienso…, nos advirtió de que no se fiaba de Jeremy desde el primer momento en el que lo conoció. Y también fue la primera en darse cuenta de qué pie cojeaba Kimberly con lo de Alex… Quizá…, no, es una tontería, mi madre no tiene ningún don.

Llegamos a la casa que me compré hace un año. Casi no he vivido aquí en todo este tiempo, entre la gira y lo de mi madre…

—Esta es mi casa —le digo con una sonrisa para que se relaje.

—Se ve muy grande —responde con los ojos abiertos como platos—, y muy bonita también.

—Espero que te guste vivir aquí —musito en alto, deseándolo de verdad.

Salgo del coche y lo rodeo para abrir la puerta a mi chica, le tiendo la mano y mi piel se eriza ante su contacto. Le explico que los chicos viven en las casas colindantes, cada uno en la suya. Hace tiempo, cuando cobramos nuestro primer contrato, desvariábamos sobre la idea de vivir todos juntos en una gran mansión, pero… entre que Alex conoció a Kimberly, Max quería una zona de juegos —y no precisamente una de niños pequeños—, Henry no para quieto con las fiestas, y John…, bueno, él es John, y al final decidimos comprarnos una casa cada uno en la misma calle; por lo menos, estaríamos cerca unos de otros.

Llegamos hasta las dos puertas de madera que componen la entrada a nuestro nuevo hogar y saco la llave para abrir. A lo lejos de la calle visualizo cómo van llegando los furgones de los reporteros, tendré que darme prisa en entrar. Empujo la puerta y noto que me cuesta abrirla, miro al suelo y me encuentro con decenas, si no cientos de cartas debajo de la misma.

«Fans».

Lo más seguro. Miro el rostro de Alice, no es consciente de que los reporteros y *paparazzi* están empezando a bajarse de los vehículos. Deslizo con el pie las cartas y hago que entre casi a todo correr, cerrando la puerta de golpe.

—Bienvenida —le digo, girándome para ver el interior de la casa que hace tanto tiempo que no habito.

¡Mierda! Montones de cajas apiladas y un desorden monumental es lo que recibe a Alice como bienvenida. Me olvidé por completo de que nunca terminé de mudarme del todo. Mi chica me encara con los puños cerrados a cada costado; con su mirada intenta echarme una maldición, estoy seguro.

—Yo no pienso ordenar nada de esto —dice con enfado evidente.

—Lo lamento, me olvidé por completo de que estaba en esta condición —a la que se le puede calificar de catastrófica—, contrataré a alguien para que venga lo antes posible y nos ayude con tu mudanza y con las cajas.

—Más te vale —suelta por lo bajo mientras rodea una para llegar a la entrada del salón—. Joder, Adam, ¿es que tienes toda la casa así?

Me acerco a ella y contemplo con horror que tanto los sofás como la mesa de comedor que está al fondo de la habitación tienen encima restos de la última fiesta que montamos: botellas de alcohol vacías, vasos… Mierda, ¿eso es un tanga?

—Eh, yo… —comento vacilante.

—Ya lo solucionarás.

Joder, vaya primeros recuerdos va a tener de ambos en nuestra casa. Alice rodea varias veces los sofás, que deberían ser blancos, pero que por culpa de la última que montamos tienen varias manchas de bebidas, comida y de…

«¡No entres ahí!».

Cierto, mejor no pensar en las locuras que cometía antes de conocerla.

—¿Y la cocina? —comenta después de haber admirado desde la ventana el pequeño jardín trasero.

—Sígueme, está doblando a la derecha.

La cocina y el salón están unidos sin separaciones, pero desde donde se encuentra ella no se ha dado cuenta porque hace forma de ele. Desde ahí se accede al jardín por una puerta corredera de cristal que va desde el suelo hasta el techo.

«Se retuerce el mechón, eso no es un buen síntoma».

—Alice, ¿quieres decirme algo? —pregunto, acercándome a ella. Le acaricio la mejilla y espero su respuesta; me mira y el tiempo se detiene en el instante que sus ojos ámbar llegan a mí.

—No quiero subir a ver tu cuarto.

—¡¿Qué?! —exclamo sin entender muy bien.

Entorna sus ojos como si fuera un fastidio tener que explicarme algo que para ella debe ser obvio, cosa que me parece graciosa, pero intento que no lo note. Se cruza de brazos, colocándolos justo debajo de esos pechos que me vuelven loco.

—Te lo diré de una forma que lo entiendas: si tienes la planta de abajo así —mueve el brazo, enfatizando—, no quiero ni pensar en cómo están los dormitorios.

¡Mierda, joder! Doy un paso atrás, alejándome de ella.

—Quédate aquí, vuelvo en… ¿diez minutos? —dudo, ya ni me acuerdo de lo que ocurrió en la plata alta ese día.

—Tú sabrás lo que tienes ahí arriba y lo que puedes tardar.

—Cierto. Intenta ponerte cómoda.

Salgo de la cocina, acelerando el paso. Cuando llego a los pies de la escalera, empiezo a subirla de dos en dos y me voy directo al dormitorio principal, que está al final del pasillo. Abro la puerta y me tranquilizo al comprobar que no llegó a subir a nadie aquí, aunque ahora que tengo frente a mí la cama, debería aprovechar y cambiar las sábanas.

Abro una de las cajoneras del aparador y me alegra saber que la muda que mi madre decidió comprar aún sigue donde la colocó. Empiezo a deshacer la cama cuando escucho el sonido de algo romperse a lo lejos y a Alice dar un pequeño grito.

Asustado, dejo todo sin hacer y bajo corriendo a ver qué es lo que ha pasado. Entro en la cocina. Alice tiene la cara blanca, las manos le tiemblan y esparcido por el suelo junto a sus pies tiene lo que creo que es un vaso roto. Con cuidado de no resbalar por culpa del agua vertida, me arrimo a ella y le acaricio el brazo.

—Alice, ¿estás bien?, ¿te has cortado? —le pregunto en voz baja.

Alice se aparta de mí, en su rostro observo verdadero terror, pero no entiendo a qué o por qué.

—Yo… yo… lo-lo lamento —tartamudea—, ahora mismo lo recojo, no volverá a suceder.

Compruebo cómo agarra una bayeta del fregadero para secar el suelo y la freno en el acto, sujetándola del codo. ¿Es que no se da cuenta de que se puede cortar?

ALICE

Ya puede esperar sentado si se piensa que voy a mover un solo dedo para limpiar esta pocilga. ¡Dios, es que no sabe lo que es la limpieza! Intento tranquilizar mis nervios, que están a punto de explotar y llegar a la estratosfera. Mientras Adam está en la planta de arriba, me pongo a buscar un vaso limpio para beber un poco de agua; estoy sedienta por culpa de todas las pastas que me he comido en casa de Martha y Charles.

Separo las copas y vasos sucios, poniéndolos dentro del fregadero, y empiezo a abrir puertas con la esperanza de encontrar un vaso limpio, pero no veo nada. Así que me pongo a lavar uno. El agua sale demasiado caliente y tengo que regularla para no quemarme; en cuanto termino, lo lleno con agua bien fresca. Me doy la vuelta y me poso de espaldas a la encimera. Sujeto con ambas manos el vaso y me quedo pensativa mirando al techo… ¿Qué estará haciendo Adam?, ¿qué me depara el futuro?

Sin previo aviso, llega a mi mente esa voz que me grita y me recrimina.

Mi corazón se acelera de repente, suelto de golpe el vaso, que se estrella contra el suelo, y ahogo un grito entre las manos, que me llevo a la boca. Escucho cómo Adam baja las escaleras, pero yo sigo inmóvil, sin poder mover un solo músculo del cuerpo y mirando los pedazos de cristal esparcidos por el suelo por mi culpa.

—Alice, ¿estás bien?, ¿te has cortado? —me pregunta, acercándose a mí.

Me aparto de él, no quiero que me vea en este estado, tengo… tengo… tengo que…

—Yo… yo… lo-lo lamento —tartamudeo—, ahora mismo lo recojo, no volverá a suceder —digo al fin, intentando recomponerme.

Veo una bayeta, la agarro y me frena antes de ponerme de rodillas a secar el suelo. Me quedo mirándolo con miedo a su reacción. Sé que es una tontería por mi parte, Adam siempre ha mostrado ser muy cariñoso y atento, sin embargo, los miedos internos que creí haber superado han aparecido de nuevo en el momento que vi que lo de vivir juntos era inmediato.

—¿Te apetece que comamos hoy fuera? —me pregunta, mostrando una sonrisa—. Ya me ocupo yo de limpiar esto. Mientras, si quieres, puedes ir a retirar las cartas de la entrada.

Un cambio de conversación, y cómo lo agradezco en este instante en el que he pensado que me quería morir; empiezo a notar cómo me relajo y le respondo dándole un beso en la mejilla a la vez que le digo que sí a lo de la comida. Lo dejo en la cocina y llego a la entrada, amontono todas las cartas y las deposito encima de la mesa del comedor, en una esquina donde no hay botellas vacías.

La prensa se hizo con la calle entera al enterarse de que ambos estábamos juntos en la casa de Adam; tuvimos que esperar a que Marcus llegase y nos escoltara para salir. Nos fuimos a comer a un restaurante de comida argentina y todo estaba delicioso. Mi apetito aumenta a pasos agigantados y creo que pronto tendré la apariencia de una vaca andante metida en unos vaqueros superrellenos.

Adam me convenció para que diéramos un paseo por el parque antes de volver a la casa. Me agarró de la mano en todo el camino y nos dimos algún que otro beso delante de las personas que disfrutaban del día soleado que nos brindó el tiempo. De vez en cuando, alguna que otra chica nos paraba, la mayoría eran amables, pero me fijé en que más de una se quedaba mirando hacia nuestras manos unidas y ponía cara de perra rabiosa.

«Que se jodan, es todo tuyo».

Es cierto, es todo mío, aún no me lo puedo creer. Me llevo la mano al colgante mientras me fijo en el buen culo que le hace ese vaquero a Adam antes de abrir la puerta de casa.

Le sigo y me quedo maravillada, todo está despejado de cajas y botellas, huele a limpio, incluso puedo apreciar un aroma que hasta ahora no había notado.

—Jazmín… —digo susurrando.

—Te has fijado. —Asiento, anclando mi mirada en la suya—. Pedí que viniera una empresa a limpiar mientras estábamos fuera. No me gusta el olor de otros productos, mi madre hace jabón natural desde hace años y tengo almacenadas cantidades industriales de él. Sirve para todo, desde lavar la ropa hasta para el suelo.

Me hace mucha gracia verle hablar con tanto orgullo de su madre. Pero ahora cobra sentido el olor tan característico que tiene tanto la casa de sus padres como él mismo. ¿Cómo es posible enamorarse de alguien a quien casi no conozco?

—¿Vas a querer cenar algo especial?

Miro la hora, sacando el móvil, y me doy cuenta de que son casi las seis; le digo que no, que la comida tardía en el restaurante me ha dejado totalmente llena. Me agarra de la mano y me da un mini *tour* por toda la casa con orgullo en su mirada, esperando que le diga si me gusta cómo quedó todo.

En cada estancia en la que entramos le tengo que decir en alto que me gusta, y es cuando vuelve a asomar su sonrisa arrogante. El salón y la cocina ya los conocía, pero he de reconocer que, estando todo en su lugar, es preciosa.

La planta de arriba tiene tres dormitorios y dos baños, uno de ellos dentro del principal. Me comenta que no tiene garaje, pero que tampoco lo precisa, ya que no usa un coche propio desde que comenzaron a ser conocidos. Parece que tienen al pobre Marcus para esos menesteres. Sin embargo, deja para el final el sótano, cosa que me llama la atención; en cuanto abre la puerta, todo cobra sentido. Una fila de guitarras eléctricas posadas sobre unos ganchos en las paredes, los amplificadores situados en cada lateral, una mesa repleta de pentagramas esparcidos y un ordenador encima se sitúa en la parte más lejana a la entrada.

—Cuando adquirí la propiedad, pedí insonorizar el sótano —me explica—, así, cuando baje a tocar, no te enterarás de prácticamente nada.

—¿El resto de los chicos también tienen en sus casas un estudio para practicar? —Me comentó al llegar que todos vivían en la misma calle, y la verdad es que no me sorprendió; el poco tiempo que conviví con ellos en la gira pude comprobar que son como una piña.

—Sí, cada uno su sótano quiso adaptarlo para poder tocar sin molestar al vecindario tan sobrio que nos rodea —dice la palabra «sobrio» poniéndose recto y modificando su cara a una seria, cosa que me hace reír por lo bajo—, aunque en la casa de Alex tenemos cada uno un instrumento para reunirnos allí y ensayar juntos. Es el único que no llegó a instalarse completamente nunca en ella —sigue, frunciendo el ceño, cosa que me hace querer preguntarle los motivos.

«Pues pregunta».

Pero pierdo la oportunidad de hacerlo en el momento que Adam se acerca a mí y me abraza para besarme, dejándome en un estado comatoso del que no quiero salir. Sus labios son adictivos, su tacto es cautivador y mis pulsaciones, que se aceleran, me lo recuerdan.

—¿Quieres ver una película o prefieres que vayamos a dormir? —dice a pocos centímetros de mi boca.

«¡Cama!».

—Estoy algo cansada, vayámonos a dormir. —Él asiente y empezamos a subir dirección al dormitorio.

Nada más cruzar el umbral y tener a la vista la cama matrimonial, nuestras manos empiezan a buscar de manera desesperada la forma de retirar la ropa que nos cubre. Empezamos con frenesí y terminamos haciendo el amor sobre el colchón mullido de forma lenta y candente. No sé con cuál de las facetas que Adam tiene de hacer el amor me quedaría, si con la tierna y cariñosa, o con la pícara y pasional.

«¡¿Y por qué elegir?! Quédate con todas».

Mmm, con todas. Me quedo abrazada a su espectacular cuerpo lleno de tatuajes y me relajo mientras me da caricias en el hombro. Me voy quedando dormida, preguntándome cuánto durará este estado de felicidad que siento. Sé que entre sus brazos la oscuridad de los recuerdos se aleja, dejándome tranquila, segura y, por qué no, también haciéndome sentir amada.

ADAM

Me despierto en mitad de la noche abrazado a mi chica. No me quiero levantar, pero la sed que tengo me está matando. Intento no despertarla cuando retiro el brazo que me rodea con posesión. Me pongo el bóxer y bajo descalzo las escaleras sin encender ninguna de las luces, no quiero molestarla innecesariamente.

Me bebo un vaso de agua bien fría, que me refresca al instante. Al dejarlo sobre la encimera de la cocina, recuerdo el rostro pálido de Alice cuando se le rompió a ella el que sujetaba esta mañana y me pregunto si es una de las cosas por las que debo tener paciencia, como me advirtió Mey.

Decido no pensar demasiado en ello y me dirijo de nuevo a la cama con mi musa. Sin embargo, como cada vez que sucede, me viene de la nada un ritmo pegadizo con sus altos y bajos, un *riff* invade mi mente y me voy directo al sótano para no molestar a Alice. Tengo la necesidad imperiosa de tocarlo, de probar si es tan bueno lo que oigo en mi cabeza como me lo parece a mí.

Cierro la puerta a mi paso y de inmediato escribo sobre un pentagrama cada una de las notas; estoy convencido de que, cuando le pase la partitura a Max para que haga el acompañamiento, me va a matar por los giros bruscos que tiene, pero le encantan los desafíos y sé que va estar metido el tiempo que haga falta en su estudio hasta lograr que salga perfecto.

Estoy tocando sin descanso durante un buen rato, sin saber muy bien el tiempo que en realidad llevo aquí. En cuanto dejo la guitarra en su sitio, satisfecho con el resultado, salgo del sótano y ahora sí me voy a disfrutar del resto de la noche abrazado a mi chica.

Subo los escalones, cansado por el esfuerzo de tocar a altas horas de la madrugada, cuando de repente oigo unos sonidos a lo lejos. No sé reconocer muy bien qué son hasta que abro con sigilo la puerta del dormitorio.

Alice se revuelve entre las sábanas, sudorosa, balbuceando sin sentido palabras sueltas que no soy capaz de comprender. Preocupado por su estado, me acerco a ella, sentándome en una esquina de la cama. Alice empieza a hacerse una pequeña bola y empieza a sollozar, aún dormida.

—Alice, despierta —susurro con cautela, no quiero que se alarme más de lo que está.

Le retiro el pelo pegado a la sien por culpa del sudor. Ella se remueve más entre las sábanas y siento una angustia que no soy capaz de describir al verla de esta forma.

Me echo a su lado y la abrazo.

—Shhh, estoy contigo, mi amor, estoy contigo —le susurro al oído una y otra vez.

Después de lo que son unos minutos interminables, termina por relajarse entre mis brazos; su respiración se normaliza, pero la mía no.

¿Qué es lo que ha provocado esto? Es la primera vez que la veo tener una pesadilla y quiero que sea la última. Necesito que confíe en mí y me cuente lo que le sucede o le sucedió para poder ayudarla de alguna manera y no tener esta sensación de impotencia que oprime mi alma.

—Adam… —dice desde el hueco de mi cuello, aún con la voz afectada.

—Shhh, ya pasó, estoy contigo —le susurro, intentando reconfortarla.

—Estás conmigo…

—¿Quieres hablar de ello? —pregunto con esperanza.

Su cuerpo se pone rígido entre mis brazos, soy consciente de la incomodidad que le hace sentir la pregunta y le acaricio el hombro. Al rato, niega con la cabeza sin despegarla de mi cuerpo.

—Está bien, no insistiré si tú no quieres —su cuerpo se relaja ante mis palabras—, pero me gustaría que confiaras en mí algún día y me lo cuentes cuando te sientas preparada.

Espero algún movimiento por su parte, algo que me indique que por lo menos lo está pensando, necesito saber, y ella es la única que me lo puede decir. Mey se cerró en banda a contarme nada y me maldigo por no haberla presionado más en su momento.

—¿Sin presiones? —pregunta cohibida.

—Sin presiones, esperaré todo lo que haga falta, hasta que tú quieras sacar el tema.

Termina asintiendo con su pequeña cabeza.

El resto de la noche la paso velando el sueño de mi chica, queriendo ser su héroe y batallar para alejar las pesadillas que la acechan; no soy capaz de volver a dormir. Y la contemplo en la penumbra del dormitorio mientras ella vuelve a quedarse dormida entre mis brazos.

Una vez que está dormida profundamente, la cobijo entre las sábanas revueltas y le acaricio la mejilla antes de darle un beso en la frente.

—Estoy contigo… —le repito, deseando que se dé cuenta de que no es algo momentáneo, que sea lo que sea lo que la atormenta, seguiré estando con ella—, estoy contigo, voy a cuidar de ambas.

33

Cambios

ALICE

Las jodidas pesadillas han vuelto más fuertes que nunca. Llevaba desde que me fui de la última casa de acogida, con dieciocho años, sin tenerlas, y me imagino que será por el miedo al rechazo de Adam en algún momento.

Por suerte, solo aparecen cuando me quedo dormida y Adam no está a mi lado. Así que me aferro a él cada noche, y si se levanta para ir al sótano a tocar, le pido que me despierte y le hago compañía. Al principio no estaba muy de acuerdo, pero al comprobar que cada vez que volvía de su momento de inspiración me encontraba en medio de una, terminó por rendirse y ahora me despierta.

Sé que voy a tener que hablar con él en algún momento y contarle mi pasado, no obstante, aún no me siento con fuerzas para ser juzgada.

«No lo hará».

No quiero pensar en ello. Ahora no.

Llevamos un mes viviendo juntos y tenemos nuestras diferencias, sobre todo, por lo desastroso que es Adam a la hora de tener un orden en la casa. Me dice que puede contratar a personal para la limpieza y yo le respondo que ni de broma. Tener a unos desconocidos que sepan qué ropa interior usas no es algo que quiera experimentar. Mis cambios de humor cada vez son peores y no tengo ni la más remota idea de si puedo echarles la culpa a las hormonas o no, pero ahora mismo puedo definir mi estado anímico como irritable. No por él ni por cómo se comporta conmigo. Es que no lo puedo evitar, salto a la mínima; insiste en que no es necesario que trabaje, cosa que me incomoda…, ¡él es el rico, no yo!

Es una de las pocas cosas por las que discutimos. Cuando eso sucede, yo me encierro en el dormitorio y espero a que se me pase el cabreo y Adam va directo al estudio a tocar. Aunque no me desagradan las reconciliaciones de más tarde.

«Mmm, ¿y a quién le desagradarían?».

Sin embargo, hoy estoy que muerdo; intento cerrar el maldito pantalón y nada, que no hay manera. Me tumbo de espaldas en la cama, dejando las piernas caer por el borde, e intento juntar el botón del pantalón con el otro extremo, desesperada. Ni con una dieta milagro logro entrar de nuevo en mis vaqueros favoritos.

—Alice, ¿te falta mucho? Los chicos están esperando para comenzar el ensayo —me dice Adam desde el pasillo.

—¡No pienso ir! —grito.

Pongo ambos brazos a cada lado de mi cuerpo a modo de rendición. No sé cuántas prendas me habré probado, pero sé que no me sirve nada. Me pondré como una foca y Adam dejará de mirarme como lo hace, dejará de sentir pasión por mí. Este cuerpo que ya no me pertenece, a cada instante se va convirtiendo a pasos agigantados en el doble de lo que era.

La puerta se abre y Adam entra, se me queda mirando con cara seria. Quedamos en ir a casa de Alex porque empiezan a ensayar para el nuevo disco, solo que no tengo nada con lo que vestirme, aparte de las camisetas holgadas que uso para dormir.

—¿Y ahora qué ocurre? —dice con voz cansada. No lo culpo, últimamente soy un grano en el culo y está teniendo una paciencia infinita conmigo.

—¡Eso es lo que ocurre! —le respondo mientras me incorporo de la cama y le señalo el montón de ropa apilada en el suelo que ya me probé—. No me sirve nada, no tengo ropa para ponerme.

—Te dije hace una semana que fuéramos de compras y te negaste.

—No, me dijiste que me comprarías ropa y me negué a que me la pagaras tú.

Se acerca a mí con rostro sereno, levanta ambas manos y me sujeta la cara mientras su mirada se ancla con la mía.

—Es lo mismo, ¿cuántas veces voy a tener que repetirte que lo mío es tuyo? Me da igual el dinero, tan solo quiero que estés bien. —Claro, como a él le sobra, le da lo mismo el dinero—. Te das cuenta de que tenemos la gala de los Brits en dos días, ¿verdad?

Me doy la vuelta, dándole la espalda. Claro que sé que la gala es en dos días, pero la muy perra de Mey no ha sacado un mísero minuto para que vayamos de compras. Le pregunté a Adam si podía acompañarnos y me dijo que sí porque no todos llevarían acompañante y que él se ocuparía de avisar a la organización. No tengo ni idea de en qué proyecto de decoración está envuelta en este momento, lo que sé es que anda desaparecida.

Voy directa al vestidor y busco entre todo lo que me queda por probar hasta que mi vista se fija en un vestido que llevaba sin ponerme casi un año porque ya no está de moda el estilo champiñón andante.

Tendré que conformarme.

Llegamos a la casa de Alex en menos de dos minutos, no tengo ni idea de por qué tanta prisa si está cruzando la calle. Antes de que la puerta de la entrada se abra, ya se escucha desde fuera la música y el alboroto que hay dentro y miro de reojo a Adam. ¿Qué es lo que ellos entienden por ensayo?

Abren y lo primero que me encuentro es a Max, entre dos chicas que le meten mano por dentro de la camiseta, enseñando parte de sus abdominales.

—¡Hey, al fin llegaron! —dice en alto, dejándonos pasar y apartando a las chicas para que podamos entrar—. Adam, no seas descortés, las princesas primero —comenta a su amigo para enojarlo.

—Max… —masculla Adam entre dientes.

Extrañaba de alguna manera estas situaciones. Me adentro en la casa, intentando que Adam no vea la sonrisa que se me forma por el comentario de Max. A nuestro alrededor hay demasiada gente como para que esto sea un simple ensayo, esto tiene toda la pinta de una fiesta.

—Adam, Alice —nos llama Alex desde lo que sería el salón si no fuera por la ausencia absoluta de muebles.

En cuanto está frente a ambos, a mí me da un beso en la mejilla y a Adam una palmada amistosa en el hombro.

—¿No me dijiste que empezaríamos a ensayar hoy? —dice desconcertado Adam.

—Exacto, pero adivina. Me mudo. Kimberly me pidió el *loft* del centro, y como te imaginarás…

—Ya —contesta Adam, poniendo mala cara.

«¡Qué, qué, ¿qué?! Yo quiero saber».

Hablan entre ellos como si se tratara de un código secreto. Y lo peor es que me están ignorando a lo grande.

—Así que estoy de mudanza —sentencia Alex con orgullo.

—¿Y con el pequeño Peter? —pregunta Adam.

«Peter, ¿quién demonios es Peter?». Mi cabeza parece que siga un tedioso juego de Wimbledon, de un lado para el otro, siguiendo su conversación. Pero ni de coña me meto, es la primera vez que les escucho decir algo al respecto de la familia de Alex. Y lo reconozco, soy una cotilla.

—Por suerte, tiene solo dos años y no se entera de mucho, pero…

—¡Pero si estáis aquí! —interrumpe Henry mientras nos pasa los brazos sobre los hombros.

¡La madre que lo parió! Yo me cargo a Henry. Tiene que llegar justo en el mejor momento e interrumpir. Debe ser un experto porque no es la primera vez que lo hace.

—Hola, Henry —saludo, intentando poner la mejor de mis sonrisas para que no se note el cabreo que tengo por fastidiarme el cotilleo.

—¡*Wow*, pero si ya se te nota! —me espeta, apartándose para mirarme con fijeza—. ¿Ya da pataditas? Seguro que le gustará la percusión, como a su tío putativo —comenta, poniendo una cara bastante graciosa e imitando a una persona seria, que no le sale y me hace reír.

—¡Patadas, ¿ya la notas?! —dice Adam de inmediato, colocando la mano en la barriga.

—Si la notara, serías el primero en saberlo. —Viendo que mi respuesta no es lo bastante concisa para Adam, decido añadir algo más—. No, aún no la noto.

No retira la mano, me acaricia con su palma, que abarca gran parte de mi nueva forma redondeada, y se acerca para darme un tierno beso mientras sus manos terminan en mi cintura. Me olvido por completo de la gente que nos rodea, amigos y desconocidos. Lo rodeo con los brazos, enredando mis dedos en su cabello.

—Joder, tío, pero si acabáis de llegar de vuestra casa, ¿no la tienes saciada o qué? —dice Max en alto, logrando que me separe, algo avergonzada por dejarme llevar delante de tanta gente.

Lo observo y tiene una ceja levantada, que rápido es retirada por la colleja que le da Adam en la nuca con la palma de la mano.

—Vete a buscar a alguna fan y deja de meterte con mi chica —le dice Adam.

—No me meto con ella, lo hacía contigo, que es más divertido —comenta, alejándose de nosotros mientras se carcajea en alto.

Adam se aleja para charlar con John en una esquina; sea lo que sea de lo que hablen, están más serios que de costumbre. Creo que no quieren que los escuche, ya que se alejan de mí.

Timbran a la puerta y veo que nadie hace el mínimo esfuerzo en ir a abrir. Cada uno está a lo suyo. Vuelve a sonar el timbre y, cansada de que nadie haga nada, decido ir a atender a la persona que insiste tanto.

Giro la llave que está colocada en la puerta y la abro.

—¡Coño, la desaparecida! —grito nada más verla, logrando que gran parte de los asistentes, incluidos los chicos, se acerquen a ver quién es—. ¿Qué haces aquí? —pregunto, algo extrañada.

Mey mira por encima de mi hombro un momento y luego a mí.

—¡¿Cómo que qué hago aquí?! Los Brits son en dos días, ¿cuándo vamos a ir a comprar los vestidos? —dice, poniendo los brazos en jarras—. ¡Adam, ¿sigue en pie lo que me dijiste por teléfono?!

¿De qué coño hablan ahora?

Plantada justo debajo del umbral de la puerta, alterno la mirada entre mi amiga Mey, la que no tiene ningún motivo para ponerse de esta manera, y Adam, quien asiente con una sonrisa en respuesta a su pregunta.

Mey me agarra sin previo aviso de la mano y tira de mí para que salga con ella a la calle.

—¡Eh, ¿qué haces?!

—¿Se te ha pegado lo lento de tu novio o qué? Nos vamos de compras. Voy a comprarme el vestido más deslumbrante que tengan —me informa sobre la marcha—. ¡Además, esa noche quiero triunfar!

Escucho cómo la puerta de la casa se cierra dando un portazo, sin darme siquiera la oportunidad de despedirme de Adam, y me dejo guiar por una entusiasmada Mey.

Puede que a ella le encante ir de compras, pero no todos tenemos que compartir esa tortura. Solo de imaginarme el tener que volver a probarme ropa…

Qué mierda de día.

ADAM

—¿Aún no se lo has contado? —me dice John al extremo de la habitación, rodeado del resto de gente.

Joder, pensé que íbamos a ensayar, no que venía a una especie de fiesta. Observo a Alice a lo lejos; no me gusta alejarme de ella, pero no quiero que se entere de nada de esto.

—No, no se lo dije. Ni pienso hacerlo. Lo más seguro es que no sea nada.

—No sé, tío, quizá deberías comentarlo… —la voz de John es de preocupación.

—John, si pensara que puede llegar a suceder algo, que lo dudo —lo tranquilizo a él y a mí al mismo tiempo mientras lo digo en alto—, sería el primero en tomar medidas.

Vuelvo a fijar la mirada en mi chica, que mueve sus exuberantes piernas mientras se dirige a la puerta de la entrada. Cada día que pasa está más hermosa, no puedo dejar de contemplarla en cada momento y tampoco quiero hacerlo. Sus curvas cada vez son más redondeadas y el pequeño bulto que forma su barriga, indicando su estado, es más evidente. Y eso hace que me sienta orgulloso. Orgulloso porque sé que en su interior lleva a nuestra hija.

—¡Coño, la desaparecida! —grita en alto Alice. John y yo nos miramos un momento y decidimos acercarnos para saber de quién se trata, igual que el resto—. ¿Qué haces aquí?

«Mey».

¿Qué hace aquí?, ¿la habrá invitado alguien?

—¡¿Cómo que qué hago aquí?! Los Brits son en dos días, ¿cuándo vamos a ir a comprar los vestidos? —dice, poniendo los brazos en jarras—. ¡Adam, ¿sigue en pie lo que me dijiste por teléfono?!

Asiento, hace unos días la llamé para que fuera con Alice de compras a la *boutique* más lujosa de Londres y se compraran el vestido que más les gustara, todo a mi cargo, por supuesto. Como sabía que sería un nuevo motivo de discusión con Alice, decidí tener una aliada y no comentarle nada a mi chica al respecto.

Mey sujeta a Alice de la mano y la arrastra fuera sin que ella ponga ninguna objeción. Escucho los gritos de ambas mientras Mey le explica que se van de compras, y me hace gracia el último comentario que tiene Mey sobre que esa noche quiere triunfar.

«Pobre del hombre que tenga que aguantar ese carácter».

Alex cierra la puerta de un portazo, se da la vuelta y se nos queda mirando.

—¡Venga, que esta es mi fiesta de inauguración, ¿dónde está el vodka?! —grita Alex, dando pasos decididos en dirección a la zona donde está todo el alcohol.

No pienso quedarme mucho tiempo si lo que vamos a hacer no es ensayar, no quiero emborracharme y que me encuentre Alice en mal estado cuando llegue a nuestra casa.

Pasé más tiempo del que pensaba en la casa de Alex, me tomé un par de cervezas y me reí con cada comentario que hacían los chicos. Al final pudimos ensayar un poco alguna que otra canción, pero en plan relajado, ya que la mayoría estaban totalmente borrachos. Me enteré de que Emilie también irá con su padre a los Brits gracias a que Henry les cedió sus dos entradas para acompañantes. Él es el único sin familia directa, y me imagino que pensó que se merecían estar con nosotros ese día. Al fin y al cabo, tenemos un técnico de sonido cojonudo y debemos cuidar bien de él para conservarlo para las próximas giras que hagamos.

Llego a casa exhausto y no tengo motivo para ello, bueno, si soy sincero conmigo mismo, sí que sé el motivo. Primero está lo de las pesadillas de Alice, de las que no me quiere contar nada, luego lo de la inminente grabación del disco nuevo en menos de un mes y medio, el parto y, para terminar… —miro al suelo—, las jodidas cartas.

Las recojo del suelo y las muevo una tras otra hasta dar con la que me temía, una carta sin remitente. La abro y ojeo el contenido de camino a la cocina.

¡Mierda!

—¡Adam, ya estoy en casa! Me he comprado un vestido que me encanta, ¿Adam? —grita Alice.

—Estoy en la cocina —le digo mientras tiro al cubo de la basura la correspondencia de hoy.

Escucho cómo se acerca dando pequeños pasos hasta que la veo entrar radiante de felicidad por la cocina. Ese vestido algo abombado le queda de miedo, puedo contemplar sus largas piernas sin ningún obstáculo. Levanto la mirada hasta llegar a sus pechos y, joder, qué tetas tiene ahora, están más hinchadas y voluptuosas, me entran ganas de arrancarle de cuajo la ropa y besar y mordisquear cada uno de sus pezones hasta que se pongan bien duros.

«Dura tienes la polla ahora mismo».

—No me engañas, sé que lo del vestido y la ropa nueva ha sido todo cosa tuya, pero te lo dejaré pasar porque todo en esa tienda me quedaba de miedo —comenta justo antes de llegar a mi altura.

Alice llega hasta mis brazos y me besa sin dejar de sonreír. La sujeto por la cintura, arrimándola más a mi cuerpo. No es suficiente, nunca tengo bastante de ella. Gime en mi boca al notar lo excitado que estoy y aprovecho para adentrar mi lengua en busca de la suya.

Joder, estoy tan cachondo ahora mismo que dudo que llegue al dormitorio, aunque me lo proponga.

La levanto en brazos y la dejo sentada en la isla de la cocina. Mis manos bajan con premura hasta dar con el dobladillo de su vestido. Lo subo un poco y me separo de ella para coger aliento; nuestras respiraciones van al compás, pesadas y con urgencia.

Nuestras miradas se tensan ante la espera del primer movimiento, sus pupilas están dilatadas y tapan parte del bello color de ojos que tiene.

Adentro con calma desmedida la mano entre sus piernas, hasta llegar al borde de su ropa interior, y la hago a un lado. Me inclino un poco sobre ella para llegar a su oído derecho.

—¿Quieres que siga? —susurro.

—¡Dios, más te vale! —dice, sujetándome ambos hombros.

—¿Y qué le apetece hoy a mi chica? Lento y cariñoso, o quizá…

Alice me separa de golpe, haciendo presión en ambos hombros, y se me queda mirando con cara de cabreo.

—Deja de jugar y fóllame de una vez —me dice, llevando ambas manos a la cremallera del vaquero.

Joder, es la primera vez que la oigo hablar de esta forma. Jamás, en toda mi vida, pensé que unas simples palabras pudieran hacer que casi me derrame por completo en mis pantalones como un jodido adolescente.

Alice mueve su mano por encima del calzoncillo; gimo ante su tacto. Me separo un poco, intentado que no siga por ese camino o terminaré antes de lo que ambos queremos. Me bajo hasta las rodillas tanto el pantalón como el bóxer de un solo tirón. Le sujeto ambas rodillas y las separo para colocarme en el hueco. Con una mano, que llevo al final de su espalda, la arrimo hasta el borde de la isla. Con la otra empiezo a jugar con su clítoris antes de introducir un dedo en su interior.

—Adam, no es necesario, ya... ya estoy... —dice con voz entrecortada.

Retiro la mano del camino; sé a qué se refiere, es más que evidente que no necesita más preparación.

Con un solo movimiento entro en ella, mi respiración se corta al instante que noto cómo me rodea ese calor tan delicioso. Alice echa la cabeza hacia atrás y se desliza hasta que su espalda queda pegada en la superficie del mármol de la isla. Me quedo quieto unos segundos, apretando al máximo los dientes para aguantar un poco más, hasta que se habitúe.

Noto cómo se mueve, pidiéndome sin palabras que empiece. Me retiro hasta casi salir por completo de ella y vuelvo a entrar con el mismo ímpetu que antes. Rodea con sus brazos mi cuello y me atrae más hacia ella, permitiéndome oír sus jadeos en cada uno de los movimientos que realizo; le levanto más el vestido y sumerjo ambas manos hasta dar con esos pechos que me vuelven loco.

—¡Oh, Dios! Sigue… —dice entre cada choque de nuestros cuerpos.

«Joder, ¿qué le pasa hoy?».

No tengo ni la más remota idea, pero no pienso parar.

Me inclino lo máximo que puedo sobre ella y llego a su boca, sediento, sin dejar de moverme dentro y fuera, una y otra vez, para besarla con pasión.

Estoy a punto de llegar y, por lo mucho que Alice aprieta mi polla, sé que ella también. Me incorporo, quedándome con ganas de seguir pegado a sus labios una eternidad. Le sujeto la cadera con ambas manos y emprendo un ritmo acelerado. El sudor que tenemos en nuestra piel por el esfuerzo es la excusa perfecta para bañarnos juntos más tarde. Y ese pensamiento de ambos bajo el agua, mientras nuestros cuerpos se unen de nuevo, es lo que hace que, sin previo aviso, me corra en su interior.

Sigo moviéndome un rato más, bajando el ritmo poco a poco; menos mal que ella también llegó al orgasmo. Ni siquiera pude controlarme y estar pendiente de si se quedaba satisfecha o no. Pero el grito que dio, pronunciando mi nombre en alto justo al instante que me iba, me dice que no ha sido tan malo después de todo.

Me retiro con cuidado y la ayudo a levantarse mientras pone sus pies en el suelo. Nos abrazamos y la beso, preguntándole, como hago cada vez, por ambas. Le susurro que la amo y me besa en respuesta.

Me vuelvo a poner la ropa mientras Alice se limpia con un trozo de papel de cocina.

—Tendremos que darnos una ducha —digo con picardía.

—Está claro que no me voy a meter en la cama así de sudada —responde mientras tira el trozo papel a la basura.

De repente, observo cómo su rostro de felicidad cambia de golpe por uno más serio, volviéndose blanco por segundos. Se agacha, llevando su mano dentro del cubo de la basura, y me muestra lo que ha recogido.

—¿Qué coño es esto, Adam? —pregunta con la carta en su mano.

¡Joder! Ni siquiera la rompí.

—No es nada —digo, intentando retirarle de la mano el papel.

Alice se separa de mí, impidiéndome que lo agarre, se da la vuelta y empieza a leerla. Mierda, joder, no quería que se enterara, esto no es bueno para ella. Al poco rato, me vuelve a encarar, fijando su mirada de rabia en la mía.

—¿Desde cuándo? —pregunta con enojo.

Me quedo un instante pensando en qué responderle.

—¡¿Desde cuándo?! ¡Respóndeme!

—Comenzó a los pocos días de que nos instaláramos —termino por decirle en voz baja.

—No pensabas decírmelo, ¿cierto? —Joder, pues claro que no—. No me respondas, veo por tu expresión que no.

Alice deja sobre la misma superficie donde acabamos de hacer el amor la jodida carta y se marcha directa a la planta de arriba sin decirme una palabra más. Entiendo que esté cabreada porque no se lo contara, sin embargo, debe entender que lo hice por su bien y el de nuestra hija. Por su salud, para que no se alterara.

Dejo salir de mis pulmones todo el aire que puedo y comienzo a subir las escaleras. Al llegar al dormitorio, me extraña que no se haya encerrado y me deje en el pasillo, pero al ver que saca una maleta del vestidor y empieza a llenarla con su ropa interior y las camisetas que usa para dormir, me empiezo alarmar.

¿Me deja? No puede dejarme. ¿Qué haría yo sin ella, ahora que la encontré?

—¿Qué… qué estás haciendo? —digo como puedo, observando su ir y venir constante.

—¿No lo ves? Me voy a mi casa —responde sin mirarme a la cara.

—Alice, no lo hagas, podemos hablarlo —digo casi suplicando.

—¡¿Ahora quieres hablar?! —me grita, girándose para al fin poder mirarnos mutuamente—. No puedo vivir en una casa donde me mienten o me ocultan las cosas.

Doy unos pasos vacilantes y me posiciono justo delante de ella, impidiéndole el paso y que siga con su tarea. Le sujeto las muñecas con mis manos y subo las suyas a mi boca para besarle los dedos.

—No te vayas, mi vida, te lo contaré todo, solo lo hice para que no te preocuparas —digo, tragándome las ganas de ponerme de rodillas para suplicarle—. Te amo, eres lo más importante para mí —llevo una mano a su barriga y la acaricio—, ambas lo sois. Quédate y lo hablaremos con calma.

Alice deja caer una lágrima por su mejilla, la cual recojo con el dorso de mi mano. Se pasa la lengua entre los labios y vuelvo a contemplar su mirada, esperando encontrar algo de esperanza.

—Tengo miedo, Adam —me dice justo antes de unirnos en un abrazo.

Preocupado, perturbado y nervioso, paso mi mano por su melena, intentando transmitirle algo de tranquilidad, de la cual carezco ahora mismo. Intento reunir las fuerzas para decirle en alto todo. Porque si lo que precisa de mí es sinceridad para que no se le vuelva a ocurrir tal gilipollez como el irse, la tendrá.

34

Secretos

ALICE

Subo la escalera directa al dormitorio, mi respiración es entrecortada, la pulsación se me dispara y tengo que inhalar con fuerza cuando llego al final del último peldaño.

No me puedo creer que Adam me haya engañado y ocultado algo tan importante, restándole gravedad. A mí, que llegué a casa tan emocionada por la tarde tan productiva que tuve con Mey en la tienda. Y justo después de tener una de las sesiones de sexo más alucinantes que hemos disfrutado, voy y me encuentro con una jodida carta en la basura.

Entro en el dormitorio y cierro la puerta, voy directa al vestidor y saco una maleta para guardar lo esencial para volverme junto a Mey. No puedo seguir aquí, es demasiado… Cierro los ojos por un instante y la imagen de lo que ponía llega hasta mí con nitidez.

¿Aún sigues en esa casa?

Ese lugar que ostentas al lado de Magister no te pertenece.

Aléjate de él o atente a las consecuencias.

Tengo que centrarme, abro los ojos de nuevo y empiezo a meter la ropa interior —que pronto también tendré que cambiar por otra que me sirva—, me giro y sigo con la tarea, siendo consciente de la presencia de Adam en el dormitorio.

—¿Qué… qué estás haciendo? —dice con voz entrecortada.

—¿No lo ves? Me voy a mi casa —le respondo sin poder mirarlo a la cara.

—Alice, no lo hagas, podemos hablarlo —suplica.

—¡¿Ahora quieres hablar?! —estallo, girándome de golpe para mirarlo de frente—. No puedo vivir en una casa donde me mienten o me ocultan las cosas.

Adam se acerca dando pasos cortos, impidiéndome que siga metiendo ropa en la maleta, me sujeta las manos y me besa los dedos. Me trago las ganas de llorar, no quiero hacerlo.

—No te vayas, mi vida, te lo contaré todo, solo lo hice para que no te preocuparas. Te amo, eres lo más importante para mí —lleva la mano a mi barriga y la acaricia—, ambas lo sois. Quédate y lo hablaremos con calma.

Joder, no puedo dejarlo, lo amo. Aunque no haya sido capaz de decírselo en alto hasta el momento, es así. Una lágrima que no soy capaz de retener cae por mi mejilla y Adam la recoge con el dorso de su mano. Estas pequeñas muestras de cariño que me otorga son las que me recuerdan su lado más cariñoso y sensible.

—Tengo miedo, Adam —le digo mientras nos fundimos en un abrazo.

Principalmente por mi hija, joder, estoy embarazada, ¿y me están amenazando? Siento cómo el temor principal se aleja y va tomando terreno la rabia. No permitiré que le suceda nada a mi hija.

Me separo de sus brazos. Y me quedo mirándolo con fijeza. Más le vale que hable.

—Habla.

Adam coge aire y me sujeta de la mano para que nos sentemos ambos en el borde de la cama. Agarra la maleta y la deja en el suelo, dándole una patada, intentando alejarla lo máximo de ambos.

—Como te dije, empezaron a llegar a los pocos días de instalarnos completamente. —Me quedo callada, esperando a que prosiga—. Es común que lleguen cartas de las *fans*, siempre he recibido muchas, tanto en la discográfica como en casa de mis padres. Me imagino que será una *groupie* loca que se aburre.

Me sujeta de la mano, llevándola hasta su pecho, donde siento cada uno de sus latidos. Levanto la vista y su mirada penetrante me invade.

—Alice, no te dije nada porque no quería preocuparte innecesariamente, de verdad, creo que no es nada, que solo es para incomodarte —dice, intentando tranquilizarme, pero en su mirada veo un atisbo de preocupación—. Pediré tener un escolta si lo prefieres de hoy en adelante, pero no te alejes de mí.

Su última frase me transmite la angustia que siente ante esa idea. No quiero tener a nadie pegado a mi culo día y noche, pero si es preciso para sentirme más segura, cederé.

Asiento con la cabeza, dándole permiso no verbal para que se ocupe de lo que crea necesario. Nos unimos de nuevo en otro abrazo mientras nuestros labios se juntan.

—¿Quieres que te haga de cenar? —me pregunta mientras se levanta.

Buff, la cocina y Adam no son una buena combinación. Además, después de enterarme de esto, no creo que pueda comer nada sin vomitarlo.

—No, me daré una ducha y me meteré en la cama a descansar.

Adam asiente, da unos pasos y se queda mirando a la maleta. Se agacha, la recoge del suelo y la mete de nuevo en el vestidor, cerrando la puerta corredera. En cuanto se gira, veo cómo su rostro se relaja poco a poco.

—Estaré abajo un rato para que puedas relajarte —comenta mientras sale del dormitorio.

Relajarme, sí, necesito eso con urgencia.

Después de salir de la ducha, me meto en la cama sola, puesto que Adam aún no ha subido del sótano. Estoy tan cansada que noto cómo cedo despacio al sueño.

Escucho un sonido agudo en mis tímpanos, las lágrimas se atascan, queriendo salir de golpe, sin entender qué sucede. Miro el vaso roto en el suelo, no fue mi intención que se resbalara de mis manos.

—¡Eres una maldita inepta, ¿no te enseñaron en ese orfanato a tener más cuidado con las cosas que no son tuyas?! —me grita, logrando que me encoja de miedo justo antes de volver a recibir otra bofetada de su parte.

—Yo..., yo, lo siento, no fue mi intención, mamá —digo, atragantándome por causa de mis sollozos.

—No me llames así, yo no soy tu madre —escupe al decirlo en mi cara—, esa ramera que te tuvo sabía que no eras nadie y por eso te dejó, fue lo único que hizo bien en su vida. No vales nada. No sirves para nada. Eres una niña estúpida a la que nadie querrá jamás.

Me arrastra, sujetándome por el brazo, hasta llegar al pequeño dormitorio que me asignaron al llegar a la casa hace tan solo unos dos meses y me encierra en un armario oscuro sin casi ventilación.

Grito, lloro y pataleo. No me gusta estar sola, no quiero estar aquí sola.

¿Esto es tener una familia?, ¿una madre y un padre?

Cuando me dijeron en el orfanato que había una familia que estaba dispuesta a acogerme para tramitar una adopción, no podía creérmelo. Todos los del orfanato soñábamos con algo así en algún momento, pero al tener doce años, pensé que nunca llegaría a suceder.

En algún momento, después de mucho rato, me quedé dormida, acurrucada en el suelo. El sonido de una puerta cerrándose me despierta y mi corazón empieza a latir con fuerza. La puerta del armario se abre, una silueta alta está de pie, mirándome con fijeza.

¿Por qué no encendió la luz del dormitorio?

—Ven, pequeña, te llevaré a la cama a dormir —me dice, tendiéndome la mano—, ¿discutiste otra vez con mamá?

Con algo de temor, le doy la mano para que me ayude a levantarme.

—Ella no es mi mamá —suelto por lo bajo, reteniendo las ganas de llorar de nuevo.

Abre la cama, separando las sábanas, se sienta en el borde y da unas palmadas en el colchón para que lo haga a su lado.

Me quedo mirando un rato en la oscuridad ese sitio, no me siento muy cómoda y no sé el motivo por el cual mis piernas empiezan a temblar igual que mis manos. Él estira la mano y me arrima a su cuerpo para sentarme en su regazo. Intento levantarme, pero me sujeta con fuerza, impidiéndome que me mueva.

—Shhh, ¿quieres jugar? —me dice mientras mete una mano dentro de mi camiseta.

—Ten..., tengo sueño, quiero dormir —digo tartamudeando, queriendo que aparte sus manos de mi piel.

Los segundos se hacen eternos, arrima su cara a la mía. Me intento separar como puedo, pero es más fuerte que yo.

La luz del dormitorio se enciende de repente, dejándome por un instante sin poder enfocar la vista. La ira en la cara de ella es evidente.

—¡Serás hija de puta! —grita a la vez que él me empuja lejos, haciendo que rebote en el colchón—, ¡sabía que era todo por tu culpa!

¿A qué se refiere?, ¿de qué soy culpable?

—Mi amor..., déjala, es una cría —dice él, intentando calmarla.

—¡Lárgate ahora mismo al dormitorio! —le grita a él.

Veo cómo se aleja, cerrando la puerta a su paso y dejándome a solas con la persona que me atormenta día a día. Llega hasta mí con furia desmedida, dejándome dolorida en cada parte del cuerpo. Me tira del cabello, arrancándome varios mechones, mientras me dice una y otra vez que no soy nadie, que me odia, que nunca podré tener una familia porque las furcias no saben lo que es eso. Sé que al día siguiente tendré las marcas de sus manos impresas en mi piel, no es la primera vez que ocurre.

—... Alice, despierta —escucho a lo lejos—. Alice, por favor, despierta, no puedo verte así.

La voz preocupada de Adam me saca de esa oscuridad, con el sonido de los latidos en mis oídos, sudada y temblorosa, recordando cada instante de la pesadilla como si acabara de ocurrir. Abro los ojos y me encuentro rodeada por los brazos de él, de Adam. Cierro con fuerza los párpados mientras correspondo su abrazo.

Y, sin que se lo espere, empiezo a relatarle mi sueño con la voz rota y entrecortada a causa de la angustia. Mi garganta está cerrada, me oprime en cada palabra, como si dijera que no debo hablar, pero es algo que necesito sacar de mi alma para poder seguir adelante.

No lo miro, no soy capaz de mirarlo a la cara. No quiero que me tenga lástima, no obstante, tampoco encontrar si en sus ojos hay algún tipo de reproche. Su abrazo se intensifica hasta casi no dejarme respirar.

—... dos días después me devolvieron al orfanato diciéndoles a las monjas que era imposible formar una familia conmigo —trago saliva una vez más e intento reunir la última pizca de fuerza que me queda—, que había sido todo culpa mía.

Me quedo en silencio, esperando alguna reacción por su parte; él sigue abrazándome. Al no tener respuesta, sigo relatándole mi vida.

—Me volvió a acoger dos años más tarde una familia distinta, pero solo les interesaba cobrar la ayuda del Estado por la manutención que se les daba. Nunca me adoptaron, pasé de un hogar de acogida a otro hasta casi cumplir la mayoría de edad, que me mandaron de nuevo al orfanato. Pero justo en ese instante, una nueva familia pidió de nuevo acogerme. Me extrañó muchísimo, puesto que solo me quedaba un mes para cumplir los dieciocho, sin embargo, todo cobró sentido en cuanto lo vi a él...

Adam me sujeta de los hombros y se aleja para mirarme, tiene la mandíbula apretada, sus labios son una fina línea recta. Está cabreado, su mirada transmite odio. Y yo aparto la mía. No quiero verlo así.

—¿Ese hijo de puta te tocó? —pregunta, apretándome con sus manos.

Al oír que me quejo por lo fuerte de su agarre, me suelta para volver a abrazarme de nuevo y acariciar con ternura mi cabeza.

—Fue una tortura el vivir en esa casa, su anterior mujer —prosigo, haciendo referencia a la que conocí siendo niña— había fallecido, se volvió a casar y pidió mi custodia para acogerme.

—Alice, sé que no quieres revivir nada de nuevo, y te juro que no te volveré a preguntar jamás en la vida sobre ello —dice, bajando la voz a casi un susurro—, pero necesito saber, ¿te hizo daño?

Me seco las lágrimas con las manos, exhalo con fuerza y niego con la cabeza.

—Me encerraba en el dormitorio cada noche, salía por las mañanas temprano para no cruzarme en su camino. El día anterior a cumplir la mayoría de edad, forzó la puerta de mi dormitorio y entró borracho. —El cuerpo de Adam se pone tenso al instante—. Tenía preparada una mochila para marcharme lo antes posible a la mañana siguiente. Tuve que…, yo le…

Me quedo callada por un momento, recordando mis últimos momentos en ese espantoso lugar.

—¿Qué? —pregunta Adam con voz baja.

—Le lancé la lámpara de mesa a la cabeza y lo dejé tirado en el suelo mientras salí corriendo de la casa. Tuve suerte de conocer a Mey al poco tiempo.

Y es cierto, no sé qué hubiera sido de mí si no llega a ser por ella; con toda probabilidad, estaría viviendo como una indigente sin techo ni familia que la echara de menos.

Adam se vuelve a separar de nuestro abrazo, me sujeta con ternura las manos y me mira con intensidad. Sus ojos tienen un brillo que no sé cómo definir, los tiene algo vidriosos, y me dejo llevar por la fuerza que me transmite. Cuando me regala esa mirada intensa, es como si no hubiera otra mujer en la faz de la tierra, como si fuera única para él.

—Estoy orgulloso de ti. De la Alice niña y de la mujer en la que se ha convertido.

Me dejo caer de nuevo en sus brazos, agradecida por sus palabras, por su amor, el cual no creo merecer. Nos acomodamos en la cama y me tapa de nuevo con las sábanas, en silencio, dejando que me tome mi tiempo para tranquilizarme. Casi al borde de quedarme de nuevo dormida, escucho a Adam decir:

—Me alegro de que le partieras la cabeza con la lámpara, pero si llego a conocerte en esa época y me entero de lo que hizo, le hubiera puesto los cojones de corbata.

Su comentario me hace reír; no dudo ni por un instante de que lo hubiera hecho. Al fin y al cabo, fue así como nos conocimos…, yendo en la ayuda de una desconocida en un oscuro callejón. Mi salvador.

Me arrimo más a su cuerpo e inhalo su olor corporal. Jazmín…

Han pasado dos días desde que le conté a Adam sobre mi pasado. Y, por suerte, no ha vuelto a sacar el tema, lo noto más cariñoso y atento si cabe que antes, pero no me quejo de eso.

Me estoy terminando de arreglar para ir a los premios Brits. Adam no quería ponerse traje, pero lo terminé convenciendo, comentándole que era una gala especial y que todos irían vestidos para la ocasión. Lo escucho de lejos gruñir maldiciones mientras se arregla en el baño.

Cuando sale y me giro para contemplarlo, me falta la respiración. Si ya es un maldito dios enfundado en unos vaqueros y sin peinar, ahora se ha salido de la escala. Lleva un precioso traje oscuro azul marino de Dolce & Gabbana que se ajusta a la perfección a su cuerpo, acompañado de unos gemelos de Cartier y una pajarita que aporta un toque distintivo y elegante al conjunto. Se coloca los gemelos, subo la vista y la chaqueta le hace parecer un puto armario de lo ancho que es. ¡Joder, quiero que vaya así vestido todos los días!

«La baba, Alice…».

Adam extiende su mano para ayudarme a levantarme del tocador. Con un solo roce, noto el bailar de mil mariposas en mi estómago. Me sujeta la cadera con ambas manos y se me queda mirando de abajo arriba con una mirada que promete mucho.

—Estás preciosa en este vestido, me encanta que sea corto, así puedo disfrutar de tus hermosas piernas —me dice, subiendo la mirada con lentitud y deteniéndose en mis pechos mientras acaricia con deseo mi espalda. Sus ojos brillan de forma especial al llegar al colgante que luzco con orgullo; él sonríe abiertamente, se arrima un poco más hasta lograr que nuestra respiración se entremezcle—. Estoy deseando llegar a casa para desvestirte.

¿Eso es una promesa?

«¡Házselo jurar, por Dios!».

Pasa una de sus manos por mi nuca mientras con la otra sigue sujetándome la cadera, se acerca con lentitud, ladeando su cabeza, y no quiero cerrar los ojos en este momento. Roza sus labios con los míos, le respondo abrazándolo con más fuerza. Ahora sí, me dejo llevar y cierro mis párpados ante el placer de su boca y el calor que emana de su cuerpo pegado al mío.

Nos separamos a duras penas, con el ritmo de mi corazón martilleando de felicidad.

—¿Estás lista para la gala? —Asiento—. No lo olvides… —dice con su mirada fija en la mía, llevando su mano al colgante, acariciando los bordes mientras noto su tacto en mi piel—, estoy contigo.

Bajamos juntos, cogidos de la mano, las escaleras y nos encontramos a la salida con una marabunta de periodistas. Marcus nos escolta hasta la limusina y Adam deja que entre primero para acomodarme. Estoy nerviosa, me siento como una niña pequeña que va a una fiesta exclusiva; tengo ganas de llegar y saber qué sucederá.

35
Los Brits

ADAM

The O2- Londres.

Las vallas que nos separan de la prensa no están lo bastante alejadas para que no nos molesten los cientos de *flashes* que apuntan en nuestra dirección al salir de la limusina y empezar a caminar por la alfombra roja.

Sujeto de la cintura a Alice, arrimándola más a mí, y sonrío hacia las cámaras con prepotencia. ¿Quieren una sonrisa? Pues se la daré. A ver si así nos dejan en paz durante un tiempo los muy cabrones.

«Lo dudo».

Alice se despega de mí al ver a Mey a lo lejos. Me da un apretón en la mano, que le devuelvo, y asiento con la cabeza, dándole a entender que vaya junto a su amiga sin problema. Veo cómo se aleja y me quedo contemplando sus exuberantes piernas por un instante.

Aún no me creo que Alice se abriera de tal forma a mí a la hora de contarme todo su pasado. Y menudo pasado de mierda le tocó vivir, ahora comprendo mucho más sus inseguridades y sus miedos. Durante mucho tiempo se tuvo que creer toda esa mierda de que no era digna de amor, que nadie la amaría incondicionalmente con sus defectos y sus virtudes. Ojalá sea capaz de dejar atrás ese tormento que la persigue y podamos construir juntos una vida en común.

Joder, qué bien me vino el saco de boxeo de la casa de Henry al día siguiente para descargar toda la furia contenida. Solo de imaginarme a una pequeña Alice siendo maltratada por esos dos energúmenos que le tocaron por padres de acogida, me vuelvo a enfurecer al instante. Pero le prometí que no sacaría el tema de nuevo, que no hablaríamos más de ello porque vivir en el pasado no es sano. Y eso mismo es lo que creo, que lo que de verdad precisa es la confianza y el apoyo de una verdadera familia para que se sienta segura y protegida.

Y juro que me desviviré por ello, cada segundo de mi vida lo dedicaré a hacerla sentir amada, a salvo…, feliz, porque lo es todo para mí.

Observo cómo Mey y ella se funden en un abrazo. Puede que Mey destaque con su melena rubia ondulada y ese vestido rojo ajustado que muestra parte de su espalda, pero es Alice de la que están pendientes los *paparazzi*; ya me imagino los titulares con la imagen de ella en la portada principal de alguna revista, preciosa y radiante. Luciendo su vestido de dos piezas: el fucsia de la falda destaca sus largas piernas y la parte de arriba blanca, en forma de pico, le queda de vicio, ajustando a la perfección su pecho.

Salgo de mi trance en el instante que uno de los organizadores se acerca a mí y me pide que pose en el *photocall.* Cuando miro hacia allá, me doy cuenta de que ya están todos los chicos ataviados con trajes y con la estúpida pajarita que nos dijo Henry que nos pusiéramos para destacar entre tanta corbata y corbatín.

Me llevo la mano al cuello y meto un dedo, intentando poder respirar. Joder, odio tener la sensación de ser estrangulado. Sin embargo, solo recordar la mirada que me dio mi chica al verme… Bueno, puede que me vista de nuevo así, aunque solo por ella.

Nos sentamos en las mesas cerca del escenario; a mitad de la gala, antes de saber si saldremos con alguna de las estatuillas ganadoras, tendremos que tocar el tema principal del álbum. Las mesas tienen capacidad para diez personas, estamos los cinco del grupo, Alice, Mey, Emilie y su padre, Mike. Nos costó lo nuestro que Jeremy no viniese, pero al final la discográfica se metió en medio para no armar más escándalos y podremos tener una gala tranquila gracias a eso.

Las bebidas fluyen de manera constante: cerveza y *champagne*. Miro de reojo a Alice, que luce una sonrisa perpetua desde que llegamos; tiene los ojos abiertos de par en par, observando cada detalle como si fuera la primera y última vez que fuera a ver algo así. Llevo mi mano por debajo de la mesa hasta tocarle la rodilla para que deje de moverla con nerviosismo.

Cuando nota mi mano sobre su rodilla, ella me sonríe y deja la suya sobre la mía. Joder, cómo la amo.

Tenemos una charla animada entre cada actuación que da el resto de los invitados al evento. Nos reímos de las imitaciones pésimas que hace Henry de algunos de los grupos pop del momento. Es inevitable, no tenemos nada que ver con ellos.

Emilie alarga la mano en dirección a una cerveza y Mike, su padre, le dice que no. Ella levanta el mentón sin dejar de soltar la botella.

—Papá, déjalo. Ya soy mayor de edad y creo que puedo tomarme una cerveza si quiero. —Y dicho eso, se la lleva a la boca para beber a morro.

—¡Espera un maldito segundo! —grita Mey—. ¿Me estás diciendo que me perdí una fiesta de cumpleaños?

Emilie deja la botella sobre la mesa y sonríe victoriosa. Se gira sobre su asiento y mira hacia donde está Mey.

—No lo celebré. En breve comienzo con el curso, y tampoco tenía con quién hacerlo de todas formas.

—¡La madre que te…! —Mey corta su frase a la mitad y mira para Mike—. Perdón. ¿Cómo que no tienes con quién? ¿Y nosotras dos qué somos? —Pone la mano en su pecho, fingiendo estar dolida—. En cuanto se me pase la resaca que tendré después de hoy, tú, Alice, y yo nos vamos a celebrar tu cumpleaños como que me llamo Mey Wood.

La noche siguió su curso entre risas y más alcohol por parte de todos menos de Alice, que se llenó a beber zumos de melocotón. Es la hora de que nos preparemos para nuestro espectáculo. Me levanto con el resto de los chicos y beso los labios de Alice antes de ir a buscar mi Gibson, la cual dejé a buen recaudo entre bastidores en su funda. Me voy directo hacia allí cuando una mano me frena, me giro y es Alex.

—Adam, los instrumentos ya están sobre el escenario —me dice, alzando la voz para que lo escuche por encima del sonido de la presentadora, que anuncia nuestra actuación.

¡¿Quién cojones ha tocado mi Gibson?!

La cara que pongo de cabreo debe ser monumental por lo rápido que aparta Alex su mano de mi hombro. Observo desde la lejanía a Alice, que cambia su sonriente rostro por uno de preocupación al verme en este estado.

Subo al escenario, me coloco la correa de la guitarra y… ¡Me cago en la puta! Está desafinada. Por ese motivo no dejo que nadie toque nunca la puta guitarra de los cojones, joder.

—Tío, tenemos que comenzar. ¿Qué ocurre? —me pregunta Max.

—Que alguien se quiso hacer la puta estrella de *rock* con la Gibson y la tengo desafinada —contesto mientras intento a todo correr arreglar como puedo este estropicio; joder, esto no funcionará sin un afinador electrónico a mano—. Dame un puto fa. —Max asiente y toca una simple nota al aire en su guitarra, me concentro y retengo ese sonido para seguir afinándola—. Que Alex haga de las suyas para ganar algo de tiempo.

—Creo que no hará mucha falta, ya está sujetando el micrófono con ansias de armarla —dice Max, alejándose de mí para decirle a Alex lo que sucede.

Alex se emociona al ver que le doy unos minutos más para lucirse frente a toda Inglaterra y parte del mundo. Yo me concentro en mi cometido. Justo cuando estoy a punto de terminar, escucho cómo el muy cabrón dice en alto el nombre de Alice. Levanto la mirada y veo lo ruborizada que está ella.

—... como ven, la familia de Slow Death crece. —Alex mira en mi dirección, posando sus ojos en la guitarra, y asiento para decirle que ya está todo en orden—. Y sin más demora, nos complace daros la bienvenida al infierno —dice, alargando la o de la última palabra lo máximo que puede.

El estadio estalla en aplausos y gritos. Henry comienza a marcar el ritmo con sus baquetas y, acto seguido, me pongo a seguirlo, pasando mis dedos por cada traste sin dejar de mirar con fijeza a mi musa, dejando que ese bosque hermoso de tonalidades entre verdes y marrones me engulla por completo. Nunca me cansaré de esa mirada.

—Y los ganadores al mejor grupo británico son... —dice la cantante Rihanna—: ¡Slow Death!

Joder, hemos ganado uno de los dos premios. Y nada menos que al mejor grupo británico.

Me levanto eufórico, igual que el resto de la mesa, beso a mi chica, rodeándola con los brazos, y noto cómo me empujan para que subamos al escenario.

ALICE

Veo a la cantante Rihanna sobre el escenario. Dios, esa mujer es pura fibra. Me encanta el *look* que lleva y lo segura que se le ve siempre. Antes también actuó, y he de reconocer que me encantan sus canciones. No es que sea una fanática ni mucho menos, me sé alguna que otra canción suya, nada más.

«Ya…, ¿y eso se aplica también a las películas que viste solo porque aparecía ella?».

Hago caso omiso a lo que acaba de decir mi conciencia y me centro en la melodiosa voz de Rihanna.

—Y los ganadores al mejor grupo británico son… —dice ella desde el palco—: ¡Slow Death!

Nos levantamos todos dando gritos de alegría, Adam me besa y le correspondo sin pensar en que lo más seguro esta imagen salga reflejada en todas las televisiones habidas y por haber.

Adam sube a recoger la estatuilla y veo cómo la muy furcia de Rihanna le da un beso en la mejilla, muy cerca de la boca. ¿He dicho que me gustaba Rihanna? Lo retiro, no tiene ni puta idea de cantar, además, va demasiado maquillada y se le ve demasiado todo.

«Esos son celos más que evidentes».

¡Tú calla…!

Un movimiento extraño hace que me lleve ambas manos a la barriga. ¡Ahí está otra vez! Oh, Dios, es… es… Bajo la mirada al pequeño bulto que sobresale de mí. Es ella. Mi niña.

De repente, noto las manos de Adam posadas sobre las mías. Miro a mi alrededor y me doy cuenta de que somos el centro de atención. Toda la gente cercana a nosotros ha dejado de mirar al palco para centrarse en nosotros.

—Adam, ¿qué haces aquí? El premio —digo, mirando al escenario, donde aún están todos, notando cómo mis mejillas van subiendo de temperatura. ¡Genial, lo que me faltaba! Salir a nivel internacional con los coloretes de Heidi.

—¡Que le den al puto premio! ¿Estás bien?, ¿qué te sucede? —cuestiona con voz preocupada mientras acaricia mi barriga con mimo sin dejar de mirarme.

Justo en el momento que le voy a decir que todo va bien, que creo que noté el movimiento de nuestra hija en mi interior, ella vuelve a moverse dando una patada justo donde Adam tiene su mano. Bajo la mirada y cubro su mano con la mía. Sonrío.

—¿Es… es ella? —Asiento con euforia—. Joder, esto es lo mejor de la noche sin duda.

Me río a carcajadas y los chicos terminan bajando del escenario. Henry lleva la estatuilla en sus manos y se la acerca a la cara como si la fuera a besar. En cuanto saca la lengua y veo que hace como si le diera un morreo, ya no aguanto más y tengo que sentarme de lo mucho que me duele reírme.

Media hora más tarde, la gala finaliza. Joder, voy a tener que agradecerle a Mey que me convenciera de comprarme estos zapatos Manolo Blahnik, es como ir descalza por casa. Sin embargo, tengo el cuerpo molido. Estoy agotada.

Adam no deja de tocarme de manera constante la barriga, creo que en una de estas le daré un manotazo como no deje de mirar para mi ombligo y me preste atención. Mey se acerca hasta mí corriendo, entusiasmada.

—Alice, nos han invitado a la fiesta que darán en el Hilton —suelta casi sin aliento—, te apuntas, ¿no?

—Mey, estoy embarazada y agotada. —Adam levanta la cabeza al escucharme. Bien, ya era hora.

—Eres una aguafiestas, ahora tienes la excusa perfecta para que no te arrastre a ir —protesta, poniendo sus ojos en dos finas líneas rectas.

Sí, claro, solo me dejé embarazar para que ella dejara de arrastrarme por todo Londres de un lado para otro diciéndome de manera constante que era una sosa que no sabía vivir la vida.

—Mey, ve tú, te lo han dicho a ti, así que no habrá problema porque vayas sin nosotros al Hilton —le comento para que deje de poner esa cara de cabreo al escuchar que no iremos con ella.

—Al Hilton, ¿quién va al Hilton? —pregunta John, seguido del resto del grupo.

—Mey, la han invitado a una fiesta, pero —miro a la cara de Adam, quien asiente, dejándome un beso en la sien— nosotros nos vamos para casa.

—¡Oh, John, ven a la fiesta, no conozco a nadie! —dice Mey—. ¿Vendrás?

¿Y ahora a esta qué coño le ocurre? Ni que no saliera de fiesta a menudo ella sola sin ningún problema. Con lo extrovertida que es, siempre termina haciendo nuevas amistades con las que pasar una noche de diversión.

—La verdad es que ya teníamos pensado ir de todas formas, puedes acompañarnos en nuestra limusina si quieres. Hay sitio para todos.

La cara de Mey cambia al instante. Como si le hubiesen fastidiado algún plan maquiavélico de los suyos, pero con rapidez pone su sonrisa de anuncio de dentífrico.

—Resuelto el dilema del año, mi chica y yo nos vamos —anuncia Adam a todos mientras me mira a los ojos con intensidad y me sujeta de la cintura para darnos media vuelta en dirección a la salida.

—Ya os dije que si algún día… —escucho decir a Max.

—Joder, que sí, que te mataré a hostias, no te preocupes —dice Henry en alto.

Me río con solo la idea de que algún día puede que vea cómo se enamoran hasta el hígado.

«¡Dios, cómo lo voy a disfrutar!».

—¿Qué te hace tanta gracia? —me pregunta Adam casi a la altura de mi oído, logrando que se me pongan los vellos de punta y se me erice la piel.

—Nada —le miento; una mentirijilla piadosa no daña a nadie.

—¿Quieres que te diga yo en lo que pienso? —Ladeo un poco la cabeza y me doy cuenta de que tiene ese brillo en los ojos, niego despacio y se arrima más a mí—. En llegar a casa y disfrutar de las vistas al verte salir de este vestido —me dice con voz sensual.

Mierda, Adam siempre logra que me derrita con cada palabra que me dice y él lo sabe. No es justo que sea yo siempre la que me convierta en gelatina andante por culpa suya.

«¡Devuélvesela!».

Pongo las dos manos en su pecho; gracias a los tacones me siento un poco más valiente al llegar casi a su boca sin tener que ponerme de puntillas. Sin alcanzar a tocar sus labios, dejando que se entremezclen nuestras respiraciones, dejo pasar algún segundo sin moverme ni hacer ningún movimiento. Él se queda expectante por lo que piensa será un beso.

—Te he dicho que me pone muy, muy cachonda verte en traje —le susurro, alargando cada «muy» con lentitud.

Nada más decir eso, me doy media vuelta y empiezo a balancear mis ahora renovadas curvas. Escucho un «joder» por su parte y, acto seguido, oigo cómo apura el paso para llegar hasta mí. En estos últimos meses me he dado cuenta de que le excita una barbaridad que le hable con franqueza e incluso algo vulgar; al principio me daba reparo, pero… ¿a quién engaño? A mí también me gusta hacerlo, ¿quién lo diría?

Desde atrás me rodea con sus brazos y me hace reír, creo que nunca he reído tanto en mi vida hasta que lo conocí.

—Por culpa tuya y de tu hermoso trasero tendré que ir así hasta la limusina —me dice sin despegarse de mi espalda.

¿A qué se refiere? Adam mueve un poco su cadera hacia mis nalgas y siento su erección al instante. En cuanto salimos a la calle, empiezan a sacarnos fotografías los *paparazzi*. No puedo evitarlo, me parto de la risa, dejando a todos descolocados sin saber qué me ocurre. Mientras, él sigue pegado a mí o, mejor dicho, a mi espalda, para que no se vea lo evidente de su estado.

—Esta me la pagas al llegar a casa.

—Prométeelo —le digo con picardía.

—Joder, Alice, para o no podré controlarme en la limusina.

«Mmm, eso aún no lo hemos probado».

Por primera vez, Adam sube a la limusina sin cederme el paso a mí antes. Dios, es de lo más gracioso saber que puedo llegar a perturbarlo de la misma manera que él lo hace conmigo. Disfruto todo el camino a casa sabiendo que he podido provocarlo, aunque sea un poquito.

Al llegar a nuestra calle, Adam me deja salir antes a mí y se vuelve a colocar detrás de nuevo, puesto que tenemos a la prensa esperando nuestra llegada. Tengo que abrir yo la puerta. Y nada más pasar y cerrarla, no se hace esperar su primer movimiento, echándome contra ella y besándome con pasión, dejándome saber lo mucho que disfrutaremos de nuestra propia fiesta de celebración.

Y luego dice Mey que no sé divertirme, ja.

Adam deja de besar mis labios y empieza un recorrido pasando por la clavícula hasta el hombro. Sus manos suben el vestido hasta mi cintura y las mías van desesperadas a quitarle la chaqueta, que tiro al suelo, para acto seguido abrir cada botón de su camisa, dejando su pecho al descubierto y comprobar, una vez más, el efecto que causo en él. Observo cómo sube y baja su tórax, intentando llenar los pulmones de aire. Le abro el pantalón sin dejar de mirarlo a los ojos, contemplando la lujuria que hay en ellos, lujuria que yo misma siento en estos instantes. Me veo valiente y segura, jamás en mi vida me sentí *sexy*, pero cuando Adam me mira con esa intensidad, creo que soy capaz de cualquier cosa.

Antes de que él haga el siguiente movimiento, me anticipo y lo beso, rodeando con mis brazos sus anchos hombros. Cambio la posición, dejándolo a él pegado a la puerta, y, sin que se lo espere, empiezo a bajar dando pequeños besos por su cuello, pectoral, llegando a su abdomen. Me arrodillo, dejándole intuir mi próximo movimiento, levanto la cabeza y veo que tiene la boca en forma de o.

Carraspea.

—Alice, no es necesario… —Sin dejar que siga con su clase moralista, le sujeto con la mano el miembro y, sin saber muy bien cómo se deben hacer estas cosas, me lo llevo a la boca—. ¡Joder! —Escucho a Adam al instante que la parte trasera de su cabeza choca con la puerta.

Sonrío con la boca llena, no debo estar haciéndolo tan mal. Empiezo a moverme, pasando la lengua alrededor de su glande; las manos de él se posan en mi cabeza, pero no me presiona, solo acompaña el movimiento que realizo en mi exploración. Intento introducirlo más y noto unas pequeñas arcadas que me hacen retroceder. Inhalo, intentando recomponerme; el olor varonil que desprende no es para nada desagradable. Relajo los músculos de mi garganta lo máximo que puedo y, cuando vuelvo a moverme, Adam suelta por lo bajo un par de maldiciones que me hacen sentir poderosa. Mueve su cadera con cuidado, aumentando el ritmo, y yo lo acompaño, empezando a notar un hormigueo en mis labios, producido por la incesante fricción.

Increíblemente, tengo la percepción de que el grosor y longitud de su miembro aumentan. Sin previo aviso, Adam me separa del que ahora considero mi mayor dulce. Luce agitado, en su frente se aprecia una fina película de sudor. A continuación, me sujeta por los hombros y me mira con admiración y deseo.

—Dios, eres perfecta —me dice, ayudándome a levantarme del suelo.

Me besa con pasión, sin mostrar el más mínimo desagrado por el sabor que pueda tener. Me incita a rodear su cadera con mis piernas, sujetándome por los muslos. De un tirón, escucho el rasgar de mi ropa interior. ¡Oh, Dios, cómo me pone en plan rudo!

Mi espalda descansa sobre la puerta de la entrada, del otro lado sé que hay una decena de periodistas chismosos. Antes de poder decirle a Adam que es mejor que sigamos en nuestro cuarto, se introduce en mí de una embestida, logrando que un jadeo de puro placer salga del fondo de mi garganta. Mis uñas se clavan en sus hombros a través de la camisa… Piel, quiero piel, así que se la retiro lo máximo que puedo, dejándola a la altura de sus antebrazos; ahora ya puedo deleitarme con su tacto.

Un, dos, tres, cuatro… Cada embestida que da me eleva más y más alto, rozando el orgasmo. Sin importarnos un comino quién pueda oírnos, nuestros gemidos son cada vez mayores. Nuestros labios se juntan de nuevo en busca del oxígeno que necesitamos el uno del otro. Adam rota su cadera y toca un punto sensible en mi interior que hace que vea de manera literal las estrellas. Grito su nombre en alto. Notando la pulsación de cada músculo interno, como si de un reloj suizo se tratara, él se corre en mi interior mientras siguen mis espasmos.

Recuperando el aliento, poso cada pie en el suelo, siendo consciente de que aún llevo puestos los zapatos. Adam se sube el pantalón, metiendo con cuidado su miembro, aún semierecto.

—Eres una pequeña provocadora —me dice, achinando los ojos con gracia—, pero ahora es mi turno.

Sin saber qué pretende, se acerca a mí y me levanta en brazos, logrando que suelte un pequeño grito. Sube las escaleras hasta nuestro dormitorio. Me deja encima de la cama y me retira los zapatos con calma. Se me queda mirando con anticipación desde el pie de la cama y se desnuda con lentitud.

Cuando se toma las cosas con calma me desespera. Y él lo sabe.

—Adam, ¿qué haces? Vente ya —digo, palmeando el lateral del colchón con el dorso de mi mano, intentando ser sensual con mi voz.

Él niega con la cabeza y sonríe de medio lado.

—Ahora mando yo —musita, alargando una mano para que me levante; lo hago, quedo a escasos centímetros de él, me rodea y me empieza a desvestir, saboreando el momento—. Espero que no tengas mucho sueño porque pretendo hacerle el amor a mi chica toda la noche.

Cada poro de mi piel se eriza ante sus palabras; sueño, cansancio, *naaaa*, creo que puedo pasar un par de horas sin dormir.

«O de días, si nos ponemos a ser exigentes».

Estiro las piernas con pereza, me siento felizmente agotada. Me muerdo el labio inferior al recordar la noche que pasé con Adam al llegar a casa. Giro mi cuerpo, rodando sobre la cama, para buscar por instinto su calor, pero no lo siento. Abro los ojos y me doy cuenta de que estoy sola.

Qué extraño, desde que llegué, siempre me despierto a su lado.

Retiro las sábanas para levantarme y el cambio de temperatura choca contra mi piel desnuda. Me levanto y me pongo una bata blanca que me llega por debajo de la rodilla; la dejé cerca la noche anterior, antes de salir a la gala de los Brits.

«Eres demasiado calculadora».

No soy calculadora, soy previsora, sabía que llegaría agotada de los premios y que me quedaría dormida nada más meterme en la cama. Dejé la bata a mano por si me levantaba de noche.

«Dormir, lo que se dice dormir, no lo hiciste precisamente».

Salgo descalza de la habitación, rogando en mi interior para que no se le haya ocurrido hacer el desayuno. Cada vez me gusta más esta casa y no me agradaría que se quemara por culpa de un incendio a causa de un intento fallido de Adam por cocinar.

Llego al salón y no lo veo por ningún sitio, giro hacia la cocina y tampoco está aquí. ¿Dónde estará? Decido probar en el sótano, puede que esté ensayando algún solo, o componiendo algún… ¿Cómo es que le llaman? Mmm, creo que *riff*… ¿o era «*ritf*»? Lo que sea.

Bajo con cuidado cada escalón hasta llegar a la puerta insonorizada; nada más abrir, escucho la guitarra que confirma mis sospechas. Adam toca con los ojos cerrados, concentrado, cada uno de sus músculos se tensa al pasar sus dedos por cada una de las cuerdas. Lo observo con detenimiento durante unos minutos: lleva puesto un pantalón de pijama negro y va descalzo, igual que yo; eso me indica que bajó directo del dormitorio. Estoy convencida de que le ocurre algo por la expresión de su cara. Parece preocupado, abatido, incluso puedo decir que nervioso.

Doy un paso dentro de la habitación, sin que note mi presencia aún.

—Adam… —digo por lo bajo, intentando que no se sobresalte.

Él levanta la mirada en mi dirección, deja de tocar y estira la mano para que me acerque mientras reposa la guitarra a un lateral suyo contra la pared.

—Lamento no haber subido antes de que despertaras —me comenta en el instante que me siento sobre sus piernas—, no quise despertarte.

Repaso con la mirada las pequeñas arrugas que se le forman en la frente, le paso el dedo por cada una de ellas con detenimiento; él se queda quieto, esperando a que le diga lo que hago.

—¿Dime qué te ocurre? —Sé que le pasa algo, lo conozco cada día más y su comportamiento, al dejarme en la habitación sola mientras dormía, no es usual en él.

—Me llamó por teléfono mi padre —comenta, bajando su voz hasta casi no poder escucharla, me abraza y coloca su cabeza debajo de mi mentón, dejando que note su respiración en el hueco entre mis pechos. Da un suspiro que me deja alerta, a la espera de saber qué le sucede—. Es… es mi madre.

Me tenso al momento, Martha… ¿Qué le ocurre a Martha? Dios, que no sea por el cáncer, es una mujer maravillosa y no se merece estar pasando esa enfermedad. Adam inhala fuerte, sé que todo lo relacionado con su madre le afecta muchísimo. Me rodea con los brazos sin dejar de tener la cabeza agachada.

—Mañana tiene que ir al hospital de nuevo a hacerse unas pruebas para saber si el… si el cáncer ha remitido o se… —noto cómo tiene que tragar con fuerza y, aunque no le veo la cara en este momento, me lo imagino cerrando con fuerza los ojos—, o se ha extendido al resto de su sistema. No nos quiso decir nada porque no quería preocuparnos. Ella, Dios, ella quería que disfrutara de la gala.

Empiezo a notar algo de humedad en mi piel. Mierda, está llorando. No sé cómo consolarlo, no tengo idea de cómo puedo hacer que deje de sufrir. No puedo decirle que todo saldrá bien porque no quiero darle falsas esperanzas.

—Alice…, no quiero perderla —dice con la voz entrecortada, mi garganta se oprime y no puedo controlar las ganas de llorar y acompañarlo en su llanto. Rodeo su cuerpo como puedo con mis brazos y él hunde más su cabeza en mi pecho.

Le paso la mano dando pequeños círculos en su espalda, lo escucho sorber por la nariz y con mi otra mano tengo que secarme las mejillas. No quiero que me vea y se ponga peor. Intento hacer acopio de fuerzas para decirle lo que pienso. Abro y cierro la boca como un pez fuera del agua unas cuantas veces, hasta que me noto más segura para que no me escuche una voz demasiado afectada.

—Les acompañaremos, Adam —digo con rotundidad—. No dejaremos que pasen esos momentos solos —refiriéndome tanto a Martha como a Charles—. Independientemente de los resultados que obtenga en ese examen médico, estaremos ahí. Juntos.

Adam aparta su cabeza, levantando su vista para que nuestras miradas se unan a escasos centímetros. Sus ojos están enrojecidos, algo hinchados, le brillan por causa de las lágrimas derramadas. Mi corazón se contrae. Me estrecha entre sus brazos, dándome un efusivo abrazo, su respiración se agita y pega sus labios al lóbulo de mi oreja.

—Gracias, Alice —me dice en un susurro que denota lo mucho que le afecta la situación.

¿Cómo es posible pasar de un estado de felicidad plena a uno de angustia y preocupación que no te deja respirar en menos de doce horas?

Me quedo en el regazo de Adam durante lo que parecen ser horas en silencio, tan solo reconfortándolo con mis caricias. «Dios, si realmente existes, no dejes que Martha empeore, no permitas que la enfermedad gane, deja que llegue a conocer a su nieta y que la vea crecer».

Puede que no me escuche, puede que no exista, también puede ser que no me merezca ser oída por Él, tal y como me decían las monjas, en especial, sor María, pero no sé qué más puedo hacer, es algo que no podemos controlar, que se escapa de nuestras manos. Me siento impotente. Solo nos queda esperar y ver qué sucede.

36

Incertidumbre

ADAM

Estoy seguro de que, si me vendasen los ojos, me pusiesen tapones en los oídos y me llevasen a un hospital, podría saber dónde estoy solo por el olor. Odio el olor que tienen, es una mezcla entre gente enferma y desinfectante que te penetra en lo más profundo de las fosas nasales y se asienta en lo más hondo de la nariz; se me pone el estómago del revés cada vez que tengo que entrar en un hospital. Y, sin embargo, aquí estoy, a la espera de que la recepcionista me indique el número de habitación donde han instalado a mi madre a la espera de las pruebas que le tienen que realizar.

Estoy cagado de miedo, sé que a todo el mundo le llega su momento algún día, pero, joder, mi madre tan solo tiene cincuenta y cuatro años; no sé cómo podría sobrellevar la situación si ella…

Alice me pasa la mano por la espalda e intento relajarme. Desde que me enteré ayer de que esta prueba determinará si el cáncer se está extendiendo por el cuerpo de mi madre o está en remisión, me he aislado de alguna manera.

Alice no me presiona, y estoy agradecido por ello; ayer cruzaría como mucho cuatro palabras con ella en todo el día, después de que me oyera tocar en el estudio y me viera derrumbarme como un niño pequeño.

La recepcionista al fin encuentra la jodida información, planta segunda, sección D, habitación 204. Decido subir por las escaleras para llegar antes; este odioso lugar parece un maldito laberinto, derecha, izquierda, izquierda, recto, giro de nuevo.

—¡Joder, ¿dónde está la jodida habitación?! —grito, parándome en mitad del pasillo.

Mi repentino mal humor hace que mi chica pegue un salto en el sitio, llevándose las manos directamente a la barriga por culpa de mi grito. Expulso con fuerza el aire de mis pulmones, que están a punto de colapsar a causa de la saturación del ambiente, y con arrepentimiento la miro a los ojos mientras le acaricio la mejilla.

—Lo siento… —me disculpo—, no debí perder los nervios, pero es que…

—No tienes que disculparte —me dice ella, levantando su mano para tocar mi cara; cierro los ojos ante su contacto y junto mi frente con la suya, intentando que me transmita la paz que me hace falta.

Seguimos andando por otros diez minutos más, dando vueltas, hasta que veo una puerta blanca con el número 204. Me quedo paralizado, trago saliva con fuerza, notando cómo baja por mi tráquea en cada tramo. Alice se posiciona a mi lateral y entrelaza sus dedos con los míos; observo nuestras manos unidas. Levanto la mirada hasta llegar a la suya y reúno las fuerzas necesarias para empujar la puerta y entrar.

Veo a mi madre tumbada en la cama mientras mi padre le acaricia la mano y se miran ambos a los ojos. Carraspeo en alto para que noten nuestra presencia. Mi padre se levanta y mi madre gira la cabeza en nuestra dirección.

—Adam, te dije que no hacía falta que vinieses —me dice en modo de reproche mi madre—, tan solo son unas pruebas. No me darán los resultados hasta dentro de tres días.

Me acerco a ella y me inclino para darle un beso en la mejilla.

—Unas pruebas importantes, tenía que estar aquí contigo, además… —me giro y le doy la mano a Alice para que se ponga justo a mi lateral—, Alice insistió en que teníamos que estar todos juntos.

Observo cómo Alice sonríe a mi madre y esta, a su vez, le devuelve el gesto.

—Se os ve felices, ¿lo sois? —pregunta de repente, dejándome algo aturdido.

¿Que si soy feliz? Pues claro que sí: tengo a mi chica en casa, a mi hija en camino y mi trabajo es mi pasión.

—Claro que sí, mamá.

Miro a mi chica para ver si ella piensa de la misma forma, está tocándose la barriga en este momento.

—Martha, sí que lo estamos —dice Alice. Mi corazón se emociona al escucharla decir que es feliz junto a mí.

Mi madre intenta incorporarse en la cama para quedar sentada, así que suelto la mano de Alice y la ayudo a posicionarse en una postura más cómoda.

—Mamá, no es necesario que te sientes por nosotros.

—Oh, Adam. No lo hago por vosotros, lo hago por los que vienen en camino.

¿Qué?

«Ya empieza a hablar de forma misteriosa, como siempre».

Unos toques a la puerta nos distraen, esta se abre y mis ojos se agrandan al ver a todos los chicos pasar.

¿Qué cojones hacen aquí?

—¿Qué hacéis aquí? —termino por preguntar en alto.

Max se apresura a darle un abrazo a mi madre, haciendo caso omiso a mi pregunta.

—Mamá Fuller, tiene que ponerse bien lo antes posible, me debe una tarta de calabaza.

La mano de mi madre acaricia la mejilla de Max y frunce su ceño; sé, por su expresión, que alguna de las suyas le va a soltar.

—Estás muy delgado, te haré esa tarta con una condición —Max asiente con una sonrisa. Joder, me recuerda en este instante al chiquillo de siete años que se metía a escondías en la cocina de mi casa—: no dejes que sea demasiado tarde o te arrepentirás. Ve a por ella.

Max pierde la sonrisa, se yergue, alejándose unos pasos de la cama, y niega con la cabeza.

—No lo niegues, niño, todo sucederá como deba suceder.

—Hey, ¿cómo va tu madre? —me susurra Alex, dándome un codazo para que le preste atención.

—No se sabrán los resultados hasta dentro de tres días, ya se verá. Por cierto, ¿por qué habéis venido?

—Adam, siento decirte yo esto, pero tu madre no tiene un hijo —dramatiza mientras se sienta en el lateral de la cama y abraza a mi madre mientras ella le corresponde—, tiene a cinco en total.

Me reiría si no fuera porque estoy en un jodido hospital, pero lo que dice Alex es cierto: mi madre prácticamente acogió en su seno a toda esta banda de gilipollas y los crio como a sus hijos.

Sin que nadie se lo espere, mi madre levanta la mano y le da un coscorrón que resuena en toda la habitación. Henry empieza a descojonarse de la risa y veo que Alice se tapa la boca con ambas manos para evitar la risa.

—Auch, ¿y eso a qué vino? —comenta Alex mientras se frota la cabeza.

—Bien lo sabes, a mí no me engañas, Alexander —le dice en tono serio mamá—, deja de comportarte como un cretino y haz las cosas como se deben hacer.

Uy, hoy está inspirada repartiendo consejos a diestro y siniestro. Me da miedo que pueda tener alguno para Alice y para mí. Ya sé que no debo hacer demasiado caso a sus momentos especiales, pero la duda está ahí.

ALICE

No puedo evitar reírme. Martha es como una gran gallina, cuidando y protegiendo a sus polluelos. Dándoles consejos y animándolos cuando es ella la que está en una cama de hospital. Son verdaderamente una familia.

Me acabo de dar cuenta de que los lazos de sangre no son necesarios para lograr tener una, todos y cada uno de ellos me han acogido y me siento feliz de poder compartir estos instantes con ellos.

—Al fin te das cuenta —dice Martha, mirándome con fijeza después de haber pasado tanto por Henry como por John para darles la misma frase misteriosa a cada uno, dejándolos a todos en un estado de reflexión. A Henry le dijo «necesitarás mantener ese carisma que te caracteriza cuando la conozcas». Y a John le soltó «tu serenidad será perturbada para bien cuando menos te lo esperes».

Abro la boca para preguntar de qué me doy cuenta, aun sabiendo bien la respuesta, pero una enfermera llega y nos pide que salgamos a la sala de espera. Un celador se lleva a Martha para realizarle los exámenes médicos.

Llevamos más de una hora esperando a que salga alguien a informarnos de algo. Adam no debe ser muy amigo de los hospitales. Su pierna no para de temblar todo el tiempo, me da ganas de frenársela y darle un grito para que cese el movimiento.

Necesito estirar las piernas un rato, me levanto de la incómoda silla y pregunto en alto si alguien quiere algo de la máquina expendedora. Con un par de recados por parte de Charles, Max y Henry, salgo al pasillo y me quedo mirando la máquina antes de meter las monedas. Un leve toque en la pierna a la altura de la rodilla me distrae, miro hacia abajo y me encuentro a un niño pequeño de unos cuatro años. Sonrío y miro a ambos lados del pasillo sin ver a nadie. Lleva la bata del hospital, su cabecita está calva, sin un solo pelo. Me entristezco ante la idea de que un ser tan vulnerable como lo es un niño tenga que sufrir por la odisea de un cáncer a tan temprana edad.

—Hola —lo saludo, agachándome para estar a su altura—, ¿te has perdido?

—No, mi mami está con el doctor Harrison —me dice mientras se muerde los labios—, ¿vas a tener un bebé? —pregunta, señalando a mi barriga.

—Sí, voy a tener una niña.

El niño pone cara de no gustarle la idea de una niña, arrugando su naricita.

—Las niñas no saben jugar a la pelota.

—Algunas sí saben, yo sé jugar y soy una niña. Aquí no podemos jugar a la pelota, pero si quieres, mientras tu mamá está ocupada, podemos jugar a otra cosa.

—¿Jugarías conmigo? —dice, agrandando los ojos y sonriendo ante la propuesta.

—Por supuesto que sí, ¿no juegas con otros niños aquí?

Le pregunto con curiosidad, no debe ser agradable el ser un niño y estar en un sitio como este, frío y sin poder pasar un rato para dejar de pensar en tu salud ni un instante. No creo que eso sea algo que les ayude.

—No —responde, bajando la mirada al suelo—, no hay muchos niños con los que jugar y, siempre que salimos y nos escapamos de la habitación, la enfermera Marga nos riñe.

—¿No tenéis un salón o algo así donde poder ver la tele o jugar a videojuegos? —Él niega con la cabeza.

—Ian —escucho la voz de una mujer a mi espalda—, ¿qué te he dicho de hablar con desconocidos? —Debe ser la madre, llega a nuestra altura y pone ambos puños en su cadera, intentando parecer seria, pero veo cómo se le forma una pequeña sonrisa de medio lado al instante—. Disculpa. Este niño es imposible, cada vez que me doy la vuelta, se marcha y empieza a hablar con quien sea que tenga cerca.

—No me ha molestado, lo cierto es que Ian es un niño encantador. Por cierto, mi nombre es Alice —me presento, dándole la mano al pequeño para que la estreche.

—¡Ay, Dios, ¿tú eres, eres, Alice Cooper?! La novia de Magister —dice la madre de Ian, colocando ambas manos en la boca—. Entonces, debes estar aquí por lo de su madre.

Asiento con la cabeza despacio, no me acostumbro a que me reconozcan, y mucho menos que asocien cada movimiento que doy con tanta rapidez. La prensa no tardó en difundir el posible empeoramiento de Martha, hasta casi parecer que le faltaran pocas horas de vida, cuando la realidad es que solo viene a una revisión.

—Oh, por Dios, qué desconsiderada soy. No te entretengo más. Ian, vámonos —dice, agarrando a su hijo de la mano—, encantada, Alice.

—Ha sido un placer.

—Jooo, mami, íbamos a jugar —suelta el pequeñín, haciendo pucheros.

—Ya juego yo contigo en tu cuarto —comenta ella mientras van andando por el pasillo.

—Pero tú siempre me dejas ganar…

Regreso a la sala de espera con patatas fritas en bolsa y unas cuantas chocolatinas que reparto. Adam me pregunta por mi tardanza y le comento lo de Ian y su madre; él escucha con atención y frota mi abultada barriga mientras la pequeña se remueve ante la presencia de su padre. Cuando ya había pensado que se habían olvidado por completo de nosotros, un médico se digna a aparecer y nos comunica que Martha ya está en su habitación. Adam somete al médico al tercer grado y le pregunta de todo, pero el doctor se ve muy profesional y solo le dice que debemos tener paciencia y que los resultados llegarán cuando los hayan terminado de revisar. Con resignación, se despide, dándole la mano, para ir justo después, de nuevo, junto a su madre.

—Paciencia, paciencia, ¿cómo me puede pedir ese doctor que tenga paciencia? —me comenta Adam, entrando por la puerta de nuestro hogar.

—Porque tiene razón, no podemos hacer otra cosa más que esperar a los resultados. Además —digo, acercándome a él mientras extiendo los brazos para abrazarlo, y lo miro directo a sus profundos e intensos ojos—, ya oíste a tu madre, ella se siente bien, no quiere que nos preocupemos.

Mi móvil empieza a sonar, me separo del calor que me proporciona Adam y, a regañadientes, miro quién es tan inoportuno para llamar en este momento.

«¡Mey!».

Deslizo el dedo sobre la pantalla y contesto a mi amiga.

—Hola, Mey.

—¿Cómo está tu suegra?

—¿Mi suegra? —pregunto en alto ante esa palabra que parece tan rara para describir a Martha.

—Sí, mona. Tu suegra. Estás viviendo con su hijo, vas a tener a su nieta, en definitiva, tu suegra —me responde Mey.

Puede que ella me esté dando su explicación del motivo por el cual llamar a Martha «suegra», pero en mi cabeza solo escucho: «¿Eres idiota o te lo haces? Claro que es tu suegra».

—Está bien, Mey, tenemos que esperar a los resultados —le comento mientras me siento en el sofá. Adam me hace una señal de que va a la cocina y yo asiento con la cabeza—. ¿Me llamas para preguntarme por ella?

—Sí y no. También para decirte que hoy te vienes a celebrar el cumpleaños de Emilie, ya me hice con los pases para poder entrar en Amika.

Amika es el local de moda por excelencia en este momento en Londres, está situado en Kensington High Street, no muy alejado de nuestro barrio. Incluso si me lo propongo, podría volver andando de lo cerca que está de Chelsea, cosa que no haré por razones obvias.

«Jodidos *paparazzi*».

—No sé, Mey… —dudo, no creo que sea el mejor momento para dejar a Adam solo en casa durante lo que serán horas—. Mira, se lo comento y te envío un mensaje, ¿vale?

—Más te vale que vengas, cuando nazca mi sobrina serás una aburrida, tengo que aprovechar ahora. Luego no podremos…

—No te pongas melancólica conmigo que no te funciona, te mando un mensaje y ya veré lo que hago.

—A las siete te iré a buscar, ponte guapa —escucho a Mey decirme antes de colgar.

Me levanto del sofá y me voy directa a la cocina a la vez que guardo el teléfono en el bolsillo trasero del pantalón vaquero. Por suerte, Adam está haciéndose un sándwich y la casa no peligra. Termina de juntar las rebanadas, lo deja sobre un plato y comienza con otro.

—Siéntate, este es para ti. No has comido nada hoy.

Mis tripas al momento suenan, me siento en un taburete y me acerco el plato para comenzar a devorar.

—Mey me ha pedido salir hoy a celebrar el cumpleaños de Emilie —le comento entre bocado y bocado.

Él se sienta a mi izquierda, da un mordisco gigante a su sándwich y asiente. Me quedo mirando hacia él, esperando a que me diga algo. Al ver que no sigo comiendo, frunce su frente y mira al plato donde tengo posado lo que para él es una comida saludable.

—¿Y a qué hora os marcháis?

—¿Cómo que a qué hora nos marchamos? —pregunto con algo de fastidio—. ¿No te importa que me marche y te deje solo en la casa?

—Alice, puedes salir con tus amigas siempre que quieras, no tienes que pedirme permiso si es lo que esperabas tener que hacer. Soy una persona adulta y puedo aprovechar para ir junto a los chicos mientras estás con Mey y Emilie.

No sé cómo tomarme esto. Tengo entendido que las parejas suelen discutir por esta serie de situaciones. Y él va y me dice que puedo hacer lo que quiera, así, sin más. Estoy contenta por lo que dice y a la vez algo descolocada. Quizá Adam no sea como la mayoría de los hombres para que dé por sentado cómo va a reaccionar.

—Y bien, ¿a qué hora? —dice, moviendo mi plato un poco en mi dirección. Sujeto el sándwich con las manos y le doy otro mordisco.

—A las siete —contesto con la boca llena. Adam se ríe ante mi falta de modales.

—Vas a tener que cuidar esos gestos cuando nazca nuestra niña —me reprende mientras se levanta y me rodea la cintura con los brazos.

—Tranquilo, si empieza a tener malas costumbres, le echaré toda la culpa al padre. Al fin y al cabo, es un roquero y ya sabemos que todos los roqueros carecen de modales —suelto, claramente para meterme con él.

Como me imaginé, Adam no se molesta por mi comentario, se arrima más a mí, sin dejar de lucir una preciosa sonrisa en su rostro, y me acaricia la mejilla con su áspera mano.

—¿Te he dicho hoy lo mucho que te amo? Te amo.

Y como cada vez que me lo dice, yo lo abrazo y le doy un beso en respuesta. No sé el motivo por el cual aún no soy capaz de verbalizar mi amor por él. Me ha demostrado de sobra que me ama, que quiere a nuestra hija no nata. Es cariñoso, atento, siempre pendiente de mis antojos o peticiones. Y, sin embargo, se me forma un nudo en la garganta cada vez que intento decirlo en alto. Quizá sea porque tengo miedo a que, si lo expreso, todo termine, que deje de ser él. Que cambie nuestra relación de alguna manera.

ADAM

Alice se marchó hace unas cuantas horas al cumpleaños de Emilie. No me molesta que salga con sus amigas, como le comenté a ella, pero, por si acaso, le dije a Marcus que se quedara bien cerca en todo momento por si se encontraba mal en algún momento.

Desde que tuvimos la conversación de las cartas, decidí por mi cuenta contratar a Marcus a tiempo completo, con subida de sueldo incluida, para que esté pendiente de ella. Alice no quiere saber qué decisiones tomé al respecto y se piensa que él aún está de chófer.

De vez en cuando sigue llegando alguna que otra, no le quiero dar demasiada importancia. A todos los personajes públicos, sean cantantes, actores o incluso periodistas, les llega en algún momento alguna que otra carta amenazante. Pero es de mi chica de la que hablamos, y eso me tiene preocupado.

—Hey, Adam, tómate una birra, que desde que estás con tu chica eres un soso —dice Henry, abriendo una para dármela.

Sujeto la botella con las manos y la llevo a mis labios para cerrar los ojos mientras doy un trago. Cada vez que mis párpados se cierran la veo, ella es la luz del sol en el mar, es una suave lluvia de verano cayendo gentilmente sobre los árboles, terca como una piedra, pero a la vez suave como una pluma. Nadie puede entender lo que estoy sintiendo por ella. La amo con todo mi ser. Y yo soy suyo en cuerpo y alma.

—Joder, Adam, ¿quieres centrarte? Estás ausente desde que llegaste —escucho la voz de Alex.

—Lo siento, estaba pensando en Alice.

—No hace falta que lo jures, se te pone esa cara de imbécil siempre que lo haces.

Henry, Max y John empiezan a reírse en alto. De repente, me doy cuenta de que la casa de Alex tiene muebles y, además, está decorada con muy buen gusto. Estamos sentados en su salón en un sofá en forma de ele que abarca gran parte de la estancia. Las paredes ya no lucen vacías, están vestidas con cuadros modernistas de tonos luminosos.

—Alex, ¿cuándo empezaste a decorar la casa? —le pregunto mientras acomodo mejor la espalda.

—Empecé hace unas semanas, contraté una empresa para que fuera más rápido, ya que en breve vendrá a visitarme Peter y quería tener todo listo para ese momento.

En el momento que Alex menciona a su hijo, me acuerdo de la conversación de Alice de hoy en la mañana, cuando me habló sobre el pequeño que se encontró en los pasillos del hospital. Es horroroso que alguien que acaba de comenzar su vida tenga que combatir una enfermedad tan dura en un sitio tan inhóspito como un hospital, quizá…

—Chicos, escuchadme un segundo —Henry y John dejan de hablar para girarse y prestarme atención como lo hacen Max y Alex—, he estado pensando, ¿qué os parecería organizar un concierto benéfico para que el hospital pueda abrir un ala infantil y que los niños tengan donde poder entretenerse y jugar, que puedan seguir siendo niños y no solo unos pacientes?

Se miran unos a otros. Max da un sobro a su birra y Alex se queda mirando al techo durante unos segundos; cuando todos me miran de nuevo, una sonrisa está en cada uno de sus rostros.

—Eso, amigo, es una gran idea, cuenta conmigo —dice John.

—Y conmigo —dice Max, haciendo chocar mi botella con la suya.

—Tenemos que hablar con Mike para saber si se une, aunque estoy casi seguro de que así será —comenta Henry.

—Yo me ocuparé de que la discográfica nos encuentre un lugar al aire libre para que entre más gente. Cuanta más, mejor —termina por decir Alex.

—Estupendo, nos pondremos manos a la obra lo antes posible. Entre los ensayos y que empezamos a grabar el nuevo disco en menos de dos meses, tenemos que apurarnos —les digo a todos.

—Tranquilo, si todo sale como creo, en menos de un mes estará todo preparado para el evento —me tranquiliza Alex.

Sin embargo, no puedo estar tranquilo del todo, según se acerca la fecha de la grabación, me pongo más nervioso porque eso significa que pronto mi hija nacerá y que, acto seguido, estaremos con la gira de Latinoamérica. No me quiero separar de Alice ni nuestra bebé cuando nazca, no sé cómo voy hacerlo.

El teléfono móvil suena, veo cómo se ilumina la pantalla y se mueve con la vibración sobre la mesa que tengo delante, me inclino un poco para ver quién es. Leo el nombre de Marcus y mi cabeza empieza a bullir con un sinfín de posibilidades del motivo por el cual me esté llamando. Me levanto, aceptando la llamada, y me alejo de mis amigos para poder escucharlo mejor.

—Marcus, ¿qué sucede?, ¿está Alice bien? —Es inevitable que no piense en ella cuando lo dejé a él al cargo de su seguridad ante la salida de las chicas.

La voz de Marcus se escucha entrecortada, oigo a Mey de fondo también.

—Marcus, no te escucho bien, ¿puedes repetir? —insisto, la palma de la mano que sujeta el teléfono me resbala, mi piel no deja de transpirar, me estoy preocupando…

—Alice…, coche…. —escucho palabras sueltas que me alarman. ¿Un coche?

—¡Marcus, joder, ¿qué ocurre?!

Los chicos se acercan y me preguntan qué sucede, les digo que no tengo ni puta idea, que no hay forma de oír bien a Marcus, que dijo algo de Alice y un coche, pero que no sé nada más. Un pitido me indica que la llamada ha sido cortada. Me dejo caer al suelo, mirando las manos que sujetan el móvil, ¿qué le ha pasado a Alice?

No soy capaz de moverme, no escucho sonido alguno, sé que alguien me agita, sujetándome los hombros, y que hablan entre ellos, sin embargo, no soy capaz de centrarme en ninguna palabra en concreto para vislumbrar un significado de las mismas.

Mi chica, mi hija.

37

Amenaza real

ALICE

Mey y Emilie me esperan en el coche con Marcus para dirigirnos a Amika. Terminé por vestirme con un pantalón vaquero cómodo y una blusa suelta; no voy nada llamativa, aunque lo cierto es que tampoco quiero llamar la atención demasiado. Me maquillé de forma suave, casi ni se aprecia; la verdad es que no soy de ponerme demasiados potingues sobre la piel.

Me despido de Adam, dejando que me sostenga en sus brazos durante unos segundos, antes de darle un beso suave y decirle que lo veré a la vuelta. Antes de que cierre la puerta de casa, bromeo diciéndole que no beba demasiado, que no quiero encontrarlo borracho cuando llegue a casa y él me dice con sorna que yo tampoco lo haga.

Marcus me abre la puerta trasera del auto y me da la bienvenida un grito de euforia de Mey.

—¡Amika, allá vamos!

Emilie agranda sus ojos y se arrima a mí. Gira su cabeza para decirme algo en confidencia e intento escuchar su tono débil sobre los gritos de mi animada amiga.

—¿Es siempre así? —pregunta Emilie, refiriéndose a Mey.

—Aún no has visto nada, espera a que lleguemos.

—Dejad de hablar de mí, que os escucho perfectamente —comenta Mey—, y para tu información, Emilie, hoy será una noche que nunca olvidarás.

Dios, temo por la integridad de Emilie; cuando a Mey se le pasa por la cabeza una celebración épica, es capaz de mover cielo y tierra para que todos la sigan. Sé que no parará hasta conseguir que todo sea como ella quiere. La conozco muy bien, me he dejado arrastrar por ella más veces de las que me gustaría.

Marcus nos deja a la entrada del local, indicándome que le llame cuando salgamos para recogernos y llevarnos a nuestras respectivas casas, sea la hora que sea. Insiste demasiado en ese punto hasta que le digo que sí.

Presidiendo nuestro pequeño grupo de tres, Mey se acerca a la entrada y, obviando la cola inmensa de personas que hay esperando para poder entrar, le da al macizorro de la entrada nuestros nombres. El hombre trajeado sostiene una carpeta y revisa su lista; sin mover un solo músculo de la cara, asiente y abre el cordón de terciopelo que separa a los que tendrán que esperar en la calle, quizá durante horas antes de tener oportunidad de pasar, y los afortunados que están ya dentro.

La música pop del momento suena en el local. Mey comienza a mover sus caderas al son que marca la canción y Emilie y yo la seguimos. Hay bastante gente, pero por lo menos se puede andar sin que me den codazos. Agradezco que no esté permitido fumar en estos sitios; no es que me guste demasiado el olor a sudor ni mucho menos, no obstante, estoy segura de que no aguantaría el estar metida por mucho rato con el humo merodeando a mi alrededor sabiendo que es dañino para mi pequeña.

Llegamos a la barra y me pido un zumo de melocotón, no sé por qué me ha dado por este tipo de zumo en concreto, pero no dejo de beberlo cada vez que tengo oportunidad.

Mey, en cambio, se pide dos *gin-tonic*, uno para ella y otro para Emilie. Veo cómo esta última sorbe por la pajita y asiente en conformidad, dando a entender a Mey que le gusta.

—Ten cuidado con esa bebida —le digo a Emilie—, la última vez que tomé una, acabé embarazada.

Emilie se lleva una mano al pecho y empieza a toser, se acaba de atragantar y tanto Mey como yo no dejamos de reír. Pobre, creo que la he asustado.

Encontramos un reservado no muy lejos de la pista de baile donde poder sentarnos; los asientos son unos cómodos sofás de terciopelo en negro muy elegantes con cojines en blanco. ¿A quién, en su sano juicio, se le ocurre poner unos cojines blancos en un local donde sirven bebidas?

Sin embargo, se ve todo impoluto, las lámparas que cuelgan del techo alto llaman mi atención, son enormes y me da miedo que tanto peso pueda llegar a ceder y caiga, aplastando a todo el mundo a sus pies. Es un miedo irracional que tengo. No lo puedo evitar.

Unos seis zumos más tarde, y viendo el estado de embriaguez que tienen mis dos acompañantes, mi vejiga pide a gritos encontrar un aseo lo antes posible. Me levanto y, haciéndoles una seña a distancia a las dos borrachas que ocupan la pista de baile, me dirijo al baño más cercano.

Mi corazón da un salto al ver a lo lejos a Jeremy. No pensé encontrármelo así, de repente, sin motivo alguno, y mucho menos fuera del ambiente de los conciertos. Hago un rodeo no muy sutil por mi parte y me alejo lo máximo que puedo de su zona para ir al otro extremo y así poder hacer mis necesidades sin el miedo de que me aborde a la salida.

Tiro de la cisterna, dándole a un botón que está anclado a la pared, empujo la puerta y me voy directo al lavabo; abro el grifo, me lavo las manos y me mojo la cara para refrescarme. El calor desde que entramos ha aumentado, cada vez son más personas las que dejan pasar y me siento algo mareada. Decido ir en busca de mis amigas e intentar convencerlas para salir a tomar el aire.

—¡Eres una sosa! —grita Mey sobre la música cuando la encuentro y le explico que quiero salir—, pero eres mi sosa y te quiero. —Se deja caer sobre mis hombros.

«Borracha».

—Yo también quiero un abrazo —dice Emilie, que me rodea con sus brazos desde la espalda.

—Chicas, me estáis agobiando y de verdad que necesito salir o puede que me desmaye —les informo a ambas.

Mey se incorpora, intentando no tambalearse a cada lado, y pone cara seria.

—Haberlo dicho antes, si es por mi sobrina, la fiesta se traslada, no se diga más.

Buff, menuda tienen encima…

El aire fresco de la noche me despeja y disfruto de su tranquilidad, hasta que escucho a Mey y a Emilie cantar a pleno pulmón una canción de Slow Death, imitando a Alex. Estoy por afirmar que mañana estarán afónicas ambas.

Empezamos a caminar por la calle hasta llegar a una pequeña plaza con una fuente en el centro; los chorros de agua son iluminados por las luces que provienen de su interior, dándole un aspecto mágico.

—¡Oh, oh, oh! —exclama Mey, dando saltos—. Emilie, tenemos que bautizarte.

¡¿Qué?!

La loca de Mey va directa a la fuente, se saca los zapatos y entra en ella.

—¡Venga, ¿a qué esperas?! Es tu bautismo a la vida pecadora y perversa de la mayoría de edad —dice ella, haciéndome reír.

Veo cómo Emilie se adentra sin ni siquiera sacarse los zapatos. Empiezan a salpicarse mutuamente, hasta que me ven e intentan mojarme a mí también. Me alejo para que eso no suceda.

El sonido de un motor acelerando hace que me gire, las luces largas me ciegan; me llevo una mano a los ojos para intentar ver algo, sin embargo, me quedo sin aliento al observar que su rumbo es directo hacia mí. Mis manos van directas al bulto de mi barriga, intentando proteger de alguna manera absurda a mi pequeña; mi cerebro ni siquiera ha dado la orden de tal acción, solo estoy reaccionando.

Cierro los ojos con fuerza, es inevitable, el impacto está demasiado cerca. Escucho el grito desgarrador de Mey y Emilie. «Dios, me da igual lo que suceda conmigo, pero permite que mi hija no salga dañada».

El empujón de alguien hace que abra los ojos y, de repente, noto que estoy tendida sobre un cuerpo. Marcus. El coche pasa justo por nuestra altura y se aleja al instante, girando en una calle cercana.

—¡Joder! Espero que estés bien o Magister me matará —dice Marcus, intentando levantarse mientras me ayuda—. Tenemos que irnos, ya.

No paro de tocarme una y otra vez la barriga, intentando recobrar el aliento perdido y relajarme. No lo consigo hasta que noto el primer movimiento dentro de mí; suspiro más tranquila, mi hija está bien.

—Mierda, me caí sobre el móvil y lo tengo destrozado, dejadme uno de los vuestros —pide Marcus.

—El mío lo tiene Mey —digo, señalándola; aún estoy en estado de *shock*, sin creer lo que acaba de suceder.

—Ehm, yo creo que me he cargado los teléfonos —responde ella, mostrándolos empapados.

—Genial, tendré que intentar contactar con él por el mío —comenta Marcus mientras lo seguimos por la calle, unas pegadas a las otras. Mey no deja de preguntarme si estoy bien y Emilie tiene la cara descompuesta—. Magister —escucho lo que le dice—, estoy con Alice, acaban de intentar atropellarla. El coche se ha dado a la fuga. Ella está bien, la aparté justo en el momento en el que se le echó encima… ¿Magister? Mierda de móvil, se ha cortado.

Llegamos al coche y subimos sin perder tiempo. Chelsea está a menos de cinco minutos. Durante el trayecto me doy cuenta de que me han intentado atropellar. No sé si de manera intencionada o no, eso es lo de menos. Tengo un miedo enorme a lo que pudo haber sucedido.

El coche aparca y salimos, veo luz en la entrada de la casa de Alex y voy directa a ella. Debe estar ahí. La puerta se abre y sale Alex corriendo.

—Alice, joder, pensábamos que te había pasado algo. Tienes que entrar y traer de vuelta a Adam —me dice, agarrándome del brazo para que siga sus pasos.

—¿Cómo que tengo que traerlo de vuelta? ¿Dónde está? —cuestiono desconcertada.

—No se ha marchado, está sentado en el suelo con la mirada perdida en estado catatónico, sin moverse, mirando a la nada. Joder, ¡entra de una puta vez! —Ignoro la rudeza con la que me habla, el estado de Adam es lo que más me preocupa en este momento.

ADAM

Mi chica… un coche…

Una y otra vez pasan por mi mente las peores situaciones posibles: un accidente de tráfico, un atropello, ella malherida, mi hija…

La imagen de su sonrisa se distorsiona, la visualizo tendida en el asfalto en una calle cualquiera de Londres sin que yo pueda hacer nada. El bello color de sus ojos ámbar, que tan feliz me han hecho cada vez que nuestras miradas se cruzaban, se modifica por un blanco helado y sin vida.

El sonido de su voz llega a mis tímpanos, llamándome; no quiero hacerle caso, sé que ella no está conmigo aquí, le he fallado. Le pedí que se quedara conmigo, que sería su guardián en sus noches oscuras y le he fallado.

—Adam, por favor, mírame —escucho a lo lejos la voz de mi chica—, por favor, Adam, no me hagas esto, mírame, estoy contigo, no te alejes de mí.

Oigo un llanto desconsolado en la lejanía y pasos alejándose.

El calor de unas manos me envuelve ambas mejillas; su tacto. Es ella, la reconocería en el mismísimo infierno.

—Mírame, mi amor, mírame. —«Mi amor…». Muevo la mirada, encontrándome con mi lugar favorito, ese bosque lleno de colores tan diversos, verde y marrón—. No me dejes, te amo. Vuelve a mí.

Parpadeo, Alice…, es ella, está aquí. La abrazo con fuerza, no queriendo que se separe de mí en toda su vida.

—Eres tú, eres real. Estás aquí conmigo —digo emocionado, sin creérmelo.

—Estoy contigo, mi amor. No vuelvas a darme un susto como este en mi vida —pide mientras se seca las lágrimas derramadas.

Me separo un poco de ella para poder besarla, nuestros labios se unen con cuidado, como si fuera la primera vez que se presentan. Junto mi frente con la suya, ¿qué cojones ha pasado? Tengo tantas preguntas que quiero hacer en alto, sin embargo, me contengo, quiero disfrutar un poco más del momento con ella.

Miro a mi alrededor y me doy cuenta de que estoy en la entrada de la casa de Alex. Alice y yo continuamos sentados en el suelo. No hay nadie a nuestro alrededor. Me imagino que han querido dejarnos a solas. Centro mi mirada en el amor de mi vida.

—Dímelo de nuevo —le pido.

Sé que sabe a qué me refiero. Puede que estuviera en estado de *shock* ante la idea de haberla perdido, pero fue ella quien me salvó con sus palabras. El sonrojo en sus mejillas se acentúa y desvía la mirada, se lleva la mano al colgante.

Me alegra que haya cambiado su tic habitual de tocarse el mechón de pelo por el de la púa con nuestra inscripción.

Alice levanta la vista, en sus ojos se aprecia el brillo de unas lágrimas contenidas. Le acaricio la mejilla, ¿quizá la esté forzando demasiado?

—Te amo, Adam —me dice mientras su barbilla tiembla—, nunca pensé que sería capaz de amar tanto a alguien en toda vida.

No puede haber persona en el planeta más feliz y dichoso que yo en este momento. La rodeo con mis brazos y la beso con pasión, queriendo sellar nuestro amor con nuestros labios.

—Te amo, Alice —le digo con una sonrisa.

—Bueno, tortolitos, ¿alguien nos puede contar qué cojones ha pasado? Tanto drama ya cansa —cuestiona Alex, apareciendo en la entrada sin que nos hayamos dado cuenta.

Me levanto del suelo y le doy la mano a Alice para ayudarla a hacer lo mismo. Lo que acaba de decir Alex es cierto, quiero detalles de todo lo que acaba de suceder esta noche, minuto por minuto. No quiero volver a sentir esta angustia en el pecho en mi vida. Jamás.

Un poco más tranquilos, escuchamos el relato tanto de Alice como de Marcus. Mey y Emilie no pueden aportar nada, llevan tal borrachera encima que se han quedado dormidas en el sofá de Alex al darse cuenta de que todos estábamos bien.

Creo que a partir de hoy voy a cambiar de idea y que, cada vez que mi chica quiera salir con sus amigas, tendré más reparo y no será tan sencillo como lo ha sido hasta ahora. La pego más a mi cuerpo, sentada en el sofá a mi lado; se queda dormida a la media hora.

—¿Crees que Jeremy ha sido el que intentó atropellarla? —cuestiona en alto Max. Esa pregunta ronda en mi interior desde que Alice me confesó haberlo visto en el local.

—No lo sé, lo que sí sé es que no dejaré que nadie dañe a mi familia —le respondo con verdadera rabia.

Y lo digo en serio, más vale que nadie se atreva a dañarlas porque soy capaz de todo por ellas

38 Resultados

ADAM

Observo los rasgos de su cara una y otra vez mientras duerme en nuestra cama. Estoy sentado en un lateral de la misma mientras ella abraza la almohada tranquila, se remueve un poco y esboza una leve sonrisa. Hace dos días pensé que la había perdido, que no volvería a verla ni abrazarla, que no podría disfrutar de nuevo de los momentos comunes en los que ella me separa de la cocina con sutileza y se hace cargo de la comida. O de sus regaños cuando tiene que recoger la ropa que dejo tirada en el suelo después de una ducha.

Amo con todo mi ser cada uno de esos instantes. No los cambiaría por nada.

Me acomodo entre las sábanas para estar más cerca de ella, de mi chica, de mi musa, de mi todo hasta que nazca mi hija y entre ambas completen mi corazón.

Alice cambia de posición, dejando de abrazar la almohada para pasar el brazo por mi cintura, y coloca su cabeza en mi hombro. Inhalo su aroma y acaricio su pelo castaño.

Mi mano se mueve por inercia a su vientre redondeado, siento el movimiento de mi pequeña, que patea con fuerza desde el interior de su madre, haciendo acto de presencia.

Por un instante, dejo la felicidad que estoy sintiendo al recordar la conversación acalorada que tuve con Jeremy. Me negó haber visto esa noche a Alice, incluso llegó a pedirme disculpas al decirme que quizá se había equivocado con ella. «Quizá…». Será cabrón el hijo de puta.

Olvido todo en el momento en el que mi chica coloca una de sus piernas peligrosamente cerca de mi entrepierna, logrando que mi deseo por ella se acentúe. A mi polla le importa una mierda que aún no haya ni amanecido. Un pequeño roce de su parte es suficiente para que quiera estar dentro de ella de por vida.

El que Alice duerma solo con una camiseta vieja no ayuda que digamos. Muevo la mano por dentro del tejido que tapa su silueta, llegando a uno de sus pechos. Me paso la lengua entre los labios, queriendo y deseando que mi chica despierte para poder besarla.

El ruidito que sale de su garganta en cuanto se revuelve, consigue que mueva mi cadera en su dirección. ¡Joder, la necesito ya!

Esta situación ha sido continua desde que volvimos a casa la misma noche que llegó de Amika. La necesidad de su tacto, de su constante presencia se han vuelto imprescindibles para mí.

Rodeo con el dedo su pezón, notando cómo se va endureciendo poco a poco. La respiración de Alice se convierte en más densa y entrecortada por segundos.

Me tengo que contener para no romperle la prenda de ropa que tapa su figura, muevo los dedos, esbozando círculos imaginarios en su piel, hasta dar con el culote de encaje color crema que lleva puesto.

Sumerjo la mano en su interior con el conocimiento de que la encontraré mojada.

«Ah, así es».

Juego con los pliegues de su vagina, sin entrar en su interior, y ella se mueve de nuevo, volviendo a soltar un quejido de placer entre sueños. Mi pulgar presiona, dando círculos, sobre su clítoris, consiguiendo que con cada toque su pecho se agite más y más; yo no dejo de contemplar con adoración cada una de sus expresiones.

Cuando noto un leve parpadeo por su parte, sin previo aviso, introduzco dos de mis dedos hasta los nudillos. Alice abre la boca, soltando un gemido de lo más sensual.

«¡Basta! Esto ya es demasiado autocontrol».

Retiro las sábanas, dejándolas caer a los pies de la cama, mientras escucho el lamento de Alice ante la repentina retirada de su interior. Con ambas manos, una en cada lateral de su cadera, la incito para que se levante un poco y me permita sacarle esta prenda odiosa; se la rompería de un tirón, pero ya me ha dicho que se va a quedar sin ninguna como siga así. A partir de mañana, le pediré que duerma desnuda.

«Sí, sería aconsejable, o no ganarás para comprarle tanta prenda íntima».

Trepo por su cuerpo, esparciendo besos en cada tramo de su piel a la vez que le voy subiendo la camiseta. Cuando se la retiro del todo, me quedo anestesiado contemplando cómo las hebras de su cabello se mueven ante el sutil movimiento hasta quedar esparcidas sobre sus hombros desnudos.

La beso con dulzura y ella me rodea con los brazos el cuello, intentando que me acerque más, pero esta posición ya no es tan cómoda para ninguno de los dos, dado que Alice está de cinco meses.

Llevándola conmigo, me giro y me dejo caer de espaldas sobre el colchón.

—Soy todo tuyo, haz conmigo lo que quieras. —Mi voz sale con un tinte grave lleno de lujuria.

La mirada de Alice se detiene en cada uno de los tatuajes que luce mi piel, su lengua asoma entre sus labios y se toca el colgante con una mano. Sé que está pensando en algo, cómo me gustaría estar dentro de su cabeza en este instante.

—¿Lo que quiera? —pregunta con media sonrisa en su hermoso rostro.

Asiento, deseoso de que haga algún movimiento. Me da igual el que sea, pero que haga alguno antes de que el dolor que tengo por mi erección aumente.

El mismo movimiento que le sugerí yo antes es repetido por ella, con sus manos suaves y sedosas me retira el bóxer que llevo. Trepa por mi cuerpo, haciéndome cosquillas con su melena, mientras me da besos con demasiada calma.

Mi cuerpo arde, no lo soporto más.

La sujeto por la cadera y la levanto, ejerciendo la fuerza necesaria para que sus piernas se posicionen alrededor de mi cadera.

—Pensé que era yo la que mandaba hoy —comenta con picardía.

—Sabes que tengo un límite.

—Dime cuál es.

—Tú, desnuda encima de mí y torturándome a tu antojo.

Sin volver a decir nada más, dejo que sea ella quien baje y lleve el ritmo que quiera. Sin necesidad de guiar mi miembro, entra en ella centímetro a centímetro. Un sonido grave de placer sale de mi garganta en cuanto me rodea con su calor. Admiro cada uno de sus movimientos, la dejo subir y bajar a su antojo y deseo durante unos minutos, mientras, aprovecho para poder acariciar, besar y morder con cuidado sus hermosos pechos.

Cuando empiezo a notar que tanto ella como yo estamos al borde del orgasmo, tomo el control sin que me lo pida. La sujeto por las nalgas y la ayudo a ascender y descender con mayor agilidad y rapidez.

Una vez, dos veces, tres… hasta que sus músculos internos empiezan a apretar con fuerza mi polla, aferrándose a ella. Alice grita, dejando caer su cabeza sobre mi hombro mientras sus espasmos siguen. Como cada vez que llega al éxtasis, los movimientos que ella realiza son más lentos y pausados, como si fuera perdiendo fuerza.

Sin embargo, yo aún no he llegado y estoy deseándolo. Aumento el ritmo, moviendo mi pelvis en rápidos movimientos, entro y salgo de ella por completo. Alice me clava las uñas en la espalda.

¡Joder!

Mi respiración se atasca, queriendo continuar con cada movimiento que doy, dentro, fuera, dentro, fuera, dentro… Sin previo aviso, mi chica me muerde el hombro, ahogando otro orgasmo demoledor por la forma en la que se retuerce. Me hundo por última vez en ella, quedándome quieto mientras me derramo en su interior.

Alice deja de morderme, levanta la cabeza y nuestras miradas se cruzan por un segundo antes de que ella la desvíe para observar el punto exacto donde sus dientes se han quedado marcados. Con un movimiento lento que despierta de nuevo mi miembro, se levanta para sentarse a mi lateral derecho.

Su mano va directa a la zona en cuestión y veo arrepentimiento en sus ojos.

—Adam, yo…

—Hey, no digas nada, no me ha dolido. Hasta me ha gustado, joder.

«Y tanto que te ha puesto».

Alice se muerde el labio inferior y un rubor empieza a aparecer por sus mejillas. Sonrío y la atraigo hacia mí, rodeándola con el brazo. La beso de forma pausada y me doy cuenta de que su piel se eriza. Me levanto de la cama para colocar las sábanas y poder taparla, pero cuando me doy la vuelta, su mirada está clavada en mi culo y, como voy desnudo al girarme, ahora mismo lo que ve ya no son mis nalgas, sino la incipiente erección que se forma de nuevo ante sus ojos.

Si por mí fuera, me pasaría todas las noches en un estado de excitación perpetua.

Me acomodo junto a mi chica, colocando mi cabeza en su regazo para charlar con mi hija mientras acaricio con ternura su barriga. Después de un rato, el cansancio nos llega a ambos y nos quedamos dormidos.

ALICE

Parte de la mañana la hemos pasado en casa, viendo películas, tumbados en el sofá con una manta cubriendo nuestras piernas. Tranquilos y relajados, riéndonos en cada escena graciosa en la que Will Smith aparecía en *Men in black*.

Sin embargo, a medida que avanzaba la mañana y se acercaba el mediodía, era consciente del nerviosismo de Adam. Primero me imaginé que podía ser por lo del coche que casi me atropella, pero calculé en mi mente el día que era y todo tenía sentido; pronto tendríamos noticias del hospital y de los resultados de las pruebas médicas de Martha. Así que, sin que él se diera cuenta, llamé a Charles y le pregunté si podíamos ir a comer a su casa.

Por suerte, él me contesto rápido, me dijo que era una gran idea y que fuésemos cuando nos fuera mejor.

«¿Y qué mejor momento que el de ahora?».

Me vestí y preparé como si nada, cuando Adam me vio bajar ya arreglada con ropa para salir, simplemente le conté que hoy comíamos fuera. Sin hacer ni una sola pregunta, se arregló y llamó a Marcus para que nos viniese a recoger.

Salí de la casa antes que él y le pedí a Marcus que nos llevara a la casa de los padres de Adam sin que le contara nada.

Miro de reojo a Adam mientras me sujeta la mano, su pulgar se mueve, haciendo pequeños movimientos sobre mi piel. Marcus cambia de sentido en la carretera y me fijo en que ya estamos a pocos metros de la calle de Martha y Charles.

En el instante que Marcus aparca y se para justo delante de la casa, Adam se yergue y alterna su mirada confusa entre la casa, mi cara, la casa, mi cara. Termino por reírme en alto y le doy un beso en los labios.

—Vamos, nos están esperando —le comento.

—¿Nos esperan?

—Sí, llamé antes a tu padre.

—¿Y por qué no me lo dijiste? —pregunta Adam, saliendo del coche para dar la vuelta y abrirme la puerta.

—Quería ver la cara que ponías al llegar —comento mientras le sujeto la mano—. Y por la sonrisa que llevas, creo que hice bien.

—Todo lo que propongas me parecerá bien —comenta, acercando sus labios al lóbulo de mi oreja mientras me produce un escalofrío que recorre todo mi cuerpo—, incluido cuando eso afecta a una cama y a mi chica desnuda dentro.

Siento cómo la temperatura me sube más de lo normal. Dios, cómo me pone, y eso que solo me ha dicho unas palabras.

Intento recuperar la compostura, estoy a pocos metros de la casa de sus padres y no creo que sea algo muy correcto que me vean en punto de ebullición por culpa de mi libido.

Nos despedimos de Marcus y llamamos a la puerta. Nos abre Charles y, al vernos, nos da un abrazo como el primer día que vine con Adam. Me siento tan feliz y amada que aún no me creo que esto me pueda suceder.

Entramos en la casa y el olor a estofado llega hasta mí, creándome unas ganas tremendas de devorar lo que me pongan en el plato. Sé que en nada pareceré una pelota gigante con piernas, estoy convencida, pero me es imposible el cerrar la boca y no hincharme a engullir todo a mi paso hasta quedar completamente satisfecha.

Dejamos nuestros abrigos en el pequeño armario que tienen en la entrada de la casa y Charles me indica que Martha está en la cocina. Dejo atrás a padre e hijo mientras hablan y entro, saludándola en alto.

—Hola, querida, ¿cómo está mi pequeña *caru*? —me pregunta Martha al verme, señalando a mi vientre.

—Hola, Martha, perdona, pero no te entendí, ¿tu qué?

Soy una negada para los idiomas y, por la pronunciación, sé que es galés, pero no tengo ni idea de lo que significa. Martha se seca las manos antes de acercarse a mí; sus ojos brillan de forma misteriosa, tiene la misma mirada que su hijo. Una penetrante. Me acaricia la barriga y mi hija da una patada en forma de saludo desde el interior.

—*Caru* significa amor.

«¡Mierda! Aquí viene otra vez el maldito momento Niágara».

Me emociona de tal forma la aceptación tan grande que me he encontrado en esta familia. Son… increíbles.

Adam entra en ese momento, nos mira a las dos y debe ver mi cara compungida, intentado retener las lágrimas que no quiero derramar, porque en menos de un segundo está a mi lado y me abraza, diciéndome lo mucho que me ama al oído.

Nos sentamos en la mesa y Charles nos sirve el delicioso estofado. Mis tripas suenan, salivo más de la cuenta, y miro a un lado y al otro de la mesa, esperando con desesperación a que alguien comience o que haga algún tipo de oración, si es el caso de que sean religiosos, cosa que, por cierto, no tengo ni idea.

Terminamos de comer y, entre los postres diversos, Martha trae su famosa tarta de calabaza.

—Mmm, está deliciosa —digo con la boca llena, sin apenas tragar aún.

—Gracias, es una receta familiar. Te la tengo que enseñar para que se la hagas a Adam en vuestra casa —me dice Martha, sonriendo—. Hace años que desistí en enseñarle a cocinar. Puede que sea un maestro con la guitarra, pero lo que es entre fogones, mejor que ni se acerque.

Miro de reojo a Adam, que está sentado a mi lado, y me río por lo bajo. La madre tiene toda la razón del mundo.

«Adam *vs* cocina igual a desastre».

—¡Eh! Eso no es del todo cierto. Ayer preparé el desayuno y no salió tan mal —se queja él.

Me giro para mirarlo de frente, levantando la ceja.

—Traerme un zumo de melocotón con unas galletas saladas no es preparar el desayuno precisamente.

Martha y Charles se ríen en alto mientras unen sus manos por encima de la mesa.

—Alice, más tarde, cuando os marchéis, te daré una tarta para que se la llevéis a Maxi —dice ella mientras se levanta de la mesa en dirección al teléfono fijo, que está cerca del salón.

Se queda mirando hacia el mismo unos instantes y al poco empieza a sonar.

«Creo que me acabo de cagar de miedo».

Adam se levanta justo en el momento en el que su madre descuelga el teléfono, su cuerpo se pone en tensión. Me levanto de la silla, quedándome a su lado, y junto nuestras manos, entrelazando mis dedos con los suyos. No se mueve, casi podría decir que ni respira. En el momento en el que escucho que Martha habla, me centro en ella.

—Sí, doctor, estaba esperando su llamada —comenta ella mientras su dedo índice juega con el cable del teléfono.

La espera me mata, quiero salir disparada para poner la oreja pegada al auricular y escuchar cada palabra que dice el médico.

—Aja..., sí, lo comprendo. No se preocupe, mañana mismo estaré allí. Gracias por llamar —termina de decir mientras deja el aparato en su lugar.

Adam y yo damos un paso en su dirección; veo a Charles, que se acerca a su mujer para darle un abrazo.

—Cuéntanos qué te ha dicho, mi pequeña Ceridwen —le dice Charles al oído, dejando que lo oigamos.

Es la primera vez que escucho de la boca de Charles el apodo que le tiene a su mujer; me parece tan tierna la imagen. Solo deseo que las noticias sean buenas.

—Sentaos, por favor —nos indica Martha, haciendo un gesto con su mano.

Observo cómo Adam cierra los ojos y traga saliva con fuerza mientras asiente y obedece a su madre.

—No voy a haceros esperar —comenta ella, sin embargo, se me está haciendo interminable—. El doctor me ha confirmado lo que ya sabía.

«Joder, y ¿qué es?».

Cállate, que no es el momento idóneo para que aparezcas.

—El cáncer está en remisión —sentencia con una sonrisa.

Remisión... remisión, eso es bueno, ¿no? Remitir significa que va a menos, o sea, que está mejorando. Poco a poco veo cómo cada uno asimila las palabras de Martha. Adam se levanta de golpe, arrastrando su silla hacia atrás, y se va directo junto su madre; una lágrima solitaria cae por su mejilla.

Esta es la mejor noticia que nos podían haber dado. Quizá solo sería mejorable si fuera un rotundo «estás libre de cáncer», pero es la vida real y en las cosas de la salud cualquier mejoría es una alegría.

Llevo entre las manos la tarta que me dio Martha para llevársela a Max. Marcus aparca justo enfrente de su casa y Adam me ayuda a bajar. Todos conocen ya la noticia, Adam no tardó en mandarle un mensaje a cada uno de ellos para informarlos.

—Adam, deja de fruncir el ceño, tu madre está mejorando, deberías estar feliz.

—Ya lo sé. Sin embargo, tendrá que seguir yendo a las revisiones durante un tiempo, para ver si sigue así, y todo puede cambiar en cualquier momento.

Intento que no se me caiga la tarta al asfalto, me inclino, poniéndome de puntillas para llegar a sus labios, y le doy un beso.

—Tu madre está convencida de que todo saldrá bien. Yo creo que deberías tener un poco más de fe en ella y en sus instintos.

Adam llama a la puerta y se gira para mirarme, entorna los ojos y suelta un suspiro.

—¿Tú también? No me digas que también te crees que tengo una madre medio bruja.

—Adam —le digo con seriedad—, tu madre no es medio bruja. Tu madre lo es completamente.

Adam abre la boca, separando sus deliciosos y apetecibles labios para replicar, pero la cierra cuando Max abre.

«¡¿Ya estás otra vez con ganas?! No hay quien te reconozca».

Es verdad. Pero es que ¿quién se resistiría a él?

—¡Tarta de calabaza! —expresa Max, arrebatándomela de las manos mientras se la acerca a la nariz e inspira en profundidad—. Mamá Fuller es la mejor —sentencia, intentando abrir el *tupper*.

—Espera, Max. Martha me dijo que no te olvidaras de lo que hablasteis.

Max se frena en seco, mira con desconfianza la tarta y, sin creer lo que veo, me la devuelve.

—No, no puedo —dice, negando con la cabeza.

—¡Joder! —grita Adam, dándome un susto de muerte—. Trae para aquí —le arrebata el *tupper*—. No te la quieres comer tú, pues me la comeré yo solito. Ya estoy hasta los cojones de que os creáis a pies juntillas todas las cosas que dice mi madre. Joder, ni que estuviese envenenada.

Observo con los ojos completamente abiertos cómo Adam entra en la casa de su amigo. Lo seguimos hasta la cocina. Cuando Max y yo entramos, él ya está sentado, cortándose una porción de la deliciosa tarta.

Max gira la cabeza, tratando de no mirar. A mí me llega el olor y me entra el hambre de nuevo, así que me siento y me sirvo un pedazo.

Max da un par de vueltas sobre sí mismo, intentando en todo momento hacer caso omiso de las exageradas muestras de placer que realizo ante tal manjar. No puedo resistir el meterme un poco con él. Adam me imita a cada bocado que damos. Nuestros movimientos son lentos, disfrutando en el paladar cómo se deshace y se esparce la crema.

—¡Joder! Parad de una vez. No sé si queréis ponerme cachondo o hacerme rabiar —estalla Max, sentándose a nuestro lado mientras aleja de nosotros lo que queda del apetitoso postre.

Adam se ríe y me contagia la risa.

—Sabía que caerías —le dice Adam.

—Será tu culpa si cometo un error —suelta Max, fulminándolo con la mirada.

—Antes tendrías que contarme quién es ese error.

Genial, otros que hablan en clave. Dentro de poco tendré que necesitar un diccionario con ellos para entenderlos.

—Cuanta menos gente lo sepa, mejor. Es…, es complicado.

Volvemos a casa una media hora más tarde, agotada, cansada y algo molesta por culpa de no saber más sobre la misteriosa persona a la que Martha y Max hacen referencia. Si por naturaleza soy cotilla, embarazada y con las hormonas por las nubes soy una maruja consumada.

Me siento en el sofá mientras me descalzo y subo los pies para acurrucarme. Masajeo mi barriga y me quedo un momento pensando en lo poco que queda para que conozca a mi bebé. Me doy cuenta de que Adam empezará a grabar el disco antes de que nazca y que justo después se marchará de gira a Latinoamérica.

Joder, no quiero que se marche. ¿Tan mala soy por querer pasar los primeros meses de vida de mi hija junto a su padre?

Mierda, claro que lo soy, es su trabajo, su pasión. Debería apoyarlo y no sentirme desplazada. Pero lo siento, de alguna manera, lo siento.

—¿En qué piensa mi chica? —Se sienta en el sofá a mi lado, levanta mis pies y los coloca encima de sus piernas para empezar a masajearlos. Cierro los ojos.

—En lo que va a suceder de aquí en adelante —le contesto, aún con los párpados cerrados.

—¿Tienes ganas de que llegue el concierto benéfico?

No era justo eso en lo que pensaba, pero no le voy a decir mis miedos e inseguridades en alto. Estamos bien y quiero que siga así. No me apetece que piense que le voy a reclamar algo por culpa de que tenga que irse de gira cuando nazca nuestra hija.

—Sí, tengo muchas ganas —le contesto, abriendo los ojos.

—He pensado en algo para el concierto, algo que haga eco en la prensa y que, por primera vez, nos sirvan para algo bueno.

Me incorporo un poco para prestarle mayor atención.

—¿El qué?

—Es una jodida locura teniendo en cuenta que es en un mes. Si resulta que no sale, nadie se enterará porque no pienso contarlo. Y si sale, sé que le darán a la noticia alguna que otra portada mencionando el hospital y sus necesidades para la mejora en la planta de oncología.

Mis nervios y mi lado cotilla están en su punto álgido. Voy a ser la única en saber qué es lo que tiene preparado para el concierto. Va a contar conmigo y nadie más sabrá lo que va a pasar salvo nosotros dos.

—¡Cuéntame! —le exijo mientras cambio de postura y me siento a horcajadas encima de él, pasando los brazos alrededor de su cuello.

Adam lleva sus manos a mis nalgas y se aproxima peligrosamente a mis labios.

—Me es imposible contar nada teniendo así de cerca a mi chica —me susurra sobre los labios.

Mi boca se abre para decirle que me cuente ya lo que tiene en mente, pero él aprovecha para besarme y adentrar su lengua en busca del contacto con la mía. Sus manos viajan hasta mi cadera y se levanta conmigo en brazos, dirección a nuestro cuarto.

No puedo negarme a él. Sube los peldaños con cuidado sin dejar de besarme. Mis piernas rodean su cintura y en mi interior comienza a formarse ese familiar remolino, esas ansias de obtener más y más de Adam.

A la mierda la parte cotilla. Ahora mismo mi prioridad es otra. Ya me lo dirá en otro momento en el que sus manos no estén tan ocupadas.

39

La espera

ALICE

¡Dios, estoy enorme! Me quedo mirando la imagen que me devuelve el espejo, pero no me reconozco. Tengo las tetas enormes y siento que me van a estallar en cualquier instante.

Me aplico crema hidratante por la piel mientras sigo mirando el reflejo de mi cuerpo. Estoy de seis meses y sé que aún puedo ponerme más y más grande.

«Cuando comes no piensas en eso».

Mierda, ahora a mi conciencia le ha dado por regañarme.

Espero a que mi piel absorba bien la capa de crema que repartí por la barriga. Cuando creo que ya estoy lo bastante seca, me visto.

Los nervios por el concierto que dará la banda en Hyde Park en unas horas me están matando. Al final, la idea de Adam se llevará a cabo. Al principio me pareció algo disparatada e irreal, no obstante, al pasar los días, todo fue tomando forma.

Eso sí, con mucho esfuerzo.

—Alice, ¿estás lista? Tenemos que ir marchando para hacer la prueba de sonido antes y dejar todo el equipo preparado —comenta Adam, entrando en el dormitorio.

Mis ojos recorren de abajo a arriba su cuerpo. Va vestido para el concierto con unos vaqueros que se ajustan a su cadera, una camiseta, la cual estoy convencida de que desaparecerá a mitad del concierto, y unas botas militares.

Yo, por mi parte, he querido vestirme lo más cómoda posible, llevo una parte de arriba blanca holgada para que mis pechos no sufran más de lo deseado, unos vaqueros que se ajustan a mi abultada barriga y unas zapatillas deportivas para no cansarme por estar de pie tantas horas.

—Ahora termino —le digo mientras me pongo unas pulseras y unos colgantes largos.

Adam me abraza por la espalda y me gira para quedarnos mirándonos a los ojos.

—¿Te he dicho lo hermosa que estás hoy? —me halaga antes de depositar un beso en mis labios.

—Espero que me lo sigas diciendo de aquí a tres meses, cuando no pueda entrar por la puerta.

—De aquí a tres meses estarás igual de hermosa o más, si cabe, que el día que te conocí.

Mentiroso, pero no me voy a quejar.

Salimos de casa y nos recoge Marcus, que le dice algo al oído a Adam antes de subir al coche. Cuando las puertas se cierran, me arrimo para estar más cerca del hombre que amo y así poder sonsacarle qué se han dicho en confidencia.

Pero por más besos, caricias y preguntas que le hago, no me dice nada. Y, en consecuencia, me termino separando de él, colocándome lo más cerca posible de la ventanilla, mirando a la nada.

—Alice, no te pongas así, no es nada, no tiene importancia —dice Adam, acercándose a mí.

—Si no tiene importancia, dímelo —solicito.

Adam se lleva la mano a la nuca y mira por la ventana. Estamos llegando, centenares de *fans* están en la entrada del parque, que ya tiene todo preparado para el evento.

—Te lo diré, pero no quiero que te preocupes, ¿entendido? —Asiento con la cabeza mientras giro mi cuerpo en su dirección—. Son las cartas, han vuelto a mandar alguna. Marcus se ocupa de revisar el correo antes de dármelo para que no tengas que leer nada que te pueda poner nerviosa.

—¿Debo preocuparme por algo? —le pregunto con miedo, llevándome la mano a la barriga—. Sé que te dije que no quería saber nada de las medidas que estabas tomando al respecto, pero dime, ¿debo preocuparme?

—Escúchame, Alice, no creo que sea nada. Sigo pensando que es solo una fan desquiciada.

Marcus aparca el coche en ese momento en la zona acotada para los técnicos de sonido y empleados que se han desplazado para apoyar la iniciativa. Se posiciona en el lateral del auto, a la espera de que salgamos, cruzando los brazos.

—Está bien, si te pido que me cuentes algo, prefiero que lo hagas a que me dejes en la oscuridad.

—Nunca te dejaría en la oscuridad. Eres mi chica, estoy contigo, te amo —dice mientras me sujeta el mentón para que no aparte la mirada de él.

—Yo también te amo, Adam.

Desde el día en el que lo encontré totalmente ausente en el recibidor de la casa de Alex, no dejo de repetírselo. El miedo que sentí ese día dejó en segundo plano mis inseguridades y pude decirle en alto esas dos palabras que se me atascaban en la garganta.

Adam me besa y junta nuestras frentes mientras me susurra lo importante que soy para él. Salimos del coche y pasamos cerca de unas vallas metálicas, donde se agolpan las *fans*. Gritan y corean el nombre del grupo. Unas cuantas llevan mi nombre pintado en la cara y lo gritan.

Adam les sonríe y ellas enloquecen. Me fijo en su mirada, que va de ellas a mí.

«¿Qué estará pensando?».

No tengo ni idea, no obstante la sonrisa de medio lado que pone me acaba de matar.

—Ven, vamos —me pide, agarrándome de la mano.

Nos acercamos a las chicas, que parece que están a punto de desmayarse en cualquier momento.

—Adam, ¿qué… qué haces? —pregunto, dejándome arrastrar por él a ciegas.

—Enseñarte que no todas las *fans* son malas.

«Lagartas, yo las hubiese denominado como lagartas».

Llegamos junto a ellas y, con rapidez, varias empiezan a sacarme fotografías y a grabar vídeos. Me piden autógrafos y, sin saber muy bien lo que hago, sujeto un rotulador entre los dedos temblorosos y realizo una firma.

—¡Oh, Alice, eres genial!, ¡hacéis una pareja tan bonita! —dice una chica rubia al borde de un colapso.

—¡Una foto, Alice! ¡Una foto! Es para mi hermano —comenta otra.

Adam me sujeta de la cintura, levanto la cabeza para mirarlo y, sin más, me besa, provocando que me dejen sorda de por vida con sus gritos.

—Chicas, ¿estáis listas para el *rock and roll*? —les pregunta con voz tranquila Adam.

Ellas, en respuesta, empiezan a dar saltos y a gritar más y más.

¿Se puede saber de dónde han heredado esas cuerdas vocales?

—Entonces, entenderéis que me lleve a mi musa. No podría tocar si no la tengo a ella cerca, no ahora que la encontré. —Adam saca pecho con su discurso.

Yo me giro y levanto una ceja, incrédula. Carraspeo para que me mire, intentando llamar su atención.

—Disculpa, pero, que yo sepa, la que fue en tu busca fui yo, que crucé todo un océano.

—Tienes toda la razón, y me encontraste. Y ahora soy yo el que no dejaré que huyas de mí jamás —susurra con los labios a pocos centímetros de los míos.

Sin darme cuenta, nuestros rostros se han ido acercando centímetro a centímetro hasta quedar a menos de un átomo de tocarnos.

—¡Hey, tío, pero si estás aquí! —grita Henry.

De verdad, este chico tiene la manía de aparecer en los mejores momentos. Y los decibelios, aunque parezca increíble, aumentan con su aparición.

Nos alejamos de las *fans*, acercándonos a Henry. Nos saluda y nos indica la entrada al escenario, donde están todos preparados.

Subimos por unas escaleras metálicas; yo me agarro a la barandilla para no caerme. Estas escaleras, donde se ve a cada paso que avanzas el suelo más y más lejos de tus pies, siempre me han dado algo de miedo.

Cuando pongo un pie encima del escenario respiro más tranquila. Adam me besa la mejilla y se aleja para juntarse con los chicos que, al verme, levantan la mano para saludarme.

—¿No vas a saludar a tu antigua compañera de apartamento? —Escucho a mi espalda.

Me doy la vuelta, encontrándome con Mey. Me abraza de tal forma que me emociono. A los pocos segundos me separo de ella para mirarla a los ojos y comprobar que también está emocionada de verme.

—¿Qué haces aquí? Pensé que estabas ocupada y que hoy no te apetecía venir.

—He cambiado de opinión —comenta, mirando por encima de mi hombro a la lejanía.

Frunzo el ceño, está de lo más rara últimamente; me fijo en sus manos y me doy cuenta de que está jugando con el mechero Zippo entre sus dedos, abriendo y cerrando el capuchón.

«Eso es malo, muy malo…».

—Ya puedes ir contándome qué te pasa —le exijo.

Mey centra de nuevo la mirada en mí. Abre y cierra la boca un segundo.

—No me sucede nada. Ya me conoces, soy imprevisible. Ayer no me apetecía venir y hoy…, pues lo pensé y aquí estoy.

Levanto la ceja y me cruzo de brazos, posándolos por encima de la barriga.

—¡¿Qué?! No me mires así, estoy bien, no sucede nada, de verdad. No tienes que preocuparte —insiste ella.

—Ahora sí que me voy a empezar a preocupar —digo mientras mi mano sujeta la suya por la muñeca y miro el mechero—. Es la primera vez desde que te conozco que me estás mintiendo. Tú no mientes. ¿Qué es lo que te ocurre?

Mey retira la mano de mi agarre y se guarda el mechero en el bolsillo de su pantalón. Pone cara de arrepentimiento.

—Alice, han sucedido unas cuantas cosas desde que te marchaste del apartamento —dice mientras se muerde el labio inferior—. Te lo contaré todo, pero en este momento no… no puedo. No es algo que me atañe solamente a mí.

Me quedo pensativa. Si no es una situación que le incumba solo a Mey y hay otra persona implicada, además de sumarle lo rara que ha estado actuando conmigo desde que me marché..., solo puede significar una cosa...

«Un chico».

No, no puede ser. Mey es… Mey. Puede que no tenga problemas para disfrutar de alguna que otra noche pasional con alguien, sin embargo, nunca se rompería la cabeza por un chico a no ser que…

Abro los ojos con desmesura y empiezo a dar saltos mientras la sujeto por los brazos.

—¡Quién es, quién es, ¿quién es?! —le grito con euforia.

—¿El qué?, ¿de qué hablas? —pregunta Mey, intentando que deje de saltar.

—No te hagas la tonta, que no me lo creo. Hay un chico. Lo sé. Y más te vale contármelo.

La sonrisa pícara de Mey me indica que no me será tan fácil saberlo.

—Creo recordar que tardé como dos meses en que me dijeras algo de Adam. —Abro la boca para responderle, pero ella me la tapa con su mano para continuar hablando—. No te mereces menos que eso mismo de mi parte, dos meses. En dos meses te lo contaré todo.

Retira la mano con lentitud, observando mi reacción. Si llega a ser otra persona distinta, seguiría insistiendo, pero es Mey, mi mejor amiga, mi hermana como quien dice. Y sé de sobra que, si se le mete entre ceja y ceja no soltar prenda hasta dentro de dos meses, no lo hará.

—Está bien, dos meses, pero ni un día más —digo, resignada.

—¿A que jode cuando no te cuentan lo que quieres saber? —Ríe Mey.

—¿De qué os estáis riendo, chicas?

Max se acerca a nosotras. Mey me mira y niega con la cabeza mientras aprieta los labios y se pone un poco roja. Será…

No, imposible.

—Charla de chicas. ¿Cuándo comienza el *show*?

La facilidad que tiene Mey para cambiar de tema es tremenda.

—En pocos minutos, el público está empezando a entrar. Pero yo venía por otra cosa…

—¿Qué cosa? —pregunta Mey.

—Pues mi beso. No me habéis saludado como se debe al llegar.

¡Oh, Dios! ¡Ay, madre! ¡Es él, es él, es él…!

Me separo un poco, viendo cómo se aproxima a Mey. Me muerdo con fuerza el labio, los nervios me matan, observo cómo se inclina y le da un beso… ¿en la mejilla? ¿Es en serio?

La mejilla. Mierda, no es él. O sí, y solo están fingiendo…

Max sonríe y se gira para darme otro a mí. Adam da un grito por encima de los *fans*, diciéndole a Max que no se acerque a su chica, y me hace reír.

—Al fin llegué, pensé que me quedaría sin ver el comienzo del concierto. —Emilie se acerca a nosotros algo agitada, como si hubiera corrido la maratón de San Francisco—. ¿Me he perdido algo?

—No, nada —respondo, mirando de reojo a Max, que da un paso atrás al ver a Emilie.

—Yo voy a prepararme, que comenzamos en breve —dice Max, alejándose.

—Venga, vayamos a sentarnos, que quiero tener unas buenas vistas del *show* —les indico a mis dos amigas, pese a saber que no aguantaré sentada mucho rato.

«Buenas vistas, ya, ya, ahora se le llama así a fijarte en el torso musculado de Adam».

ADAM

Voy a cortarle la polla a Max como no deje de coquetear con mi chica. Lo hace por joder, estoy más que convencido. Y yo soy un gilipollas que cae en su jueguecito cada vez que se acerca a ella.

Aclaro mi mente como puedo, tengo que centrarme en la música que suena y en seguir el ritmo que marca John tocando el bajo. Llevamos cerca de una hora y media encima del escenario y el ánimo de la gente va en aumento. La respuesta ha sido masiva al enterarse de la causa por la que hacíamos el concierto.

Tengo que reconocer que, cuando los *fans* responden de esta manera, me siento orgulloso de lo que hago. Y de que ellos sean tan fieles a Slow Death.

Visualizo a mi chica sentada cerca de los técnicos de sonido con Emilie y Mey a su lado. Se toca con nerviosismo el colgante, mierda, quizá sea demasiado lo de la sorpresa. Sin embargo, lo hemos pasado muy bien durante este último mes preparando todo para que salga a la perfección.

Ella está igual de ilusionada, cree que, aunque la prensa nos atosigue un poco más después de realizarla, merecerá la pena si al menos parte de la misma se centra en lo de la planta de oncología para los niños.

En primera fila, desde el lateral donde estoy situado, observo a todos los niños afectados por esta terrible enfermedad y, con ellos, sus familiares más cercanos, que disfrutan de un día fuera del tedioso lugar donde más tarde tendrán que volver. Le guiño el ojo a Ian justo al terminar con la última nota que sale de la Gibson. Y él se emociona dando pequeños saltos mientras la madre le indica que se tranquilice.

«Es hora de que comience el espectáculo».

Alex está dando su típico discurso de cierre de concierto, moderando un poco el lenguaje al haber entre el público tantos niños. En el fondo es un sentimental…

Me acerco a él y, por primera vez desde que se fundó Slow Death, le pido el micrófono a mi amigo. Alex frunce el ceño, pero no me niega el poder dirigirme al público; en su lugar, me presenta.

—Parece que Magister ha perdido la poca vergüenza que le quedaba y quiere sacarme el puesto —comenta Alex, dirigiéndose a todos—, ¿queréis saber lo que quiere contarnos?

Un tremendo sí resuena en Hyde Park y Alex me cede la palabra.

—¡¿Os lo estáis pasando bien?! —grito—. He dicho..., ¡¿os lo estáis pasando bien?!

La primera respuesta fue asombrosa, pero la segunda es apoteósica. Sonrío en consecuencia y dirijo la mirada a mis padres, que han querido ver el concierto entre el público, como siempre lo han hecho.

Mi madre ha vuelto a desempolvar su atuendo de cuero para ir acorde, luce con orgullo una camiseta con las letras de nuestro grupo y ha estado cantando cada una de las canciones como una fan más.

—Como todo el mundo sabrá, conozco lo que es tener a una de las personas más importantes de mi vida luchando día a día contra el cáncer. Mi madre es la persona más fuerte que conozco en la vida, y la quiero con todo mi corazón. Gracias a ella y a mi padre, logré cumplir mi sueño. Gracias. Te quiero.

—¡Hey! No la acapares, que yo también quiero a mamá Fuller —se queja Henry, logrando que todo el mundo se eche a reír.

John, Alex y Max se acercan hasta el micro y vuelven a repetir las palabras de Henry.

Intento retomar el hilo de lo que iba diciendo cuando las notas pausadas de una guitarra eléctrica llegan hasta mis oídos. Reconozco el sonido, es una de mis guitarras, para ser más preciso, es «la guitarra», la primera con la que subí a un escenario y por la que tantas veces me han preguntado en cada revista de música.

Todas las personas, desde la primera fila hasta donde logra llegar mi vista, enmudecen. Mi sonrisa se amplia y me giro. Alice da pasos cortos, cohibida por la atención que le presta todo el mundo.

Joder, está de lo más *sexy* con una guitarra entre sus manos. No dejo de recordar el día que la convencí para que la sujetara como lo está haciendo hoy, con la diferencia de que ahora va vestida y ese día no llevaba nada más que la guitarra.

—Y aquí llega mi musa, mi inspiración… —Le doy un breve beso en la sien a mi chica en cuanto llega a mi costado—. Esta es una pequeña sorpresa para agradecer el que estéis con nosotros en un día tan especial.

Le devuelvo el micrófono a Alex, el cual tiene la boca abierta y se la cierro literalmente con el dedo índice, guiñándole un ojo.

Nos posicionamos en el centro del escenario, nuestras espaldas se tocan. Ella mira a la zona donde están los niños y la escucho resoplar con nerviosismo.

—¿Estás preparada? —le pregunto mientras mis dedos se colocan en la posición para comenzar.

—Lo estoy.

—Estoy contigo, mi amor.

—Lo sé. Yo también, te amo —me responde, logrando que mi corazón se acelere.

La primera nota de nuestra canción insignia da comienzo, *She is mine*. Alice aprendió lo básico para poder acompañarme en el solo que realizo al comienzo de la misma y así sorprender a todo el mundo.

Cuando llegamos al final de lo que tenemos ensayado, la voz desgarradora de Alex se hace eco y comienza a cantar a la par que Henry hace lo suyo con la batería, Max se coloca en el otro lateral de Alice sin dejar de tocar y John, sin perder el ritmo, se une.

El contacto de nuestras espaldas se rompe y Alice se da la vuelta, mirando al suelo.

—Adam, no tenemos ensayado el resto —me dice, intentado que nadie la escuche.

—No te preocupes, cuando te indique, vuelves a comenzar de nuevo, como al principio —le respondo.

Ella asiente en respuesta. Max le da un beso en la mejilla y yo lo fulmino con la mirada. Llegamos al estribillo y no hace falta que le indique nada, Alice reconoce el primer tono que doy y me sigue, intentando acertar en cada una de las cuerdas y de los trastes que tantos días y horas le ha dedicado para memorizarlas.

Joder, es perfecta.

Terminamos, despidiéndonos entre aplausos y gritos desmedidos. Acompaño a mi chica hasta una zona donde ya no nos ve el público, y en el momento que retira la correa que sujeta la guitarra por encima de su cabeza, me aproximo a ella y la rodeo con mis brazos mientras la beso.

—Has estado grandiosa.

—No exageres.

No me agrada el tener que alejarme de ella ni cinco milímetros, pero los capullos de mis amigos y sus dos amigas la rodean y le hacen preguntas sobre lo que acabamos de hacer.

Un ayudante, Jimy creo que se llama, me da una botella de agua y me refresco. De reojo miro a Emilie; se me hace tan extraño que, estando aquí, no sea ella la que nos traiga el agua.

—No me mires así, estoy de vacaciones, ¿recuerdas? —dice ella, encogiéndose de hombros.

Me alegra que, desde que se relaciona con mi chica y con Mey, su actitud sea más extrovertida. No mucho, pero en ella un peldaño se nota a leguas.

—Magister —me llama Jimy.

—Dime.

—Hay un hombre a los pies de las escaleras que dice ser el padre de Alice.

El aumento del calor repentino que siento no es debido al esfuerzo de hace unos minutos. Dejo la Gibson en el primer asiento que veo libre y abro y cierro los puños, intentando controlar la ira.

—No lo he dejado pasar porque en la prensa se ha comentado que Alice es huérfana y no me cuadra. —Asiento con la cabeza, dándole la razón.

No puede ser el mismo del que me habló Alice. No puede ser. No creo que se atreviera a venir. O puede que sí.

Veo a mi chica sonriente y feliz hablar con todos a su alrededor antes de empezar a bajar las escaleras metálicas. Jimy me acompaña para indicarme quién es.

—¿Quién? —pregunto con voz grave.

—Es ese. —Señala con su dedo a un hombre que estará cerca de los cincuenta.

Tiene el pelo canoso y grasiento, va vestido de manera formal para lo que es un concierto de *rock* y me da verdadero asco imaginar que este hombre posiblemente sea el desgraciado hijo de puta que le puso una mano encima a mi chica, queriendo o, por lo menos, intentando abusar de ella siendo una niña indefensa.

Doy un paso, quedando justo frente a él; mis dientes rechinan por la presión que ejerzo con la mandíbula. Poso las manos en la valla que nos separa. Las *fans* que están alrededor se acercan aún más y gritan mi nombre.

—¿Quién eres? —le pregunto con rabia.

Joder, no tengo ni la más remota idea de dónde estoy sacando tanto autocontrol, pero no puedo ir acusando a nadie sin saber si dice la verdad y es él.

El hombre me mira de arriba abajo y hace una mueca con su cara de desagrado, saca la mano del bolsillo de su pantalón y me la tiende para que se la estreche.

—Mi nombre es Gregory, acogí a Alice cuando tenía doce años. Me enteré por las noticias de su paradero y quería volver a verla y, a poder ser, retomar el contacto perdido.

Me quedo mirando su mano, incrédulo. Un grito desgarrador a mi espalda me distrae, no es como los gritos que escucho de las *fans*, es más como el de… Alice.

Me giro y la veo a los pies de la escalera con la cara pálida; da un paso atrás, negando con la cabeza. No necesito más confirmación.

Me giro, lo sujeto por las solapas de la camisa con las manos, lo levanto como puedo por encima de la valla, que cede, y cae. Lo tiro al suelo y me pongo encima de él a darle puñetazo tras puñetazo hasta partirle la cara.

El cabrón se defiende y rueda sobre sí mismo, me da una patada en el estómago y, antes de que me recupere, me golpea con su puño cerrado en la sien.

Noto que algo caliente se desliza por mi piel. Mierda, me ha roto la ceja.

ALICE

No, él no.

¿Qué hace aquí? ¿Por qué?

No soy capaz de moverme, el miedo me paraliza. Observo cómo Adam se desquita con ese… ese energúmeno. Hace años que me prometí a mí misma no volver a pronunciar su nombre.

Las imágenes de él tocándome llegan a mi mente como ráfagas, su aliento cerca de mi cara al intentar besarme…

—¡¿Qué ocurre ahora?! —pregunta Mey.

—Es… es él.

—¿Quién?, ¿acaso lo conoces? —Gira la cabeza para observar la pelea en la que está metido Adam—. Como no los pare alguien, se van a matar.

—Sí, lo conozco —digo con un hilo de voz—, es mi pesadilla.

Mey abre los ojos de golpe, aprieta los labios y mira hacia el resto del grupo, que se queda a nuestro lado mirando cómo se siguen dando de hostias ambos.

—Quedaos con Alice —dice Mey a los demás.

—Espera, ¿qué vas a hacer? —le pregunta Alex, sujetándola del brazo.

—Algo que llevo años deseando —le contesta ella, soltándose de su agarre—. ¡Adam!

Mey se acerca a ellos y Adam se extraña al verla allí, tan cerca de la pelea.

—Mey, apártate —le dice él.

—No, apártate tú.

—¡¿Qué?! —pregunta, sin saber qué hacer.

—¡Que te apartes, joder!

Adam rueda sobre su espalda, dejando al energúmeno tumbado en el suelo, que observa a Mey de forma lasciva. Creo que voy a vomitar…

—Tengo algo para ti guardado desde hace tiempo, hijo de la gran perra —dice Mey mientras patea las pelotas de ese cabrón.

Mey escupe al bastardo antes de girarse y venir con calma hasta donde estamos todos.

—¿Qué ha sido eso? —pregunta Max.

—Solo un mierda —contesta mi amiga—. Será mejor que nos marchemos de aquí.

—¡Os voy a demandar, os quitaré todo el dinero que tengáis! —grita él.

Adam se levanta del suelo y lo mira amenazante; yo, sacando valor de no sé dónde, doy unos pasos llegando hasta él y le sujeto la mano.

—Vámonos a casa, no merece la pena.

—Tú lo mereces —me responde, mirándome a los ojos—. Y tú, hijo de puta —gira la cabeza en su dirección—, no creo que te convenga que digas nada a nadie por lo que pueda salir de tu pasado.

Rodea mi cintura con sus manos y me aleja de mi pesadilla. Los chicos se quedan observando durante unos segundos y, viendo que nos movemos en dirección al coche, terminan por seguirnos.

—¿Está todo bien? —me pregunta John al ver que me toco la barriga.

—Sí, gracias por preguntar. Creo que será mejor que nosotros nos marchemos a casa.

—Sí, ve a curarle las heridas de guerra a tu chico. Cualquiera diría que te quieres meter a boxeador, *bro* —bromea Henry, intentando sacarnos una sonrisa que no llega.

Me despido de Mey con un abrazo y tranquilizo a Emilie. La pobre se puso nerviosa al ver la pelea. Les digo a los chicos que mañana les mandará un mensaje Adam o los llamará, porque estoy segura de que querrán saber algo de lo que ha pasado hoy aquí. Y he decidido que llevo muchos años callada, ocultando algo que no fue culpa mía, pero antes quiero llegar a casa, limpiar las heridas de Adam y dormir pegada a él, entre sus brazos, que me transmita la paz que necesito y que solo él consigue darme.

40 Clave

ALICE

Una melodía llega hasta mis oídos; me incorporo de la cama, agarro la bata y me la pongo antes de bajar al salón, que es de donde creo que proviene la música.

No es nada de *rock*, tampoco es Adam practicando con la guitarra, tengo la sensación de reconocer el sonido de algo, pero no termino de ubicarlo. Las teclas de un piano suenan más cerca a medida que me aproximo. Es preciosa, melancólica y, a la vez, esperanzadora. El equipo musical, aun teniendo el volumen bajo, resuena por cada rincón de nuestro hogar, creando una atmósfera distinta.

Al llegar a la planta baja, observo que todo está en penumbra, sin embargo, la luz que proviene de las farolas de la calle traspasa los ventanales, dejando que pueda vislumbrar dónde está Adam. Mira a un punto fijo en el exterior, me acerco a él y lo rodeo con mis brazos sin que se dé la vuelta. Inhalo su aroma, cerrando los ojos: jazmín. Sus manos se posan encima de las mías. No hablamos, nadie dice nada. Es un silencio agradable.

Me separo un poco de él, sin dejar de rodear su cuerpo con mis brazos, e inclino la cabeza para intentar ver lo que tanto lo abstrae. El patio trasero luce con el poco mobiliario de jardín que tiene desde que llegué: una mesa de piedra robusta con bancos del mismo material a cada lado y una barbacoa en una esquina alejada junto a unos preciosos rosales que bordean el terreno.

—¿Qué estás mirando a estas horas de la madrugada? —le pregunto mientras frota con su pulgar el dorso de mi mano.

Adam se gira, nuestras miradas se cruzan, los bordes de sus ojos están enrojecidos e hinchados. Ha estado llorando y no sé el motivo. Llevo mi mano hasta su mejilla; el comienzo de barba en su piel me produce un cosquilleo al pasar la palma por su cara.

—No quiero perderos —me responde—, hace dos… hace dos semanas pensé que os perdería.

Esbozo una leve sonrisa, este hombre no puede ser real. Lo amo tanto.

—No nos vas a perder, ya escuchaste al doctor que me atendió. No fue culpa de nadie.

—Eso no es cierto —se aleja de mi toque—, si ese malnacido no hubiese aparecido, si yo no hubiese reaccionado como lo hice…

Aparta la mirada, cerrando los ojos con fuerza. No puede culparse, no debe hacerlo.

La melodía sigue sonando de fondo, ya no me agrada tanto como al principio. Suelto un suspiro con pesadez y me abrazo a mí misma, frotándome los hombros con las manos. Termino por girarme e imitar lo que Adam hacía unos segundos antes, mirar a la nada y recordar lo que pasó después del encuentro con el energúmeno en el concierto benéfico que tuvo lugar en Hyde Park.

Marcus conduce el coche como hace siempre, me paso el viaje callada, preocupada por el estado de sus nudillos ensangrentados. Cuando llegamos a casa, me dirijo directo al baño de la planta baja, el cual contiene un pequeño botiquín de primeros auxilios.

Llamo a Adam para que me siga hasta la cocina y le pido que se siente para poder curarle tanto el corte de la ceja como las manos, las cuales metió en hielo para bajar la inflamación que empezaba a aparecer. Puede que él estuviese algo magullado, pero la cara del cabrón quedó mucho peor.

Una vez vendadas sus maltratadas manos, nos besamos y nos fundimos en un abrazo que me transmitió tanto amor...

Cuando empezamos a subir hacia el dormitorio, nada más dar el primer paso al subir las escaleras, lo noto. Un fuerte pinchazo, un dolor que va desde un lateral de mi espalda, pasando por la zona del riñón, hasta la parte baja de mi barriga. Doy un grito en alto de la impresión y me doblo, sujetándome la tripa.

Si no llega a estar Adam a mi lado, estoy convencida de que me hubiese caído por la escalera, por suerte, se encuentra a mi lado y me sujeta. El dolor va a más, una tirantez, una especie de calambre que tira de cada musculo.

Me levanta en sus brazos y sale a la calle gritando por Marcus, el cual aún, por motivos que desconozco, está cerca. Me trasladan al hospital más cercano en coche; el trayecto está algo difuso en mi mente a causa del dolor que sentía en ese instante. Al traspasar las puertas del complejo hospitalario, la primera enfermera que ve lo que me pasa, lo primero que dice es que estoy teniendo contracciones; me atienden de urgencia.

Me ingresan de inmediato, me ponen una vía intravenosa y logran frenar el parto prematuro a tiempo, pero desde ese día, Adam no es el mismo, se queda conmigo en el dormitorio hasta que me duermo, sin embargo, se levanta en la madrugada y no se queda la noche a mi lado. No me ha vuelto a tocar físicamente, pese a que el médico me dijo que mantener relaciones íntimas no tenía nada que ver con lo que pasó y que, si pasada más de una semana, no había ningún signo nuevo de contracciones prematuras, podríamos volver a retomar la rutina sin que yo hiciese ningún esfuerzo físico.

La melodía cambia de repente, el sonido de lo que me parecen un millar de flautas, violines y contrabajos. Esta sí que la reconozco al instante, es la banda sonora de *El último mohicano*. Con cada nota que escucho, mi pecho se contrae.

—¿Me sigues amando? —le pregunto, sabiendo bien la respuesta.

—¿Cómo me puedes preguntar eso?

Se nota por su tono de voz que mi pregunta le ha dolido, pero estoy harta de sentir que se aleja de mí pensando que ha sido el causante de lo que pasó. Quizás sea una forma rara y retorcida de hacer que reaccione, no obstante, necesito que vuelva a ser el Adam de siempre.

—No me contestes con una pregunta y respóndeme. —Me doy la vuelta para dar unos pasos en su dirección, quedándome justo frente a él.

—Eres mi chica, Alice. Estoy contigo —me responde, alzando la mano para tocarme la cara.

Con un esfuerzo sobrehumano, me alejo. Adam frunce su ceño al ver que no llega a tener contacto conmigo. Aprieta su puño y lo baja hasta dejarlo en un lateral de su cuerpo.

—No, eso es mentira. Ahora mismo no estás conmigo. Estás siempre con los «y si…».

Y sí, lo digo con algo de resentimiento, no me llega con tenerlo a mi lado, cerca, para que tenga cuidado en cada acción que realizo y no me dañe, no me llega con tenerlo presente. Quiero, necesito y exijo que vuelva el hombre del cual me enamoré.

—Alice, no… no lo entenderías. —Se frota con los dedos de las manos las sienes.

—Pues dímelo, habla conmigo —levanto la voz—, pero no te calles. Me dijiste que no me tendrías en la oscuridad. ¿Acaso era mentira?

Avanza hasta llegar al sofá y se sienta, dejándose caer con todo el peso de su cuerpo contra el respaldo del mismo.

—Cuando te llevamos Marcus y yo al hospital, mientras eras atendida por los médicos, uno de ellos salió a informarme sobre tu estado. Empezó a hablar sobre estadísticas y porcentajes. Me pusieron en la peor de las situaciones.

—Pero no pasó nada. Estoy bien, estamos bien —le replico, sentándome a su lado.

—Lo sé, y estoy feliz porque solo fuera un susto, pero me hizo pensar en que si… —Se queda callado, sin terminar la frase.

—En que si ¿qué, Adam?

Gira su cuerpo para poder mirarnos a los ojos y eleva una mano en dirección a la mía, con algo de temor a ser rechazado de nuevo, pero esta vez no me alejo. Un suspiro de alivio sale de su garganta.

—Me dijo que nuestra hija podía no sobrevivir si nacía con tanta antelación, ya que sus pulmones aún no estaban totalmente formados. Me culpé por ser parte causante del estrés que tuviste que sentir al verme en la pelea. Mi cabeza empezó a dar mil vueltas sin parar y una idea cruzó mi mente. —Abro la boca para responderle, ya me está cabreando, no obstante, él retoma su discurso al instante.

»Por mi culpa te llegan cartas de amenazas, por mi culpa estás en la prensa constantemente y por mi culpa casi tienes un parto prematuro. Si te hubiese pasado algo —veo cómo se tapa la cara con ambas manos, agachándola entre sus piernas, abatido—, no lo soportaría. Quizá solo te traiga problemas.

Se acabó.

Me levanto del sofá y me voy directa, sin decir nada, dirección al dormitorio. El doctor me dijo que nada de estrés ni de sobresaltos, y ponerme a discutir con Adam ahora mismo es lo que conseguiría. Poso el pie en el primer peldaño de la escalera para comenzar a subir cuando escucho que Adam me llama.

—¿Qué… qué haces?

Adam se frena a los pies de la escalera, tiene aspecto cansado y, a decir verdad, a ambos nos está afectando de distinta manera lo sucedido. Él se alejó de mí y se encierra en sus dilemas internos mientras yo he dado mil gracias cada día porque todo saliera bien; lo busco en cada rincón de casa, necesitando de su compañía y de su cercanía.

—Me voy a la cama —contesto mientras sigo mi camino.

—Pero… ¿no quieres que hablemos?

—Lo que no quiero es discutir, puedes dormir donde te plazca, de todas formas, llevas dos semanas sin pasar la noche conmigo. —Llego al final de la escalera y me giro para mirarlo, estático a los pies de la misma—. Mañana viene Mey para empezar a decorar la habitación de nuestra hija y quiero estar descansada. Buenas noches, Adam.

Sin decir nada más, camino por el pasillo hasta la última puerta, la abro y, al entrar, noto cómo tiemblan mis piernas; me dejo caer poco a poco, apoyando la espalda en ella. Llevo mis rodillas lo máximo que la barriga me permite hasta mí y comienzo a llorar.

Lo estoy perdiendo.

ADAM

No he pegado ojo en toda la puta noche. Me fui a uno de los dormitorios de invitados a intentar descansar algo y darle a Alice el espacio que creo que necesitaba, aunque teniendo en cuenta el problema de nuestro distanciamiento, no he podido dejar de darle vueltas a la cabeza y al final no he dormido ni una hora. Soy un maldito bocazas, no tenía que haberle dicho en alto lo que pensaba.

Lleva toda la mañana encerrada en el dormitorio y no sé qué pensar, es posible que esté dormida o puede que sea que no quiere verme.

Llaman a la puerta de la entrada. Antes de abrir, miro por un ventanal para descubrir quién puede ser y veo que es Mey, ataviada con varias carpetas entre las manos. Abro y, antes de poder saludarla, observo por su expresión que no está de muy bien humor.

—Te dije que no la hicieses llorar. ¿Dónde está? —me pregunta mientras hace malabares para que no se le caigan las cosas al suelo.

¿La hice llorar? Mierda.

Señalo con el dedo índice el piso superior.

—Te acompañaré.

—No hace falta. Ve con tus amigos mientras nosotras estamos ocupadas, a ver si ellos te hacen abrir los ojos y dejas de decir estupideces.

Me quedo perplejo; qué bronca me estoy llevando de Mey.

—No me mires con esa cara. Alice no tiene secretos conmigo, me mandó un wasap de madrugada, al verlo, la llamé lo antes posible y me contó todo. Estás siendo un tonto, pero imagino que necesitas escucharlo de tus amigos —se acerca a mí y estrecha los ojos—, así que mueve el culo, habla con ellos y cuando vuelvas a la noche, más te vale que sea para arreglarlo todo cuanto antes, ¿me has entendido?

«Esta tía acojona».

Asiento con la cabeza, no sé si dándole la razón a mi conciencia o a ella. Mey se aleja con paso firme para encontrarse con Alice en el piso superior.

Saco el móvil del bolsillo y les pregunto a los chicos dónde están. Me responden al instante, indicándome que me acerque a la casa de Henry. De puta madre, me viene genial, así podré darle al saco unos cuantos golpes y descargar adrenalina de alguna manera.

Antes de salir, alzo la mirada; nada. No está para despedirse de mí, y no la culpo por ello.

Cruzo la calle, esquivando a unos pocos *paparazzi*. Antes de tocar en la puerta de Henry, esta se abre.

—¿Se puede saber qué cojones os sucede hoy que venís a invadir mi tranquilidad?

—No me vengas con gilipolleces, a ti te gusta la tranquilidad tanto como a mí la prensa. —Henry se hace a un lado para dejarme pasar mientras se descojona de la risa—. Necesito unos guantes —le comento mientras voy directo al sótano, donde tiene el saco de boxeo y la batería con la que ensaya solo.

—Vas a tener que esperar tu turno.

—¿Quién más está?

—Ahora mismo le está dando Alex, pero Max también quiere desfogar, debe ser que no ha follado.

Dejo que Henry se ría. No entiendo a veces su particular sentido del humor, pero bueno… Entro al sótano, saludo a todos y me siento en el sofá que tiene en un lateral. John me ofrece una cerveza, que acepto al momento, y, mientras Alex sigue con la pelea imaginaria contra el saco de boxeo, yo les explico lo que me pasa con Alice y mis miedos.

—Eres un capullo, tío, ¿cómo le dices esas cosas? —dice Alex a la vez que se saca los guantes y se los lanza a Max a la cara.

—Y yo qué cojones sé, pero me entró el pánico. Ese doctor empezó a decirme que pensara en los peores escenarios y me dejé llevar.

—Y en vez de agradecer que están las dos bien, te sigues comiendo los sesos. Alex tiene razón, eres un capullo —me recrimina John.

—Joder, no es eso, claro que me alegro de que estén bien, pero… ¿y si ella solo está conmigo por la niña y con el tiempo se da cuenta de que no me ama?

Ya está, lo he dicho. Mi mayor temor.

—Aparte de gilipollas, eres ciego, cualquiera que os vea juntos se da cuenta de que sois el uno para el otro —comenta Max al dar su primer golpe al saco—. Agradece lo que tienes, no todos pueden estar con quien desearían, joder. —Vuelve a golpear el saco, pero esta vez con más rabia.

—Pensé que habíamos dejado atrás los «y si…» —menciona John.

—¿Y qué hago ahora? —me lamento—. Creo que la he jodido otra vez con ella, la amo con toda mi alma, joder.

—Tendrás que pensar en algo a lo grande, tío —me dice Henry, pasándome otra cerveza—, algo con lo que se dé cuenta de que la amas y que te importa una mierda esas inseguridades que tienes.

«A lo grande…».

ALICE

—Rosa ni de coña.

—Joder, Alice, llevamos más de una hora para escoger el color que usarás para las paredes y no avanzamos. —Mey da un paso y me saca de las manos el móvil, el cual no dejo de contemplar, esperando que una llamada o un mensaje ilumine la pantalla—. Y deja de mirar al puto teléfono.

Me siento en el borde la cama que aún está en el dormitorio que será el de mi pequeña, los ojos se me llenan de lágrimas y me paso la mano para no dejar que ninguna gota más se derrame.

—Ya no sé qué más hacer, Mey. Me dice que me ama y sé que es verdad, pero cuando sucedió lo de… lo del susto, cuando volvimos a casa empezó a comportarse de forma distante, como si tuviese miedo de hacerme daño con su cercanía. Y ahora me viene diciendo que quizá solo me traiga problemas.

—¿Cuántas veces te he dicho que odio los dramas?

Levanto la mirada con una ceja enarcada. ¿Y este es el maravilloso consejo de mi amiga? Pues qué mierda.

—Muchas…

—Pues eso, muchas. Y este es uno de los más estúpidos que os he visto tener. ¿Lo amas? —Asiento—. ¿Y él te ama?

—Tardé en confiar que fuera cierto, pero estoy segura de que así es.

—Pues mueve el culo, nos vamos de compras. Mañana seguiremos con la decoración de… Oye, aún no sé cómo vais a llamar a mi sobrina.

—Le dije que podía escoger él su nombre. Aún no me lo ha dicho.

—Más le vale que no le ponga el nombre de una fruta, como la mayoría de los famosos, o lo castro de por vida.

Me río por primera vez en días, olvidándome por un momento de la sensación de vacío que tengo al estar mal con Adam. Y me levanto con ganas de pasar unas horas fuera de casa con Mey, dejándome llevar por mi alocada amiga de tienda en tienda. ¿Qué será lo que tiene pensado?

—¿Qué vamos a comprar? —pregunto a Mey mientras salgo del dormitorio que está situado enfrente del nuestro.

—Obvio, lencería, ¿cuánto llevas sin follar?

Me paro en seco antes de entrar en el vestidor, agrando los ojos y me doy la vuelta para quedarme con la boca abierta.

—¡Mey!

—No me digas más, demasiado. Eso se terminará hoy mismo. El médico te dijo que podíais tener relaciones con normalidad, así que no veo la razón por la cual no te puedas insinuar un poco a tu pareja.

Eso es verdad, pero con lo grande que me veo… No sé yo si le gustaré demasiado a Adam como para excitarlo de alguna manera.

—Deja de pensar, ¿nunca has escuchado que el mejor sexo es el de reconciliación? Pues vamos a ocuparnos de que eso ocurra.

No estoy muy convencida de que el plan de Mey se realice como ella espera, lo más seguro es que todo lo que me pruebe me quede como un saco de patatas.

«Y aquí, señoras y señores, tenemos a miss Autoconfianza en persona».

Tú cállate, que no ayudas.

Nos pasamos todo el día de tienda en tienda y terminamos por comer comida basura en un puesto cerca de St. James's Park, un precioso parque en el centro de Londres. Cuando llego a casa, me doy cuenta de que Adam aún no ha llegado y mi ilusión decae un poco.

Sin embargo, me aferro a las palabras de ánimo que mi amiga me ha estado repitiendo durante la jornada de hoy y subo al dormitorio. Dejo sobre la cama la bolsa con las prendas íntimas que me he comprado y me preparo para darme una ducha antes de que llegue Adam.

Cuando salgo del baño, me visto con lo que creo que me queda mejor: un sujetador de encaje que realza mis pechos, un culote de cintura baja y unas medias que llegan hasta mis muslos. Escucho el sonido de la puerta al cerrarse y me tapo con la bata.

Las pisadas fuertes se escuchan más cerca a medida que Adam avanza. Llevo la mano al colgante que siempre me acompaña por puro nerviosismo y decido sentarme en el tocador. Sin saber muy bien qué hacer con mis manos, decido ponerme a peinar mi cabello mientras miro de reojo el reflejo del espejo para saber cuándo entra.

—Hola…

Su voz grave hace que se me ponga todo el vello de punta.

—Hola.

—¿Ya te vas a meter en la cama?

—En un rato, tenía pensado ir a la cocina a cenar algo. —Es la excusa más tonta que se me ocurre para levantarme y pasar cerca de su cuerpo.

Como mi barriga impide que pase sin que él se mueva del sitio, aprovecho la oportunidad para poner las manos sobre sus bíceps y mirarlo a los ojos. Los ojos y sus labios…

«¡Bésale, bésale, bésale!».

—Te he extrañado, Alice.

—Y yo a ti.

«Esto va bien, sigue».

Los labios de Adam hacen contacto con los míos. Sus manos se adentran en la bata y se separa de mí al darse cuenta de que no voy vestida debajo con la camiseta que suelo usar. Frunce su ceño mientras noto que mis mejillas van cogiendo calor, y me imagino que también un tono rojizo, al mismo tiempo que él me mira.

—¡Joder! —exclama al dejar caer la bata a mis pies.

Sintiéndome más poderosa que nunca, decido agarrar a Adam por el borde de sus vaqueros. Junto a él voy dando pasos decididos hasta la cama. De forma burlona, le doy un pequeño empujón para que se deje caer en el colchón mientras sigue observándome de forma lujuriosa.

Sin decirle nada, empiezo a desabrocharle el pantalón sin dejar de tener mi mirada fija en la suya. De un tirón se los bajo, y él se retira los botines con los pies a la vez que su camiseta desaparece de mi vista en un abrir y cerrar de ojos, dejando al descubierto los maravillosos tatuajes de su piel.

Empiezo a reptar por su cuerpo, dejando besos aquí y allá, parándome más de la cuenta en alguna zona que sé que le excita más, como es el que pase mi lengua por su cuello.

—Eres mío y te lo voy a demostrar —susurro en su oído.

Puede que se me esté yendo un poco la cabeza y esta frase sea un poco prepotente para mí, pero realmente quiero que deje atrás todas esas dudas y se dé cuenta de que lo amo.

Adam me sujeta el trasero y me pega a su cuerpo, dejándome sentir la enorme erección que tiene. Estoy más que excitada y no necesito que me prepare de ninguna manera. Siguiendo en la línea de que soy la que manda, me retiro la parte de abajo.

Adam masajea mis pechos por encima del encaje y termina por sacarlos sin retirarme el sujetador. Se incorpora un poco y lleva su boca a un pezón, logrando que gima al instante.

Con una mano, sujeto su miembro y lo guío hacia mi interior.

—¡Dios! —jadeo al sentir cómo se abre camino centímetro a centímetro.

Mi espalda se arquea y siento las hebras de mi cabello en mi espalda; las manos de Adam se cierran entorno a mi cadera y me ayuda con cada movimiento que realizo arriba… y abajo… una y otra vez, de forma candente y pausada mientras nuestras respiraciones se van haciendo más y más pesadas.

Abro los párpados y lo veo a él, y lo que me encuentro es ese brillo en sus ojos que me hace sentir única y especial. Dios, cuánto lo amo.

Me inclino un poco hacia delante, buscando el contacto con sus labios, y Adam hace el resto del recorrido para que sea posible. Me rodea con sus brazos y yo llevo los míos a su espalda mientras clavo mis uñas en ella con cada movimiento que realiza.

Sin previo aviso, un orgasmo repentino hace que grite el nombre de Adam en alto y él toma el mando en ese instante, moviendo su cadera, impulsándose con las piernas varias veces hasta que lo escucho gemir mi nombre y siento que se derrama en mi interior.

Nos quedamos abrazados por unos minutos, recuperando el aliento, mientras él me acaricia la espalda con sus dedos.

—Te amo, Alice, yo… te pido perdón.

Me separo un poco de él para poder mirarlo.

—Adam, no me lo vuelvas a pedir. —Me acerco y le beso—. Amarse es nunca decir perdón, es solucionar nuestros desencuentros y disfrutar de nuestras reconciliaciones.

—Si son como la de hoy, creo que me van a gustar —dice, riéndose por lo bajo.

Termino por darle un pequeño golpe en el hombro y dejándome rodar hasta su lateral, donde me abraza mientras terminamos por quedarnos dormidos.

ADAM

Han pasado dos semanas desde que tuvimos la discusión y Alice y yo estamos en nuestro mejor momento. Aunque se queja de que los tobillos se le hinchan y que se siente fea y gorda, con rapidez la agasajo con palabras y gestos que ella agradece de la manera más sensual.

Hoy es el día, llevo planeándolo desde que hablé con los chicos, y todos, incluida Mey, están al corriente de lo que tengo planeado; solo espero que le guste mi sorpresa.

Compruebo una vez más que la reserva en el restaurante esté solicitada y mando un mensaje al grupo de WhatsApp que he creado para que todos se coordinen.

Alex:
Que sí, pesado, que todo está listo.

Henry:
Le tarda llegar a casa. ¡Semental!

Ignoro el mensaje de Henry, no tengo humor para continuar con sus bromas.

Adam:
Joder, estoy nervioso.

Mey:
Pues no lo estés, ya verás como todo sale bien.

Max:
Quieres que te preste algunas de mis esposas y así te aseguras de que no sale corriendo?? 😎

John:
Max, no lo acojones más.

Decido dejar de lado el teléfono y centrarme en la jodida corbata. No quiero que la gente se nos quede mirando como la última vez por no ir como ellos dicen que se debe vestir uno. Quiero que hoy se sienta a gusto, y no incómoda por destacar entre tanto pijerío.

—Adam, no es necesario que te pongas el traje si no te gusta llevarlo, a mí me agrada tu forma de vestir —escucho a mi chica de lejos.

—Me apetece llevarte a cenar a un buen restaurante, y si tengo que disfrazarme para que nos atiendan en condiciones, lo haré.

—Como tú quieras, yo ya estoy lista.

Me giro para contemplar a la persona que hace latir cada día mi corazón. Lleva un vestido azul marino largo que le queda de infarto. Me acerco a ella y la beso con pasión.

—Estás hermosa.

—Gracias, a ti te queda muy bien el traje, aunque…

Pone su dedo índice en la comisura de su labio y se me queda observando con fijeza. ¿Qué es lo que mira tanto? Bajo mis ojos a la cremallera del pantalón, no vaya ser que la tenga abierta, pero no, está cerrada.

Levanta las manos en dirección a la corbata, que me oprime el cuello, y la afloja de forma que queda casi sin nudo.

—Así estás perfecto, eres más tú mismo.

Le sonrío y vuelvo a besarla, no puedo dejar de hacerlo a cada ocasión que tengo; es perfecta para mí, joder.

Marcus nos lleva al restaurante y nadie se atreve a decirme nada por cómo llevo colocada la jodida corbata. Cenamos entre risas y confidencias, en las cuales le digo que no quiero separarme de ella durante los meses que durará la gira latinoamericana y le cuento que he solicitado a la discográfica poder aplazarla durante, por lo menos, unos meses para poder pasar más tiempo con nuestra hija cuando nazca.

Ella me dice que no era necesario, pero la forma en la que sonríe me demuestra que también era un tema por el cual se preocupaba.

—Tengo que volver a trabajar cuando nazca la niña —me dice mientras se lleva a la boca un poco de helado de chocolate.

—De eso también quería hablar contigo, no quiero pasar tanto tiempo sin ti.

—No voy a ceder en eso, pienso volver a trabajar —dice de forma seria.

—Lo sé, por eso he pensado, y quiero que lo medites antes de que me contestes: Slow Death necesita un fotógrafo oficial para sus giras. —Alice suelta la cuchara, dejándola caer en el plato—. Hablé con los demás y están de acuerdo conmigo en que te incorpores y nos acompañes. Tu trabajo es excelente y todos se acuerdan de las fotos que sacaste en algún que otro concierto.

—Adam, yo… no sé qué decir.

—No digas nada aún, tienes tiempo para pensarlo, aunque la idea de tenerte a mi lado en cada concierto me haría mucha ilusión. La decisión es toda tuya.

—Pero ¿qué haremos con la niña?

Entrelazo mi mano con la suya y le sonrío.

—Si la discográfica aplaza la gira, estará un poco más crecida y podrá acompañarnos. No vamos a ir en bus, en esta ocasión será de forma distinta: nos alojaremos en hoteles todos los días y dejaremos varios días entre viaje y viaje. No es la primera vez que algún componente de un grupo o incluso algún cantante famoso se lleva de gira a su familia con él.

—Lo pensaré —me termina por decir.

—Con eso me sirve por ahora.

Terminamos de cenar y le digo que me apetece disfrutar de la noche que nos brinda Londres dando un paseo por el lago. Vamos agarrados de la mano y cuando diviso el puente de Waterloo, sin que se dé cuenta, mando un mensaje al grupo de WhatsApp dando un «OK».

Los fuegos artificiales invaden el cielo estrellado con sus colores, Alice se frena y se queda observando con un brillo en sus ojos que me hacen perder la razón.

—Es precioso —susurra, mirando hacia ellos.

—Sí lo es —contesto sin quitarle ojo a ella.

Trago con fuerza y, sin soltarle la mano, pongo una rodilla en el suelo, elevando la mirada. Alice deja de mirar al cielo para centrarse en mí y abre su boca al ver mi posición.

—Alice, eres la mujer con la que quiero pasar el resto de mis días, no tengo dudas de ello. Eres mi inspiración en cada momento del día y no logro pensar en un futuro en el que no estés a mi lado. Te amo con toda mi alma y me harías el hombre más afortunado del planeta si aceptaras ser mi esposa.

Alice se lleva las manos a la boca y sus ojos se llenan de lágrimas.

»Alice Cooper, ¿quieres casarte conmigo? —le pregunto mientras saco del bolsillo de mi chaqueta una pequeña caja negra de terciopelo, que abro, mostrándole a mi chica lo que contiene.

—Oh, Adam, es precioso —dice, contemplando el pequeño anillo en forma de clave de sol con diminutos diamantes.

—Aún no me has contestado, creo que necesitas un pequeño empujón —digo de forma misteriosa—. Mira hacia el puente.

En ese instante, una pancarta enorme se despliega y podemos leer: «Di que sí, queremos una fiesta».

Serán cabrones, lo de la fiesta sobraba.

El sonido de la risa de mi chica llega a mis oídos y veo cómo mueve la cabeza, afirmando. Le coloco el anillo en el dedo anular y me fijo en que mis manos tiemblan. Me levanto y nos besamos mientras nos reímos de lo estúpidos que son los chicos con su mensaje añadido.

De camino a casa, en el coche, Alice contempla el anillo y me alegro de haber acertado con un diseño discreto que le gustase.

—¿Adam?

—Dime, mi vida.

—Aún no me has dicho el nombre que quieres para nuestra hija y me gustaría que me lo dijeras.

—Creo que por hoy ya has tenido demasiadas sorpresas, te lo diré en otro momento.

—Jo, no es justo —se lamenta, haciendo pucheros.

—Sé paciente, aún tienes que procesar mucho con todo lo que hemos hablado hoy.

Alice hace una mueca de lo más graciosa con la boca, pero termina por asentir y vuelve a sonreír al mirar de nuevo el anillo.

Salgo del coche en cuanto Marcus aparca y lo rodeo para ayudar a mi chica a salir, dándole la mano. Rodeo su cintura y vamos abrazados hasta llegar delante de nuestra casa. Soy yo el que abre la puerta.

Mi cara de felicidad absoluta cambia cuando veo en el suelo del recibidor una carta sin remitente. Intento que Alice no se fije y la beso de improviso, llevándola a nuestro dormitorio. Mañana, antes de que se despierte, le diré a Marcus que la retire; no pienso dejar que, por culpa de una persona desquiciada, pierda la alegría de este día.

ALICE

Imposible, lo doy por imposible. Por más que le he insistido para que sea el de la tienda quien se encargue de montar la cuna, no ha cedido.

«Es mi hija y debe ser su padre quien monte su cuna», dijo cuando le sugerí que lo hiciera el operario de la tienda y así nosotros nos ahorraríamos tiempo y esfuerzo. ¿Me hizo caso? No. Y aquí estoy, intentando guardar la calma que parece que Adam ha perdido hace más de una hora.

Abro el grifo de la cocina a la par que, a lo lejos, vuelvo a escuchar cómo maldice en alto Adam, dejo que corra el agua un rato y lleno un vaso para beber. Sacio mi sed y lo dejo dentro del fregadero; me dirijo otra vez al salón para quedarme otra vez en una postura que sea cómoda mientras termina de hacer lo que quiera que esté haciendo mi prometido en el piso de arriba.

Le he tenido que jurar que no subiría hasta que terminase del todo, no dejó de insistir hasta que consiguió que aceptara. Y ahora mismo me aburro como una ostra.

Me remuevo, inhalo en profundidad y me estiro.

—A ver, mi vida, ¿qué te he dicho de colocar el pie en las costillas de mamá? —hablo con mi pequeña mientras froto mi barriga.

Siento un movimiento en respuesta y sonrío para mí. Nunca pensé que, estando embarazada y pese a tener sus momentos de miedo e incertidumbre, me hiciese tan feliz.

Me suena el móvil con un mensaje entrante, me estiro un poco sin levantar del todo mi cuerpo del cómodo asiento que tengo y veo que es de Mey.

Mey:
Me aburrooo, ¿qué haces?

Alice:
Lo mismo que tú, supongo.

Mey:
¿Ya terminó de montar la cuna el manitas de la casa?

Alice:
No ☹

Mey:
Jajajaja, ya me lo imaginaba, ¿y tú cómo te encuentras?

Alice:
Déjame pensar... Si estoy de pie ya no veo los pies, me duele la espalda horrores, las tetas las tengo como si fueran dos melones de grandes y tu sobrina no deja de moverse cada vez que quiero dormir, creo que bien :/

Mey:
Mmm, vale

¡¿Vale?! ¿Cómo que vale? ¿Dónde están los ánimos y las palabras de confort? Respiro hondo y decido no cabrearme con mi amiga, que debe estar hasta las narices de mí con tanta queja.

Vuelvo a teclear con rapidez, sin casi fijarme en la ortografía, y le doy a enviar.

Alice:
Tenemos una conversación pendiente, ya han pasado dos meses, me tienes que contar.

Espero su respuesta, lo ha visto, tiene que contestarme, me lo prometió. Uno, dos, tres, cuatro… ¡Argg!

—Joder, Mey, ¿quieres contestar de una vez? —termino por gritarle a la pantalla del teléfono.

Se acabó, la llamo y que se joda.

Mey:
No voy a contarte nada por WhatsApp, hablamos en persona mejor.

Me incorporo emocionada, me lo va a decir.

Alice:
¿Cuándo?

Mey:
Mmmm, mañana. Ahora estoy algo ocupada. Hablamos en otro momento, besos.

¡¿Qué?!

«Se largó».

No me digas. Le vuelvo a mandar otro mensaje, pero nada, ni siquiera lo mira. Lanzo el móvil a los pies del sofá. Me aburro.

Me da igual lo que le dije a Adam, creo que le he dado tiempo suficiente para que tenga todo ya organizado.

Me levanto del sofá, decidida, y empiezo a caminar dirección al cuarto de nuestra niña.

ADAM

«Atornilla las dos patas del respaldo a la base de la baranda, comenzando con la parte de abajo de la baranda y luego con la de arriba».

¡Joder, ¿es que no saben poner las cosas más fáciles?! ¿Cuál es la parte de abajo?

Releo de nuevo las instrucciones con frustración, tengo todo el suelo lleno de herramientas de todo tipo y las maderas de lo que tendría que ser una cuna, segura y consistente, desperdigadas a cada lado de mis piernas.

Me duele hasta el culo de estar tanto rato sentado en el suelo y sin avanzar nada. Tengo que lograrlo, tengo que hacerlo, esto ya es personal.

—No pienso dejar que ganes —le digo con rabia a la estúpida pieza que sujeto entre mis manos.

Las únicas piezas que reconocí son la que va a los pies y, por supuesto, el cabezal, y todo gracias al grabado que mandé que hiciesen, que si no tendría mis dudas.

En una mano tengo el papel con la imagen de una maravillosa cuna en color blanco mate y en la otra un pedacito de lo que debería ser el comienzo de lo que refleja la publicidad que me vendieron.

Cuando les comenté a los cabronazos de mis amigos que iba a montar la cuna, ninguno se ofreció para ayudar; claro, para hablar día tras día en el último mes sobre la pedazo de despedida de soltero que me van a montar sí que se apuntan, pero para dar el callo ni de coña.

Mey hizo un trabajo excelente en menos de una semana; al final terminó por convencer a Alice para que tuviese libre albedrío a la hora de trabajar. Y la verdad es que el resultado es mejor de lo que me imaginaba, la chica tiene talento. Las cortinas que escogió son de un blanco reluciente a juego con el mobiliario, que tiene pequeños toques en verde lima.

Las paredes lucen en tonos claros, en una de ellas está dibujado un mural, un árbol robusto lleno de hojas verdes, en las ramas más alejadas del tronco unas pequeñas hadas están sentadas tocando instrumentos musicales, un arpa, un violín, una flauta, sin embargo, las que más me gustan, y por las que tuvo que luchar más Mey según tengo entendido, son las que tienen entre sus manos unas guitarras eléctricas en miniatura, incluso hay una que toca la batería y la otra canta. Unas notas vuelan en dirección a la esquina donde debería estar su cunita.

—Adam, ¿terminaste? —escucho a mi espalda.

¡Mierda! Me levanto lo más rápido que puedo del suelo y con mi envergadura intento taparle los ojos para evitar que vea el desastre que tengo montado dentro del cuarto.

—Alice, te pedí que te quedaras abajo hasta que te llamara.

—Pero me aburro y, además, es una tontería que esté sola ahí abajo mientras tú intentas hacer todo por tu cuenta. —Se cruza de brazos.

—Debes descansar, amor.

Por cómo está frunciendo el ceño, creo que no le ha gustado un pelo lo que acabo de sugerirle.

—Estoy embarazada, Adam, no lisiada. Puedo perfectamente ayudarte a juntar unas tablas.

Colocando una mano en mi mejilla, se acerca a mí y me da un beso que me descoloca. Cuando abro los ojos, Alice está ya dentro del dormitorio con la boca abierta a más no poder y echando chispas por los ojos.

—¡Pero ¿aún estás así?!

Sonrío de medio lado, quizá funcione.

«No. Por la cara que tiene, no está funcionando».

—No hay quien entienda las malditas instrucciones —me defiendo.

Alice bufa y, agachándose con cuidado, veo cómo intenta sentarse en el suelo; voy a su encuentro y la sujeto por un brazo para ayudarla. Su expresión cambia en un momento y se lleva la mano a la barriga.

—¿Estás bien?

—Sí, no te preocupes, son las malditas contracciones de Braxton Hicks. Las tendré de vez en cuando hasta que llegue el momento del parto.

—Pero para eso aún quedan tres semanas, ¿es normal que las tengas tan pronto? Además, el nombrecito se las trae.

Alice gira la cabeza y me fulmina con la mirada.

—Son una bazofia de contracciones que lo único que hacen es joderme constantemente, dándome ilusiones de que pronto podré tener a mi hija entre mis brazos. Sí, es normal que las tenga desde que empecé el octavo mes, y sí, sé que el nombrecito, como tú dices, es casi un galimatías. ¿Ahora quieres dejar de recordarme que las tendré que padecer durante más tiempo y ponernos manos a la obra?

Trago saliva con fuerza, joder. Sus hormonas deben estar por las nubes, cada día que me levanto a su lado es un misterio para mí, no sé si se despertará sensible, cariñosa, gruñona o con ganas de partirme la cara. Estoy deseando que esta etapa termine casi tanto como ella, imagino.

Llevamos diez minutos uniendo varias piezas y he de reconocer que ya se ha avanzado más en este tiempo que lo que yo lo hice en dos horas. Estoy atornillando una de las ruedecitas a lo que creo que es la pata, pero cuando levanto la mirada para ver el motivo por el cual se ha levantado Alice, la veo llorar y me incorporo para ir junto a mi chica.

—Alice… —menciono su nombre antes de que nuestras miradas entren en contacto.

—¿Es… es así como se va a llamar? —pregunta con la voz claramente emocionada. Dirijo la mirada al frontal de la cuna y sonrío al ver grabado el nombre de mi hija en él.

—Sí, ¿te gusta?

—Sí, ¿qué significa? —Me acerco más a ella y la rodeo con los brazos, le doy un beso en la sien y termino por bajar una de las manos para acariciar su vientre.

—Significa musa en gales, tú siempre serás mi chica, pero el día que nos conocimos creamos a una musa. Nuestra musa. Awen.

—Awen —repite el nombre en alto, intentando imitar el sonido sin equivocarse; su rostro se concentra y lo repite varias veces más. Es hasta algo gracioso ver cómo mueve sus labios con detenimiento para formar el fonema correcto para que salga «eiwen»—. Es precioso —termina por decirme.

Media hora más tarde, Alice y yo contemplamos en silencio el dormitorio de Awen.

«Ya era hora, macho».

ALICE

Awen; no dejo de repetirlo una y otra vez. Adam está ensayando y mi pequeña disfruta de la música tanto como él. Mañana tienen una reunión importante en la discográfica para determinar las fechas definitivas de la gira latinoamericana, pasarán por todos y cada uno de los países: México, Guatemala, Honduras, Nicaragua, Costa Rica, Panamá, Colombia, Venezuela, Ecuador, Perú, Brasil, Bolivia, Paraguay, Chile y Uruguay, finalizándola en Argentina.

Buff, me ha costado horrores memorizar todo el itinerario, pero sí, al final termino por aceptar la propuesta del grupo para ser su fotógrafa oficial. Tendré que acompañarles, eso, claro está, si los de la discográfica acceden a cambiar las fechas y dejar que sea de aquí a un año y no en tres meses, como tenían en mente.

Parece ser que están en el límite de tiempo para decidirse, ya que tienen que hacer los contratos necesarios para cerrar las fechas en cada país y promocionar los conciertos, tanto en medios tradicionales como digitales.

La verdad es que la idea me atrae, y mucho, pero solo aceptaré si sé que nos podemos llevar a Awen con nosotros, y para eso tiene que crecer un poco, así como darme la seguridad de que no habrá problemas con los respectivos gobiernos; por desgracia, es algo que fluctúa constantemente. Incluso han advertido de que se pueden caer conciertos en determinados lugares

No pienso dejar que, por muchas ganas que tenga de estar al lado de su padre, mi hija vaya de un país a otro nada más nacer sin que me garanticen su integridad física.

—¿Vas a venir con nosotros mañana? —me pregunta Adam al terminar de tocar.

—No, me dijo Mey que vendría a visitarme.

—Bueno… —dice con cara de fastidio—, intentaré no tardar demasiado, pero las reuniones allí generalmente duran gran parte del día.

Un bostezo involuntario me sale sin darme cuenta y me tapo la boca con la mano.

—Vayámonos a dormir, estás cansada y mañana será un día complicado para ambos.

—¿Para ambos? —le pregunto mientras subimos las escaleras del sótano.

—Sí, por mi parte con los directivos de la discográfica. Jeremy, bueno, ya te imaginas. Y para ti porque tienes que lidiar con las locuras de Mey. —Le doy un pequeño golpe en el brazo mientras me río por lo bajo.

Me despierto con el ruido del despertador, que anuncia el comienzo del día, me tapo la cara con la almohada y me quejo en alto. No he podido pegar ojo en toda la noche por culpa de las jodidas molestias y que Awen no ha parado quieta ni un momento.

—Buenos días —me susurra Adam.

Le respondo con un gruñido, esperando que se dé cuenta de que hoy no es un buen día para mí. Escucho cómo se dirige al baño; el sonido de la ducha me relaja, casi volviendo a quedarme dormida, pero sin conseguirlo del todo.

Al rato, noto cómo el colchón se hunde por el peso que ejerce Adam, me retira la almohada y besa mis labios secos.

—Estás preciosa cada mañana. Descansa, aún es muy temprano y no creo que Mey venga hasta el mediodía. Me marcho ya, que Marcus debe estar esperando. Te amo.

Asiento sin abrir los ojos, el cansancio puede conmigo. Noto, una vez más, cómo me besa, lo escucho bajar los escalones y cerrar la puerta de la calle. Me acurruco entre las sábanas, buscando el calor residual que está en el lateral en el que duerme Adam, respiro hondo y me quedo dormida con el olor del jazmín.

Un sonido fuerte a cristales rotos me despierta de golpe y me incorporo en la cama, llevándome ambas manos al vientre. El corazón me late con fuerza y tengo la extraña sensación de que algo no va bien. Busco con la mirada el móvil y lo sujeto con fuerza entre las manos. Voy hasta el ventanal y miro al exterior; el jardín trasero se ve sin ningún signo extraño.

Me muerdo con fuerza el labio inferior, vuelvo a escuchar otro sonido procedente de la planta baja, esta vez el de una puerta al cerrarse con fuerza. Doy un pequeño salto en el sitio.

«Tranquila, Alice, lo más seguro es que no sea nada grave, que sea Adam el que ha roto cualquier cosa. A lo mejor está cabreado porque algo no ha ido bien en la reunión».

Me pongo la bata y llamo a Mey, ya es mediodía y me extraña que no esté aquí.

—¿Dónde estás? —le pregunto nada más descolgarme.

—En el trabajo. Lo siento, pensé que saldría antes, aún tengo para unas tres horas más —se lamenta—, son unos explotadores. Tienes una voz horrible.

—Gracias, yo también te quiero. He pasado toda la noche con molestias.

—Y Adam, ¿ya llegó?

¿Y ella cómo sabe lo de la reunión si yo no le he dicho nada?

—Creo que sí, voy a buscarlo ahora. Me pareció escuchar ruidos en la planta de abajo.

—Alice, nos vemos luego, mi jefe me está mirando con cara de asesino.

—De acuerdo, no trabajes mucho.

La llamada finaliza y bajo con cautela las escaleras, sujetando la barandilla. Digo en alto unas cuantas veces su nombre, pero no oigo ninguna respuesta. Frunzo el ceño, estoy segura de haber escuchado algo.

Lo llamo a su teléfono, sin embargo, me salta el buzón de voz; debe ser que está en un sitio sin cobertura. Le mando un mensaje por WhatsApp, comentándole que me pareció escucharlo llegar a casa.

Llego al salón y el miedo me invade, la puerta corredera que da al jardín está rota, los cristales esparcidos por todo el suelo. Miro con verdadero miedo a un lado y al otro de la estancia, sin notar ningún cambio significativo que indique la presencia de nadie.

Le mando otro mensaje a Adam, esperando que lo vea lo más rápido posible, mientras me dirijo a la cocina, abro el cajón de la cubertería y sujeto con la mano un cuchillo al tiempo que marco el número de la Policía.

—Yo que tú soltaría tanto el cuchillo como el teléfono, ahora.

La amenaza llega de mi espalda antes de pulsar el botón de llamar, reconozco esa voz. Aprieto con fuerza los ojos y lo dejo caer sobre la encimera; no voy a poner en peligro a mi hija por hacerme la heroína.

Sin previo aviso, siento cómo por mis piernas se desliza un líquido caliente, me llevo las manos a la barriga. Awen está en camino.

ADAM

Entro en el edificio de cinco plantas que tiene la discográfica. Me recibe una rubia de bote con una sonrisa de lo más forzada y me indica que el resto del grupo está en la sala de juntas de la última planta.

Entro y me siento en una de las sillas entre Henry y Max, lo más alejado posible de Jeremy. No creo poder estar en la misma habitación que él por muchas horas o soy capaz de volver a reventarle la cara como se atreva a dirigirme la palabra.

El dueño y propietario de la casa de discos, el señor Brian O´Conell, toma asiento y su mirada, en este momento, es capaz de derretir el mismísimo Polo Norte. No está muy contento con la petición que estamos exigiendo, pero los chicos me apoyan y dicen que es imposible que no nos concedan el aplazamiento de la gira si las estrellas se niegan a ir.

—Comencemos —dice con voz ronca el señor O´Conell. Coloca sobre la mesa ambos codos, junta las manos y cruza los dedos justo a la altura de la boca.

El tipo impone, es como un jodido luchador de la WWE enfundado en un traje de marca y con dos lameculos que le siguen a todas partes en todo momento. Trago saliva antes de dirigirme a él, le expongo los motivos por los que quiero, mejor dicho, pedimos el aplazamiento.

Como me imaginé, no está muy contento y dice que seis meses es lo máximo que va a ceder. Max me habla al oído y Henry hace lo mismo con Alex, el cual, después, se dirige a John; todos negamos y comenzamos de nuevo.

—No aceptamos. No te servirán de nada seis meses. La princesita será aún muy pequeña y Alice se tendrá que quedar en Londres —me indica Max.

—Lo sé.

—Esperaremos hasta que se canse y termine por ceder, no te agobies, tío —dice Henry.

Así estamos durante lo que parece una eternidad. Me duele la cabeza y creo que no vamos a llegar a ninguna parte. Llevo los dedos al puente de la nariz y cierro los ojos con frustración.

—Hagamos un trato —suelta de repente, con su imponente voz, O´Conell.

—¿Qué tipo de trato? —pregunto intrigado.

—Vosotros queréis aplazar la gira, a cambio quiero que aceptéis la persona que yo escoja para el puesto de *tour* mánager —termina de decir con una sonrisa de lo más macabra—, ¿aceptáis?

¿Qué otra opción tenemos? No creo que sea peor que Jeremy. Asiento con la cabeza, mirando a los chicos, y ellos hacen lo mismo en señal de conformidad.

—Aceptamos.

—Bien, seguidme. —Se levanta, arrastrando la silla hacia atrás, y sale del despacho seguido de sus lacayos lameculos.

Aún sin saber muy bien a dónde nos dirigimos, lo seguimos por los entresijos del edificio y bajamos por las escaleras varios pisos. Si mal no he contado, debemos estar por debajo del nivel de la calle unos dos pisos por lo menos; dejé de contar a la cuarta o quinta vuelta.

Veo varias salas de grabación a cada lado del pasillo, entramos en la más alejada y, para mi sorpresa, veo cómo una chica menuda, pero con muy mala leche, está regañando a los técnicos de sonido por vete a saber qué.

—¡Os dije que nada de llegar tarde! ¿Qué hora es? —les indica ella.

—Las doce —contesta uno de los chicos, mirando al suelo.

—No, son las doce y siete, y dije que estuvieseis aquí todos a las doce en punto, no a y tres ni a y cinco, sino en punto.

Max y Henry se ríen por lo bajo mientras comentan lo sargento que les parece la chica.

—Adabella —la llama el señor O´Conell.

—¡¿Qué?! Oh, perdón, eres tú.

—Sí, soy yo. Vengo a informarte de que estás contratada para ser la *tour* mánager de Slow Death.

Por el rabillo del ojo veo las expresiones de todos mis amigos, asombrados de la misma manera que lo estoy yo.

—Chicos, esta es Adabella, mi hija.

«Me cago en la puta».

—Encantada. —Camina hasta llegar a nuestra altura y nos da la mano de forma profesional.

Va vestida con una falda de tubo negra, camisa blanca y una chaqueta entallada a juego con la parte de abajo, lo único que destaca de su vestuario son los zapatos de tacón, sin los cuales no le sacaríamos una cabeza, sino dos.

Cuando llega a la altura de Henry, veo que este le sostiene la mano por más rato del habitual, le doy un codazo y termina por soltársela.

—¿Puedo llamarte Bella? —pregunta Henry con una sonrisa socarrona que me indica que va a soltar una de las suyas—. Estoy dispuesto a que me llames Edward, pero tranquila, que no muerdo.

Max empieza a reír a carcajada limpia, yo me aguanto a duras penas, John sonríe, negando con la cabeza, y Alex… Alex está con el rostro serio al ver cómo al señor O´Conell se le hincha una vena del cuello.

—Tú eres Henry, al que le gusta montar grandes fiestas y siempre está de buen humor. —Mi amigo asiente—. Te comunico que eso de las fiestas no va a suceder mientras seáis mi prioridad. Y, por cierto, soy la señorita O´Conell para ti.

Y, por suerte, el que se ríe ahora al ver cómo le ha cambiado la expresión a nuestro único batería es al padre de Adabella.

Salgo del edificio, agotado de tanta burocracia y lameculos en tan poco metro cuadrado, por no decir la de veces que he tenido que aguantar a Henry quejarse de que más le vale que la despedida de soltero sea apoteósica si tiene que aguantar durante la gira a esa… ¿cómo la llamó? Ah, sí, niña de papá amargada.

Marcus me abre la puerta del coche, me siento y mi móvil suena. Son dos mensajes de Alice. Mi corazón se acelera al ver que los mandó hace casi cuatro horas. Entro en la aplicación y leo uno detrás de otro.

> Alice:
> Adam, escuché un sonido en la planta baja y pensé que eras tú, ¿vas a tardar mucho? Te quiero ❤

¿Un sonido en la planta baja? Pero ¡qué cojones!

> Alice:
> Alguien ha roto la puerta del jardín, voy a llamar a la policía.

Mi corazón se salta un puto latido, noto cómo cada pulsación recorre mis venas y se agolpan en mis oídos.

—¡Marcus, a casa, corre, llama a la Policía, sáltate los semáforos si hace falta, pero ve lo más rápido que puedas!

Sin preguntar el motivo, me obedece y pisa el acelerador al máximo, llegando en un tiempo récord a Chelsea. Abro la puerta antes de que llegue a frenar del todo el coche y voy corriendo casi sin aliento a la casa.

—¡Alice, Alice!

Mis ojos buscan con desesperación algún signo de mi chica, pero no la encuentro. Voy al salón y, en efecto, el suelo está lleno de pequeños cristales rotos de lo que era la puerta que da al jardín. Con el corazón en un puño, giro hacia la cocina y me quedo petrificado al ver a una mujer de cabello rojizo de espaldas.

—Ginger… —susurro por lo bajo, ella me escucha y se gira con una sonrisa en la cara y sujetando a un bebé en sus brazos; Awen…

No, no puede ser, ¿dónde está Alice?, ¿qué le ha pasado? ¿Y qué cojones hace Ginger con mi hija en sus manos?

El llanto de la pequeña es desolador, quiero arrancársela de las manos lo antes posible, sin embargo, temo que le haga algún daño.

—Mira, cariño, papá acaba de llegar a casa. No te quedes ahí, mi amor, ven, acércate a conocer a nuestra hija.

Joder, se le ha ido la olla y su voz es incluso más estridente de lo que recordaba. Me acerco con pasos cortos y comedidos, estiro los brazos y ella me pasa a mi hija; tiene la carita toda rojita, llora de manera desconsolada y la pequeña mantita que la rodea no le da el suficiente calor porque su piel está fría. Coloco el brazo por debajo de su cuerpecito y la arrimo lo máximo que puedo al mío para que absorba algo de calor. Me he fijado que en la zona del ombligo tiene una cuerdecita como la de los zapatos; debo llevarla lo antes posible a un hospital para que la examinen, pero…

—Ginger —digo su nombre con cautela—, ¿don… dónde está Alice?

Su rostro se convierte en la viva expresión de la ira; en un pestañear de ojos, cambia su semblante y sonríe.

—No te preocupes, esa impostora ya no será más un problema. —Se gira, agarra un cuchillo con la mano y se pone a… ¿cocinar?—. Estoy preparando tu comida favorita —comenta como si no sucediese nada—, espero que tengas hambre.

¿Dónde cojones está Alice?

42

Una nueva vida

ALICE

¡No! No me puede estar pasando esto ahora.

Me sujeto con fuerza la parte baja del vientre, una contracción devastadora hace que grite de dolor. Ginger se acerca a mí, sujetando un cuchillo en la mano y sonriendo de una manera que me da pavor.

¿Qué tiene pensado hacer con ese cuchillo?

—¡Ahh! —grito con la llegada de otra contracción.

—Parece que he llegado en el mejor momento.

—¿Qué coño quieres, Ginger?

—Aún no lo sabes, obvio, quiero lo que me robaste y lo que me pertenece.

—¿Adam? —pregunto con la voz contraída a causa del dolor.

—A Magister y a nuestro hijo, el que me pertenece.

¡¿Qué?!

Ginger me sujeta por el brazo y tira de mí para que la siga. Obedezco, estoy hiperventilando y las lágrimas empiezan a salir de mis ojos sin que pueda remediarlo, temo por mi hija.

Me arrastra hasta el sótano y me ordena que me quede tumbada en el suelo. Se pasea impaciente, dando vueltas y hablando consigo misma mientras yo noto que los tiempos entre cada una de las contracciones se acortan a medida que pasan los minutos. Mi hija va a nacer a merced de una lunática y no tengo forma alguna de evitarlo.

—¿Por qué haces todo esto? —le pregunto. Necesito distraerme de alguna manera, mi intención era tener un parto controlado en un hospital y, a poder ser, con una epidural de por medio, no esto. Como no hable conmigo, siento que puedo perder el conocimiento en cualquier momento; si eso ocurre, esta pirada es capaz de abrirme en canal para arrebatarme a Awen.

Ginger deja de pasearse y se concentra en mí; su rostro se contrae con odio, sujeta con fuerza el cuchillo de forma amenazadora. Da unos pasos en mi dirección, apuntándome con el filo a la cara.

—Todo es por tu culpa, todo era perfecto, lo tenía tan bien planeado, tuve que chupar la maldita polla de un técnico para conseguir un pase vip para esa noche. —Asco—. Lo tenía, era mío. Me besó, me iba a llevar a su hotel, pero tuviste que aparecer tú y todo se jodió.

Pero ¿de qué coño habla?

—¡No sé de qué me hablas! —Intento respirar por la nariz y absorber todo el oxígeno posible, cada vez son más intensas.

—Todo es por tu culpa, se acostó contigo y, visto lo visto, debió usar el preservativo que yo le metí en sus pantalones esa misma noche —abro los ojos al recordar el momento en el que Adam retiró el condón de sus vaqueros la noche que lo conocí—, un preservativo que yo misma me cercioré de que estuviese pinchado. Sabía que era difícil que de una única vez me quedara embarazada de él, pero tenía que intentarlo. Llevo cinco años acompañando a Adam en cada uno de sus conciertos, admirándolo desde la distancia, es mi destino el estar a su lado, ¡no el tuyo!

Una única palabra se me cruza por la mente: loca.

Noto la cabeza de Awen haciendo presión entre mis piernas, no creo que pueda aguantar mucho sin empujar. La sensación de hueso contra hueso en mi pelvis y la opresión que ejerce mi pequeña, la cual reclama su lugar en el mundo, me incita a abrir las piernas.

—¿Ya llega? —me pregunta con un brillo de inquietud en sus ojos.

—Ne… necesito quitarme las bragas —digo sin ningún pudor.

Solo llevo puesta la camiseta con la que duermo habitualmente y la bata; es necesario retirar esa tela que ahora mismo me molesta. Ginger asiente, dándome permiso para moverme.

Con algo de dificultad, consigo echarlas a un lado del cuarto.

Los minutos se convierten en horas, el cansancio de mantenerme con fuerzas, sin perder de vista a la desquiciada de Ginger, me desgasta por segundos. Pujo y respiro, respiro, me muero de sed y sigo empujando. En los vídeos de internet era todo tan rápido, ¿por qué va tan lento?

Por mi mente pasa la idea de que la pequeña Awen se quede sin oxígeno, o que esté sufriendo por mi culpa por no empujar con más fuerza… Luego recuerdo todo lo que he leído sobre embarazos, el parto y postparto.

Intento no hacer demasiado caso a lo que Ginger dice sobre mi niña o Adam, no deseo provocarla. Tan solo le mantengo la mirada de reojo hasta que ya no doy más.

—Está a punto de nacer —le informo entre jadeo y jadeo.

Ella pasa la lengua por sus labios, se le nota más ansiosa y nerviosa que hace un rato. No sé cuánto tiempo llevaré aquí metida, pero si salgo de esta, juro que no volveré a beber en la vida un maldito *gin-tonic*. Bueno, eso y también arrancarle hasta el último pelo de furcia a Ginger cuando la tenga cerca.

—Oh, es verdad, es necesario agua para limpiarlo cuando nazca, y también una manta y algo para atar el cordón.

—Lim… limpiarla —digo ya casi al límite de mis fuerzas.

—¿Qué? —Se gira justo antes de que salga por la puerta.

—Limpiarla, es una niña.

—Ni eso pudiste hacer bien, yo le hubiera dado un niño, pero bueno, ahora ya está.

Ginger se marcha, me imagino que a por todo lo que dijo antes, así que intento levantarme para salir corriendo de la casa y pedir auxilio, pero las piernas me tiemblan; el sudor recorre todo mi cuerpo y termino por caer de rodillas a pocos menos de un palmo de la salida del sótano.

La puerta se abre y Ginger me observa con furia. Se agacha, dejando en el suelo las cosas que trae consigo, y me cruza la cara.

—¡Puta, ¿te piensas que te voy a dejar escapar?!

—Fu… fuiste tú, ¿verdad? —pregunto mientras me dejo caer bocarriba, posando mi espalda en el duro suelo—. La que me intentó atropellar.

—Fue un momento de rabia, mi intención no era matarte. Saber que estabas con mi Magister aquí, en la que tendría que ser mi casa, me puso furiosa y no lo pude evitar —confiesa, levantando los hombros al tiempo que aprieta con fuerza el mango del cuchillo.

—¡Oh, Dios!

Inhalo con fuerza, por instinto, cambio de posición a una más cómoda y me sujeto como puedo las rodillas con las manos. Dejo de respirar durante el rato que hago el esfuerzo con todo mi abdomen. Siento cómo los pliegues de mi vagina se expanden hasta límites exagerados y, por una fracción de segundo, me doy cuenta de lo asqueroso de mi razonamiento.

Quiero una ventana para saltar por ella, una droga potente que me tumbe, pero, sobre todo, quiero que suceda un milagro, que todo esto sea una jodida pesadilla y estar en una sala de partos con Adam a mi lado, dándome la mano mientras me susurra que todo saldrá bien.

Dejo de empujar en el momento que noto que la cabeza ya está fuera y reúno fuerzas para lo difícil que será lo que queda. Doy gracias por ser tan curiosa y leer incluso los prospectos médicos.

—Gin… Ginger —la llamo para que me preste atención, pero sus ojos están clavados en mi coño, hablando mal y pronto—. ¡Jodida psicópata, ¿quieres hacerme caso, joder?!

Me fulmina con la mirada, pero al fin consigo que me preste atención; quiera o no, necesito de su ayuda.

—Ti… tienes que sujetar a la pequeña para que no se haga daño.

—¡¿QUÉ?! —grita asustada.

Claro, le digo que meta sus putas zarpas en mi coño y se asusta, sin embargo, el entrar en mi casa, amenazarme con un cuchillo, casi atropellarme y mandarme cartas amenazantes es coser y cantar para ella.

—Escúchame bien porque no lo voy a volver a repetir, tengo entre las piernas la cabeza de mi hija, si no se sujeta bien al salir, puede dañarse. —Da un paso atrás, negando con la cabeza—. ¡Eres una maldita puta!

Por Dios, que no le suceda nada malo. Cambio de postura, poniéndome a cuatro patas; leí que en esta posición hay menos probabilidades de que se le rompa la clavícula por exceso de fuerza.

Empujo y me sostengo con solo una de las manos en el suelo, la otra la uso para palparme hasta que noto la cabecita de Awen —las lágrimas me caen por las mejillas sin control—, realizo otro empujón en el momento que siento una contracción y mi hija cae en mi antebrazo, dejándome una sensación de vacío en mi interior.

Rendida, me dejo rodar a un lado; la espalda choca contra el suelo y acaricio el cuerpecito de mi bebé con las manos temblorosas. La subo por mi cuerpo hasta tenerla pegada a mi pecho y la observo con ojos llorosos. Escucho el sonido del llanto de mi hija por primera vez.

—Awen, soy mamá.

—¡No! —grita Ginger.

Se acerca a nosotras y me la arrebata de las manos; estiro los brazos para que no se la lleve. Observo cómo con el cuchillo realiza un corte en el cordón que aún me une a mi bebé y le hace un nudo con una cuerda cerca de su barriguita.

—Cuando llegue Magister y me vea con su hija en brazos —la tapa con una manta pequeña—, se dará cuenta de que soy la única a la que necesita en su vida para cuidarlos a él y a nuestra hija —dice, dándome una patada en el vientre antes de cerrar la puerta del sótano.

—¡Ginger! —grito desvalida, sin poder levantarme del suelo; llevo mis ojos a mi entrepierna y me doy cuenta de que estoy perdiendo mucha sangre—. ¡Maldita seas, Ginger! ¡No te la lleves!

Apoyo las manos en el suelo y giro sobre mí misma para ponerme a cuatro patas y gateo hasta llegar a tocar la puerta; necesito abrirla para que se escuche algo desde fuera, este lugar esta insonorizado. Las contracciones continúan y siento cómo se desliza entre mis muslos lo que creo que es la placenta. Me estiro, mis dedos rozan el pomo, empiezo a ver nublado, los oídos me pitan, un poco… más…

Tengo que conseguirlo por Awen…

43

La batalla final

ADAM

Sujeto contra mi cuerpo a mi hija, tan pequeña e indefensa. Doy un paso atrás, alejándome de la lunática de Ginger, que sigue de espaldas cortando unas verduras sobre una tabla en la cocina.

Tengo que encontrar a Alice.

Escucho la voz de Mey a lo lejos, gritándole me imagino a Marcus, quien, parece ser, no la deja entrar. Me paro en seco, Ginger se gira, sosteniendo aún en la mano el cuchillo; lleva su mirada a la entrada de la cocina, por donde aparece la amiga de Alice.

—¿Qué sucede aquí?

—Mey, creo que no es un buen momento —digo en alto para que se percate de lo inestable que se ve ahora mismo a Ginger.

—¡Lárgate, fuera de nuestra casa! —grita esta con furia.

—¡Ja, porque tú me lo digas! —Mey pone una expresión de asombro al fijarse que sostengo entre mis brazos a mi niña—. ¡¿Dónde está Alice, qué coño le has hecho?!

Mierda, Ginger bordea la isla que la separa de nosotros y, con paso calmado, se dirige amenazadora hacia Mey. Me muevo lo más rápido que puedo, llego junto a ella y le dejo en brazos a mi hija.

—Sal de la casa, llama a una ambulancia. ¡Ve, corre!

Sin casi darle tiempo a reaccionar, ella la sujeta y asiente, dándose la vuelta y saliendo con paso apurado.

—¡¿Por qué has hecho eso?! —grita Ginger, ahora pegada a mí—. Se lleva a nuestra hija.

—No es tu hija.

Quiero gritarle que es nuestra, de Alice y mía, pero sigue sosteniendo entre sus dedos un arma potencialmente peligrosa. Debo intentar calmarla y hacerle creer que es lo mejor.

Con movimientos pausados, levanto la mano y la dirijo a su brazo, le acaricio la piel; trago saliva con fuerza, espero que esto funcione.

—Olvídate de ese bebé, no es importante. —Las palabras que salen de mi boca me queman por dentro al tener que decirlas—. ¿Quieres que te ayude con la comida?

Su rostro se apacigua, está más demente de lo que me imaginaba.

—¡Oh, sí! Siempre he querido que cocináramos juntos y luego poder ver una película acurrucados en el sofá, Adam… —termina diciendo mi nombre, bajando la voz.

—No me llames así —digo, apretando los dientes.

—¿Prefieres que te llame Magister?

—Siempre me lo has llamado, no sé por qué iba a cambiar ahora.

«Mejor que no te llame nunca más en lo que le queda de vida y punto».

Rodeo la isla de mármol y, al llegar a ese punto, me fijo en que el suelo está mojado y que el recorrido lleva hacia el sótano, donde tengo el estudio de música. Alice debe estar ahí.

—Yo me encargo de seguir con las verduras, tú ve al frigorífico y ve sacando la carne —le ordeno mientras le pido de forma cautelosa el cuchillo, dejando la palma abierta de la mano para que me lo dé.

—Claro —responde con su característica voz chillona.

Ginger deja en mi mano el cuchillo y, por primera vez desde que entré en la casa, respiro con un poco más de tranquilidad.

Me alejo de ella, dando pasos cortos, y visualizo por el rabillo del ojo a un agente que me hace señas para que me acerque a él. Otros dos salen de detrás del primero, y mientras uno desenfunda su arma, el otro prepara las esposas para arrestarla.

En cuanto llego a la altura del primer policía, sus compañeros de inmediato inmovilizan a Ginger, sujetándole los brazos y poniéndole las esposas.

—¡Pero ¿qué?! ¡Soltadme, hijos de puta! ¡Esta es mi casa y ese es mi novio! —grita ella, forcejeando para que la liberen.

¡Alice!

Dejo caer contra el suelo el cuchillo que aún tenía en mi poder y escucho la voz de uno de los agentes preguntarme que a dónde me dirijo.

Giro en el salón y llego a la puerta que baja para el sótano, dando varios traspiés, y corriendo sin aliento me dejo caer en los últimos peldaños. Veo la puerta abierta y a mi chica tendida con los brazos extendidos, como si hubiera intentado subir las escaleras a rastras.

—No, no, no, no, no. —Mi voz se quiebra, la sujeto por la cintura para levantarla y pegarla a mi cuerpo, la abrazo con fuerza y lloro como si no hubiese un mañana.

Su cuerpo esta flácido, no se mueve, la sangre que la rodea es demasiada y me temo lo peor. Acaricio su mejilla y la beso una y otra vez.

—Alice, mi amor, no me dejes —pido sin obtener respuesta alguna—. Estoy contigo, estoy contigo —repito como un mantra una y otra vez mientras me mezo con ella en brazos.

Un movimiento ligero de una de sus manos hace que deje de moverme y, pese a tener los ojos totalmente inundados en lágrimas, llevo la mirada a su rostro. Mi chica pestañea con dificultad.

—Estoy contigo, mi amor.

—A… Awen…

—Ella está bien, está con Mey, y tú también vas a estarlo.

—Pro… prométeme. —Tengo que acercarme para escuchar su voz, cada vez le cuesta más hablar y me imagino que es por la pérdida de sangre. Como no la atienda rápido un médico, se va a desangrar.

—No, no te voy a prometer nada, ahora mismo te voy a llevar a un hospital, te vas a poner bien y vamos a ser una familia.

Ella intenta esbozar una sonrisa, levantando levemente las comisuras de sus labios; la tez de su rostro tiene un aspecto pálido, la estoy perdiendo.

—Te amo, cu… cuida de…

—Alice. —La muevo un poco—. ¡Alice!

—Tiene que apartarse, chico —escucho a mi espalda.

Unas manos me sujetan por los hombros y me apartan del amor de mi vida. Levanto la vista en el momento que me doy cuenta de que se llevan a Alice en una camilla a toda prisa. Alex está a mi lado con la mirada triste.

—Vamos, *bro*, la están atendiendo, todo saldrá bien.

Eso solo será posible si la tengo conmigo.

Camino dando vueltas una y otra vez por la sala de espera del hospital mientras atienden a Alice. Awen duerme con placidez en la zona de neonatos con el resto de bebés; está en perfecto estado de salud, menos mal. Sin embargo, aún no tengo noticias de su madre y la angustia me está matando el alma por momentos. Mey no ha dejado de llorar desde que vio a Alice salir de la casa en la camilla; todos los chicos están cerca de ella para darle ánimos y consolarla de alguna manera.

A mí me conocen de sobra y ni se atreven a cruzar palabra conmigo por temor a cómo pueda reaccionar. Ya estallé en el momento que vi cómo unos *paparazzi* fotografiaban a Alice mientras la subían los paramédicos en la ambulancia. No recuerdo muy bien cómo, solo sé que terminé por romperle la cámara a uno tirándosela al suelo.

Que se jodan.

Mis padres llamaron por teléfono al enterarse por las noticias de lo sucedido, no fui capaz de contestar la llamada y les atendió John. Están de camino.

—Familiares de Alice Cooper —dice un médico, saliendo de la zona restringida.

Me acerco a él corriendo y noto cómo el resto de los presentes se quedan a mi espalda, cerca de mí.

—Soy su prometido.

—¿No tiene ninguna familia directa?

Yo a este me lo cargo. Doy un paso amenazador y él se echa para atrás, Alex me sujeta del hombro y frena mi avance.

—Nosotros somos su familia —dice Alex—, y él es el padre de la niña.

El médico asiente no muy convencido, revisa unos papeles y me mira con fijeza.

—La señorita Cooper perdió mucha sangre durante el parto, sufrió un desgarro considerable y necesitará de mucho reposo. Hemos tenido que proceder a una transfusión de sangre.

Escucho con atención las palabras que pronuncia.

—Entonces, ¿se… se pondrá bien? —pregunto con prudencia.

—Con el tiempo lo estará.

—¿Puedo ir a verla?

—Solo puede entrar una persona.

No necesito una invitación formal, dejo atrás al estúpido del doctor y me dirijo directo a la sala del fondo. Abro la puerta y la veo tendida sobre una cama con los ojos cerrados; doy los pasos necesarios para llegar a su altura y le acaricio el cabello. Mis rodillas tocan el suelo, de esta manera tengo mi cara pegada a la suya.

Alice abre los párpados; levanto la cabeza al ver que se despierta. Se pasa la lengua por los labios y traga saliva.

—¿Awen?

—Está bien.

—¿Ginger?

—Arrestada, no nos hará más daño, mi amor.

—Tengo mucho sueño… —dice ella, cerrando los ojos.

—Es normal, te han dado sedantes, descansa. Estoy contigo.

—Y yo contigo —comenta con ellos aún cerrados mientras sonríe.

—Siempre.

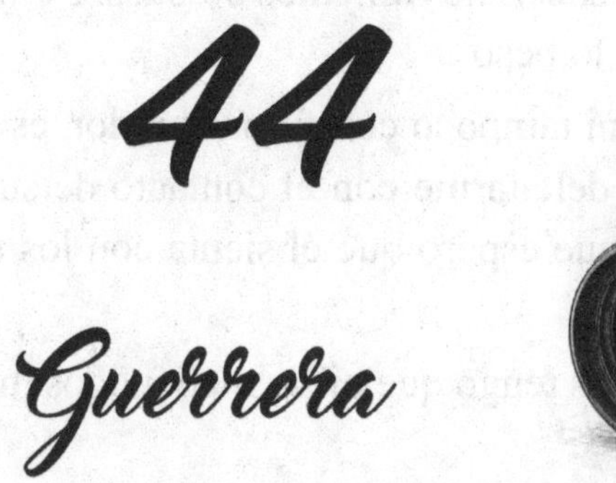

44 Guerrera

ALICE

Estoy deseando llegar a casa, llevo ingresada cuatro días. Adam, durante este tiempo, no se ha separado ni de mí ni de nuestra hija, la cual tengo conmigo en la misma habitación en una pequeña cunita.

Hoy es primer día que van a dejar que tenga visitas, aparte de Adam. Hasta que consideraron que ya tenía las suficientes fuerzas no dieron la autorización. Y estoy ansiosa de poder ver a Mey, a Emilie, a los chicos y a los padres de Adam.

—Les dije que no podían quedarse mucho rato, que ya tendrán tiempo de verte en otro momento.

—Está bien.

—Si te cansas, me avisas y los echo.

—Que sí.

—¿No quieres esperar unos días más, hasta encontrarte mejor?

Me pregunta mi adorable y a la vez sobreprotector roquero. Lo observo y veo la preocupación marcada en el contorno de su mirada; doy unas palmadas en la cama y él se acerca.

—Siéntate a mi lado.

Mueve la boca, no muy convencido de obedecerme, así que vuelvo a palmear el colchón, insistiendo. Cuando lo tengo pegado a mi cuerpo, me giro sin hacer movimientos bruscos. Le sujeto con ambas manos la cara y lo beso.

No es un beso pasional ni tampoco con furor ni ardor, es pausado, uno que me permite deleitarme con el contacto de sus labios, de la misma manera que espero que él sienta con los míos el amor que le profeso.

—¡Pero bueno, siempre os tengo que pillar metiéndoos mano!

«Henry…».

Me separo de mi prometido y me río al ver la cara de fastidio que pone.

—¿Cómo está mi sobrinita? —pregunta en alto Max, llevando consigo una pequeña guitarra eléctrica de juguete—. Mira qué te ha traído el tío Max.

Intento no reírme, aún me duele si lo hago, pero es tan gracioso.

—Hola, chicos —saludo en alto.

Uno a uno se acercan para darme un beso en la mejilla. Mey llega al rato y tiene que contenerse para no ahogarme con su abrazo. Aprovechando que todos están alrededor de la cuna, contemplando a mi hija mientras llora aferrada a su nueva guitarra, hago señas a mi amiga y esta se acerca.

—Me debes una charla —le digo, apuntándola con el dedo índice de forma acusatoria.

—Lo sé. Te pondré al día cuando estés en casa y totalmente recuperada —me susurra antes de preguntarme—. ¿Cómo te encuentras? Y no me digas que «bien»; puedo verlo en tu mirada. Estás muy molesta por algo.

—Voy a tener que lidiar con todo lo que pasó poco a poco. Solo estoy cansada de seguir en el hospital.

—Es normal —responde ella, retirándole la guitarra de juguete a la niña antes de que se haga daño y dejándola en la repisa de la ventana. Aunque Max no tarda ni dos segundos en reclamarla de nuevo para ponerse a juguetear con el artilugio.

Los siguientes en llegar son Emilie y su padre, Mike. Para cuando entran los padres de Adam, la habitación parece más el camarote de los hermanos Marx que una habitación de hospital.

—¿Veis la voz que tiene? Va a salir cantante —dice Alex.

—Ya te gustaría, va a adorar la batería; de eso me encargo yo —se une Henry.

—Chicos, chicos, estáis equivocados —los frena John—. Va a saber apreciar el compás de un buen bajo.

—Tío, creo que quieren arrastrarla por el mal camino —le comenta Max a Adam—. ¿Ves como hice bien en traerle su primera guitarra?

Mientras todos discuten sobre el futuro musical de la pequeña, observo de reojo a Emilie, que sonríe con dulzura a Awen. Mike envuelve a su hija por los hombros y murmura:

—Hace nada eras así de pequeña…

—Papá, no empieces —protesta Emilie, ruborizándose y poniendo los ojos en blanco mientras se aparta un paso.

Una lágrima cae por mi mejilla al verlos a todos juntos.

—Eh, ¿qué te ocurre? ¿Te duele algo? —me pregunta Adam, atento a cada uno de mis movimientos.

Niego con la cabeza.

—Soy feliz. —Lo miro—. Me has dado lo que más anhelaba en este mundo.

—¿Yo? ¿El qué?

—Una familia. Nuestra familia.

Martha levanta a su nieta en brazos y le da un beso en la frente antes de pasármela. La estrecho entre mis brazos, es preciosa. Adam se agacha para besar mi sien.

Los observo uno a uno. Esta es mi familia. No es una familia de sangre, ni perfecta ni tradicional. Tengo una hermana mayor un tanto loca e impulsiva, otra pequeña dulce y tímida, cuatro hermanos de los que podría decir tantas cosas: me han hecho reír, llorar, enfadarme…, pero en el fondo sé que siempre estarán ahí. Y ahora también sé lo que es tener unos padres de verdad: Martha y Charles.

—¿Qué piensas? —me pregunta la persona que logró romper todas mis barreras y adentrarse de lleno en mi corazón para hacerlo suyo.

—En que ya no hay más oscuridad, solo luz.

—Mi chica guerrera. —Me dedica una sonrisa de las que me hacen sentir la mujer más especial del mundo y me besa.

—Eh, esperad a estar casados para seguir con eso. Mira que tenéis ganas de darle un hermano a Awen.

—¡Henry!

Estallan todos, y empiezan a reírse; yo me sujeto con una mano el vientre mientras intento no ser arrastrada por ellos.

De repente, se oye un golpe suave en la puerta y una enfermera entra con paso ágil, solo que sin perder la sonrisa profesional que lleva puesta desde el primer día que la vi.

—Buenas tardes. —Su voz es amable pero firme, ha de ser la experiencia de lidiar con tantas personas—. Ya veo que hoy hay ambiente de fiesta aquí.

Los chicos se quedan mudos un segundo, como si alguien hubiera pulsado el botón de silencio. Max, incluso, baja instintivamente la guitarra de juguete.

—No es fiesta —murmura Henry—. Es… celebración controlada.

La enfermera lo mira con una ceja en alto.

—Ajá. Pues la celebración controlada tiene un límite, la paciente lleva muchos días en recuperación y se agota rápido.

Adam asiente de inmediato.

—Lo sé, estábamos a punto de…

—No estabais a punto de nada —salta Mey, indignada, interrumpiendo a Adam—. Acabamos de llegar.

—Yo solo cumplo órdenes médicas —responde la enfermera mientras revisa el gotero y se asegura de que todo esté en su sitio—. Podéis quedaros unos minutos más, pero en cuanto la vea bostezar, os saco a todos a escobazos si hace falta.

Alex se ríe por lo bajo.

—Me recuerda a cierta rubia con una sartén —murmura, sin embargo, todos somos capaces de escuchar lo que ha dicho y es inevitable: todos terminamos riéndonos.

Todos menos Mey, que se cruza de brazos y niega con la cabeza, suspirando resignada al haberse convertido en el meme del año desde ese día.

—Lo digo en serio —reitera la enfermera—. Está mucho mejor, sí, pero sigue débil. Que no os engañe esa sonrisa que pone cuando la miráis.

—Oye… —protesto, aunque en realidad tiene razón.

La enfermera me guiña un ojo.

—Te tengo calada desde el primer día. Aguantar no es lo mismo que estar bien, ¿vale?

Antes de irse, añade:

—Cinco minutos más. Y si alguno vuelve a pelearse por la carrera musical de la niña, lo pongo a barrer el pasillo —comenta mientras traspasa la puerta y la cierra a su paso.

Un poco más tranquilo el ambiente, me pregunta con timidez Emilie:

—¿Y para cuando la boda?

—Para lo antes posible —responde Adam, y sonrío al ver la ilusión que le hace que nos vayamos a casar.

Martha carraspea y todos se giran para averiguar qué mosca le ha picado.

—Mi hijo y mi hija —mierda, que me emociono de nuevo—, hoy comienza para ellos la verdadera felicidad. Pero —no me gustan los peros— ahora es vuestro turno, mis pequeños.

Todos, sin excepción, ponen cara seria; los momentos de clarividencia que tiene Martha son para tomárselos sin ninguna broma, y ellos lo saben bien.

Awen me sujeta con su manita el dedo, me llevo la otra mano al colgante. Sí, creo que voy a disfrutar mucho de cómo caen ante el amor estos roqueros.

Epílogo

ALEX

Observo desde la lejanía la salida de Alice y Adam del hospital con su hija en brazos. Se les ve tan felices juntos. No puedo dejar de pensar en lo diferente que fue para mí convertirme en padre, en cómo Kim…

Mejor dejar fuera esos pensamientos, no se puede cambiar el pasado.

Me alegra de cierta manera que Alice haya aceptado ser la fotógrafa oficial de Slow Death; su trabajo detrás de una cámara es inmejorable y se la ve muy resuelta en lo que hace. Además, así, cuando estemos de gira, no tendré que aguantar las quejas de mi amigo por no estar cerca de ella y lo mucho que la extraña.

Sí, sé que nuestra forma de vivir los conciertos de ahora en adelante será distinta, pero estoy convencido de que será una gran aventura. Y qué menos que compartirla con los míos.

—¡Alex, ven, la prensa quiere sacar una foto de todo el grupo junto a los prometidos y Awen! —grita Max.

Salgo de mi pequeño escondite, detrás de la columna que me protege.

Comienza el *show*.

Levanto el mentón, cuadro bien los hombros y, de forma automática, mi *alter ego* sale a la luz. El estar frente a las cámaras es, en cierta forma, como cuando me subo al escenario. Me convierto en un hijo de puta arrogante, y lo sé.

—¿Y Adam ha accedido a tal petición?

—No, la verdad es que ha sido Alice la que le ha pedido que posáramos para que no los molesten en su casa.

Asiento, entiendo la manera de razonar que ha tenido Alice. A veces, los *paparazzi* son unas sanguijuelas que te quieren chupar cada gota de sangre.

Sonrío de manera altiva al llegar donde está la prensa.

—¿Te encuentras bien, mi vida? —escucho cómo le pregunta Adam a Alice—. No debería haberte hecho caso, sabes que odio a estas víboras.

—Tienes que congraciarte con ellos de alguna manera, el último encontronazo que tuviste se saldó con la rotura de la cámara de un periodista.

—Ey, chicos, dejad esa charla para cuando estéis en casa, estamos a distancia, pero puede que os escuchen —alerta John.

Ambos asienten y todos nos ponemos en plan *fashion victim* para posar y que nuestra imagen salga en todos los medios de comunicación, tanto de la prensa musical como de la del corazón, para desgracia nuestra.

Bueno… posar, posar, lo que se dice posar, Adam está más bien con un careto que indica que tiene la intención de arrancar la yugular de alguna que otra persona.

Alice se da cuenta de ello y altera el peso de Awen en sus brazos para poder darle la mano; en ese preciso instante, veo cómo a mi amigo le cambia la cara y pasa de un salvaje león enjaulado al más tierno gatito.

«Calzonazos».

—Creo que ya tienen carnaza suficiente para un par de meses —comenta Henry.

Nos despedimos y cada uno se marcha para su casa.

Subo en mi Jaguar F-Type y conduzco la escasa distancia que separa el hospital de Chelsea. Dejo el coche en el garaje y entro.

Me quedo contemplando uno de los cuadros que ahora lucen en mi salón, sin saber muy bien por qué accedí a colgarlos.

Bueno…, sí que lo sé. La culpa es toda de ella.

Llaman al timbre y, antes de abrir, me aseguro de que no es nadie indeseable. Y no, no lo es. Es la mujer que me trae de cabeza en los últimos meses.

—¿Me echabas de menos, preciosa? —digo al abrir la puerta.

—No seas tan creído, vengo para recoger algo que me olvidé el otro día.

La dejo pasar delante de mí, cierro la puerta de la calle y me fijo en sus curvas, en cómo mueve su cadera al andar y, sobre todo, en ese trasero.

Se da la vuelta y levanto la mirada; el corazón se me acelera en cuanto clavo mis ojos en los suyos.

—¿Crees que Alice podrá olvidarse de lo que sucedió en ese sótano algún día?

Su preocupación es notable. Me acerco a ella y le sonrío, pero no de la manera que lo hago para las cámaras o las *fans*. Sonrío de verdad, sintiéndolo con sinceridad.

—Creo que es una mujer muy fuerte y que nos tendrá cerca para lo que necesite.

Ella asiente y recoge una carpeta, se da la vuelta y se dirige a la salida. Se marcha y no sé cómo interpretar lo que siento, quiero que se aleje, sin embargo, al mismo tiempo no sé qué hacer para que no lo haga.

—Adiós, Alex —dice antes de salir de la casa.

—Hasta pronto, Mey —comento mientras veo cómo se aleja desde el ventanal de mi casa.

Esto no ha acabado.

Epílogo extra

ADAM

Cinco años más tarde…

Awen se despierta antes de que el sol salga. Lo sé porque la escucho arrastrar su manta por el pasillo y entrar a nuestro dormitorio con ese paso torpe que tiene. Desde hace un tiempo insiste en que ya es «una niña mayor»; cómo decirle que para nosotros siempre será nuestra pequeña.

—Papi… —susurra.

Abro un ojo. La veo en la puerta, despeinada, con un calcetín puesto y el otro en la mano. Siempre pierde uno por el camino. Le hago un gesto para que se aproxime y se sube encima de mí como si yo fuera parte del colchón.

—Mamá no se despierta —anuncia con tono de misión importante.

—Porque mamá está cansada —respondo, acariciándole la cabeza—. Tu hermano ocupa medio Londres ahí dentro.

Awen apoya la oreja en el vientre de Alice, que duerme de lado. Frunce el ceño, concentrada.

—Creo que Chaw está hablando.

—Awen… —Alice abre un ojo y sonríe sin fuerzas—, son las seis de la mañana…

—Pero Chaw dijo «hola» —responde ella muy segura.

Me aguanto la risa. Alice también, aunque su cara mezcla ternura con agotamiento. Está de casi ocho meses y se le nota en cada gesto que se encuentra en la recta final.

Awen se queda quieta de repente.

—Ya sé qué quiere.

—Ah, ¿sí? —pregunto, bostezando.

—Gofres.

—Tu hermano no quiere gofres, Awen. Eres tú. —Alice pone los ojos en blanco.

—Pues los dos queremos gofres. —Se encoge de hombros, reconociendo su victoria sin dudarlo.

Me siento en la cama con cuidado de no mover demasiado a Alice. La beso en la frente. Tiene los ojos cerrados y la respiración pesada.

—Descansa —le digo—. Voy a preparar el desayuno.

Mi chica asiente sin abrir los ojos.

Awen canta por toda la cocina mientras yo caliento la plancha de los gofres. Me va narrando absolutamente todo lo que hace: cómo da vueltas a su osito y lo sienta a la mesa, cómo decide qué plato quiere y la idea loca de que Charles saldrá «con cara de panqueque».

—Ojalá no —respondo, sirviéndole un zumo—. Sería muy raro llevar a un niño con cara de panqueque al colegio.

Se ríe como si yo fuera el cómico más gracioso del mundo.

La miro y pienso en cómo pasa el tiempo; cinco años, parece mentira. Ahora corre por aquí, llenándolo todo de ruido. De vida. No lo cambiaría por nada del mundo.

De repente, se queda quieta, muy seria.

—Papi.

—Dime.

—Cuando Chaw nazca…, ¿todavía me vas a abrazar igual?

Aún no sabe pronunciar bien el nombre de su futuro hermano, lo pronuncia alargando la «a» de una manera tan tierna que me dan ganas de rodearla con mis enormes brazos y no soltarla. La pregunta que realiza me da una punzada en medio del pecho, sin avisar. Dejo la espátula y me acerco hasta ella. El taburete que usa la deja a una altura cómoda para que pueda hacer las comidas con nosotros. Le aparto un mechón de la cara, ha heredado mi pelo ondulado, o más bien el de mi madre.

—Igual no —le digo, y baja la mirada a las puntas de sus pies.

—Te voy a abrazar más. Porque vas a ser la hermana mayor, y eso es muy importante.

Awen sonríe, tímida. Pero como si necesitara comprobar si hablo en serio, abre los brazos y la abrazo bien fuerte.

—Nunca voy a quererte menos —le susurro.

Me aprieta el cuello con toda su fuerza y me deja otra vez el corazón hecho puré.

Subimos la bandeja al dormitorio. Alice sigue tumbada, con la mano en la barriga. Está más pálida de lo habitual, pero sonríe cuando nos ve entrar.

—Traemos gofres —dice Awen orgullosa, como si los hubiera cocinado ella.

Alice se incorpora despacio, y me apresuro a ponerle almohadas en la espalda para que encuentre una postura en la que aguantar cinco minutos quieta.

—¿Cómo estás? —pregunto.

—Cansada —responde sincera—. Llevo toda la noche con este niño dando patadas. Creo que ya le falta espacio, va a salir tan grande como su padre.

—Mamá —pronuncia Awen en un susurro—, tienes la barriga muy grande.

Intento aguantar una carcajada mientras Alice niega con la cabeza.

—Gracias, hija —digo—. Seguro que justo necesitaba escuchar eso.

Alice me mira con ese gesto que tiene desde que estamos juntos, uno que mezcla cariño y burla suave.

—Te quiero —me dice bajito.

—Y yo a ti.

Awen, que lo observa todo, frunce el ceño.

—No entiendo por qué os decís «te quiero» todo el rato. Ya lo sabemos. —Se cruza de brazos, molesta.

Alice intenta no perder la compostura.

—A veces hay que decirlo igual, cariño —le explico—. Para que el otro no lo olvide.

Awen piensa un segundo y luego dice:

—Vale. Te quiero, Chaw, pero no te comas mi desayuno.

Nos reímos ante su ocurrencia. Lo más probable es que nos haya escuchado decir que Charles necesita comer para nacer fuerte y ahora se preocupa de que le robe su desayuno. Alice pone su mano sobre la barriga y yo hago lo mismo, acariciando la piel tensada. El pequeño se mueve justo bajo mi mano, como si respondiera. Un movimiento firme, decidido.

—Viene fuerte —murmuro.

—Viene siendo un Fuller —dice Alice, sonriendo.

Alice me mira. Sabe lo que pienso sin que lo diga.

—Tu padre es la viva imagen de un pavo real luciendo sus plumas cada vez que nos escucha —murmura.

—Lo elegiste tú —le recuerdo.

—Sí —acaricia de nuevo su vientre y me mira de manera intensa—, es un buen legado, y sabía que le iba hacer mucha ilusión.

—¡Y tanto! —exclamo, riéndome en alto al recordar lo emocionado que se puso cuando le dimos la noticia.

Awen se mete entre los dos, de manera literal, y apoya su oreja en la barriga de su madre.

—Chaw dijo que sí —confirma.

—Sí ¿a qué? —pregunta Alice.

—A tomar el té todos juntos. —Sonríe, mostrando sus diminutos dientes.

Por la tarde salimos al jardín a tomar el té, cómo no. Awen quiere enseñarme cómo ha aprendido a girar sin caerse de la bicicleta pequeña. Alice se sienta en la hamaca, con las piernas cruzadas y una mano en el vientre. La observo mientras ayudo a Awen con el casco. Se ve tan serena ahí, bajo el sol. Tan distinta a la chica que conocí hace años… y a la vez tan ella.

Me acerco y me siento a su lado.

—¿Estás bien? —Se lo preguntaré como mil veces al día, pero después de lo que sucedió con Awen, mi nivel de alerta está por encima de todos los niveles.

—Sí. Solo… pesada.

—Estás guapísima.

Alice pone los ojos en blanco.

—Estás tonto.

—Solo contigo, ya lo sabes. —Guardo un pequeño silencio y decido preguntarle—. ¿Tienes miedo?

—¿Al parto?

—A todo.

—Un poco —admite después de pensarlo unos segundos—. Todo es tan distinto. En esta ocasión buscamos juntos un hermano para Awen. Me siento protegida a tu lado, sé que no se repetirá lo que sucedió. Contigo y con la peque a mi lado… No sé, es diferente.

—No me separaré de ti, estamos juntos, estoy contigo —le reitero, observando el colgante en forma de púa que lleva puesto.

He dejado claro, tanto a la discográfica como a los chicos, que me largo de los focos, de las entrevistas, de los eventos y de cualquier otra mierda hasta que Charles nazca, se recupere y, joder, me salga de los cojones volver al puto *show*. Los chicos me han respaldado, no tuve que insistir, ellos mismos intervinieron para conseguirlo.

—¡Mirad! ¡Sin manos! —grita desde el césped.

—¡No! —gritamos ambos, asustados al mismo tiempo.

—Esto solo acaba de empezar. —Alice se lleva una mano al pecho y suspira.

—Lo sé.

—¿Crees que Charles será más tranquilo que ella?

Miro de reojo a mi pequeña musa, a la niña de mis ojos, la que justo ahora intenta montar en la bici del revés.

—No —respondo a Alice—. Awen, ponte bien en la bici, cariño.

La brisa mueve las hojas. La niña sigue gritando cosas que no entiendo. Alice apoya la cabeza en mi hombro. Y Charles —nuestro hijo— da otra patada suave, como recordándonos que está ahí, esperando su turno para entrar en esta locura que llamamos familia.

Me quedo mirando el jardín, el triciclo tirado en la hierba, las zapatillas que Awen deja por todas partes, la barriga enorme de

Alice. Y pienso que, antes de que llegase a mi vida, nunca había planeado nada de esto. Nunca soñé con una familia propia. Ni con hijos. Ni con la paz que todo esto me transmite.

Pero aquí estoy. Aquí estamos.

—Alice.

—¿Sí?

—Lo que tenemos… —Me aclaro la garganta—. No lo doy por hecho. Nunca.

Ella apoya su frente en la mía.

—Yo tampoco.

Awen corre hacia nosotros, sudada, roja como un tomate.

—Papá, Chaw quiere la guitarra.

Niego con la cabeza sin perder la sonrisa, me levanto y camino hacia Awen.

—¿La guitarra? —repito.

Ella asiente, como si transmitiera un decreto real.

—Chaw quiere música.

Me aproximo hasta la mesa del jardín y agarro la guitarra acústica que saqué para afinar. Saco una de las púas del soporte negro; en todas las que uso desde hace años va escrito el nombre de mi musa: «Alice». Me acomodo en la manta que hemos esparcido en el césped, mi preciosa y enorme esposa se sitúa a mi lado. A su vez, Awen se sienta a mis pies, completamente entregada a la idea de que su hermano escuche cada nota. Y cuando la barriga de Alice se mueve, la señala dando saltos en el sitio.

Alice me mira, cansada y luminosa a la vez.

—Va a ser un caos —susurra.

—Sí —respondo, tomando su mano—. Y es nuestro.

De repente, justo cuando estoy enfrascado en un ritmo nuevo, mi hija sale corriendo hacia la cocina anunciando que «Chaw quiere helado», y Alice suspira resignada. Me acerco a ella, apoyo mi frente en la suya.

—No estás sola —le digo.

—Lo sé —susurra, sujetando con la mano el colgante—. Y por eso no tengo miedo.

La ayudo a levantarse. Cruzamos juntos el jardín mientras el sol se esconde detrás de la valla. Al abrir la puerta corredera, el olor a helado derretido nos recibe como una bienvenida imperfecta y perfecta a la vez.

Nuestra familia. Nuestro desastre. Nuestra vida.

Y con ellas dos a mi lado —y uno más en camino— no necesito ningún escenario para sentirme entero.

Solo esto.

Solo ellos.

ROCK'N'ROLL

Agradecimientos

Han pasado diez años desde que la saga Slow Death dejó de ser solo una idea en mi cabeza para compartirse con el resto del mundo. Podría mentir y decir que escribir la historia de estos roqueros fue lo más sencillo, que todo fue rodado, pero sería engañar a todo el mundo. He pasado por bloqueos brutales, por bajones y por pérdidas irremplazables; también por momentos de euforia, de sentir que mi sueño se hacía realidad y que mis locuras eran compartidas por más personas.

Esta serie de libros va dedicada a todas y cada una de las *death ladies* que me han acompañado durante todos estos años. He tenido el placer de ponerles rostro a muchas de ellas, fundirnos en un abrazo, mantener el contacto a través de las redes, desvirtualizar a tantas… Me emociono al recordar Sant Jordi, la Feria del Libro de Madrid o las quedadas improvisadas en el resto de las ciudades a las que he acudido.

Llegados a este punto, y con el permiso del resto, mencionaré con la mano en el corazón a una mujer de los pies a la cabeza: una persona que al principio fue lectora cojonera —de las que levantaban la sartén y me amenazaban para que siguiera escribiendo— y que, con el tiempo, se convirtió en amiga, en mi lectora cero, en alguien tan especial, tan única… Mapita, Marisa Gallen. A ella le prometí, sin imaginar que nos dejaría tan pronto, que Slow Death regresaría por todo lo alto, que le daría esos pequeños retoques para que la historia brillase como merecía.

Marisa, espero estar a la altura.

Por ella, para ella:

The show must go on.

El despertar de Alex
Slow Death 2

Alex

«Amor», esa palabra no existe en mi vocabulario. Las mujeres son mentirosas, avariciosas y frívolas. No se puede uno fiar de ellas. Pocas son aquellas en las que confío.

Sexo, placer y fama, eso es lo que puedo darles. «Amor», mejor que lo busquen en otra parte.

Soy el vocalista de Slow Death. Cuando se arriman a mí sé lo que quieren, una noche de pasión con el roquero famoso.

Pero hay una mujer... que me está volviendo loco.

Con la de groupies que hay en el mundo y he tenido que fijarme en una tía que parece que disfruta haciéndome rabiar.

Mey

Este tío es un prepotente, ambicioso, ególatra, antipático, excéntrico..., caliente, fibroso, tierno, cariñoso... ¡Mierda, pero ¿qué pienso?!

No lo mires, no te fijes, no... ¡Mierda, joder!

¡Me voy a volver loca!

No te pierdas la edición especial, escanea este QR y consigue tu pedacito de Slow Death

www.ingramcontent.com/pod-product-compliance
Lightning Source LLC
LaVergne TN
LVHW030915080826
845145LV00013B/2898

9788409824120